# In ohnmächtiger Wut

KJ Weiss

# In ohnmächtiger Wut

Bibliografische Information der Deutschen Nationalbibliothek:

Die Deutsche Nationalbibliothek verzeichnet diese Publikation in der Deutschen Nationalbibliografie; detaillierte bibliografische Daten sind im Internet über http://dnb.dnb.de abrufbar.

© 2016 KJ Weiss

Illustration: Ralf B. Franke ArtPhotograph

Herstellung und Verlag: BoD – Books on Demand, Norderstedt

ISBN: 978-3-7412-7287-5

Diese Geschichte spielt in einer namenlosen Stadt, stellvertretend für alle Städte in Deutschland. Das, was hier geschah, könnte sich in jeder anderen genauso abgespielt haben.

Alle handelnden Personen sowie die beschriebenen Orte sind frei erfunden und der Fantasie des Autors geschuldet. Ähnlichkeiten mit lebenden Personen sind nicht beabsichtigt.

# 1

Nach dem Angriff
Die Hand an seinem Arm riss ihn unsanft aus seinem betäubenden Schlaf. Reflexartig versuchte er, sich wegzudrehen und Luft in seine Lungen zu pumpen, doch sofort umfing ihn wieder der allumfassende Schmerz, sodass er nicht mehr als ein Stöhnen über die Lippen brachte.
„Ganz ruhig, Herr Baumgard! Ich will nur eine kleine Untersuchung vornehmen!"
Im schwachen Dämmerlicht der Nachtbeleuchtung erkannte er den diensthabenden Arzt, der einen Schritt zurückgewichen war und beschwichtigend die Rechte hob.
Aufseufzend entspannte er sich und bemühte sich, zu lächeln. „Entschuldigen Sie bitte. Meine Nerven sind noch etwas angegriffen."
„Nach allem, was Sie durchgemacht haben, kein Wunder." Der Arzt trat näher heran und begann, ihn abzutasten.
„Wissen Sie schon, wie es weitergeht?"
„Das entscheidet sich morgen. Bisher sieht alles relativ gut aus. Doch ich möchte Ihnen keine falschen Versprechungen geben."
Bevor er das Zimmer verließ, wandte er sich noch einmal um. „Das war die letzte Kontrolle für diese Nacht. Ich wünsche angenehme Ruhe."
Als wenn das so einfach gewesen wäre! Die Prellungen schmerzten mittlerweile höllisch, er fand keine Position, in der er halbwegs erträglich liegen konnte. Zudem spielten sich in seinem Gehirn die Minuten des Überfalls jetzt wie in einer Endlosschleife ab, ließen ihn alle Einzelheiten wieder und wieder erleben. Wut und Hass, Angst und Schrecken brachten seinen Puls gleichermaßen zum Rasen. Er musste sich zwingen, das Ganze noch einmal vernünftig zu durchdenken, vorher würde er keine Ruhe finden.

„Vernünftig!" Er lachte bitter auf. Dieses Wort war eindeutig falsch. Wahnsinn, das erklärte es besser. In welchen Wahnsinn war er da bloß hineingeraten? Hätte er eher erkennen müssen, worauf er sich einließ? Hätte er irgendetwas anders machen können? War es falsch gewesen, sich derart zu involvieren?

Nein, nein und nein. Er würde genauso wieder handeln. Er war nicht der Typ, der zusah, wie jemand drangsaliert wurde. Und genau deshalb lag er nun hier auf der Intensivstation, die drohende Operation wie ein Damoklesschwert über sich schwebend, bei der die verletzte Niere entfernt werden sollte. Wie hatte es bloß so weit kommen können?

# 2

Wie alles begann

„Sascha, Frederik! Das war's. Gebt mir bitte eure Hefte." Jens Baumgard baute sich vor dem Tisch seiner beiden Schüler auf und streckte fordernd die Hand aus.

„Das können Sie nicht machen!", protestierte Sascha und versuchte, den belastenden Zettel noch unauffällig verschwinden zu lassen. Doch der Lehrer war schneller. Er schnappte nach dem Papier und zog den Jungen die Hefte aus den Fingern. Frederik leistete keinen Widerstand. Er blickte starr auf den Tisch vor sich, seine Lippe zitterte, er war kalkweiß geworden. Sein Tischnachbar dagegen hatte die Hände zu Fäusten geballt und starrte wutentbrannt auf sein Gegenüber. „Wir haben nichts gemacht, ey."

„Ich hatte euch bereits ermahnt. Das hier", Jens Baumgard hielt den Zettel hoch, den er konfisziert hatte, „ist ein eindeutiger Täuschungsversuch. Ihr könnt froh sein, dass ich euch keinen Tadel gebe."

Frederik wurde noch blasser und schluckte mühsam. Sascha, hochrot im Gesicht, schob sich krachend mit seinem Stuhl nach hinten. „Los, komm!" Er packte seinen Sitznachbarn grob an der Schulter. „Lass uns rausgehen. Was sollen wir uns hier weiter den Hintern plattsitzen." Er sprang auf und zerrte den einen Kopf kleineren Jungen hinter sich her, der immer noch nicht hochzublicken wagte.

„Wenn ihr Interesse habt, könnt ihr die Arbeit in der Pause wiederholen!", rief der Lehrer ihnen nach. „Ich warte in Raum 312 auf euch."

Frederik blickte hoffnungsvoll hoch, wurde aber von seinem Klassenkameraden aus dem Raum gezogen. Jens Baumgard verkniff sich einen Seufzer und wandte sich seinen verbliebenen Schülern zu, die gebannt das Schauspiel verfolgt hatten: „Weiter, weiter, Leute. Ihr habt noch genau dreißig Minuten."

Lautes Stöhnen antwortete ihm, doch es wagte keiner ein Wort. Jeder widmete sich erneut seinem Aufgabenblatt. Jens setzte sich zurück an sein Pult. Obwohl er sich nach außen ruhig und gefasst gab, raste sein Puls dermaßen, dass ihm leicht schwindelig war. Er hasste diese Konfrontationen, jedes Mal wurde ihm dabei aufs Neue bewusst, dass er keine Möglichkeiten hatte, renitenten Schülern außer mit Worten und Drohungen beizukommen. Gottlob hatte Sascha keinen übermäßigen Aufstand provoziert. Einzig um Frederik tat es ihm leid. Wieso hatte der überhaupt mit seinem Sitznachbarn kooperiert? Die zwei waren wie Feuer und Wasser, der eine ein intelligenter Musterschüler, der andere ein fauler, aufsässiger Störenfried. Ehrlich gesagt verstand er nicht, wie Sascha es bis in die zehnte Klasse geschafft hatte, seine mathematischen Kenntnisse waren auf dem Stand eines Siebtklässlers. Auch in Biologie, dem zweiten Fach, das er unterrichtete, lagen dessen Fähigkeiten weit unter denen seiner Mitschüler. Und seine Rechtschreibung war einfach grauenhaft.

Jens atmete ein paar Mal tief ein und aus, in ruhigen, langsamen Zügen, wie es ihm sein Therapeut beigebracht hatte. Fast augenblicklich spürte er, dass sich sein Herzschlag beruhigte und sich seine Brust entkrampfte. Seine Augen hatte er die ganze Zeit über hin und her schweifen lassen. Die Jugendlichen waren wie Aasgeier, spürten sie seine Schwäche, hatte er verloren. Das konnte er sich nicht leisten. Er würde sich hier den gleichen Ruf erarbeiten, den er an seiner alten Schule innegehabt hatte: der Eisenharte! Nur so war es ihm möglich, Respekt einzufordern, um zu überleben.

In der Pause wartete er vergeblich auf Sascha und Frederik. Eine geschlagene halbe Stunde verbrachte er in dem vereinbarten Raum und korrigierte die gerade erst geschriebene Klassenarbeit, beschloss dann, es genug sein zu lassen, und begab sich ins Lehrerzimmer.

„Der Halbereit sucht dich", empfing ihn Marie-Louise. Sie war die netteste seiner Kollegen, hatte ihn als einzige freundlich-interessiert empfangen und bemühte sich seitdem, ihm mit Rat und Tat zur

Seite zu stehen. Sie gehörte zu den wenigen, die allen gegenüber offen waren, die meisten der Lehrer hatten ihre bestimmte Gruppe, in der sie verkehrten, alle anderen wurden mit einem kurzen Nicken bedacht und nicht weiter beachtet. Nun, er war nicht der Typ, der sich anbiederte. Er konnte sich durchaus allein beschäftigen.

„Du sollst sofort zu ihm kommen, hat er gesagt", fuhr Marie-Louise fort und sah ihn forschend an. „Ist irgendetwas passiert?"

Mit einem schnellen Blick auf die Uhr, einem resignierenden Seufzer und dem Ausruf: „Dann muss ich mich wohl sputen!", umging er eine Antwort. Zum einen, weil er nicht wusste, wie sie reagieren würde - sie war bei ihren Schülern durch ihre kumpelhafte Art sehr beliebt - zum anderen, weil direkt neben ihnen Paulsen und Singer standen und sich unterhielten und er nicht wollte, dass diese ebenfalls von dem Rausschmiss erfuhren. Zumindest nicht jetzt. Dass seine Reaktion die Runde machte, war nicht zu vermeiden. Doch zuerst würde er mit dem Schuldirektor darüber sprechen, der, da war er sich sicher, seine Entscheidung billigte. Die beiden waren verwarnt worden, er hatte sich durchsetzen müssen.

Rainer Halbereit sah ihn durch das verwaiste Vorzimmer kommen und winkte ihm einzutreten. „Schließen Sie bitte die Tür hinter sich!" Kaum hatte er ihm gegenüber vor dem Schreibtisch Platz genommen, schüttelte der Direktor mit betrübter Miene den Kopf. „Was habe ich hören müssen? Sie haben den Haferkamp und den Schulte mitten in der Klassenarbeit vor die Tür gesetzt?"

Am liebsten hätte er gefragt, woher dieser davon wusste, schilderte stattdessen den Vorfall bis ins Kleinste. „Ich bot ihnen sogar an, die Prüfung in der Pause zu wiederholen", schloss er seinen Bericht. „Leider haben sie das Angebot nicht angenommen."

Wieder schüttelte Herr Halbereit den Kopf. „Sie müssen bedenken, dass es sich um Teenager handelt, Herr Baumgard. Die sind nun mal aufsässig, probieren sich aus. Warum haben Sie die beiden nicht einfach auseinandergesetzt?"

Er schluckte hart, bevor er mühsam beherrscht antwortete. „Den Schulte hatte ich bereits umgesetzt, wie ich gerade berichtete. Mir blieb keine andere Wahl, sonst wären mir alle Schüler auf dem Kopf herumgetanzt. Gewisse Regeln kann man nicht umgehen."
Der Rektor seufzte. „Ja, Sascha Schulte ist ein Problemfall, ich weiß. Der Vater Alkoholiker, die Mutter ist vor fünf Jahren davongelaufen, er hat es nicht leicht. Wir bemühen uns, ihm Perspektiven zu bieten, leider nimmt er sie nicht an. Trotzdem dürfen wir in unseren Bemühungen nicht nachlassen, er soll einen einigermaßen vernünftigen Abschluss machen können."
„Das funktioniert nur, wenn er bereit ist, daran mitzuarbeiten." Jens war sich nicht sicher, worauf sein Chef hinaus wollte. „Davon sehe ich bisher nichts. Er kommt oft zu spät, fläzt sich auf seinem Stuhl herum, stört die Mitschüler. Mitarbeiten tut er nicht. Außerdem habe ich das Gefühl, dass er vom Stoff her überfordert ist. Ich glaube, er versteht meist gar nicht, wie er die Aufgaben lösen soll."
„Hm." Herr Halbereit blickte auf eine der vor ihm liegenden Listen. „Im letzten Zeugnis hatte er eine Drei in Mathematik. Von Frau Sonderhausen, seiner damaligen Lehrerin, ist nichts Schlechtes über ihn gekommen."
Langsam hatte er das Gefühl, im falschen Film zu sein. „Ich kann Ihnen nur meine Sicht schildern. Setzen Sie doch einfach einen neuen Termin für die beiden an. Ihnen wird es sicherlich gelingen, den Schulte zu überzeugen, daran teilzunehmen. Frederik kommt garantiert, ich kann ehrlich gesagt nicht nachvollziehen, warum er mein Angebot ausgeschlagen hat. Er ist ein guter Schüler, sehr bemüht und intelligent genug, in die Oberstufe zu wechseln."
„Das ist eine gute Idee, Herr Baumgard. Ich werde mich selbst darum kümmern. Auch die Aufgabenstellung können Sie mir überlassen. Ich möchte mir selbst ein Bild von den Fähigkeiten der beiden machen." Der Rektor wirkte sehr zufrieden mit dem Ergebnis dieses Gesprächs. „Zum Schluss appelliere ich noch einmal an Ihr Gewissen. Wir haben nicht nur einen Lehr-, sondern auch einen Erzie-

hungsauftrag. Unser Ziel ist es, unsere Schüler so weit zu bringen, dass sie reelle Chancen auf ein Jobangebot haben. Wie schlecht die Lage selbst mit einem Hauptschulabschluss ist, muss ich Ihnen ja wohl nicht erklären. Deshalb sollten wir alles nur Mögliche für jeden Einzelnen tun, was in unserer Macht steht."

Jens Baumgard nickte nur, ihm fehlten schlichtweg die Worte. Der Gong, der das Ende der Pause verkündete, ertönte und gab ihm die Chance, sich ohne eine Antwort auf die Predigt seines Chefs zu verabschieden.

Die Sache ließ ihm den ganzen Nachmittag keine Ruhe. Als der Unterricht um sechzehn Uhr endlich endete, eilte er zurück ins Lehrerzimmer, um nach Marie-Louise zu suchen. Sie war bereits seit drei Jahren an dieser Gesamtschule, sie würde ihm erklären können, was dieses seltsame Gebaren des Rektors zu bedeuten hatte. Denn es war einwandfrei nicht normal, wie dieser reagierte. Oder setzte er sich tatsächlich für jeden seiner Problemschüler dermaßen ein?

Dass es an den Gesamtschulen fast genauso viele davon gab wie an der Hauptschule, an der er noch bis zum Sommer gearbeitet hatte, wusste er. Dort war man allerdings nach dem Motto verfahren, dass es strenger Regeln bedurfte, damit der Unterricht und das tägliche Miteinander nicht im Chaos ertranken. Streicheleinheiten und Nachsicht brachten nichts, davon hatte er sich selbst überzeugen können. Dann wurde man nur ausgenutzt und nicht ernst genommen. Erst nachdem er sich seinen Ruf als der Eisenharte – streng aber gerecht – erarbeitet hatte, war der Umgang mit den Schülern einfacher geworden. Nicht nur, dass es ihm nun gelang, Ruhe in seine Stunden zu bringen und er dadurch einen viel besseren Unterricht abhalten konnte, der neuerworbene Respekt trug viel dazu bei, Streitigkeiten zu schlichten und Aufsässige zurück in die Spur zu bringen, ja, von einigen war er sogar zum Beichtvater für private Probleme auserkoren worden. Viele seiner Kollegen hatten ihn um das gute Verhältnis beneidet, das er zu seinen Schülern hatte.

Tja, an der Hauptschule war der Rektor auch noch vom alten Schlag gewesen, nicht so weichgespült wie dieser hier. Und die meisten der Lehrer hatten sich zumindest bemüht, den vorgegebenen Stil umzusetzen. Herr Halbereit war ihm anfangs als jemand erschienen, der ähnliche Vorstellungen hatte, bestrebt, eine gewisse Ordnung an seiner Schule aufrechtzuerhalten. Es gab einen Schulpsychologen, einen sogenannten Aus-Raum, in den sich renitente Schüler zurückziehen mussten, bis sie sich wieder beruhigt hatten, und eine strenge Aufsichtsregelung auf dem Schulhof. Das war bei der Masse an Kindern und Jugendlichen unbedingt nötig. An der zweizügigen Hauptschule hatte es zuletzt ungefähr vierhundertfünfzig Schüler gegeben, an dieser Gesamtschule waren es mehr als tausend, ein Riesenunterschied.

Bisher hatte er gedacht, er hätte sich in den knapp zwei Monaten gut eingelebt, seine Position langsam gefestigt. Doch die Unterredung mit Herrn Halbereit hatte ihn eines Besseren belehrt. Ihm den Fall gleich komplett zu entziehen und ihn zur Chefsache zu erklären, war nicht dazu angetan, sein Ansehen zu stärken. Die Kollegen würden sich natürlich hinter ihren Rektor stellen, die Schüler - denn es war unmöglich, diese Geschichte geheim zu halten - denken, sie könnten sich bei ihm alles erlauben. Er musste wieder ganz von Neuem beginnen, sich den nötigen Respekt zu erkämpfen.

Marie-Louise war nach ihrer letzten Unterrichtsstunde direkt nach Hause gefahren, erfuhr er von Uwe Behnke, dem Sportlehrer.

„Kann ich dir vielleicht helfen?", fragte er neugierig.

„Nein, ist nicht so wichtig", wehrte er ab. „Das hat Zeit bis morgen."

# 3

Claudia Baumgard hatte beschlossen, bei diesem sonnigen Herbstwetter mit dem Fahrrad zur Arbeit zu fahren. Das war der Grund, warum sie es war, die das Desaster entdeckte. Das Rad stand in der Garage, davor hatte Jens einen Carport für das Auto gebaut. Die Anliegerstraße, in der sie wohnten, war zu schmal, als dass man seinen Wagen auf der Straße hätte abstellen können, die Garage mit den vier Fahrrädern der Familie und den Gartengeräten zu voll, deshalb hatte Jens sich gleich nach ihrem Einzug in das Haus den überdachten Stellplatz angelegt, hielt aber immer so viel Abstand, dass man das Garagentor jederzeit öffnen konnte.

Sie nahm den schmalen Fußweg vor dem Küchenfenster und bog summend um die Hausecke. Die Melodie blieb ihr im Hals stecken, als sie den Minivan entdeckte. Er war über und über mit Farbe bedeckt, grelle Blau-, Rot- und Gelbtöne, die sich über das gesamte Auto zogen. Sie unterdrückte einen Aufschrei und fuhr vorsichtig mit der Hand über den beschmierten Lack. Schon trocken, dieser Anschlag musste bereits vor Stunden passiert sein.

Sie rannte zurück ins Haus und weckte ihren Mann. „Jens, irgendwelche Chaoten haben das Auto beschmiert. Steh auf und ruf die Polizei! Gib mir Bescheid, wenn du was Neues weißt." Noch bevor er die erste Frage stellen konnte, machte sie auf dem Absatz kehrt. Ein Blick auf die Uhr und sie wandte sich erneut der Garage zu. Der Bus war schon weg, nahm sie den nächsten, kam sie zu spät.

Ohne dass sie es verhindern konnte, traten ihr Tränen in die Augen, als sie den verschandelten Wagen zum zweiten Mal erblickte. Die Täter schienen die Farben einfach auf das Dach gekippt zu haben, in so großen Mengen, dass die Schlieren über Fenster und Türen gelaufen und schließlich auf den Boden getropft waren. Der Van ähnelte einem abstrakten Gemälde, beziehungsweise eher dem Versuch eines solchen, von unkundiger Hand geschaffen und unbeendet.

Sie unterdrückte einen Schluchzer, während sie das Garagentor öffnete. Diese verdammten Schmierfinken! Wussten die eigentlich, was für einen Schaden sie mit ihren dämlichen Scherzen hinterließen?

Auf dem Weg die Straße hinunter schaute sie aufmerksam nach links und rechts. Wer war wohl noch betroffen? Wahrscheinlich hatten diese Vandalen sämtliche Autos auf ihrem Weg beschmiert, die wie ihr eigenes erreichbar gewesen waren. Vor mehreren Monaten waren sie schon einmal heimgesucht worden, allerdings hatte es sich da um einfache Tags an den Hauswänden gehandelt. Gleichwohl hatten sich alle, sie und Jens eingeschlossen, aufgeregt. Das Ganze war wochenlang Gesprächsthema Nummer eins in der Nachbarschaft gewesen. Was würden die Leute erst toben, wenn sie diese Schweinerei entdeckten!

Seltsam, sämtliche Autos, die noch vor den Garagen oder unter den Carports parkten, waren scheinbar unversehrt, zumindest konnte sie von der Straße aus nicht den kleinsten Farbtupfer erkennen. Ob sich die Vandalen nur in die entgegengesetzte Richtung ausgetobt hatten? Ihr Haus lag mitten in einem reinen Wohngebiet, das aus einem Gewirr von Anliegerstraßen bestand. Man konnte sowohl von der einen wie auch der anderen Richtung auf die Hauptstraße gelangen, der Weg blieb ungefähr der gleiche. Trotzdem seltsam, sie beschloss, sobald sie bei der Arbeit angekommen war, Jens anzurufen und ihn zu bitten, sich umzusehen.

Der hatte umgehend die Polizei informiert und wartete nun auf die Beamten. Sie schüttelten synchron den Kopf, als sie das buntgefleckte Auto erblickten. „Das wird ein Riesenaufwand, diese Schmiererei zu beseitigen", meinte der eine und fuhr prüfend mit dem Finger über das Dach. „Ist noch nicht vollständig getrocknet." Er holte ein Baumwolltaschentuch aus seiner Hose und wischte sorgfältig die Farbe von seinen Kuppen. „Wir machen schnell ein paar Fotos zur Dokumentation. Dann können Sie sofort loslegen. Sie haben doch einen Kärcher, oder?"

„Sie meinen, ich bekomme das selbst wieder hin?" Jens war baff. Er hatte sich bereits darauf eingestellt, die Werkstatt anzurufen und den Wagen abschleppen zu lassen.

„Klar." Der Polizist spuckte auf sein Taschentuch und rieb an einer der dünneren Laufspuren auf dem Beifahrerfenster. „Wird kein Vergnügen, aber die Farbe ist wasserlöslich und noch nicht durchgetrocknet. Wenn Sie sich gleich an die Arbeit machen, könnte es klappen."

Sein Kollege hatte schon eine kleine Kamera gezückt und damit begonnen, das Auto von allen Seiten zu fotografieren. „Nimm du schon mal die notwendigen Angaben für die Anzeige auf."

„Wann haben Sie Ihr Auto abgestellt und wann wurde der Schaden entdeckt?"

Jens gab alles Wissenswerte zu Protokoll. Viel war es nicht. Sie hatten den Wagen gestern um acht Uhr abends im Carport geparkt, in der Nacht nichts gehört, seine Frau hatte auf dem Weg zur Arbeit die Verunstaltung entdeckt und ihn geweckt. „Ich bin Lehrer. Ich habe im Moment Herbstferien und schlafe etwas länger", fügte er erklärend hinzu.

Der Fotograf merkte auf. „Könnte es ein Schülerstreich gewesen sein? Ich meine, gibt es eventuell einen unter ihnen, der eine Mordswut auf Sie hat und dem Sie es zutrauen würden, derart zu reagieren?"

Ganz kurz tauchte Saschas Gesicht vor seinem inneren Auge auf, trotzdem schüttelte Jens den Kopf. „Nein, ich bin erst seit Kurzem an der Schule. Ich denke eher, das waren irgendwelche Vandalen, für die es eine Belustigung ist, anderer Leute Sachen zu beschmieren."

Der Polizist steckte seine Kamera weg und sah ihn nachdenklich an. „Ja? Es ist nur seltsam, dass Ihr Auto das einzig betroffene ist.

Normalerweise hätte dann die engere Nachbarschaft ebenfalls über Schäden zu klagen."

„Denken Sie noch einmal in Ruhe darüber nach", gab ihm sein Kollege recht. „Vielleicht fällt Ihnen sonst noch jemand ein, der diesen üblen Scherz mit Ihnen getrieben haben könnte. Und erkundigen sie sich bei Ihren Nachbarn, ob die irgendetwas gesehen oder gehört haben. Manchmal findet sich durch Glück jemand, dem bisher nicht bewusst war, was er da beobachtet hat."

Jens nickte nur. ‚Kein anderes Auto in der Straße betroffen', klang es in seinen Ohren nach. Also ein gezielt gegen ihn gerichteter Anschlag?

Kaum hatten die beiden Polizisten sich verabschiedet, patrouillierte er die Straße hinauf und hinunter, immer noch zutiefst ungläubig, dass dieser Anschlag ihm persönlich gegolten haben sollte. Die meisten Nachbarn waren mittlerweile zur Arbeit gefahren, die Einfahrten bis auf einige Zweitwagen verwaist. Keines von ihnen wies Beschädigungen auf. Auch auf den leeren Stellplätzen konnte er keinerlei Farbflecke entdecken. Es schien sich tatsächlich um einen persönlichen Anschlag zu handeln.

Zuerst einen Kaffee, beschloss er. Und Niklas wecken, damit der ihm half.

Sein Sohn knurrte unwillig, als er dessen Zimmer betrat. Die nackten Tatsachen schafften es, wie er es gehofft hatte, ihn hochzutreiben. „Du willst das echt alleine stemmen?", fragte er nach einem Blick aus dem Fenster ungläubig. „Das wird ne richtige Knochenmaloche."

„Deshalb habe ich dich gebeten, mitzuhelfen", wiederholte Jens. „Ich will nur eben schnell einen Kaffee trinken, dann machen wir uns an die Arbeit."

Das Handy, das in der Küche auf dem Tisch lag, signalisierte fünf Anrufe in Abwesenheit, jedes Mal seine Frau. Er bestückte die Kaffeemaschine und rief sie zurück, wobei er sich auf das Nötigste beschränkte und sie auf später vertröstete, denn Niklas war bereits in der Küche aufgetaucht, seine verquollenen Augen sprachen von einer kurzen Nacht. Wortlos schob sich sein Sohn an ihm vorbei, holte sich aus dem Kühlschrank die angefangene Packung Milch, setzte sie an und trank sie in durstigen Zügen leer. Jens verkniff sich eine Bemerkung dazu, Niklas wusste ganz genau, dass er dieses Verhalten missbilligte. Er würde es ihm heute ausnahmsweise durchgehen lassen, sonst gäbe es wieder Streit und der Junge würde diesen als Möglichkeit nutzen, sich aus der Arbeit zu stehlen.

Als Claudia Baumgard mittags um halb zwei um die Ecke gefahren kam, waren sie gerade dabei, das Auto mit Reinigungslack zu polieren. „Wahnsinn!", staunte sie. „Das sieht ja schon fast wieder aus wie vorher."

„Nee, das ist jetzt die Hauptmaloche", verbesserte sie ihr Sohn. „Du kannst dir überhaupt nicht vorstellen, was das auf die Muckis geht."

„Wir kriegen es hin." Jens erhob sich ächzend und begrüßte seine Frau mit einem kurzen Kuss. „Aber es wird noch Stunden dauern."

„Soll ich euch helfen?"

„Nee, lass mal, Mama. Besorg uns lieber was Vernünftiges zu essen. Wir verhungern langsam."

„Fahr zum Türken und hol uns einen Döner." Jens fingerte das Portemonnaie aus seiner Tasche. „Wann kommt Kira?"

„Erst spät heute Abend. Sie isst in der Mensa." Claudia nahm die Scheine, die er ihr hinhielt, zögerte jedoch und fragte: „Was meinten denn die Polizisten? Ist es wahr, dass unser Auto als einziges betroffen ist?"

„Lass uns gleich beim Essen reden", winkte ihr Mann ab.

Kaum hatte sich die Familie am Küchentisch versammelt, wiederholte sie ihre Frage. Niklas, mit dem Jens sich ausgiebig während der Arbeit unterhalten hatte, nickte zur Antwort und sagte dann mit vollem Mund: „Sieht so aus, als hätte es jemand auf uns abgesehen. Alle aus der Nachbarschaft, die zuhause sind, haben uns im Laufe des Morgens einen Besuch abgestattet. So was spricht sich schnell herum. Leider hat keiner was gesehen oder gehört."

„Und du?", fragte sie nach. „Dein Fenster geht direkt zum Carport raus."

Er wurde rot. „Ich hab bis vier am Computer gesessen, hatte aber die ganze Zeit meine Kopfhörer auf. Und den kaputten Strahler hat Papa wohl noch nicht repariert."

„Doch." Stirnrunzelnd legte Jens seinen Döner auf das vor ihm liegende Papier. Ihm war bei diesen Worten der Appetit vergangen. „Ich habe am Samstag den LED-Spot ausgewechselt." Er sprang auf und lief von seiner Frau und seinem Sohn verfolgt zu der Lampe, die über einen Bewegungsmelder gesteuert für das nötige Licht sorgen sollte, wenn jemand die Einfahrt betrat. Er streckte die Hand nach dem aufgeschraubten Deckel aus, hielt inne und starrte auf das aus der Wand herausragende Kabel, das jemand säuberlich durchgeschnitten hatte. „Die haben dafür gesorgt, dass sie nicht leuchtete."

„Kannst du dir irgendjemanden vorstellen, der das getan hat?", fragte Claudia. Sie war sehr blass geworden.

„Nein, ich kenne niemanden, dem ich so was zutrauen würde." Jens schüttelte energisch den Kopf. Er wandte sich zu seinem Sohn. „Du?"

„Ich, wieso ich?" Niklas war so entrüstet, dass er zwei Schritte zurücktrat. „Ist das mein Auto oder ist es deins? Nee, der Anschlag galt dir oder Mama. Oder euch beiden, ist doch wohl klar."

Claudias Augen füllten sich mit Tränen. „Meinst du wirklich, man will uns schaden?"

Jens trat vor und nahm sie in den Arm. „Nein, ich denke, da hat sich jemand einen Spaß erlauben wollen, einen, der ziemlich aus dem Ruder gelaufen ist. Es war wasserlösliche Farbe, das heißt, es macht viel Arbeit, wird aber wieder wie neu, wenn wir fertig sind. Das war kein richtiger Anschlag, eher ein dummer Jungenstreich. Wir sollten das Ganze nicht überbewerten."

Gemeinsam gingen sie zurück in die Küche, um die unterbrochene Mahlzeit fortzusetzen. Richtigen Appetit verspürte keiner der drei mehr.

# 4

Dienstags in der ersten Stunde gab er Mathematik in der zehnten Klasse. Wider Erwarten war Sascha im Klassenraum, als er eintrat, das erste Mal, dass er nicht zu spät gekommen war, soweit er sich erinnern konnte. Er begrüßte die Schüler und teilte die korrigierten Klassenarbeiten aus, indem er zu jedem einzelnen Platz ging und ein paar Worte zu dem Empfänger sagte, mal ein Lob, mal ein milder Tadel, je nachdem, wie das Ergebnis aussah.
Herr Halbereit hatte Wort gehalten und Frederik und Sascha am letzten Tag vor den Ferien nacheinander zu sich geholt, damit sie die Arbeit unter seiner Aufsicht wiederholen konnten. Sascha war mit einer glatten Vier davongekommen, deshalb hielt er ihm die Blätter mit einem: „Gar nicht schlecht. Die Ansätze sind fast alle richtig. Nur bei den Rechenwegen hapert es. Wir besprechen gleich anschließend die Aufgaben. Bitte melde dich, wenn du Fragen hast", hin.
Der Angesprochene lehnte sich mit einem selbstzufriedenen Lächeln in seinem Stuhl zurück und hielt die Arme weiterhin verschränkt vor der Brust, sodass Jens Baumgard nichts anderes übrig blieb, als ihm die Arbeit auf den Tisch zu legen. Er spürte, wie sich sein Magen verkrampfte. Dieses arrogante Arschloch! Am liebsten wäre er stehengeblieben und hätte den Kampf zu Ende mit ihm ausgefochten, ihm so lange die Blätter unter die Nase gehalten, bis er zugreifen musste. Eingedenk der Ermahnung des Rektors hielt er sich zurück. Es brachte nichts, einen Machtkampf auszutragen.
Frederik nahm seine Arbeit mit einem Lächeln entgegen. „Eine Zwei plus", sagte Jens und nickte anerkennend. „Komm bitte nach der Stunde nach vorn. Es gibt ein, zwei Punkte, die ich gern mit dir abklären möchte."
Die Zeit reichte gerade, um die Hälfte der Aufgaben durchzugehen. Wie nicht anders zu erwarten, hatte Sascha sich kein einziges Mal

gemeldet, obwohl er gerade bei diesen nicht mehr als Fragmente der Ansätze zustande gebracht hatte. Jens war bestrebt gewesen, auf alle Fragen seiner Schüler einzugehen, hatte alles ausführlich erklärt und weitere Tipps und Hilfestellungen zum Verständnis gegeben. Die meisten schienen dankbar, dass der Neue sich so viel Mühe mit ihnen gab. Sascha dagegen fläzte sich wie immer auf seinem Stuhl herum und war geistig völlig abwesend. Andererseits gab er ihm keinerlei Anlass für irgendeine Ermahnung, daher ignorierte er ihn, ohne ihn dabei ganz aus den Augen zu lassen. Instinktiv wusste er, dass die Sache zwischen ihnen noch nicht ausgestanden war.

Er wartete, bis der letzte Schüler den Raum verlassen hatte, bevor er sich Frederik zuwandte, der geduldig vor dem Pult stand. „Sag, warum hast du mein Angebot, die Arbeit in der Mittagspause zu wiederholen, nicht angenommen?"

Der sah ihn aus großen Augen an. „Ich dachte ... wollten Sie nicht ... was ist mit meinen Aufgaben?", stotterte er.

„Dazu kommen wir gleich. Zuerst möchte ich wissen, warum du nicht gekommen bist", wiederholte Jens ruhig.

„Das ... das ging nicht." Frederik trat unruhig von einem Fuß auf den anderen. Sein Gesicht war so weiß geworden, dass die schon halb verblassten Sommersprossen stark hervortraten. „Ich meine, das macht man nicht. Das geht einfach nicht."

„Weil Sascha nicht kommen wollte?"

„Das war ganz allein meine Entscheidung", sagte der Junge hastig.

Jens hatte genug erfahren, es war genauso, wie er es sich gedacht hatte. Frederik war mit an Sicherheit grenzender Wahrscheinlichkeit von dem anderen bedroht worden, wagte selbst jetzt nicht, den Mund aufzumachen. Jedes weitere Nachbohren von seiner Seite würde den Jungen nur stressen, aber nichts Relevantes zutage fördern. Frederik hatte eindeutig Angst vor seinem Klassenkameraden. Ohne sich seine Betroffenheit über die Bestätigung seines Verdachts anmerken zu lassen, wies er ihn auf die zwei kleinen Fehler hin, die der Junge in der Arbeit gemacht hatte. „Du könntest glatt Eins stehen, wenn dir nicht diese Flüchtigkeitsfehler unterlaufen würden. Du musst lernen, dich besser zu überprüfen. Pass auf!" In kurzen Sätzen erklärte er ihm, wie er bei der Selbstkontrolle vorgehen sollte. Frederik hörte aufmerksam zu und nickte. Es waren im Prinzip nur Kleinigkeiten, die er ihm vermittelte, um seine wahren Absichten zu verschleiern, doch sein Schüler schien ehrlich erfreut über die Anregungen. „Danke, Herr Baumgard, ich werde mich bemühen, daran zu denken."

„Für die Oberstufe sind diese Tipps noch nützlicher." Er zwinkerte Frederik zu. „So, ab mit dir! Und sag Frau Bobbert, dass ich dich so lange aufgehalten habe."

Jens war an diesem Tag für die erste Pausenaufsicht eingeteilt, daher musste er sein Gespräch mit Marie-Louise auf die Mittagszeit verschieben. Dieses Mal werde ich sie richtig ausquetschen, nahm er sich vor, während er über den Schulhof wanderte und seine Augen wachsam schweifen ließ. Etwas weiter entfernt weckte eine kurze Rangelei seine Aufmerksamkeit, die sich, bevor er sich gemessenen Schrittes annäherte, schon wieder aufgelöst hatte. Den meisten Schülern reichte es, den Lehrer auf sich zukommen zu sehen, damit sie jedes Fehlverhalten einstellten, bisher hatte er erst zweimal eingreifen müssen. Beide Male war Sascha Schulte involviert gewesen und beide Male hatte es ihm in den Fingern gejuckt, diesen Bengel mit Gewalt von seinem Gegner wegzuzerren.

Das erste Vergehen hatte sich in der dritten Woche seiner Ankunft an dieser Schule abgespielt. Er war eigentlich nur aufmerksam geworden, weil mehrere der Schüler hastig umkehrten, statt den Weg zu nehmen, den sie ansteuerten. Böses ahnend – an der früheren Schule waren das oft Anzeichen für schwerere Delikte wie Erpressung oder Dealen gewesen - hatte er seinen Verdacht überprüft und war auf zwei Jungen gestoßen, einer der beiden wurde brutal gegen die Wand gedrückt und lief bereits dunkelrot an.

„He! Hör sofort auf!" Schon hatte er hinter dem Aggressor gestanden und ihn am Arm gepackt.

„Ey, der hat mich beleidigt! Das lass ich mir nicht gefallen!" Sascha war sofort zurückgewichen, hatte seinem Gegner allerdings noch einen heftigen Stoß in die Rippen verpasst. „Ich wollte bloß, dass der sich entschuldigt."
„Stimmt das?", hatte sich Jens an das Opfer der Attacke gewandt.
Der, immer noch hochrot im Gesicht, war bemüht, genug Luft für die Antwort in seine Lungen zu pumpen. „Ja, ich habe angefangen. Ich entschuldige mich", krächzte er schließlich.
Schon damals hatte Jens diese Darstellung angezweifelt. Aber er hatte nichts weiter tun können, als die Kontrahenten zu ermahnen.
Das zweite Erlebnis folgte ungefähr zwei Wochen darauf. Er hatte gerade von dem Lehrerparkplatz auf die Straße abbiegen wollen, als er in der Nähe des Sportplatzes eine Gruppe Schüler sah, die einen Kreis um zwei Kämpfende bildete. Er war aus dem Auto gesprungen und hingerannt. Leider hatten die Zuschauer ihn vorzeitig erblickt. Bis er den Pulk erreichte, hatten sich alle zerstreut. Trotzdem war er sich sicher, dass es wieder dieser Sascha gewesen war, der die Schlägerei begonnen hatte. Dieser war mit seinen Getreuen in Sekundenbruchteilen verschwunden, aber nicht so schnell, dass Jens ihn nicht erkannt hatte. Der Junge, der allein in die andere Richtung gelaufen war, hatte allem Anschein nach einiges abbekommen, er hinkte und hielt sich den Arm. Zudem wirkte er kleiner und schmächtiger. Der war eindeutig das Opfer.
Sein Instinkt riet ihm, diesem nicht zu folgen. Wer wegrannte, wollte nicht aussagen, das hatte er in all den Jahren an der Hauptschule begriffen. Er nahm sich vor, von nun an ein wachsames Auge auf Sascha zu haben, wobei ihm zugutekam, dass er in seiner Klasse unterrichtete, eine ideale Möglichkeit, ihn zu beobachten, denn in ihm keimte langsam der Verdacht, dass der Junge weit übler war, als er bisher gedacht hatte.
Dass dieser versuchte, ihn zu provozieren, war ihm schon nach ein paar Tagen Unterricht aufgefallen. Zuerst hatte er gedacht, es läge an der Unfähigkeit seines Schülers, dem Stoff zu folgen. Dann hatte

er bemerkt, wie er seinen Sitznachbarn behandelte und dass die anderen in seinem Umfeld ihn großflächig mieden. Ein Unruhestifter und Provokateur, zumindest in der Klasse, war seine Meinung gewesen. Diese hatte er nach dem zweiten Vorfall revidiert. Vermutlich hatte er ihn eher unterschätzt. Sascha war weit mehr als das.

Allein durch sein Erscheinungsbild vermittelte der Sechzehnjährige schon eine gewisse Gefährlichkeit. Ungefähr eins achtzig groß und ziemlich stämmig waren ihm die meisten seiner Klassenkameraden körperlich nicht gewachsen, den Rest erledigte seine kompromisslose Art. Er ließ alle in seinem Umfeld direkt spüren, dass er keinem Konflikt aus dem Weg gehen würde, ja, ihn direkt suchte. Hochaufgerichtet und unter dem Einsatz seiner Ellenbogen schob er sich durch die Massen, immer mit diesem zynischen Lächeln der Überlegenheit auf den Lippen. Kein Wunder, dass fast alle versuchten, ihm aus dem Weg zu gehen.

Ja, Jens war sich mittlerweile sicher, der würde ihm noch jede Menge Ärger bereiten. Doch ob er tatsächlich etwas mit der Beschädigung des Autos zu tun hatte, darüber konnte er sich selbst nicht klar werden. Einerseits traute er dem Jungen dieses Handeln durchaus zu, anderseits war die Tat erst Tage nach ihrem Disput geschehen. Sollte Sascha tatsächlich derart durchtrieben sein, eine Bestrafungsaktion aufzuschieben, statt sofort zu reagieren? Er musste unbedingt ein weiteres Mal mit seiner Kollegin sprechen.

Maie-Louise saß zusammen mit fünf anderen am Tisch und hatte wie diese ihre mitgebrachten Speisen vor sich ausgebreitet, als er mittags das Lehrerzimmer betrat. Natürlich stand die Mensa auch ihnen offen, einige, genau wie er, behielten jedoch die althergebrachte Methode bei, sich einen Snack von zu Hause mitzubringen. Sie sah ihm lächelnd entgegen, als er Kurs auf sie nahm. „Ich habe mich schon gewundert, wo du bleibst."

„Wir haben wieder bis auf den letzten Drücker mikroskopiert", erklärte er, während er neben ihr Platz nahm. „Ich musste noch aufräumen." Er wartete, bis sich wieder alle ihrem Essen widmeten, dann fragte er leise: „Dieser Sascha Schulte, bist du dir sicher, dass er keiner der Extremen hier ist?"

Sie seufzte tief. „Sag mal, hast du dich auf den eingeschossen oder was? Ich habe dir bereits mehrfach erklärt, dass ich ihn nicht sonderlich mag. Wegen seiner dämlichen Art", fügte sie ebenfalls nicht zum ersten Mal hinzu. „Der ist harmlos. Da haben wir viel Schlimmere."

Fast dieselben Worte hatte sie kurz vor den Herbstferien benutzt, als er ihr von seinem Gespräch mit dem Rektor berichtete. „Ich finde, er wirkt ziemlich aggressiv", beharrte er. Dieses Mal wollte er sich nicht mit dieser kargen Beschreibung abfertigen lassen. „Ich glaube, seine Klassenkameraden haben Angst vor ihm."

„Das ist nur Schau bei dem", sie lachte so laut, dass die Kollegen aufmerksam wurden. „Nee, du siehst Gespenster, der ist harmlos", fuhr sie leiser fort. „Wenn du ihn erst mal länger kennst, hast du ihn bald durchschaut. Der plustert sich nur auf und viele fallen darauf rein, das ist alles."

„Es gab also keine relevanten Vorfälle in der Zeit, seitdem du hier bist?", vergewisserte er sich. Irgendwie kam ihm ihr vehementes Abstreiten seltsamer vor, als wenn sie ihm recht gegeben hätte.

„Jetzt hör auf damit", beschwerte sie sich und biss ostentativ von ihrem Brot ab. „Du kannst gern die anderen fragen", fügte sie mit vollem Mund hinzu. „Es gibt keinen, der dir was erzählen könnte."

Wäre er nicht so besonders auf dieses Thema fixiert gewesen, hätte er es wahrscheinlich gar nicht bemerkt. So aber hatte er genau auf ihre Wortwahl geachtet. Sie war einer direkten Antwort auf seine Frage ausgewichen, hatte ihn beschwichtigt, ohne konkret zu seinem Verdacht Stellung zu nehmen. Zufall oder Absicht?

# 5

„Ich kann dich heute nicht zum Training bringen. Papa hat gerade angerufen. Es ist irgendwas mit dem Auto nicht in Ordnung."
Niklas, der mitten in einer wichtigen Mission steckte, grunzte nur unwillig. „Gleich. Mist!" Er hieb auf den Computertisch, dass die Tastatur hochsprang. „Vergeigt! Was hast du gesagt?"
„Du musst heute mit dem Bus zum Training fahren. Papa steckt an der Schule fest", wiederholte seine Mutter geduldig. Sie kannte das Spiel schon. Saß ihr Sohn vor dem Computer, war er dermaßen in dieser Welt gefangen, dass Außenstehende ihn nicht erreichen konnten.
„Ausgerechnet heute", stöhnte er. „Ich bin noch für ein Raid verabredet."
„Daraus wird nichts mehr." Claudia blickte auf die Uhr. „Du musst in genau zwanzig Minuten los."
„Mann, ausgerechnet heute", stöhnte er wieder. „Kannst du mich wenigstens abholen?"
„Keine Ahnung. Horst will gleich die Sommerreifen holen und zu Papa bringen. Anscheinend will er sie montieren. Mehr hat er nicht gesagt."
Niklas erhob sich murrend. Er wusste ganz genau, dass es keinen Sinn machte, mit seiner Mutter zu diskutieren. Dieser Kurs, zu dem sie ihn verdonnert hatten, stand an erster Stelle. Auch wenn er dafür nun durch die halbe Stadt fahren musste. „Schick mir ne SMS, ob du es schaffst." Er überprüfte die Sporttasche, in der natürlich die Turnschuhe fehlten, die er nach dem Schulunterricht nicht zurückgepackt hatte, warf zusätzlich ein Handtuch hinein, griff nach seiner Jacke, die über der Stuhllehne hing, und trabte in die Küche, um sich einen weiteren kleinen Snack zu gönnen. Die Mittagessen seiner Mutter hielten nie lange vor.

Claudia war ihm gefolgt und beobachtete ihn stirnrunzelnd, als er sich gleich vier Toastscheiben griff. „Du sollst doch vor dem Training nicht so viel essen."
„Bis ich da bin, habe ich das längst verdaut", konterte er und biss genüsslich ab.
Die Türklingel enthob sie einer Antwort. Sie eilte zur Tür.
Niklas sah ihr grinsend nach. Er war fast sechzehn und sie benahm sich immer noch wie eine Glucke. Er konnte selbst entscheiden, was und wie viel er vertrug. Außerdem war das Training kräftezehrend. Er packte sich noch zusätzlich ein paar Schokoriegel und eine Literflasche Wasser ein, bevor er sich auf den Weg machte.
Dieser Selbstverteidigungskurs war eine Schnapsidee seines Vaters gewesen, den seine Mutter sofort begeistert aufgriff. Die beiden hatten ihn so lange belabert, bis er zustimmte, daran teilzunehmen. Gut, der Grund für seine Zusage lag eher daran, dass der Alte ihm den neuen Computer versprochen hatte, wenn er durchhielt. Mann, dann spielte er ganz vorne mit. Dafür konnte er schon mal ein Opfer bringen.
Wenn er ehrlich war, musste er zugeben, dass das Training gar nicht so übel war. Sie bekamen da echt krasse Sachen beigebracht. Trotzdem war er sich nicht sicher, ob das Gelernte ihm bei einem richtigen Angriff helfen würde. Der Trainer hatte letztens selbst gesagt, kommt einer mit einem Messer auf euch zu, nehmt die Beine in die Hand und lauft. Genau dasselbe sollten sie tun, wenn es sich um eine Gruppe von Schlägern handelte, das hieß, eigentlich brachten die Tricks, die er ihnen zeigte, nur was in einem Kampf Mann gegen Mann. Andererseits war das auch nicht zu verachten. Allein das Wissen, dass man sich im Notfall wehren konnte, war schon eine Menge wert. Und die Typen, die mit ihm zusammen den Kurs belegt hatten, waren noch größere Loser als er. Er gehörte eindeutig zu den Besten, keiner von denen konnte ihm ans Leder. Ja, wenn sämtliche Kerle so wären wie die, hätte er nie wieder Probleme zu befürchten. Leider sah es in der echten Welt ganz anders aus.

Nassgeschwitzt und am Ende seiner Kräfte holte er das Handy aus der Sporttasche und kontrollierte die eingegangenen Nachrichten. Super, seine Mutter stand vor der Tür und wartete auf ihn.

„Was war denn los?", fragte er sie, nachdem sie das Fahrrad verstaut hatten und er sich auf dem Beifahrersitz anschnallte.

„Jemand hat Papa alle vier Reifen zerstochen." Sie setzte den Blinker und fuhr los. „Er hat sie gleich noch zur Werkstatt gebracht. Morgen nach der Schule kann er sie abholen."

„Und wo ist das passiert?" Krass, der Alte war nun schon zum zweiten Mal zum Opfer geworden. Er, der Gutmensch, der Vorzeigelehrer, der stolz darauf war, seine Schüler unter Kontrolle, sein Leben im Griff zu haben, dem bisher nichts Böses passiert war – außer die Schließung seiner Schule, oh, wie schrecklich – erfuhr nun am eigenen Leib, was es hieß, leiden zu müssen, ohne sich wehren zu können.

„Auf dem Lehrerparkplatz."

„Ah, ein unzufriedener Schüler?" Niklas musste sich ein Grinsen verbeißen.

„Quatsch!", fuhr seine Mutter heftig auf. „Irgendein Rowdy wird dafür verantwortlich sein. Papa hat jedenfalls sofort Anzeige erstattet." Danach wechselte sie das Thema und erzählte lang und breit von dem Telefongespräch mit der Oma, die gerade aus dem Urlaub zurückgekommen war.

Niklas hörte nur mit halbem Ohr zu. In Gedanken war er immer noch mit dem gerade Gehörten beschäftigt. Dass seine Mutter so heftig reagiert und so schnell das Thema gewechselt hatte, konnte nur eines bedeuten, sie wollte mit ihm nicht weiter darüber sprechen.

Zuhause angekommen, rief er ein lautes Hi in Richtung Wohnzimmer, machte sich weitere vier Brote und verzog sich laut polternd auf sein Zimmer. Bei angelehnter Tür wartete er, bis er seine Mutter, die es natürlich nicht lassen konnte, erst hinter ihm in der Küche aufzuräumen, zu seinem Vater hinübergehen hörte. Dann schlich er hinaus in die Diele und ging neben der geschlossenen Wohnzimmertür in die Hocke. Auch so ein Ding, normalerweise war die Tür immer offen. Also lag er mit seiner Vermutung richtig, die verbargen etwas vor ihm.

Sie unterhielten sich dermaßen leise, dass er sich direkt in den Rahmen setzen und sein Ohr gegen das Holz pressen musste, um wenigstens ungefähr dem Gespräch folgen zu können.

„Bist du dir sicher, dass es dieser Kerl war?", fragte seine Mutter gerade.

„Der Verdacht liegt nahe. Zweimal erwischt, zweimal eindeutige Schäden, das ist kein Zufall."

„Was sagt Hermann?"

Aha, Papa hatte in der Zwischenzeit mit seinem Freund, dem Rechtsanwalt, telefoniert.

Der Vater murmelte so leise, dass er den Anfang des Satzes nicht verstehen konnte. „... nichts tun. Ich brauche eindeutige Beweise."

„Was ist mit ..." Ein Geräusch an der Haustür lenkte ihn ab. Es war Kira, die in die Diele trat und ihn sofort anfuhr. „Was ...!"

Mit einem Satz war er aufgesprungen und lief auf sie zu. „Pscht. Das ist ne mega-affengeile Sache. Komm mit in die Küche", der Raum, der am weitesten vom Wohnzimmer entfernt lag, „ich weihe dich ein."

Die Eltern hatten die Ankunft ihrer Tochter anscheinend nicht wahrgenommen. Niklas zog seine Schwester in die Küche, horchte noch einmal in Richtung Flur und begann mit leiser Stimme zu berichten. „Geh du rein. Vielleicht reden sie mit dir darüber", forderte er sie auf. „Sag einfach, ich habe dir das mit den Reifen erzählt. Mal sehen, was sie dann angeben."

Er selbst verzog sich in sein Zimmer und wartete gespannt. Nicht einmal den Computer fuhr er hoch. Ha, wenn er sich das Gehörte richtig zusammenreimte, war dieser Typ, den sein Vater verdächtigte, nicht nur für die kaputten Reifen, sondern auch für die Farbe auf dem Auto verantwortlich. Sonst war nichts infrage Kommendes passiert, oder?

Keine fünf Minuten später kam Kira. „Die mauern", stellte sie fest und ließ sich auf sein Bett plumpsen. „Ja, alle vier Reifen sind zerstochen worden. Nein, keiner hat was gesehen. Es ist furchtbar ärgerlich, aber sie bleiben auf den Kosten sitzen. Das war alles, was sie zu dem Thema zu sagen hatten." Sie zog die Beine an und lehnte sich mit dem Rücken gegen die Wand. „Jetzt erzähl mal alles ganz genau!"

„Mehr weiß ich nicht. Wärest du nicht reingeplatzt, hätte ich bestimmt noch einiges erfahren", konterte er. „Fest steht immerhin, dass der Alte jemanden in Verdacht hat. Ich tippe mal auf einen seiner Schüler. Nur hat er keine Beweise und steht dadurch doof da. Das Schlimmste ist, dass er von nun an genau aufpassen muss, was er zu dem sagt. Beim ersten Mal Farbe über das Auto, beim zweiten Mal zerstochene Reifen, der ist echt irre, der Typ."

„Das mit der Farbe war der auch?" Kira fuhr hoch. „Bist du dir sicher?"

„Nee, habe ich kombiniert. Was soll es denn sonst gewesen sein? Wäre was anderes passiert, wüssten wir es."

„Das heißt, er hat es wirklich gezielt auf Papa abgesehen." Kira wurde blass.

Schnellmerkerin! Und die studierte angeblich so erfolgreich! „Der weiß, wo er wohnt, und scheut nicht davor zurück, ihn zuhause anzugreifen", ergänzte er.

Eine Zeit lang saßen sie sich schweigend gegenüber. Schließlich zuckte Niklas mit den Schultern und schaltete den Computer ein. „Was soll's. Machen können wir eh nichts."

„Ich versuche, morgen mit Mama zu sprechen." Kira hatte den Wink verstanden und war bereits an der Tür. „Wie soll das weitergehen? Papa wird höllisch aufpassen müssen."

Er antwortete ihr nicht, was sie anscheinend auch nicht erwartet hatte, denn sie verließ, ohne sich nach ihm umzudrehen, den Raum.

Nur war er durch das, was er erfahren hatte, so abgelenkt, dass er sich nicht auf sein Spiel konzentrieren konnte. Schließlich schaltete er den Rechner wieder aus und lehnte sich in seinem Drehstuhl zurück. Ja, eine total verfahrene Geschichte war das. Obwohl der Vater schon an der Hauptschule mit vielen Rowdys zu tun gehabt hatte, war etwas Ähnliches bisher nicht passiert.

„Wenn du deren Respekt hast, lassen sie dich in Ruhe", war seine stereotype Antwort auf die ängstlichen Fragen seiner Frau gewesen, nachdem immer mehr Zeitungsartikel über unhaltbare Zustände an dieser Schulform berichteten. „Wir haben denen von Anfang an klargemacht, dass wir hart durchgreifen. Bei uns bist du sicherer als auf manchem Gymnasium."

Komischerweise hatte er mit dieser Aussage recht behalten. Dabei hätte ihm Niklas kleinere Repressalien durchaus gegönnt. Der Alte war so selbstgerecht, besonders in den letzten Monaten war ihm das ziemlich bewusst geworden. Mensch, die Zeiten hatten sich geändert, der konnte doch nicht erwarten, dass man als Jugendlicher immerzu spurte. Andauernd meckerte er an ihm herum, nichts konnte er richtig machen. Er schlief am Wochenende und in den Ferien zu lange, saß ständig vor seinem Computer, spielte Spiele, die sein alter Herr nicht abkonnte, war unzuverlässig bei den Arbeiten, die er im Haus zu erledigen hatte. Blablabla. Dabei ließ der sich wie ein Pascha von Mama bedienen!

Kira hatte versucht, ihm klarzumachen, dass der, den sie zuhause erlebten, nicht der Mann war, der den Lehrer gab. „Meine Freundinnen, die ihn im Unterricht hatten, waren schlichtweg begeistert und haben mich immer um diesen tollen Vater beneidet", hatte sie mehr als einmal gesagt, wenn er sich wieder bei ihr ausheulte. „Selbst die Jungen, die ich kenne, die auf seiner Schule waren, reden nur gut über ihn. Er sei hart aber gerecht und immer bereit gewesen, zu helfen. Dazu wäre der Unterricht bei ihm total locker und er könne super erklären." Sie hatte ihm bedeutungsvolle Blicke zugeworfen. „Bei uns lässt er den Herrscher aller Reußen raushängen, das habe ich auch jahrelang ertragen müssen. Sieh zu, dass du mit der Schule fertig wirst, und such dir einen Studienplatz in einer anderen Stadt. Dann hast du es hinter dir."

Ja, die hatte gut reden. Kiras Status hatte sich, seitdem sie auf der Uni war, total geändert. Keiner interessierte sich mehr dafür, wie lange sie aufblieb und was sie in ihrer Freizeit trieb, vom Lernstoff ganz zu schweigen.

Er dagegen hatte noch mindestens zweieinhalb Jahre Kontrolle vor sich. Für ihn eine viel zu lange Zeit, um bei diesem Despoten auszuharren. Komisch, warum hatte ihn dann diese Geschichte derart getroffen? War es die Angst um seinen Vater oder eher die Angst, selbst in die Gewalttätigkeiten verwickelt zu werden? Er wusste es wirklich nicht.

# 6

Die Weihnachtsferien kamen und gingen und es war bisher nichts Neues passiert. Einerseits war Jens froh, andererseits war er nicht bereit, lockerzulassen. Seit diesem zweiten Erlebnis beobachtete er Sascha mit Argusaugen, überwachte ihn geradezu. Er hatte sich angewöhnt, beide Pausen auf dem Schulhof zu verbringen und hielt dabei immer Ausschau nach seinem Feind. Denn als den sah er den Jungen mittlerweile an. Wer dermaßen überzogen reagierte, hatte es nicht anders verdient, als dass man versuchte, ihn bei seiner nächsten strafbaren Aktion zu ertappen. Dass er der Schuldige war, stand mittlerweile für ihn fest. Es konnte gar nicht anders sein. Nur diesem einen traute er diese Reaktion zu. Und allein der zeitliche Rahmen sprach für sich. Zweimal war er gegen den Jungen vorgegangen und zweimal erfolgten kurz darauf die Gegenschläge. Das war kein Zufall!
Er war sich ziemlich sicher, dass die Angriffe auf ihn keine Einzelfälle waren. Die meisten seiner Schüler hatten eindeutig Angst vor Sascha. Bis auf die beiden Mitläufer, die dieser sich hielt, zwei nicht gerade helle Köpfe, die aus ähnlichen Verhältnissen stammten wie er und die mit Müh und Not den Hauptschulabschluss schaffen würden. In ihnen hatte er willige Helfer gefunden, Jens bezweifelte aber, dass sie sich an dem, was ihm geschehen war, beteiligt hatten. Nein, dafür zeigte Sascha allein verantwortlich.
Dass sie ihn dabei unterstützten, seine Position in der Schule zu stärken, das konnte er sich dagegen sehr gut vorstellen. Mit drei anderen aus der Parallelklasse bildeten sie ein eingespieltes Team. Nur leider war es ihm bisher nicht gelungen, herauszufinden, was diese sechs den anderen antaten. Um Kleinigkeiten handelte es sich sicherlich nicht. Und um reine Machtspielchen ging es dabei auch nicht. Irgendetwas Schlimmeres trug sich hier zu, davon war er fest überzeugt.

Doch weder bei den einzelnen Schülern noch bei den Lehrern kam er weiter. Jedes Mal, wenn er den Namen Sascha erwähnte, stieß er auf eine Mauer des Schweigens. Mit Marie-Louise, die anfangs so freundlich getan hatte, war das Verhältnis durch seine ständigen Nachfragen zunehmend schlechter geworden. Sie nickte ihm weiterhin freundlich zu, wenn er das Lehrerzimmer betrat, war allerdings auffallend bemüht, nicht mit ihm allein zu sprechen. Der Rektor hatte ihm nach dem zweiten Vorfall ein weiteres Mal durch die Blume zu verstehen gegeben, den armen Jungen, wie er ihn nannte, in Ruhe zu lassen. Seine übrigen Kollegen reagierten ähnlich. Keiner war bereit, mit ihm über dieses Thema zu reden. Auch die Schüler blockten ab, nicht einmal Chantal, die genug Grund hatte, ihm dankbar zu sein, wollte mit der Wahrheit herausrücken.

Statt die Geschichte ad acta zu legen, stachelten diese Umstände nur Jens' Hartnäckigkeit an. Sascha war zu einem Feind geworden, den es zu bekämpfen galt. Dieses Gefühl der Ohnmacht, als er das beschmierte Auto und etwas später dann die zerschlitzten Reifen aufgefunden hatte, allein das schrie schon nach seinem Handeln. Er musste wachsam bleiben, damit er den Jungen überführen konnte.

Die Halbjahreszeugnisse wurden ausgegeben und Sascha hatte nicht eine einzige Fünf auf dem Zeugnis, nicht einmal in Mathematik. Zur zweiten Klassenarbeit hatte er sich krankgemeldet und diese wiederum unter Aufsicht des Rektors nachgeschrieben. Das Ergebnis war wieder eine Vier, damit stand fest, dass er ihm keine Fünf geben konnte, obwohl er genau wusste, dass dieser Schüler von dem behandelten Stoff nichts umsetzen konnte.

„Der Halbereit hat dem garantiert geholfen", hatte er seinem Ärger zu Hause Luft gemacht. „Oder zumindest die Spickzettel großzügig übersehen. Der Kerl hätte niemals allein aufgrund seines Wissens eine Vier erreicht."

„Hast du Beweise?", hatte Claudia nachgefragt. Sie war mittlerweile ziemlich entnervt, weil sich ihre Gespräche immer und immer wieder um diesen Schüler drehten. Seit dem letzten Vorfall war einige

Zeit verstrichen, die Aufregung darüber war in Vergessenheit geraten, sie hatte begonnen, seine Ansicht, dass Sascha dahintersteckte, anzuzweifeln, ja, nannte ihn sogar besessen.
Sie waren von Anfang an übereingekommen, den Kindern nichts Näheres zu diesen Vorfällen zu sagen, daran hielt er sich weiterhin, auch wenn es ihm teilweise schwerfiel. Niklas benahm sich zusehends aufmüpfiger, Kira war ständig unterwegs und erbrachte kaum noch die ihr auferlegten Pflichten. Die beiden machten ihm und Claudia das Leben zusätzlich schwer. Doch dass ihm jetzt seine Frau in den Rücken fiel und ihm vorwarf, zu übertreiben, war der Gipfel. Immerhin hatte er sich bemüht, diese Geschichte vor Freunden und Bekannten geheim zu halten, hatte sie sofort heruntergespielt, wenn die Sprache doch darauf kam. Mit wem außer ihr sollte er denn darüber reden?
Dienstags und freitags musste sich Jens nach der Schule beeilen, nach Hause zu kommen, damit Claudia den Jungen pünktlich zum Training fahren konnte. Deshalb hatte er sich angewöhnt, direkt nach dem Unterricht zum Parkplatz zu gehen und nicht noch einmal im Lehrerzimmer vorbeizuschauen. Alles, was er mitzunehmen gedachte, befand sich bereits in seiner Tasche. Wie jeden Dienstag nahm er auch dieses Mal die Abkürzung zwischen den Turnhallen. Er war spät dran, weil er es wie schon so oft nicht geschafft hatte, das Mikroskopieren pünktlich zu beenden. Die Schüler waren von dieser Art des Unterrichts begeistert und arbeiteten konzentriert mit, bis die Schulglocke sie zurück in die Gegenwart rief. Das anschließende Säubern und sichere Verstauen der Gerätschaften dauerte dann immer noch eine Weile.
Normalerweise herrschte auf dem schmalen Weg reger Betrieb. Heute lag er wie ausgestorben vor ihm. Ein Blick auf die Uhr bestätigte seine Vermutung, durch das lange Gespräch mit Joscha, der ihm beim Aufräumen half, hatte er sich heute arg verspätet. Er beschleunigte seine Schritte und kramte in der Jackentasche nach sei-

nem Handy, um Claudia zu informieren, dass Niklas bereitstehen solle, um sofort ins Auto zu springen, wenn er das Haus erreichte.

In dem Moment hörte er ein lautes Klatschen, das wie ein Schlag klang. Er verharrte und lauschte. Da, ein weiterer Schlag! Ja, er war sich jetzt ganz sicher, in der Nähe war eine Prügelei im Gange. Er machte auf dem Absatz kehrt und lief in die Richtung, aus der das Geräusch gekommen war.

Zwischen Turnhalle Zwei und Drei zweigte ein kleiner Versorgungsweg ab, der für den Hausmeister gedacht war und auf halber Strecke endete. Dort mussten sich die Kontrahenten befinden.

Ein erneutes Klatschen verriet ihm, dass sie sich hinter dem gemauerten Treppenaufgang, dem Notausgang aus Halle drei, befanden. Er ließ seine Tasche fallen und stürmte los. Mit einem Blick hatte er erfasst, was sich vor ihm abspielte und schubste den Täter, der gerade wieder auf sein am Boden liegendes Opfer einschlagen wollte, mit aller Kraft zur Seite. Dazu schrie er laut: „He!", um den anderen zu irritieren. Der taumelte, fing sich wieder und fuhr herum, die Fäuste kampfbereit erhoben. Als er jedoch den Lehrer erkannte, ließ er die Hände augenblicklich sinken. „Gut, dass Sie da sind. Da hat jemand den Siyar zusammengeschlagen. Ich dachte schon, derjenige kommt zurück."

Zitternd vor Adrenalin konnte sich Jens bei dieser offensichtlichen Lüge nicht beherrschen und gab dem Jungen einen zweiten kräftigen Schubs. „Nein, Sascha. Dieses Mal kommst du mit deiner Lügerei nicht durch. Ich habe genau gesehen, dass du gerade ein weiteres Mal zuschlagen wolltest." Er wandte sich ab und kniete neben dem Opfer nieder, das regungslos auf dem Boden lag. Der Junge blutete aus Nase und Mund und schien nicht ganz bei sich zu sein, er stöhnte nur, als Jens ihn sanft an der Schulter packte. „Es ist vorbei, du brauchst keine Angst mehr zu haben."

„Ey, ich war das nicht", protestierte Sascha hinter ihm laut. „Ich hab ihn stöhnen hören und bin hingelaufen, um zu gucken, was los ist.

Ich wollt mich grad zu ihm runterbeugen, als Sie gekommen sind und mich weggeschubst haben. Ich hab nichts damit zu tun."

„Na, mal sehen, was dein Opfer dazu zu sagen hat", Jens zückte sein Handy und wählte den Notruf. „Bitte schicken Sie einen Krankenwagen und die Polizei zur Gesamtschule am Waldbach. Es geht um eine Schlägerei mit einem Schwerverletzten." Er gab ihren genauen Standort durch und wandte sich dann wieder dem Opfer zu, das langsam zu sich zu kommen schien. „Hilfe ist unterwegs. Bleib ganz ruhig liegen", sagte er zu dem Schüler, in dem er erst jetzt einen Jungen aus der Parallelklasse von Sascha erkannte, einen ruhigen, unauffälligen Sechzehnjährigen, der bisher noch nie durch übertriebene Gewalt aufgefallen war.

„Herr Halbereit, Sie müssen sofort herkommen", hörte er da Saschas Stimme. „Der Baumgard will mich bei der Polizei anschwärzen, dabei habe ich gar nichts gemacht."

Ungläubig sah er auf. Der Kerl hatte doch tatsächlich ebenfalls sein Handy gezückt und den Rektor angerufen. „Ja", antwortete er gerade auf dessen Frage, „das Opfer kann bezeugen, dass ich nicht der Täter bin." Dabei funkelte Sascha den am Boden Liegenden drohend an. „Ich wollte nur helfen."

Der Krankenwagen und der Rektor trafen gleichzeitig ein. Herr Halbereit schluckte, als er den Schüler entdeckte, dem immer noch das Blut aus Mund und Nase lief, und wies sowohl Sascha als auch Jens mit einer kurzen Handbewegung an, zu schweigen, bis die Erstuntersuchung abgeschlossen war.

„Er ist ansprechbar und voll orientiert", sagte einer der Sanitäter, während der andere sich bereits auf den Weg machte, die Trage zu holen. „Zur genaueren Untersuchung nehmen wir ihn mit ins Krankenhaus."

Sein zurückkehrender Kollege brachte zwei uniformierte Polizisten mit. Der eine beugte sich zu dem Verletzten hinunter, der andere wandte sich an die Umstehenden. „Was ist hier passiert?"

„Ich hörte Schläge und sah im Näherkommen, wie dieser Junge", Jens wies auf Sascha, „zum Schlag auf den schon am Boden Liegenden ausholte. Ich …"

„Das stimmt nicht!", rief der Beschuldigte dazwischen. „Ich war nur eher bei dem. Der lag schon da, als ich kam, ich beugte mich gerade über ihn, um zu gucken, ob er noch lebt, als der Baumgard mich zur Seite schubste."

„Das Klatschen der Schläge hörte bis zuletzt nicht auf", warf Jens ein. „Es gibt keinen anderen Ausgang. Der Täter hätte mir entgegenkommen und zusätzlich hätte ich sehen müssen, wie Sascha in diesen Weg einbog."

„Fragen Sie doch den da." Nach einem kurzen Moment des Schweigens gewann Sascha wieder Oberwasser. „Der wird wissen, wer ihn so zugerichtet hat."

Der Polizist trat zu seinem Kollegen, der neben der Trage stand, auf die die Sanitäter das Opfer mittlerweile gelegt hatten. „Hast du schon seine Aussage aufgenommen?"

„Er sagt, er weiß nicht, wer ihn zusammengeschlagen hat." Der Beamte sah mit hochgezogenen Augenbrauen auf den Verletzten hinunter. „Einen Grund dafür gibt es auch nicht. Der Angriff sei aus heiterem Himmel gekommen."

„Siyar, bitte!" Jens beugte sich über den Jungen und zwang ihn somit, ihn anzusehen. „Du musst den Angreifer doch gesehen haben."

„Der trug eine Sturmhaube, eine schwarze", krächzte dieser, vermied es dabei aber, dem Lehrer in die Augen zu schauen, sondern richtete sie auf einen imaginären Punkt neben ihn. „Sascha hat den Typen verscheucht. Als er den näherkommen hörte, lief er weg."

„Wieso warst du in diesem Weg?", bohrte Jens nach. „Hatte dich jemand hierherbestellt?"

Siyars Blick flackerte kurz. „Nein", behauptete er. „Der, der mich angriff, hat mich hier reingezerrt. Ich war auf dem Weg nach Hause." Er stöhnte theatralisch auf. „Die Polizisten haben gesagt, sie verschieben die weitere Vernehmung auf später. Ich habe tierische

Schmerzen und die da", er wies auf die Sanitäter, „wollen mir nichts geben, weil mich zuerst ein Arzt untersuchen soll."
„Wir lassen dich jetzt in Ruhe", mischte sich der Rektor ein. „Ich hoffe, dass du bald wieder gesund und munter zu uns zurückkehrst." Er wandte sich an die beiden Polizisten. „Sie haben doch nichts dagegen, meine Herren, wenn wir die Versammlung auflösen? Ich denke, es ist alles so weit geklärt, dass jeder seiner Wege gehen kann." Er warf seinem Untergebenen einen kurzen Blick zu. „Herr Baumgard wird in sich gehen und prüfen, ob er nicht ungerechtfertigterweise diesen Verdacht geäußert hat. Ich bin mir sicher, dass seine Wahrnehmung ihn getäuscht hat."
„Ihre Aussage benötigen wir nicht. Sie können ruhig gehen." Der Polizist ließ sich nicht die Federführung aus der Hand nehmen. „Die des jungen Mannes und die Ihres Kollegen nehmen wir sofort auf, das heißt, diese beiden müssen noch ein wenig bleiben." Er wies mit dem Kopf Richtung Lehrerparkplatz. „Wenn die Herren so nett wären."
Mit den Worten: „Ich muss eben meiner Frau Bescheid sagen", fiel Jens etwas zurück. Er spürte, wie unbändiger Zorn in ihm hochstieg. So nah war er dran gewesen, so nah, diesen Mistkerl zu kriegen. Und er war sich immer noch sicher, dass Sascha der Täter war. Warum nur schützte Siyar ihn?

# 7

„Psst, Herr Baumgard!" Jens fiel vor Schreck der Autoschlüssel aus der Hand. Als er in die Hocke ging, um ihn aufzuheben, sah er sie. Chantal kauerte hinter seinem Auto und blickte misstrauisch in alle Richtungen. „Sind die weg?"

„Ja." Während Sascha relativ schnell mit seiner Aussage fertig gewesen war und anschließend gehen durfte, hatte sich Jens noch eine ganze Weile mit den beiden Polizisten unterhalten. Sie waren seiner Meinung, dass die Geschichte des Verdächtigen nicht gerade glaubhaft klang, aber solange das Opfer behauptete, dieser sei nicht der Angreifer, konnten sie nichts unternehmen. Und leider hatte er ja nicht einen einzigen Schlag persönlich gesehen. Die Ermittlungen würden im Sande verlaufen, das Verfahren gegen unbekannt somit eingestellt werden.

„Seien Sie vorsichtig", warnte ihn einer der Beamten sogar zum Schluss. „Bei Kerlen wie diesem muss man mit einem Racheakt rechnen. Für mich ist der …" Sein Kollege gab ihm einen derben Stoß in die Seite und er verstummte. „Trotzdem, passen Sie auf sich auf", wiederholte er zum Abschied. „Und falls sich neue Spuren finden, lassen Sie es uns umgehend wissen."

„Was ist mit Siyar? Sind die Verletzungen sehr schlimm?" Trotz seiner Versicherung hatte sich Chantal nicht aus ihrem Versteck herausgewagt.

„Er ist bei Bewusstsein und hat mit uns ganz normal gesprochen", wich Jens einer direkten Antwort aus. Andererseits hatten die Sanitäter sich zu den diversen Verletzungen nicht geäußert. Was also hätte er ihr sagen sollen?

„Warum läuft der Sascha weiter frei rum?", wollte sie wissen.

„Weil es nicht möglich war …", begann er, dann fiel bei ihm endlich der Groschen. „Woher weißt du, dass er Siyar angegriffen hat?"

„Ich habe alles gesehen und – ich habe es gefilmt." Triumphierend hielt Chantal ihr Handy in die Höhe. „Damit ist der Dreckskerl doch wohl geliefert, oder?" Sie ballte die Fäuste. „Der soll im Knast verrecken, der Arsch!"
Jens' Beine waren von dem langen Sitzen in der Hocke und von der aufkommenden Erleichterung, die ihn durchströmte, derart schwach geworden, dass er sich auf den Boden setzen musste. „Du warst in der Nähe?"
„Ja." Frische Tränen begannen über ihr dreckverschmiertes Gesicht zu strömen, das durch die vorhergegangen bereits streifig war, wie er erst jetzt erkannte. Während er näher zu ihr hin rutschte, wischte sie die Flüssigkeit weg und zog energisch die Nase hoch. „Dieses Mal soll er büßen!", zischte sie.
Jens hatte sie erreicht und griff nach ihrer Hand. „Wollen wir uns nicht im Auto weiter unterhalten?", fragte er. „Es wird langsam empfindlich kalt und ich denke, du hast mir einiges zu erzählen."
Wieder warf sie misstrauische Blicke um sich. „Nee, ist mir zu gefährlich. Ich will nicht mit Ihnen gesehen werden."
Viel zu erregt, um sie in längerer Diskussion umstimmen zu wollen, nickte er. „Also, was ist genau passiert?"
„Siyar und ich", sie blickte auf ihre immer noch zu Fäusten geballten Hände, die sie in ihren Schoß gedrückt hatte, „wir waren ein Paar. Und weil meine und seine Familie nichts davon wissen durften, haben wir uns immer da an der Turnhalle getroffen." Sie biss sich auf die Lippe und schien zu überlegen, was sie ihm alles anvertrauen durfte.
„Aber es ist im Moment viel zu kalt, um sich lange draußen aufzuhalten", half er ihr weiter.
„Ja, genau." Sie nickte bekräftigend. „Deshalb sind wir in die Halle rein. Das Schloss ist kaputt, man muss nur ein bisschen dagegen drücken, dann geht die Tür auf", fügte sie erklärend hinzu. „Also ich war schon da und bin da rein und habe auf Siyar gewartet. Und dann hörte ich den Sascha, wie er den Siyar angemacht hat. Und

deshalb habe ich die Tür einen Spalt aufgemacht, um zu gucken, was da läuft. Und in dem Moment hat der Sascha das erste Mal zugeschlagen. Und da habe ich das Handy rausgeholt, weil ich die Polizei rufen wollte. Dann hab ich mich aber doch nicht getraut, weil …" Sie verstummte und zuckte die Achseln. „Außerdem, bis die gekommen wären. Der wollte den Siyar ja nicht umbringen. Jedenfalls bin ich dann auf die Idee gekommen, das zu filmen, damit der Arsch wenigstens endlich ne Packung kriegt. Hier", sie hielt ihm das Handy hin. „Sie können es den Bullen geben."
Er nahm es entgegen. „Ich muss zuerst sehen, was darauf ist."
„Kein Problem." Sie drückte auf die entsprechenden Tasten. „Ist sogar mit Ton."
Er zählte mindestens acht Schläge, bevor Siyar fiel und danach noch drei weitere. Man konnte deutlich die unflätigen Beschimpfungen hören, die fast ununterbrochen aus dem Mund des Übeltäters strömten. Sein Opfer hatte den kräftigen Hieben nichts entgegenzusetzen. Anfangs hatte er noch versucht, sich zu wehren, schon nach dem dritten Schlag war er nur noch bestrebt gewesen, seinen Kopf zu schützen, den der Gegner wie einen Punchingball behandelte. Als Letztes sah man Sascha mitten in der Bewegung einfrieren, danach wurde das Display schwarz.
„Ich hatte Angst, dass er mich sieht, und hab die Tür zugemacht, als ich Ihre Stimme hörte", erklärte Chantal. „Sie gehen doch damit zur Polizei, ja?"
„Die werden rausbekommen, dass es sich um dein Handy handelt", klärte er sie auf. „Willst du das wirklich?"
„Nee", sie strahlte ihn an. „Das ist Siyars Handy. Meine Eltern haben meins eingezogen und er hat mir in der Pause seins geliehen. Wischen Sie es einfach gründlich ab, dann haben die Bullen keine Chance, mich zu finden."
„Ich muss erst noch mehr wissen", wehrte er ab, steckte aber das Telefon in seine Jackentasche. Trotz der ernsten Lage konnte er ein

Schmunzeln nicht unterdrücken. Krimis sah die Kleine anscheinend öfter. „Wo warst du genau?"
„Das sagte ich doch schon. In der Turnhalle. In der Zwei."
„Hat die einen Ausgang zur Seite?" Das war Jens neu. Er konnte sich auch nicht erinnern, diesen gerade gesehen zu haben.
„Ja, der ist ganz hinten an der Mauer. Deshalb habe ich ja die Prügelei aufs Handy gekriegt."
„Weißt du, warum Sascha ihn angegriffen hat?"
„Naja", sie wurde rot. „Sie wissen doch noch, das eine Mal, wo ich den in die Eier getreten hab und Sie mir zu Hilfe gekommen sind. Der wollte, dass ich mit ihm gehe. Meine Schwester ist mit dem sein Bruder zusammen und da hat der wohl gedacht, er kriegt mich rum. Der war sowieso schon sauer auf mich und ich hab gesehen, dass ich ihm aus dem Weg gehe. Wahrscheinlich hat er irgendwie mitgekriegt, dass Siyar und ich …", sie biss sich auf die Lippe. „Der wollte den einmachen, damit er mich …"
„Er war eifersüchtig auf ihn", half Jens ihr weiter.
„Ja, genau, der war rasend vor Eifersucht. Hat man ja sehen können." Sie lachte auf. „Den machen wir fertig, okay? Der kommt in den Knast, ja?"
„Wärest du denn unter Umständen bereit, gegen Sascha auszusagen?", fragte Jens nach, der sich nicht sicher war, ob ein Handyvideo für eine Verurteilung ausreichte.
„Nee, ganz bestimmt nicht. Sie kennen den Lars nicht. Der macht mich alle. Nee, das müssen Sie regeln."
„Und wenn die Polizei dir Anonymität zusichert? Also dich an einem sicheren Ort befragt und deinen Namen nicht weitergibt", verdeutlichte er, weil ihm leider zu spät eingefallen war, dass die Kleine die meisten Fremdwörter bestimmt nicht kannte.
„Nee, lieber nicht. Das kommt trotzdem irgendwie raus." Sie warf ihm einen argwöhnischen Blick zu. „Ich dachte, Sie machen das allein. Sie sind Lehrer. Ihnen wird man bestimmt glauben. Wollen Sie sich etwa drücken?"

„Nein, natürlich nicht", versicherte er nachdrücklich. „Es ist nur so, meine Aussage steht gegen seine. Die beiden Polizisten haben gesagt, damit lässt sich kein Haftbefehl erreichen. Zumal dein Freund beteuert, Sascha sei nicht der Täter gewesen", konnte er nicht umhin hinzuzufügen.

„Hm." Sie kratzte sich am Kopf und dachte nach. „Wir ziehen das durch", beharrte sie schließlich. „Der muss ja auch nicht unbedingt da mit reingezogen werden."

„Okay." Jens stand auf und klopfte sich den Dreck von der Hose, obwohl er nicht glaubte, dass sich durch diese Aktion viel ausrichten ließ. Es war mittlerweile empfindlich kalt und feucht geworden, die Nässe hatte sich in den Stoff gesetzt und er spürte kaum noch seine Füße. „Ich mache mich gleich auf den Weg. Wir reden morgen weiter."

„Aber nicht so, dass einer was davon mitkriegt", begehrte sie auf. Um danach wesentlich gemäßigter zu fragen: „Können Sie rausbekommen, wie es Siyar geht? Ich kann ja nicht im Krankenhaus auftauchen."

„Mache ich sofort anschließend", versprach er. Ein Blick auf die Uhr und er konnte sein Versprechen sofort umsetzen. Niklas' Training hatte vor fünf Minuten begonnen, keine Chance mehr, ihn rechtzeitig dort abzuliefern.

„Kommen Sie bitte durch." Der Polizist, dem er sein Anliegen vortrug, winkte Jens, ihm zu folgen. „Ich bringe Sie zu Herrn Gerber, der ist dafür zuständig."

Der Beamte, der ihn empfing, besaß eindeutig einen höheren Status. Das erkannte Jens nicht nur daran, dass er Zivilkleidung trug, auch sein ganzes Auftreten vermittelte eine andere Art von Kompetenz. „So, Sie sind also der Zeuge, der den Angriff gemeldet hat", begann dieser, nachdem Jens ihm gegenüber Platz genommen hatte. Er fühlte sich genauestens von ihm taxiert und begann daraufhin ebenfalls, sein Gegenüber ungeniert zu mustern. Der Mann war schätzungsweise um die Fünfzig, mit grau meliertem Bürstenhaarschnitt und ausgeprägten Falten um Mund und Nase. Die Augen hinter der Hornbrille hatten einen scharfen Blick, dem entging so leicht nichts, schoss es Jens durch den Kopf. Seine Miene war freundlich neutral, nichts deutete darauf hin, dass er sich über den unverhofften Besucher wunderte.

„Ich habe einen Zeugen aufgetrieben, der den Überfall gesehen und gefilmt hat", brach Jens das Schweigen zwischen ihnen. Er griff in seine Jackentasche, holte das Handy hervor und hielt es dem Polizisten hin.

Jetzt hatte dieser seine Züge nicht mehr so gut unter Kontrolle. Es war eindeutig Überraschung, die in seinen Augen aufblitzte. Er erhob sich halb und langte über den Tisch. „Lassen Sie mal sehen." Innerhalb von Sekunden gelangte er zu dem entsprechenden Video, ließ es einmal, dann ein zweites Mal laufen. „Wo haben Sie das her?"

„Jemand hat es mir anvertraut, damit ich es Ihnen bringe. Dieser Jemand möchte selbst nicht namentlich erwähnt werden. Er hat Angst vor Repressalien."

„Hm." Herr Gerber sah sich die Szenen zum dritten Mal an. „Ist ziemlich eindeutig. Ich denke, das wird reichen. Zusammen mit Ihrer Aussage hat er keine Chance, sich rauszureden." Er hob den Blick und sah Jens direkt an. „Sie wissen, auf was Sie sich einlassen, nehme ich an?"

„Ich vermute, dass dies nur die Spitze des Eisbergs ist", nickte er. „Ich habe diesen Schüler schon länger in Verdacht, diverse Straftaten zu begehen. Erpressung, Nötigung, Körperverletzung, wie hier geschehen, die Liste wird sich wahrscheinlich noch verlängern, wenn ich die Jugendlichen dazu bekomme, sich gegen ihn zu stellen. Ich hoffe, dass die anstehende Verhaftung ausreicht, damit sie ihre Angst überwinden und ihn ebenfalls anzeigen. Er wird doch verhaftet, oder?"

„Ich schicke gleich zwei Beamte raus, die ihn einkassieren", nickte Herr Gerber. „Ich denke, dass er aufgrund der Schwere der Verletzungen bis zum Prozess in Untersuchungshaft verbleibt."

„Ist Siyar derart schlimm verletzt?" Jens schluckte. Er hatte gedacht, der Junge sei mit diversen Prellungen und Schürfwunden davongekommen.

„Das Krankenhaus hat uns eben informiert. Das Opfer muss operiert werden. Es wurden mehrere Knochenbrüche im Gesicht festgestellt. Das war keine harmlose Prügelei, wie man ja auch auf diesem Film sieht. Der Täter hat mit aller Kraft zugeschlagen." Er hüstelte. „Ich vermute, er hat einen Schlagring getragen. Die Vergrößerung der Szenen wird hoffentlich Aufschluss darüber geben." Er hob vielsagend die Augenbrauen. „Dabei stellen wir natürlich ebenso fest, wem das Handy gehört."

„Dem Opfer." Jens konnte sich ein Grinsen nicht verkneifen. „Siyar hatte es an die Person, die die Aufnahmen gemacht hat, verliehen." Er machte Anstalten, sich zu erheben. „Sind wir fertig?"

Herr Gerber räusperte sich. „Nein, wir fangen gerade erst an. Ich denke, ich muss Sie schonungslos aufklären, auf was für Gegner Sie sich da eingelassen haben."

# 8

„Ist Kira schon zuhause?" Jens überging die besorgte Frage seiner Frau, was das alles zu bedeuten hätte – es war mittlerweile nach acht – hängte seine Jacke an die Garderobe und rief, ohne ihre Antwort abzuwarten, nach seinen Kindern. „Bitte kommt mit ins Wohnzimmer. Ich habe euch einiges zu berichten", erklärte er ihnen, nachdem sie aus ihren Zimmern gekommen waren, seine Tochter neugierig, sein Sohn mürrisch, weil er es wagte, ihn zu stören.

„Ich habe heute etwas angestoßen, dessen Bedeutung mir bis zu diesem Moment nicht bewusst war", begann er, nachdem sie alle auf der Couch Platz genommen hatten. Dann berichtete er ausführlich von dem, was sich an der Schule zugetragen hatte. Allerdings gab er weder Chantals Namen noch die Hintergründe preis, die zu der Aufnahme geführt hatten.

Bevor er zu seinem Gespräch mit Herrn Gerber überleitete, erzählte er seinen Kindern endlich von seinem Verdacht gegenüber Sascha. Dass der beschmierte Wagen ein Racheakt von diesem gewesen sei, ebenso wie die aufgeschlitzten Reifen.

„Warum?", fragte Niklas dazwischen. „Was hast du gemacht?"

Jens war bereit, sämtliche Einzelheiten zu erzählen. „Beim ersten Mal hatte ich ihn während einer Mathematikarbeit beim Schummeln erwischt. Zwei Ermahnungen gab es ihm gegenüber schon, deshalb kassierte ich sein Heft ein. Beim zweiten Mal half ich einer Schülerin, die er bedrängte." Er sah die Szene bildlich vor sich. Chantal, die von Sascha an die Wand gedrückt wurde und sich nicht anders zu wehren wusste, als dass sie ihm ihr Knie zwischen die Beine stieß, sich befreite und loslief. Leider hatte sie nicht gut genug getroffen. Bevor er den Jungen erreichte, hatte der die Verfolgung aufgenommen. Er war hinterhergehetzt und hatte gleichzeitig aus voller Lunge schreiend auf sich aufmerksam gemacht. Das Mädchen war weitergelaufen, Sascha dagegen hatte aufgegeben. „Ey, was wollen Sie eigentlich? Ein kleiner Streit unter Liebenden und Sie brüllen rum, als wollte ich die Kleine abstechen." Das widerliche, Überlegenheit simulierende Grinsen tauchte auf seinem Gesicht auf. „Cool bleiben, Mann!" Weiß vor Wut hatte er die Lippen aufeinandergepresst und sich wortlos umgedreht. Es hatte nicht viel gefehlt und er wäre ihm über den Mund gefahren.

„Und du bist dir sicher, dass der deshalb aus Rache dermaßen übertrieben reagiert hat?" Niklas war eindeutig skeptisch. „Das ist viel zu heftig."

„Du kennst ihn nicht", erwiderte Jens ruhig. „Ja, ich hatte ziemlich schnell einen Verdacht gegen ihn, konnte diesen aber nicht beweisen. Bis es zu dem heutigen Vorfall gekommen ist. Mein anschließendes Gespräch mit dem Hauptkommissar war sehr aufschlussreich. Ich habe wohl in ein richtiges Wespennest gestochen. Und genau deshalb sitzen wir nun hier. Der Täter stammt aus einem höchst asozialen Umfeld, der Vater ein Trinker, die Mutter vor einigen Jahren weggelaufen, zwei Brüder im Gefängnis und, und, das ist wohl das Schlimmste, ein weiterer Bruder, der in der Neonaziszene aktiv ist."

Claudia war bei seinen letzten Worten blass geworden. „Meinst du, der käme auf die Idee, sich an uns zu rächen?", fragte sie mit bebender Stimme.

„Laut dem Kommissar, mit dem ich gesprochen habe, ist das durchaus zu befürchten", erwiderte Jens. „Es hat bereits einmal einen Vorfall gegeben, der darauf hindeutet. Dieser Junge, um den es geht, er verhielt sich von Anfang an deutlich asozial. Der Klassenlehrer beantragte eine Versetzung an eine Schule für Kinder mit besonderem Erziehungsbedarf, der Rektor befürwortete die Maßnahme. Bevor es dazu kommen konnte, wurde der Lehrer brutal zusammengeschlagen. Noch in der Genesungsphase bat er um Versetzung an eine Grundschule. Der Rektor, es ist übrigens derselbe, unter dem ich arbeite, führte ein klärendes Gespräch mit den Angehörigen und beschloss, den Jungen probeweise an seiner Schule zu belassen. Angeblich übernahm unser Psychologe dort eine Schlüsselrolle und schaffte es, ihn mit besonderen Maßnahmen zu sozialisieren. Der brutale Überfall konnte nie aufgeklärt werden, niemand hatte etwas gesehen. Der verletzte Lehrer erklärte, die drei Täter hätten Sturmhauben getragen, von Statur und Stimme her seien sie ihm unbekannt." Jens verstummte und sah seine Familienmitglieder der Reihe nach an.

Bevor er fortfahren konnte, fragte Niklas: „Die Polizei glaubt, die haben den zusammengeschlagen, um zu verhindern, dass dieser Schüler von der Schule muss?" Er klang ungläubig.

„So direkt gesagt hat er es mir natürlich nicht", berichtigte Jens. „Er gab es mir eher durch die Blume zu verstehen. Denn eigentlich hätte er mir gegenüber darüber nichts verlauten lassen dürfen. Dass er es trotzdem getan hat, macht die ganze Sache ja so schlimm."

„Das heißt also, die Polizei hatte den starken Verdacht, dass seine Familienangehörigen dahintersteckten, sie konnte denen nur nichts beweisen", stellte Kira klar.

„Den Neonazibruder", verbesserte Jens. „Die anderen beiden saßen zu diesem Zeitpunkt schon im Gefängnis. Sie vermuten, dass er Unterstützung von zwei seiner Genossen erhielt."

„Wie alt ist dieser Bruder denn?" Claudia wirkte noch immer verstört. „Ich meine, der kann doch auch nicht so alt sein."

„Und was haben die anderen beiden gemacht, dass sie eine derart lange Gefängnisstrafe absitzen müssen?", übernahm Kira, bevor er antworten konnte. „Das Jugendstrafrecht ist normalerweise gnädig."

„Das weiß ich nicht. Auch über deren Alter wurde nicht gesprochen", berichtigte sie Jens. „Der Herr Gerber kann mich schließlich nicht in alles einweihen. Es war sehr entgegenkommend von ihm, dass er mich gewarnt hat, finde ich. Aber du hast recht, Kira. Es mutet ziemlich seltsam an. Anscheinend haben wir es hier mit einer äußerst gewaltbereiten Familie zu tun. Dieser Bruder, um den es geht, ist wohl Mitte zwanzig", wandte er sich an seine Frau. „Hier", er warf ein Foto auf den Tisch. „Das ist er."

Alle drei beugten sich vor und starrten auf die Aufnahme, die das Porträt eines jungen Mannes mit Glatze zeigte, der grimmig in die Kamera blickte.

„Das Foto ist bei einer Demonstration entstanden, aktenkundig ist der Kerl bisher nicht", erklärte Jens.

„Der sieht aus, als sei mit ihm nicht gut Kirschen essen", kommentierte Niklas das Bild.

„Den würde ich bestimmt nicht erkennen, wenn ich dem auf der Straße begegne", Kira schürzte die Lippen. „Es ist Winter, mit einer Mütze auf dem Kopf sieht er aus wie jeder andere, der hat ein Dutzendgesicht."

„Trägt er denn die übliche Uniform?", wollte Claudia wissen.

„Keine Ahnung", musste Jens zugeben. „Immerhin ist unser Feind damit für uns kein Unbekannter mehr und darauf kommt es schließlich an. Ich lasse gleich morgen Abzüge für euch machen. Am besten tragt ihr das Bild ständig bei euch. Entdeckt ihr ihn in eurer Nähe, seid besonders wachsam und wählt im Zweifelsfall den Notruf. Des Weiteren solltet ihr alle menschenleere Gegenden meiden." Er sah Kira bedeutungsvoll an. „Keine Abkürzungen über dunkle Wege mehr, nur um ein paar Minuten zu sparen. Kommst du abends spät heim, ruf mich an, damit ich dich abhole. Ist es noch später, nimm bitte ein Taxi. Ich zahle."

„Jens, was hast du da bloß losgetreten!" Mit angstvoll geweiteten Augen starrte Claudia ihn an.

„Meinst du etwa, ich finde das lustig?", fuhr er sie an. „Ich konnte doch nicht ahnen, wohin sich diese Geschichte entwickelt."

„Lasst gut sein", mischte sich Kira ein, bevor es zu einem handfesten Streit kam. „Viel wichtiger ist es abzuklären, wie groß diese Bedrohung wirklich ist. Du hast den Film nicht gedreht, Papa. Also ist dieser anonyme Zeuge in weit größerer Gefahr. Deine Anzeige hat im Endeffekt nichts bewirkt. Der Typ wurde laufengelassen."

„Aber ich habe den Stein ins Rollen gebracht", widersprach Jens ihr. „Und ich habe das belastende Material geliefert. Das reicht schlimmstenfalls aus."

„Im schlimmsten Fall", bestätigte Kira nickend. „Seien wir mal ehrlich. Wer erfährt davon, dass du das Handy bei der Polizei abgegeben hast? Dein Zeuge wird ganz bestimmt nicht darüber reden. Wenn der so viel Schiss hat, dass er sich nicht getraut hat, selbst zur Polizei zu gehen, hält der sich garantiert zurück. Die Beamten werden ebenfalls nicht sagen, von wem sie das Video bekommen haben. Also wie sollte der Neonazibruder von uns Wind kriegen?"

Jens, so deutliche Worte von seiner Tochter nicht gewohnt, starrte sie nachdenklich an. „Der Herr Gerber hat mich explizit gewarnt, dass wir mit Vergeltungsschlägen rechnen müssen", gab er schließlich zu. „Mit den Leuten ist nicht zu spaßen."

„Warten wir es ab." Sie zuckte die Achseln. „Ich jedenfalls habe jetzt Hunger. Kommst du?" wandte sie sich an ihren Bruder. „Ich kann mir dann beim Essen deinen englischen Text durchlesen."

Die Eltern waren viel zu angespannt, als dass sie diese lahme Ausrede hinterfragten. Kaum hatte sich die Tür hinter den beiden geschlossen, legte Claudia los. „Das war klar, dass das böse endet", warf sie ihm an den Kopf. „Du und deine Verbissenheit! Du hast den Typen zu deinem persönlichen Feind erklärt und jede seiner Bewegungen genau verfolgt. Du musstest ihn unbedingt zur Strecke bringen. Das haben wir nun davon!"

„Ich konnte schließlich nicht wissen, was alles dahintersteckt." Sein Erklärungsversuch klang ausgesprochen lahm. „Ich habe dir oft genug gesagt, dass meine Kollegen nicht mit mir über Sascha reden wollten. Keiner fühlte sich bemüßigt, mich einzuweihen."

„Daran trägst du selbst die Schuld. Du hättest dich mal hören müssen! Dermaßen selbstgerecht, so überzeugt von deiner Mission. Sie haben dich ins offene Messer laufenlassen. Ja, es blieb ihnen gar nichts anders übrig! Du hättest sowieso nicht auf sie gehört." Claudia hatte sich derart in Rage geredet, dass sie innehalten musste, um Luft zu holen.

„Was hätte ich denn deiner Meinung nach tun sollen?", Jens zwang sich, ruhig zu bleiben. „Ich sah, dass dieser Junge seine Mitschüler drangsalierte, dass sie offensichtlich Angst vor ihm hatten. Und die Sache mit der Klassenarbeit? Es gibt gewisse Regeln, an die sich alle halten müssen. Lasse ich zu, dass einer sie bricht, tanzt mir bald die gesamte Klasse auf dem Kopf herum. Und wenn ich sehe, dass ein Junge ein Mädchen angreift, kann ich nicht einfach wegsehen. Der Kerl ist schwer gestört, daran gibt es keinen Zweifel."

„Ich finde es nur komisch, dass niemand außer dir je Probleme mit ihm hatte", Claudia war nicht zu beruhigen. „Wenn er so schlimm ist, wie du sagst, müssten dann nicht bereits mehrere ähnliche Vorfälle aktenkundig sein?"

„Warte, ich zeig dir was." Jens zog sein Handy aus der Tasche und hielt es so, dass sie das Display sehen konnte. „Das ist Siyar. Schau genau hin. Und jetzt stell dir vor, dein Sohn würde verprügelt und der einzige, der ihm helfen könnte, ginge, ohne die Szene zu beachten, vorbei. Wie fändest du das?"

Claudia stöhnte leise auf, als sie das Bild des Jungen betrachtete, der mit geschlossenen Augen in dem Krankenbett lag. Sein Gesicht war als solches kaum noch zu erkennen, die Augen verfärbt und zugeschwollen, die Nase stand eindeutig schief, der Mund war immer noch blutverschmiert.

„Gebrochene Nase, gebrochener Kiefer, gebrochenes Jochbein, dazu zwei ausgeschlagene Zähne", zählte Jens auf. „Ach, ja, zwei Rippen sind ebenfalls gebrochen. Morgen wird er operiert."

Sie schluckte mehrmals, bevor sie antwortete: „Ich verstehe immer noch nicht, wieso vorher nie jemand reagiert hat. Mein Gott, der arme Kerl!"

„Das werde ich morgen klären", ihr Mann lachte grimmig. „Was meinst du, warum ich das Foto aufgenommen habe? Ich will es meinen Kollegen morgen präsentieren. Euch wollte ich das Foto eigentlich nicht zeigen, aber du hast mir keine Wahl gelassen. Sag den Kindern nichts davon, die Situation ist so schon beängstigend genug."

„Und da wird behauptet, an der Hauptschule sei es am schlimmsten", murmelte Claudia, ihre Gegenwehr war erloschen. Mit diesem Ausmaß an Gewalt konfrontiert, konnte sie ihm sein Handeln nicht mehr vorwerfen.

„Es kommt immer auf die Schulleitung an", wehrte Jens ab, der sich bei diesem Punkt wieder auf sicherem Terrain befand. „Ich habe dabei Glück gehabt. Unser Rektor war hart aber fair. Wir wussten alle, dass er hinter uns stand und unsere Entscheidungen mittrug. Außerdem wurden von Anfang an, also schon bei den Fünftklässlern, die gültigen Regeln, an die alle sich zu halten hatten, erklärt und auf deren Einhaltung geachtet. Natürlich gab es trotzdem einige Kollegen, die ihre Schwierigkeiten hatten. Es kommt auch auf deine Art an, wie du den Schülern gegenübertrittst. Aber du hast recht, einen derartigen Jugendlichen gab es bei uns nicht. Den hätten wir schnellstens aus unseren Reihen entfernt." Er erhob sich. „Da fällt mir ein, ich muss unbedingt noch einmal mit den Kindern sprechen. Alles, was ich euch über diese engeren Verbindungen zur Neonaziszene geschildert habe und die Geschichte, was sich damals an der Gesamtschule zugetragen hat, das muss unter uns bleiben. Herr Gerber hat mir das im Vertrauen erzählt. Ihr dürft es nicht weitergeben!"

Claudia sah hinter ihrem Mann her, der energischen Schrittes den Raum verließ. Ihre Angst hatte sich nicht gelegt, war eher noch stärker geworden, nachdem sie das Foto gesehen hatte. Wie konnte er bei dem, was sie erwartete, so ruhig bleiben?

# 9

Sie hatten am Abend noch lange diskutiert. Kira war relativ gelassen geblieben, er hatte die Sache wesentlich enger gesehen. Der Alte und seine ewigen Versuche, die Welt zu retten! Dieses Mal hatte er es eindeutig übertrieben.

Komisch war nur, dachte Niklas am nächsten Morgen auf seiner täglichen Busfahrt zur Schule, dass er sich durchaus für all seine Schüler den Arsch aufriss, die Probleme seiner eigenen Kinder dagegen nie sah. Jeder andere war wichtiger als sie.

Wie immer wartete Benjamin an der Haltestelle auf ihn. „Na, was geht ab?"

„Nix, alles paletti", brummte Niklas, eingedenk dessen, was der Vater ihnen am Vortag gesagt hatte.

„Wie war dein Training?" Der Freund musterte ihn von oben bis unten. „Gar keine Beschwerden heute?"

Das war ein ständiger Spaß zwischen ihnen. Im Endeffekt war Benjamin neidisch, weil am Ende der Plackerei der ultimative Rechner stand, deshalb machte er jedes Mal, wenn Niklas sich steif vor Muskelkater kaum zu bewegen wusste, seine Bemerkungen dazu. Dabei hätten dem diese Übungen genauso gutgetan. „Ist ausgefallen", schwindelte er.

Sie hatten den Schulhof erreicht und schoben sich durch die Massen der Schüler. „He, pass doch auf!" Dabei hatte der Junge ihn angerempelt! Statt ihm eine passende Antwort zu geben, zog Benjamin den Kopf zwischen die Schultern und wich zur Seite aus. „Wichser!", rief der Rempler hinter ihm her. Die beiden legten immer noch schweigend einen Schritt zu. „Wie ich das hasse!", stöhnte sein Freund. „Habe nur ich das Gefühl oder wird es wirklich immer schlimmer?"

„Wir sind eben Dinosaurier", erwiderte Niklas wie schon so oft auf die Klage seines Freundes. „Eine aussterbende Art."

„Du kapierst es einfach nicht, was?" Benjamin stieß ihn freundschaftlich in die Seite. „Diese Spezies stand ganz oben in der Nahrungskette. Die hätten sich nicht rumschubsen lassen."
Gemeinsam schritten sie nebeneinander die Treppe zum Gebäude hoch. „He, Baumgard! Gibst du mir mal die Mathehausaufgaben?" Ein baumlanger Typ war neben ihnen aufgetaucht.
„Erst bin ich dran", protestierte Benjamin.
„Nee, könnt ihr vergessen", ertönte eine Stimme hinter ihnen. „Zuerst ich, dann ihr." Der breit grinsende Schüler schlug Niklas von hinten auf die Schulter, dass der fast in die Knie ging. „Ihr wollt doch wohl keinen Aufstand anzetteln, oder?"
„Markus, wusste ich doch, dass ich dich in der Nähe von dem Baumgard finde!" Eine zierliche Schwarze tauchte neben dem Jungen auf und schlang den Arm um seine Taille. „Ich bin an Aufgabe zwei echt verzweifelt. Kannst du gleich mal gucken, was ich falsch gemacht habe?"
Niklas versuchte vergebens, die aufsteigende Röte zu verbergen.
„Klar", sagte er mit abgewandtem Kopf.
„Angie, schmachte ihn nicht so an!", kicherte ihr Freund. „Dem läuft gleich der Sabber aus dem Mund."
„Sei nicht immer so 'n Arsch", tadelte sie ihn. „Wenn du Nick nicht hättest, sähst du alt aus."
„Der wird doch wohl noch nen Spaß verstehen." Markus klopfte Niklas, der sich verzweifelt den Kopf nach einer lockeren Antwort zermarterte, erneut auf die Schulter. „Nimm's nicht tragisch, Alter. Das sind bloß die Hormone. Angie hat diese Wirkung nun mal."
„Macht vorwärts, Leute", mischte sich Benjamin ein. „Ich seh schon den Gerlach."
Die fünf beschleunigten ihren Schritt und erreichten knapp vor dem Lehrer das Klassenzimmer. Während Niklas nach seinem Matheheft kramte, normalisierte sich seine Gesichtsfarbe endlich wieder.
„Danke", Markus nahm es grinsend entgegen. „Kriegst es spätestens in der Pause zurück."

Das war einer dieser Punkte, die Niklas nicht verstand. Wie war es dem Klassenkameraden möglich, bei Herrn Gerlach seine Hausaufgaben nachzuholen? Der gestaltete seinen Englischunterricht dermaßen anspruchsvoll, dass er selbst es nicht einmal wagte, seine Gedanken abschweifen zu lassen. Zudem scannte der Lehrer mit Argusaugen die Klasse, wie konnte es ihm nur entgehen, dass Markus fast die ganze Zeit geistig abwesend war?

„Frechheit siegt", meinte Benjamin, nachdem er diese Frage laut geäußert hatte. Sie standen wie immer ein wenig abseits auf dem Schulhof und beobachteten ein paar Fünftklässler, die Fangen spielten. „Angie flüstert ihm die richtige Antwort zu und der Gerlach tut, als bekäme er es nicht mit, weil er keine Lust hat, endlos mit Markus zu diskutieren."

Ja, sein Freund hatte den Nagel auf den Kopf getroffen. Der Mitschüler schaffte es auf seine dreiste Art immer wieder, sich herauszuwinden. Das Seltsame daran war jedoch, die meisten Lehrer mochten ihn dennoch und auch in der Klasse war er einer der Beliebtesten. Verstehe einer die Welt! „Ist dir eigentlich schon aufgefallen, dass es gerade die Störenfriede sind, die, die am wenigsten auf die Reihe kriegen, die bei den Lehrern beliebt sind?", fragte er den Freund.

„Bei der Dierkes nicht, und bei dem Engelbrecht auch nicht", wehrte der ab.

„Aber bei allen anderen schon", Niklas schnaufte laut. „Es ist irgendwie eine Umkehr der Ordnung, findest du nicht? Die Schüler, die aufmerksam und leise sind, werden kaum wahrgenommen, die, die sich danebenbenehmen und lauthals krakeelen, sind die Lieblinge. Es reicht ab und zu eine gute Bemerkung zum Stoff und sie haben ihre Sonderrolle, auf der sie sich ausruhen können."

Bevor Benjamin antwortete, sah er sich zuerst vorsichtig um, ob sich keiner ihrer Klassenkameraden in Hörweite befand. „Du hast nur bedingt recht. Die extremen Störenfriede sind von diesem Status ausgeschlossen."

„Ja und? Es ist trotzdem eine Sauerei", beharrte Niklas. „Es ist, als würden wir kaum wahrgenommen. Brav sein ist out, haust du richtig auf die Kacke, wirst du noch belohnt."
„Nicht so laut!", zischte Benjamin und blickte nervös um sich. „Hast du heute deinen Philosophischen, oder was ist mit dir los?"
„Ich spreche die Wahrheit aus, das ist alles." Niklas versuchte, sich in ein Lachen zu retten. „Manchmal geht mir das alles eben gewaltig auf den Keks. Für die anderen sind wir zwei Loser und für die meisten Lehrer ebenfalls."
„Für den Engelbrecht nicht und für all die Nieten in Mathe dank dir auch nicht", stellte Benjamin richtig. „Die brauchen dich."
„Trotzdem sind wir beide Außenseiter."
„Aber besonders beliebte", versetzte der Freund grinsend. „Mal ehrlich, wärst du glücklicher, bei denen mit abzuhängen? Das ist doch total öde, die labern nur Stuss."
„Ach, vergiss es, ich hab anscheinend heute meinen schlechten Tag."
„Nein, ich verstehe ja, was dich nervt", gab Benjamin zu. „Meinst du, mir geht es anders? Mich ärgert das genauso. Wir sind einfach viel zu gut erzogen worden, das ist es. Oder vielleicht haben wir einfach mehr Empathie. Die anderen, das sind Blender, komischerweise sieht das keiner. Wir dagegen nehmen Rücksicht, drängeln uns nicht vor, sind höflich, machen uns nicht in aller Öffentlichkeit über andere lustig, hauen nicht auf die Kacke – sind kurz gesagt zu altmodisch für diese Welt."
„Ich sag ja, wir sind Relikte aus der Vergangenheit. Diese Dinge sind anscheinend heute überholt. Das sind Loser-Eigenschaften." Niklas brach ab und bewegte unbehaglich die Schultern. Irgendwie tat es gut, mit dem Freund darüber zu sprechen. Andererseits war es das erste Mal, dass sie sich so offen über dieses Thema unterhielten. Bisher hatten sie allerhöchstens mal einen Witz gemacht, über die allergeheimsten Gefühle zu reden war nie ihr Ding gewesen.

Benjamin schien ähnlich zu fühlen. „Wir sind schon arme Schweine, was? Hör lieber auf, sonst kommen mir gleich die Tränen."

Er lachte lauter als nötig über diese Aussage. „Wie sieht es aus? Kommst du nachher mit zu mir? Wir könnten uns den Laptop meiner Schwester ausleihen und gemeinsam zocken."

„Geht leider nicht. Meine Mam hat heute ihren freien Tag und mich dazu verdonnert, mit ihr zur Oma zu fahren", Benjamin verzog das Gesicht. „Die hat ihren Lieblingsenkel ja schon sooo lange nicht mehr gesehen. Naja, außerdem lässt sie jedes Mal, wenn sie mich sieht, einen Zwanni springen, das ist nicht zu verachten."

„Schade." Dann fiel ihm viel zu spät ein, dass er den Vorfall von gestern völlig aus den Augen verloren hatte. Seine Mutter würde ihm bestimmt die Hölle heiß machen, wenn er ausgerechnet heute Benjamin mit nach Hause brachte. War also eh besser, dass es nicht klappte.

Kira war nicht sonderlich besorgt gewesen gestern. „Das ist wieder typisch Papa", hatte sie gesagt, nachdem sie sich in die Küche zurückgezogen hatten. „Viel Lärm um nichts."

„Glaubst du nicht, dass dieser Neonazibruder sich an ihm rächen wird?" Er war eher ziemlich erschrocken, über das, was der Alte da angestoßen hatte.

„Quatsch. Die Sache ist längst gelaufen. Der kann nichts mehr erreichen, wenn er Papa drangsaliert", war sie sich sicher. „Überleg mal, bei dem ersten Mal hat er durch seine Drohungen seinen Bruder auf der Schule halten können. Der Film, der jetzt diese Prügelattacke zeigt, wird durch keine Maßnahme seinerseits verschwinden. Was soll es also bringen, sich an dem Lehrer, der damit gar nichts zu tun hat, zu rächen?"

„Pure Vergeltungssucht?", hatte er erwidert.

„Nee, so blöd sind die dann doch nicht. Sich aufspielen, andere drangsalieren, um ihren Vorteil daraus zu ziehen, ja, aber bestimmt agieren die nicht ohne Aussicht auf Erfolg."

Vielleicht hätte Kira ihre Argumente Mama darlegen sollen, die war heute Morgen ziemlich neben der Spur gewesen. Nein, es war definitiv besser, wenn er allein nach Hause kam.

„Alles in Ordnung mit dir?", empfing sie ihn gleich in der Diele, als er pünktlich um drei die Tür aufschloss.

„Klar, ich konnte dem Bus in letzter Sekunde ausweichen", grinste er.

„Ach du." Sie knuffte ihn sanft auf die Brust. „Ich habe mir wirklich Sorgen gemacht."

„Frag deine Tochter, die sieht die Geschichte viel lockerer."

„Die will bis spät an der Uni bleiben." Seine Mutter blinzelte ihm zu. „Wetten, dass sie uns bald ihren neuen Freund vorstellt?"

„Der wievielte ist das, der vierte?"

„Der dritte, wenn ich überhaupt richtig liege." Die Witzelei mit ihm hatte ihr gutgetan, die sorgenvollen Falten waren aus ihrem Gesicht verschwunden.

„Was gibt's zum Essen?", wechselte er das Thema. Kira und ihre Liebschaften waren im herzlich egal, erinnerten sie ihn doch daran, dass er selbst es bisher nicht geschafft hatte, seine Angebetete in ein richtiges Gespräch zu verwickeln, geschweige denn sie zu fragen, ob sie Lust hatte, was mit ihm am Wochenende zu unternehmen.

War wohl auch besser so, sinnierte er, während er sich großzügig vom Nudelauflauf bediente. Die hätte ihn sowieso nur ausgelacht. Nein, das war ungerecht, Caroline würde niemals einen anderen extra leiden lassen. Er sah sie direkt vor sich, wie sie anfinge zu stammeln und nach einer Ausrede zu suchen. Sie würde ihn behutsam abweisen, was nicht weniger schmerzhaft war. Er brauchte sich doch nur anzusehen, jede Menge Pickel, dürr und hoch aufgeschossen, mit einer viel zu laschen Körperhaltung, wie sein Vater immer so schön sagte.

„Wie war die Schule?", erkundigte sich seine Mutter, die sich zu ihm an den Tisch gesetzt hatte.

„Wie immer", erwiderte er nahezu mechanisch. Dachte sie wirklich, sie würde auf diese Standardfrage eine ehrliche Antwort bekommen?

„Und Benjamin, wann schaut der mal wieder vorbei?", ließ sie nicht locker.

„Ich dachte, heute würde es dir nicht passen", konterte er.

Sofort wurde ihre Miene sorgenvoll. „Papa hat sich gar nicht gemeldet. Hoffentlich ist alles in Ordnung."

„Das tut er nie", erinnerte Niklas sie.

„Ich dachte ja nur. Wegen der besonderen Umstände."

Schon fühlte er sich ausgesprochen schäbig. „Wenn was passiert wäre, wüsstest du es garantiert", versuchte er, sie zu beruhigen. „Ach, übrigens ...", flink dachte er sich eine gute Geschichte aus, die sie ablenken würde. Wie sie da saß, mit hängenden Schultern und bedrücktem Gesicht, das war nicht mitanzusehen. Sie war es, die am meisten unter der Sache zu leiden hatte.

# 10

Jens spürte den Umschwung sofort, als er um acht die erste Klasse des heutigen Tages betrat. Kaum hatte er seine Tasche auf das Pult gestellt, kehrte schlagartig Ruhe ein, die Zwölf-, Dreizehnjährigen, die er unterrichtete, sahen ihn mit deutlicher Spannung auf ihren Gesichtern an. Das gestrige Geschehen und Saschas Verhaftung hatten sich bereits herumgesprochen. Jetzt warteten sie darauf, dass er sich dazu äußerte.
Stattdessen ging er ungerührt direkt zu der ersten Aufgabenstellung über. Irgendjemand stöhnte unterdrückt auf, laut wagte sich keiner zu äußern.
Die gesamten zwei Stunden konnte er sich über eine mustergültige Aufmerksamkeit freuen, die Schüler schienen bestrebt, nicht unangenehm aufzufallen. Zwischendurch ertappte er sie immer wieder dabei, wie sie ihn unauffällig beobachteten. Ja, er hatte eindeutig an Achtung gewonnen.
Die Fünftklässler, die er anschließend in Biologie unterrichtete, waren weniger zurückhaltend. „Haben Sie echt den Sascha verdroschen?", fragte ihn Luis, kaum dass er eingetreten war.
„Stimmt das, dass der ins Gefängnis gekommen ist?", mischte sich Dorothee ein, bevor er antworten konnte. Die sonst so sanfte Kleine glühte vor Erregung.
Er sah stumm auf die Klasse vor sich. Alle starrten ihn mit sensationslüsternen Augen an. Er musste ihnen wenigstens eine kurze Erklärung anbieten. „Versteht bitte, dass ich mich dazu im Moment nicht äußern kann. Ich denke aber, dass der Rektor Herr Halbereit noch heute einen Kommentar zu den gestrigen Vorfällen geben wird."
Sichtlich enttäuscht wandten sie sich ihren Büchern zu. Jens unterdrückte ein zufriedenes Lächeln. Auch diese Schüler waren ihm

gegenüber wesentlich fügsamer. Er hoffte, dass dieser Zustand noch lange anhielt.

Das Lehrerzimmer war fast bis auf den letzten Platz besetzt, als er eintrat. Der Lautstärkepegel erinnerte ihn an eine aufgeregte Schulklasse. Genau wie diese verstummten die Anwesenden abrupt, während er die Tür hinter sich schloss. Wieder waren alle Augen auf ihn gerichtet. „Der Chef hat nach dir gefragt. Du sollst bitte direkt zu ihm kommen", sagte Marie-Louise in die Stille hinein.

„Was war gestern hier los?" Uwe Behnke, der Sportlehrer, konnte seine Neugier nicht länger bezähmen. „Stimmt es, dass der Sascha den Siyar angegriffen hat?"

„Es war eine ziemlich hässliche Angelegenheit", nickte Jens und stellte seine Tasche auf den einzigen noch freien Stuhl. „Lasst mich zuerst mit Herrn Halbereit sprechen. Dann kann ich euch hoffentlich mehr erzählen."

Unter dem Schweigen seiner Kollegen verließ er den Raum. Frau Gärtner, die Sekretärin, nickte ihm lächelnd zu. „Sie können gleich reingehen, Herr Baumgard. Gut gemacht", flüsterte sie seinem Rücken zu, nachdem er schon an ihr vorbei war.

Der Rektor saß hinter seinem Schreibtisch und winkte ihm, ebenfalls Platz zu nehmen. „Ich erhielt heute Morgen einen Anruf von der Polizei und einen", er verzog gequält das Gesicht, „von Saschas Bruder. Es soll eine Videoaufnahme aufgetaucht sein, die zeigt, wie Sascha auf diesen anderen Schüler einschlägt."

„Hat die Polizei Ihnen das nicht bestätigt?", fragte Jens zurück. Was sollte das? Glaubte Herr Halbereit etwas immer noch, das Geschehene verharmlosen zu können?

„Wer könnte diese Aufnahme gemacht haben?" Es klang eher wie: Wer ist so blöd und stellt sich gegen diesen Kerl und seinen Bruder?

„Keine Ahnung. Tatsache ist, sie existiert. Die Beamten wollten Sascha gestern noch verhaften." Mehr würde er ihm nicht erzählen, weder von Chantal noch von seiner Unterhaltung mit Herrn Gerber.

„Hatten Sie dabei Ihre Finger im Spiel?", zischte der Rektor.
„Herr Halbereit, ich muss doch sehr bitten." Nach außen gab er sich geschockt, innerlich triumphierte Jens. „Ich bin gestern nur bei der Polizei vorbeigefahren, weil ich wissen wollte, ob die Ermittlung tatsächlich eingestellt worden ist. Siyar, das Opfer, hat mehrere Knochenbrüche im Gesicht davongetragen und muss operiert werden. Es ist also keine kleine Prügelei gewesen, über die man einfach hinwegsehen kann."
„Nun ja." Sein Gegenüber betrachtete angelegentlich seine Fingernägel. „Wir wissen natürlich nicht, wer angefangen hat. Siyar ist, soweit ich gehört habe, auch kein unbeschriebenes Blatt an unserer Schule."
Er spürte, wie ihm das Blut ins Gesicht schoss. „Man hat mir das Video gezeigt", sagte er scharf. „Es ist eindeutig darauf zu sehen, dass Sascha derjenige war, der die Prügel austeilte." Er fragte sich, ob der Rektor das Opfer überhaupt kannte. Wahrscheinlich nicht, sonst wäre er gar nicht auf diesen abstrusen Gedanken gekommen. Siyar war im Vergleich zu Sascha klein und schmächtig, er hätte gegen ihn kaum eine Chance gehabt.
Herr Halbereit sah weiterhin auf seine Hände. „Sie erkennen den Ernst der Lage nicht"", murmelte er. Nach einem tiefen Atemzug sah er endlich auf. „Der Bruder des Tatverdächtigen ist ein bekannter Neonazi", gab er zu. „Sie ahnen wohl wirklich nicht, was Sie mit Ihrer Aktion ausgelöst haben."
Jens lehnte sich in dem bequemen Sessel, der vor dem Schreibtisch stand, zurück. „Ich kann nicht ganz nachvollziehen, worüber Sie sich aufregen. Der Kerl wurde aufgrund der Aussage des Zeugen verhaftet. Ich habe damit nichts zu tun." Nein, seine Mitwirkung dabei blieb gewiss geheim. Herr Gerber hatte ihm strengstes Stillschweigen versprochen.
„Aber Sie haben die Polizei gerufen und damit den Stein ins Rollen gebracht."

„Der Zeuge hätte den Videobeweis auf jeden Fall zur Wache gebracht", konterte Jens. „Überlegen Sie bitte, wie wir dastehen würden, wenn wir versucht hätten, den Vorfall zu vertuschen. Wie gesagt, die Verletzungen des Opfers sind erheblich."

Der Rektor schien seinen Einwand genau abzuwägen. „Sie haben recht", erwiderte er nach einer langen Pause. „Allein durch die Anforderung des Krankenwagens waren wir gezwungen zu reagieren. Und es hatte sich ja alles bereits geklärt. Dass die Geschichte dieses Nachspiel haben würde, konnten wir nicht wissen." Er nickte bekräftigend. „Saschas Verhaftung lag außerhalb unseres Einflusses."

„Trotzdem sollten wir diese Chance dazu nutzen, neue Verhaltensregeln festzulegen." Jens suchte den Blick seines Gegenübers und hielt ihn fest. „Die Jungen, die Sascha um sich gesammelt hat, das sind reine Mitläufer. Treten wir ihnen mit all unserer Autorität gegenüber, werden sie einknicken und sich in die Gemeinschaft einfügen." Er beugte sich vor. „Lassen wir nicht länger zu, dass die Regeln an unserer Schule untergraben werden!"

„Sie können das nicht verstehen." Herr Halbereit winkte müde ab. „Früher dachte ich ähnlich wie Sie. Gegenseitige Achtung, ein geordnetes Miteinander, keine Gewalt, das waren meine Ziele, die ich durchsetzen wollte. Doch ich wurde eines Besseren belehrt. Dass Sascha auffällig war, stand schon nach kurzer Zeit fest. Dass er für unsere Schule nicht länger tragbar sein würde, kristallisierte sich bald darauf heraus. Womit wir nicht gerechnet hatten, war die Reaktion seiner Familie. Herr Claassen, sein Klassenlehrer, und ich hatten den Vater zu einem klärenden Gespräch gebeten. Er kam zusammen mit seinem Sohn, dieser war damals ungefähr Anfang zwanzig. Die beiden wehrten sich vehement gegen unsere Einschätzung, dass dem Jungen in einer besonderen Einrichtung besser geholfen werden könne. Sie beharrten darauf, dass wir es weiter mit ihm versuchen sollten. Der Vater ist ein sehr unangenehmer Mensch, laut und streitsüchtig, wir mussten das gemeinsame Gespräch abbrechen. Beim Rausgehen packte mich der Bruder am Arm und befahl mir regelrecht, meine Ansicht noch einmal zu überdenken. Herr Claassen und ich waren uns jedoch einig, dass wir für Sascha bei uns nichts mehr tun konnten und beantragten seine Versetzung in eine Förderschule. Einen Tag nachdem der Vater diesen Bescheid erhalten hatte, tauchte der Bruder wieder an unserer Schule auf und bedrohte den Klassenlehrer. Wir nahmen die Drohung nicht sonderlich ernst. Natürlich war uns klar, dass der junge Mann nicht gerade der Norm entsprach und in schlechten Kreisen verkehrte. Trotzdem hätten wir niemals für möglich gehalten, was dann passierte." Er hielt inne und holte wieder tief Luft, wie um sich selbst zu beruhigen.

Jens musterte den Mann vor sich, der kaum älter war als er selbst. Obwohl dieser sich Mühe gab, sich gerade zu halten und den Eindruck von Autorität zu vermitteln, hatte er längst durchschaut, dass dieses Bild nur vorgetäuscht war. Tief in seinem Innersten war der Rektor ein von Ängsten geplagter Mensch, unsicher und konfliktscheu. Was musste ihm angetan worden sein, um ihn zu dem zu machen, der er heute war?

„Herr Claassen hatte dem Bruder in diesem letzten Gespräch mitgeteilt, dass er an seiner Meinung festhalten würde", fuhr Herr Halbereit fort. „Einen Tag später passte ihn eine Gruppe von drei vermummten Personen auf seiner Joggingrunde ab und schlug ihn krankenhausreif. Am selben Abend entdeckte ich einen Brief auf meiner Türschwelle, darin lag eine Todesanzeige. In tiefer Trauer gäbe ich den Tod meiner Frau und meiner zwei Kinder bekannt, die bei einem schrecklichen Unglücksfall ums Leben gekommen seien."
Selbst die Erinnerung setzte ihm deutlich zu. „Sie werden verstehen, dass ich daraufhin alles daransetzte, den Beschluss rückgängig zu machen. Sascha verblieb an unserer Schule und ich bemühte mich fortan darum, seine Auffälligkeiten selbst zu therapieren."
Besser gesagt zu vertuschen, dachte Jens. Laut fragte er: „Warum sind Sie damals nicht zur Polizei gegangen?"

Der Rektor winkte müde ab. „Die hätten sowieso nichts getan, um meine Familie zu schützen. Herr Claassen war derart schwer verletzt, dass er fast einen Monat im Krankenhaus verblieb und anschließend direkt an einer Reha-Maßnahme teilnehmen musste. Die Täter wurden nie ermittelt, obwohl er der Polizei von den Drohungen gegen sich berichtet hatte. Es gebe keine schlüssigen Beweise, die den Bruder mit diesem Angriff in Verbindung bringen, hieß es. Auch er war nach seiner Genesung ein gebrochener Mann und nicht mehr bereit, an unsere Schule zurückzukehren. Sie sehen also, ich hatte wirklich keine Wahl. Herr Claassen war alleinstehend, ich dagegen musste meine Familie schützen." Er hob in einer hilflos anmutenden Geste die Schultern. „Glauben Sie mir, ich bin nicht stolz darauf. Aber ich würde wieder so handeln. Meine Frau und meine beiden Kinder bedeuten mir zu viel, als dass ich sie dieser Gefahr aussetzen würde."

Er hätte noch viele weitere Fragen dazu gehabt, aber nach einem Blick auf die Uhr stellte Jens fest, dass die Zeit knapp wurde. „Warum haben Sie mir nicht von Anfang an reinen Wein eingeschüttet?", fragte er stattdessen.

Herr Halbereit lachte auf. „Und mich damit gleich aller Autorität Ihnen gegenüber beraubt? Ich habe gleich gesehen, dass Sie ein scharfer Hund sind. Sie sind es nicht gewohnt, Kompromisse einzugehen, wenn Sie sich im Recht glauben. Tatsächlich denke ich, dass ich Sie mit meiner Beichte eher dazu angestachelt hätte, besonders hart durchzugreifen. Wer es nicht selbst erlebt hat, kann sich nicht vorstellen, wie erschreckend ein derartiges Erlebnis ist."

Im Stillen musste Jens ihm recht geben. Ja, sehr wahrscheinlich hätte ihn die Schilderung des Rektors nicht beeindruckt. Eigentlich konnte er dessen Entscheidung immer noch nicht nachvollziehen. Statt zu kämpfen, hatte er, ohne weitere Möglichkeiten in Erwägung zu ziehen, aufgegeben. Wohin kämen wir, wenn alle so handelten?, fragte er sich. Doch er ließ sich seine Überlegungen nicht anmerken. „Sie müssen sich ein Statement für die Schüler überlegen", gab er zu bedenken. „Die sind alle über den gestrigen Vorfall und was dieser nach sich zog, informiert. In der zweiten Klasse, in der ich heute Morgen unterrichtete, wurde ich direkt darauf angesprochen. Außerdem haben mich meine Kollegen bestürmt, ihnen zu erzählen, was gestern vorgefallen ist."

„Denen können Sie ruhig alles Notwendige berichten. Für die Schüler werde ich eine Ansprache ausarbeiten. Am besten halte ich diese nach der Mittagspause in der Aula. Ich veranlasse rechtzeitig eine Lautsprecherdurchsage, die darauf hinweist."

Jens erhob sich. „Falls Sie meine Hilfe benötigen, ich bleibe im Lehrerzimmer." Auf seinem Weg zur Tür hielt er noch einmal inne. „Vielleicht wäre es sinnvoll, die Kollegen miteinzubeziehen. Sie haben bestimmt die eine oder andere gute Idee betreffend unserer Neupositionierung." Er wusste, dass er mit diesen Worten den Rektor in Zugzwang brachte. Doch es war nötig, dass er endlich Stellung bezog.

# 11

Nach der Pause hatte er Unterricht in der 10 a, in der Klasse also, zu der Sascha gehörte. Durch das lange Gespräch mit Herrn Halbereit war die Zeit so knapp geworden, dass er nur noch kurz im Lehrerzimmer vorbeigeschaut und die Kollegen auf später vertröstet hatte. Er wollte gerade bei diesen Schülern heute pünktlich sein, keine Schwäche zeigen, sondern den Ton angeben, der sich von nun an spürbar ändern würde.
Wie er es erwartet hatte, meldete sich sofort der Klassensprecher mit einer entsprechenden Frage: „Was ist gestern passiert, Herr Baumgard? Und stimmt es, dass Sascha verhaftet worden ist?"
Zum ersten Mal seit Langem war es mucksmäuschenstill in der Klasse. Alle Augen hingen gebannt an ihm. „Ihr werdet euch noch bis nach der Mittagspause gedulden müssen. Dann gibt der Rektor ein Statement ab. Ich kann jedoch vorab bestätigen, dass die Polizei Sascha tatsächlich verhaften wollte. Da er heute nicht anwesend ist, gehe ich davon aus, dass sie es bereits getan haben. Euer Mitschüler wird nicht mehr an diese Schule zurückkehren."
Lautes Gemurmel war die Antwort. Sitznachbarn steckten ihre Köpfe zusammen und kommentierten die Nachricht. Bei den meisten konnte er offene Erleichterung sehen, nur Chris und Tom, Saschas Gefolgsleute, blickten unbehaglich drein.
Jens ließ ihnen fünf Minuten, die Neuigkeit zu verdauen. Mit einem lauten Räuspern verschaffte er sich wieder Gehör. „Mir ist zu Ohren gekommen, dass Saschas Verhalten an dieser Schule, gelinde ausgedrückt, nicht immer korrekt war. Dazu wird sich Herr Halbereit in seiner Ansprache an euch ebenfalls äußern. Ich kann euch allerdings so viel schon jetzt mitteilen: Ab sofort gelten andere Regeln. Jedes Fehlverhalten wird bestraft, wir lassen keine Übergriffe eines Schülers auf andere mehr zu. Hinweise in diese Richtung gelten nicht als Petzen, sondern sind erwünscht."

Er beobachtete die Klasse bei seinen Worten genau. Fast alle nickten zustimmend, der eine oder andere schien noch ungläubig. Trotzdem beschloss er, nicht weiter auf dieses Thema einzugehen. Erführe Herr Halbereit von dieser Ansprache, wäre er entsetzt, dass sein Untergebener bereits Informationen verbreitete, an die er selbst wahrscheinlich nie gedacht hätte. Doch Jens war sich seiner Sache sicher. Durch die Verhaftung Saschas hatten sie die Chance, der Schule ihren guten Ruf zurückzugeben und den Schülern ein reglementiertes und dadurch sicheres Umfeld zu bieten. Er würde alles dafür tun, dieses Ziel zu erreichen.

Die Kollegen hatten sich vollständig im Lehrerzimmer versammelt und saßen dicht gedrängt nebeneinander. Er gab einen kurzen Abriss der gestrigen Ereignisse, verzichtete jedoch wiederum darauf, Chantal und seine eigene Beteiligung zu erwähnen. Stattdessen ließ er das Foto von Siyar herumgehen, um sicherzustellen, dass alle den Ernst der Lage begriffen hatten. „Herr Halbereit wird gleich den Schülern die Situation ausführlich darlegen", erklärte er abschließend, die Mitteilung war in der vierten Stunde über die Lautsprecher in den Räumen verbreitet worden. Er brauchte nicht näher darauf einzugehen. „Ich denke, dass wir diese Gelegenheit nutzen sollten, um neue, vernünftige Regeln zu etablieren."

„Das sieht der Rektor ähnlich", nickte Marie-Louise. „Er bat mich, dir auszurichten, dass du diesen Teil des Gesprächs übernehmen sollst. Er macht den Anfang und schildert die Vorkommnisse, die zu Saschas Verhaftung geführt haben, anschließend übernimmst du und stellst die neuen Verhaltensregeln vor, die wir alle", sie blickte auffordernd in die Runde, „hier und jetzt besprechen werden."

„Kein körperliches Drangsalieren mehr", erwiderte Uwe Behnke wie aus der Pistole geschossen. „Und man muss den Schülern die Angst nehmen, ungebührliches Verhalten zu melden."

„Drohungen, egal welcher Art, sollten sofort unterbunden werden", ergänzte Jonathan Singer, der Englisch- und Französischlehrer.

„Zuerst einmal müssen wir den Kindern das Gefühl vermitteln, dass wir reagieren, wenn sie zu uns kommen", mischte sich der Schulpsychologe Harry Meyer ein. „Ihr Vertrauen in uns ist leider völlig zerstört. Es wird eine Weile dauern, bis sie uns die Kehrtwendung abnehmen."

„Deshalb rege ich an, dass wir alle in den nächsten Wochen sehr aufmerksam auf die bekannten Störenfriede achten und Fehlverhalten konsequent bestrafen." Da kein anderer diese Aussage aufnehmen wollte, fühlte sich Jens verpflichtet, auf diesen nicht unwichtigen Punkt näher einzugehen. „Unsere Schüler müssen spüren, dass wir uns für sie einsetzen."

„Eigentlich war unser bisheriges Verhalten jämmerlich." Felix Paulsen, der plötzlich alle Blicke auf sich gerichtet sah, wurde rot. Er hatte erst vor kurzem sein zweites Staatsexamen abgelegt und war, soweit Jens wusste, seit gut einem Jahr an dieser Schule. Bisher hatte er sich stets den Kollegen angepasst, war vorsichtig bemüht gewesen, ihr Wohlwollen zu erringen. Dass er sich und sie nun derart brüskierte, würde ihn einige Freundschaften kosten.

„Sie haben die unaussprechliche Gewalt nicht mitbekommen, die uns dazu trieb, diesem Schüler einen Sonderstatus zu geben." Marie-Louise, sehr blass, aber weiterhin bemüht, die ehemalige Strategie als richtig darzustellen, schuttelte energisch den Kopf. „Ich war damals Referendarin bei Herrn Claassen. Ich habe ihn nach diesem Angriff im Krankenhaus besucht. Ich habe die völlige Hilflosigkeit der Polizei erlebt, die nicht in der Lage ist, aufrechte Bürger zu schützen. Ich würde jederzeit …"

„Wenn wir uns das weiterhin gefallen lassen, können wir gleich jeden Versuch aufgeben, unsere Schüler zu eben diesen Bürgern zu erziehen", unterbrach Jens sie, der nicht wollte, dass sie sich um Kopf und Kragen redete. Gut, sie hatte ihm die Wahrheit bis zuletzt verschwiegen, wahrscheinlich sogar hinter seinem Rücken gegen ihn intrigiert und sich, je mehr er sich in die Absicht, Sascha als Übeltäter zu überführen, verrannt hatte, von ihm distanziert. Trotz allem

fühlte er sich ihr gegenüber verpflichtet. Sie war die Einzige gewesen, die ihn freundlich und entgegenkommend aufgenommen und sich bemüht hatte, ihn in die Kollegenschar zu integrieren. „Jeder Einzelne muss sein Bestes geben, um die Grundlagen der Kinder zu Wahrheit und Aufrichtigkeit zu fördern und ihnen mit gutem Beispiel vorangehen, nur so kann Demokratie funktionieren."
„Gut erklärt." Sie nickte ihm kühl zu. Irrte er sich oder hatte er gerade unbeherrschte Wut in ihren Augen aufblitzen sehen? Bevor er sich vergewissern konnte, senkte sie die Lider und fuhr fort: „Am besten baust du genau diese Worte in dein Statement an die Schüler ein."
Zustimmendes Gemurmel ertönte. Harry Meyer blickte demonstrativ auf seine Uhr. „Lassen wir unserem lieben Kollegen die restliche Zeit, um an seiner Rede zu feilen. Wer kommt mit in die Mensa?"
Bis auf Felix Paulsen hatten es alle eilig, den Raum zu verlassen. Der junge Lehrer rutschte unruhig auf seinem Stuhl hin und her. „Ich würde Ihnen gern helfen", erklärte er schließlich.
„Gut." Jens holte einen leeren Block aus seiner Mappe und setzte sich neben ihn. „Ich bin für jede Unterstützung dankbar."
Viel zu schnell war die Mittagspause vorbei. Sie hatten es gerade einmal geschafft, die grundlegendsten Punkte stichwortartig aufzuschreiben, er würde improvisieren müssen. Dazu kam, dass er nicht wusste, was der Rektor alles in seiner Erklärung vorwegzunehmen bereit sein würde. Er war wirklich gespannt auf dessen Äußerungen, vermutete aber, dass dessen Statement sehr knapp ausfiel.
Er hatte mit seinem Verdacht richtig gelegen. Der Rektor trat vor die dicht an dicht in der Aula stehenden Schüler und verlas eine knappe Mitteilung, in der er nur die nackten Fakten vortrug: Gestern Nachmittag sei ein Lehrer, durch Kampfgeräusche aufmerksam geworden, auf zwei Schüler der zehnten Klasse gestoßen, von denen der eine blutend am Boden lag und der andere über diesen gebeugt dastand. Er selbst wäre, sobald er von diesem Vorfall erfahren hätte, hinzugeeilt und hätte mit den Betreffenden selbst gesprochen. Der

Verletzte gab an, von einem Fremden angegriffen worden zu sein, der später als Täter ermittelte andere Schüler, sagte aus, er wäre erst kurz vor dem Lehrer am Tatort erschienen und könne nichts weiter dazu sagen. Die herbeigerufene Polizei hätte ein Protokoll angefertigt und der Verletzte sei ins Krankenhaus abtransportiert worden. Erst im Verlauf ihrer weiteren Untersuchungen seien die Beamten auf einen Zeugen gestoßen, der die Tat gefilmt habe. Darauf wäre eindeutig der betreffende zweite Schüler als Täter zu identifizieren gewesen. Die Polizei hätte ihn noch am selben Abend verhaftet und in eine Jugendstrafanstalt überführt.

Ohne die aufkommende Unruhe unter seinen Schülern zu beachten, gab er bekannt, dass das Lehrerkollegium gemeinsam ein Konzept erstellt hätte, um zu verhindern, dass Ähnliches in ihrer Gemeinschaft erneut passieren würde. Die neuen Regeln, die ihnen nun genauer von Herrn Baumgard erklärt würden, gälten ab sofort.

Gut, dass er sich entsprechend vorbereitet hatte. Jens betrat das kleine Podium und ließ seinen Blick über die Versammelten schweifen, die ihn ebenso aufmerksam betrachteten. „Wir sind alle entsetzt über die schweren Verletzungen, die euer Mitschüler Siyar davongetragen hat. Ihm gilt unser ganzes Mitgefühl", begann er. „Er wird einige Zeit im Krankenhaus verbleiben müssen. Ich danke den Klassenkameraden unter euch, die ihn besuchen wollen, muss sie jedoch bitten, mit diesem Besuch noch ein paar Tage zu warten. Siyar wird heute operiert, ob eine einmalige Operation ausreicht, stand gestern nicht fest."

Es war ein geschickter Einstieg. Dadurch, dass er das Opfer in den Vordergrund stellte, hatte er ihre Sympathie gewonnen. Gleichzeitig war es ihm gelungen, einen dezenten Hinweis auf die von der Schule erwarteten Krankenbesuche zu geben, ein auf diese Weise gegebener Vorschlag würde eher angenommen als ein direkter Befehl.

Nach einer kurzen bedeutsamen Pause fuhr er fort: „Unsere Gemeinschaft ist mit einem kleinen Stadtstaat zu vergleichen. Es gibt gewisse Rechte und Pflichten, die uns alle betreffen, wie zum Beispiel auf die Unversehrtheit jedes einzelnen zu achten. Diese Pflicht ruht genauso sehr auf euch wie auf uns. Vieles spielt sich hinter unserem Rücken im Verborgenen ab, das heißt, bekommen wir keine Informationen von euch, sind wir machtlos. Es ist kein Petzen, wenn ihr uns auf Missstände oder Übergriffe hinweist. Jeder Bürger, der eine Straftat beobachtet, zeigt diese an, jeder, der Opfer eines Deliktes wird, wendet sich an die Polizei. So, wie es ihre Aufgabe ist, den Täter zu ermitteln, ist es unsere, euch beizustehen und für Ordnung zu sorgen. Es ist ein Miteinander und kein Gegeneinander."

Wieder machte er eine kleine Pause, doch keiner der Schüler regte sich. „Andere zu mobben, zu erpressen oder zu drangsalieren ist kein Spaß, sondern ein Angriff auf deren Persönlichkeitsrechte und muss unterbunden werden. Wir fordern euch deshalb auf, diese Vergehen einem Lehrer eures Vertrauens zu melden. Das bezieht sich nicht nur auf Dinge, die euch, sondern auch auf solche, die euren Mitschülern angetan werden. Niemand hat das Recht, sich über die anderen zu stellen und diese zu schikanieren. Meine Kollegen und ich werden unsere Aufmerksamkeit ebenfalls verschärfen und entsprechendes Fehlverhalten sofort unterbinden. Ich bitte euch, arbeitet mit uns zusammen, damit wir zu einer echten Gemeinschaft zusammenwachsen können, in der jeder sich wohlfühlt."
Er sah in die Gesichter vor sich. „Hat irgendjemand von euch eine Frage oder möchte sich zu dem Gehörten äußern?"
Allgemeines Kopfschütteln war die Antwort. „Gut, dann geht ihr jetzt bitte alle in eure Klassen zurück und wir setzen den Unterricht fort. Meine Kollegen haben versprochen, sich mit euch in kleinem Rahmen weiter über dieses Thema zu unterhalten, wenn ihr dies wünscht. Ich hoffe, wir finden einen gemeinsamen Konsens."
Er wartete auf dem Podium, bis sich die Aula halbwegs geleert hatte. „Gute Rede", sagte Marie-Louise, die zu ihm getreten war. „Mal sehen, ob sie was bringt."

„Wenn wir uns darum bemühen, ist es bereits ein Anfang", erklang die Stimme von Felix Paulsen hinter ihnen. „Dass die Schüler zunächst skeptisch sind, ist uns allen klar. Sie haben sich viel zu lange selbst durchwurschteln müssen. Es liegt an uns, ihnen das Vertrauen in die Schule und die Lehrer zurückzugeben. So, bis später, meine Klasse ist komplett draußen, ich muss los."

„Warte, ich komme mit." Ganz automatisch war Jens ins Du verfallen. Der junge Mann hatte ihm gerade zum zweiten Mal beigestanden. Er selbst wäre bei Marie-Louises Kommentar beinahe explodiert. Erst den Karren in den Dreck fahren und anschließend die Maßnahmen, die ihnen helfen sollten, die Kontrolle wiederzuerlangen, infrage stellen! War das alles, wozu sie fähig war?

„Ich bin Jens", er hielt seinem Kollegen im Weitergehen die Hand ist. „Danke, dass du mich gerade unterstützt hast. Ich war kurz davor, zu platzen."

„Keine Ursache", grinste der. „Ich heiße Felix."

„Herr Baumgard?" Das piepsige Stimmchen gehörte zu Alina aus der Fünften. Die Kleine hatte offensichtlich auf ihn gewartet. Große blaue Augen unter einem fransig geschnittenen Pony blickten vertrauensvoll zu ihm auf. „Der Julian hat dem Sascha jede Woche einen Euro geben müssen und der Patrick auch. Damit er sie pünktlich auf den Schulhof lässt", fügte sie erklärend hinzu. „Das sind doch genau diese Sachen, die wir Ihnen sagen sollten, richtig?"

„Ja, Alina. Das ist lieb von dir, dass du mir gleich Bescheid gibst. Ich werde mir deine Aussage aufschreiben und mit den beiden Jungen sprechen. Wir gehen allem nach, was ihr meldet."

Sie grinste ihn verschmitzt an. „Die waren dumm, die hätten gleich zu Ihnen gehen sollen." Schon bei den letzten Worten drehte sie sich um und rannte auf ihre Freundinnen zu, die vor dem Schuleingang auf sie warteten.

„Damit wäre die erste Schülerin bereits überzeugt." Felix grinste, wurde aber schnell wieder ernst. „Ich hoffe, das ist keine Eintagsfliege."

# 12

In den nächsten Tagen konnten sie sich davon überzeugen, dass sie einen Erfolg zu verzeichnen hatten. Immer mehr Schüler meldeten eines der zahllosen Vergehen Saschas und seiner Kumpanen. Jens schrieb diesen Umschwung allerdings eher der Nachricht von Saschas Verhaftung als seinen Worten zu. Jetzt, da der Hauptübeltäter sie nicht mehr unter Druck setzen konnte, waren viele bereit, über ihr Martyrium zu berichten.

„Ich komme mittlerweile auf zwanzig Fünft- und Sechstklässler, die regelmäßig Geld an die Gruppe zahlen mussten", sagte Felix in der Mittagspause zu Jens. „Keine hohen Beträge, meist ein, zwei Euro in der Woche, aber alles in allem summiert sich das auch auf einen schönen Batzen. Denn es sind garantiert noch mehr, die betroffen waren. Die trauen sich immer noch nicht, mit der Wahrheit herauszurücken."

„Ich habe die Aussage von zwei Mädchen aus der achten und neunten aufgenommen, die Sascha erheblich bedrängt hat." Jens schüttelte entrüstet den Kopf. „Die eine wusste sich nicht anders zu helfen, als dass sie zu Hause immer neue Krankheiten vorschob und teilweise sogar den Schulbesuch schwänzte, die andere hat sich notgedrungenermaßen auf ihn eingelassen, weil er drohte, sonst ihre jüngere Schwester zu belästigen. Meiner Meinung nach ist sie reif für einen Psychologen. Ich will gleich mal bei den Eltern anrufen und sie zu einem Gespräch bitten. Das alles ist viel schlimmer, als ich erwartet hatte."

„Insgesamt kann man sagen, Sascha und seine Gruppe haben eine Art Schreckensherrschaft geführt", mischte sich Harry Meyer ein. „Hier sind meine Aufzeichnungen. Allein in dieser Woche haben sich mir elf Schüler anvertraut. Ich denke, es werden noch viele weitere folgen, wenn sich erst herumgesprochen hat, dass wir ihre Meldungen ernst nehmen."

„Ich bin gestern bei dem zuständigen Beamten gewesen und habe ihn informiert, dass wir Sascha weitere Delikte nachweisen können", erwiderte Jens. Er und Felix Paulsen hatten sich freiwillig dazu gemeldet, alle eingehenden Beschwerden zu prüfen und die Aussagen entsprechend zu dokumentieren. „Gleichzeitig habe ich ihm die Liste mit den Klagen gegen die fünf Mittäter übergeben. Dafür ist er zwar nicht zuständig, aber er wird sie weiterleiten."

Angesichts der vielen aufgedeckten Repressalien hatte sich der Rektor gezwungen gesehen, die Gruppe um Sascha vorläufig von der Schule zu weisen. Heute war das erste aufgebrachte Elternpaar erschienen, um von ihm Rechenschaft zu verlangen, eine Aufgabe, um die ihn Jens nicht beneidete. Herr Halbereit würde sich in nächster Zeit vor vielen Stellen zu rechtfertigen haben.

Was ihn jedoch viel mehr verwunderte, war die Reaktion seiner Kollegen. Als hätten sie alle auf diesen Tag gewartet, zeigten sie sich eifrig bemüht, die neuen Regeln umzusetzen und ihre Position seitens der Schüler zu stärken. Dadurch war der Rektor regelrecht unter Druck gesetzt worden, dem eingeschlagenen Weg zu folgen.

Auch mit Frederik hatte Jens ein langes Gespräch geführt. „Er hat mir nie irgendwas getan", versicherte der ihm. „Das brauchte er zuletzt nicht mehr. Wir hatten alle solche Angst vor ihm, dass er nur sagen musste, was er wollte, und wir haben es halt getan. Sie können das wahrscheinlich nicht begreifen", ergänzte er. „Aber wir hatten das Gefühl, wir hätten keine andere Wahl, fügten wir uns nicht, würde es uns schlecht ergehen."

„Warum hast du nicht eher mit mir gesprochen?", fragte Jens, obwohl er sich die Antwort schon denken konnte.

„Sie hätten mir auch nicht helfen können", hörte er denselben Ausspruch, den er in ähnlicher Form von allen anderen Schülern erhalten hatte, die sich ihm anvertrauten. „Mehr als eine Ermahnung hätte Sascha nicht gekriegt und anschließend seinen Frust an mir ausgelassen. Er musste ja seinen Ruf verteidigen, deshalb konnte er sich nichts gefallen lassen. Den hatte er sich schon viel früher aufgebaut, da ging es oft richtig zur Sache. Zuletzt reichte ein drohender Blick und wir kuschten. Was hätten Sie schon dagegen tun können?"

„Hättest du mir genau das Gleiche eher erzählt, wäre ich mehr bemüht gewesen, diese Geschichte zu beenden. So hatte ich einen gewissen Verdacht, mir fehlten jedoch direkte Hinweise auf das, was hier abläuft", versuchte Jens, ihm zu erklären.

„Und wir haben uns nicht getraut, weil bisher nie etwas unternommen wurde", rechtfertigte sich Frederik.

„Ich kann dich verstehen, euch alle. Trotzdem darfst du dich nie, niemals mit derartigen Zuständen zufriedengeben", mahnte Jens. „Es gibt immer einen Weg, so etwas zu beenden. Manchmal dauert es eine Weile, muss man einiges hinnehmen, vielleicht sogar etwas Schlimmes. Dennoch ist Aufgeben falsch, das ist wie ... wie ...", er suchte nach einem passenden Vergleich.

„Wie, dass sich alle Hitler unterworfen haben, statt sich zu wehren?", fragte der Junge.

„Ja, so ungefähr." Der Vergleich hinkte ein wenig, andererseits war Jens froh, dass zumindest dieser Schüler sich offensichtlich weitergehende Gedanken gemacht hatte. „Wäre Sascha nicht gestoppt worden, hätte sich euer Leidensfaktor multipliziert."

„Nee", Frederik grinste. „Wir hätten nur noch ein paar Monate durchhalten müssen. Spätestens zu den Sommerferien wäre der weg gewesen. Wetten, dass er den Abschluss geschafft hätte?"

„Damit hättet ihr nur eure Sicherheit gegen die Qual anderer eingetauscht." Reiß den Mund nicht zu weit auf, ermahnte er sich selbst. Du kannst die Schüler nicht für die Fehler der Lehrer verantwortlich machen! „Ich jedenfalls bin froh, dass viele von euch nun den Mut gefunden haben, seine Verfehlungen und die anderer Mitschüler aufzudecken", schloss er.

Nach Schulschluss trödelte er absichtlich lange im Lehrerzimmer herum, bis er sicher sein konnte, dass alle anderen das Gebäude verlassen hatten, nahm dann seine Tasche und schlenderte langsam in Richtung Parkplatz. Im letzten Moment schwenkte er in den kleinen Weg zwischen den Turnhallen ab, wandte sich an dessen Ende angekommen nach links und drückte gegen die geschlossene Tür. Wie sie versprochen hatte, schwang diese problemlos nach innen und er trat ein.

Chantal saß auf einem ausrangierten Stapel Turnmatten und musterte ihn nervös. „Was ist los? Warum mussten Sie mich so dringend sprechen?"

„Der Polizist, der Saschas Fall bearbeitet, will unbedingt mit dir sprechen." Jens hob begütigend die Hand, als das Mädchen sofort ablehnend den Kopf schüttelte. „Du kannst den Ort eures Treffens frei wählen. Er wird dorthin kommen, wo du ihn hinbestellst."

„Nee, ich will nicht in dem seine Akten erwähnt werden." Sie schüttelte weiter den Kopf, sodass ihre Locken wild hin und her wogten.

Er trat näher an sie heran, bis er dicht vor ihr stand. Sie war ein hübsches Ding, bemerkte er zum ersten Mal, halblanges, fast schwarzes Haar, grüne Augen, die sie mit einem Eyeliner geschickt betont hatte, wie er, selbst Vater einer Tochter, mit Kennerblick bemerkte, einer Stupsnase und einem großzügigen Mund, der allerdings jetzt abschätzig verzogen war. „Die ziehen mich da mit rein, der Bruder vom Sascha kriegt das mit und ich bin dran. Nee, das ist mir zu extrem."

„Herr Gerber findet es wichtig, eine genaue Schilderung des Vorfalls von dir, aus deinem eigenen Mund, zu hören. Er hat mir versprochen, dass dein Name in keinem der offiziellen Papiere auftaucht. Was hältst du davon", schlug er seinem Impuls folgend vor. „Du suchst dir einen sicheren Platz aus, wo du mit ihm sprichst. Ich fahre dich hin und bleibe, wenn du möchtest, die ganze Zeit dabei. Wäre das okay für dich?"

„Muss das unbedingt sein?" Halb hatte er sie bereits überzeugt.

„Es sieht einfach besser aus, wenn er den Zeugen persönlich gesprochen hat." Er lachte. „Der wird Augen machen. Bisher weiß niemand, dass es sich bei diesem um ein Mädchen handelt."

„Hoffentlich bleibt es auch so." Chantal seufzte schwer. „Der Lars tickt echt im Dreieck, seitdem sein Bruder verhaftet worden ist. Der ist so was von angepisst, das können Sie sich gar nicht vorstellen. Wenn der erfährt, dass ich das Video gedreht habe, kann ich mich gleich erschießen."

„Niemand wird dich verraten", beschwichtigte Jens sie. „Dafür sorge ich, das verspreche ich dir hoch und heilig."

Sie sprang von ihrem Matten-Thron herunter und begann, durch den kleinen Abstellraum zu tigern, in den die Tür ihn geführt hatte. Trotz der ausgesprochen schlechten Beleuchtung – das winzige Fenster war so dreckverschmiert, dass es nur für ein mattes Dämmerlicht reichte – konnte er erkennen, dass sie immer noch unter nervöser Hochspannung stand.

„Wie geht es Siyar?" Das war gemein von ihm, er wusste durch seine regelmäßigen Anrufe im Krankenhaus – auch diese Aufgabe hatte Herr Halbereit ihm übertragen –, dass der Junge zwar die Operation gut überstanden hatte, aber zurzeit nur Flüssignahrung zu sich nehmen konnte und es bis zur vollständigen Heilung ein langer Weg war.

„Okay, ich tu's." Sie blieb direkt vor ihm stehen. „Am Samstagabend gehe ich immer die Kinder von dem Arbeitgeber von meinem Vater hüten. Die sind noch klein und liegen spätestens um acht, halb neun im Bett. Wenn der mit mir reden will, muss er dahin kommen. Außerdem will ich, dass Sie dabei sind. Ich lass Sie durch den Garten rein. Ich erzähle dem alles und danach sehe ich den nie wieder, okay?"

„Okay", nickte Jens, obwohl er sich fast sicher war, dass Herr Gerber es nicht bei diesem einen Gespräch belassen würde. Besonders nicht, wenn er erfuhr, dass Chantals Schwester die Freundin von Saschas Bruder war. „An deiner Stelle würde ich meine Schwester und ihren Freund nicht erwähnen", fügte er hinzu.

„Ich bin doch nicht blöd", grinste sie. „Diesen Samstag?"

„Falls es nicht klappt, melde ich mich. Sonst sind wir gegen neun da, einverstanden?"

„Okay." Sie fuchtelte mit der Hand in Richtung Tür. „Sie gehen zuerst und checken die Lage. Ist die Luft rein, drücken Sie, wenn Sie losfahren, einmal auf die Hupe."

„Und wenn nicht?", fragte er nach und kam sich reichlich blöd vor. Für diese verschwörerischen Machenschaften war er einfach zu fantasielos.

„Na, dann fahren Sie einfach! Ich komm schon irgendwie weg."

Brav folgte er ihren Anweisungen, drehte sich sogar mehrfach auf seinem Weg zum Auto um, konnte jedoch niemanden entdecken. Er gab das verabredete Signal und fuhr los. Dieses eine Mal noch und danach ist endlich Schluss mit den Heimlichkeiten, schwor er sich. Allein das heutige Treffen mit Chantal zu organisieren, war wesentlich schweißtreibender gewesen, als er es sich hatte vorstellen können. Ständig von ihren Freundinnen umlagert, war es ihm nicht gelungen, sie allein zu erwischen. Schließlich war er einfach in die Klasse marschiert und hatte vorgegeben, das Mädchen im Rahmen der allgemeinen Nachforschungen befragen zu wollen. Bei diesem kurzen Gespräch – zur Verschleierung war er gezwungen gewesen, einige weitere ihrer Klassenkameraden zu befragen, die allerdings alle mauerten - hatte sie den Termin und den Ort der Zusammenkunft gewählt.

In der Nähe der anderen hatte sie sich geweigert, ihm zuzuhören. „Es ist hier zu gefährlich", hatte sie geflüstert und sich dabei nervös umgeblickt. Sein Hinweis, sie seien in dem leeren Klassenraum sicher, war mit einem missbilligenden Kopfschütteln bedacht worden. „Hier haben die Wände Ohren."

Nun gut, er hatte Claudia rechtzeitig Bescheid gesagt, dass er einen längeren Termin hätte und Niklas deshalb nicht fahren könne. Tat dem Bengel sowieso gut, öfter auf sich gestellt zu sein. Seine Mutter und seine Schwester verwöhnten ihn viel zu sehr. Allein dass Claudia ihm dieses lange Schlafen am Wochenende durchgehen ließ, war ihm ein Dorn im Auge. Und dazu diese permanente Aufsässigkeit! Reichte es nicht, dass er sich damit in der Schule herumärgern musste?

Mit Kira hatten sie wesentlich mehr Glück gehabt. Sie war immer schon nach außen gegangen, hatte schnell Freundinnen gefunden, fast kaum noch Zeit zu Hause verbracht, genauso wie jetzt eigentlich. Ihr Zimmer nutzte sie fast ausschließlich zum Schlafen, selbst den größten Teil ihrer Arbeit für das Studium erledigte sie an der Uni. Niklas dagegen igelte sich geradezu ein, der Computer war zu seiner Hauptbeschäftigung geworden.

Wehmütig dachte Jens an die Kindheit des Jungen zurück. Wie hatte aus diesem strahlenden Charmebolzen dieser mürrische, ständig widersprechende Jugendliche werden können? Lange würde es nicht mehr dauern, bis er seine Autorität ausspielen und ihn ein weiteres Mal auf den Boden der Tatsachen zurückholen musste.

# 13

„Wir sind am Samstag bei den Richters eingeladen." Claudia reagierte extrem sauer, das wusste sie. Aber langsam ging ihr die ständige Unaufmerksamkeit ihres Mannes gewaltig auf die Nerven. Schule, Schüler, Nachforschungen, ein anderes Thema gab es nicht mehr im Hause Baumgard. Die Kinder und sie waren weit in den Hintergrund gerückt. Das Einzige, was zählte, hatte mit den Ermittlungen rund um Saschas Festnahme zu tun. Die von diesem Kommissar ausgesprochene Warnung war vergessen. Jens agierte, als gebe es außer ihm niemanden, der sich verantwortlich zeigte, ohne Rücksicht darauf, was sein Tun eventuell auslöste. Dass er den Termin bei ihren besten Freunden vergessen hatte, war typisch für seine derzeitige Geisteshaltung. Alles andere erschien ihm unwichtig.
„Ich komme später nach. Es dauert nicht lange. Norbert versteht das sicherlich."
„Benjamin und ich wollen am Samstag ins Kino", verkündete Niklas, der spürte, dass seine Mutter kurz vor dem Platzen stand. „Es kommen noch ein paar andere aus der Klasse mit."
Claudia entspannte sich sichtlich. „In welchen Film wollt ihr denn?"
Jens zog sich geistig aus dem Gespräch zurück und beschäftigte sich lieber mit seinem eigenen Problem. Herr Gerber war nicht begeistert gewesen, am Wochenende und dazu noch so spät den Zeugen zu befragen. Und jetzt zickte seine eigene Frau ihn ebenfalls an. Meine Güte, sie musste doch sehen, dass diese Ermittlungen enorm wichtig waren. Nur mit halbem Ohr registrierte er Niklas' einsilbige Antworten, der wie immer nicht mit der Sprache herausrücken wollte. Sie ist eine richtige Glucke, schoss es ihm durch den Kopf. Für sie zählt in erster Linie die Familie und ihr Wohl. Dahinter soll alles andere zurückstehen.
Der Appetit war ihm vergangen, er legte sein Besteck auf den Teller und erhob sich. „Ich habe noch einige Arbeiten zu korrigieren. Bis

später." Das war an Claudia gerichtet, von Niklas würde er nach dem Essen sowieso nichts mehr sehen. Der setzte sich sofort wieder an seinen Computer und spielte, bis die unter der Woche eingeschaltete Sperre ihn aus dem Netz warf. Anschließend musste seine Mutter ihn mindestens noch dreimal ermahnen, endlich ins Bett zu gehen. Er mischte sich in dieses Prozedere schon lange nicht mehr ein, sondern schonte lieber seine Nerven für den nächsten Tag in der Schule.

Niklas nutzte die Gelegenheit, ebenfalls zu verschwinden. Klar, seine Mutter tat ihm leid und normalerweise wäre er bei ihr sitzen geblieben, damit sie auf andere Gedanken kam und sich nicht weiter über den Alten ärgerte, der immer nur an sich dachte. Aber nicht heute, heute wollte er das Geschehen des Vormittags noch einmal genüsslich vor seinem inneren Auge ablaufen lassen. Ohne seinen Computer zu beachten, warf er sich auf das Bett und verschränkte die Arme hinter dem Kopf.

*Ich gehe mit Benjamin zusammen die Treppe hinunter. Der biegt vor der Tür in die andere Richtung ab, er wird heute von seiner Mutter am Lehrerparkplatz abgeholt, weil er gleich einen Arzttermin hat. „He, Nick." Ich zucke zusammen. Diese Stimme hätte ich aus tausend anderen heraus erkannt.*

*„Sorry", sagt sie und schiebt sich neben mich. „Habe ich dich erschreckt?"*

*Nein, für mich geht gerade ein Traum in Erfüllung, hätte ich beinahe geantwortet. Doch ich spüre, dass ich schon wieder rot anlaufe und meine Kehle sich zusammenzieht. Ich werde bestimmt keinen vernünftigen Satz rauskriegen. Deshalb schüttle ich nur stumm den Kopf.*

*„Ich hatte gehofft, dass du mir helfen kannst." Sie sieht mich von der Seite an, ihr Mund ist zu einem hilflosen Lächeln verzogen. „Ich hab einen Platten und das Ventil sitzt fest. Kannst du dir das mal ansehen?"*

*Natürlich kann ich das. Wir gehen nebeneinander zum Fahrradständer und sie zeigt auf ein großes Herrenrad. „Ich musste das von meinem Bruder nehmen, der hat gestern Abend meins umgeworfen und total verbogen. Blöderweise ist mir das mit der fehlenden Luft nicht sofort aufgefallen. Und jetzt komme ich so nicht mehr zurück."*

*Ich knie mich neben das Hinterrad und versuche, das Ventil zu drehen. Mist, das sitzt total fest. Mir bricht der Schweiß aus. Schaffe ich es nicht, sieht sie in mir weiterhin den Versager, der ich bisher in ihren Augen war. Sie hat sich garantiert nur an mich gewandt, weil kein anderer in der Nähe war. Ich drehe ein zweites, ein drittes Mal, nichts, das Teil rührt sich nicht.*

*„Schade, dann muss ich es wohl doch stehenlassen und zu Fuß gehen. Mein Bruder bringt mich um, wenn er das erfährt." Sie ist am Boden zerstört, trotzdem lächelt sie mich an.*

*Mir kommt eine Idee. Mama benutzt einen Lappen bei hartnäckigen Verschlüssen. In Ermangelung eines solchen ziehe ich den Ärmel meines Sweatshirts tiefer, bis er über meine Hand reicht und probiere erneut. Hurra, ich spüre, wie das Rädchen sich zu drehen beginnt.*

*„Super, toll, spitzenmäßig!", jubelt sie und strahlt mich an.*

*Ich lasse mir von ihr die Luftpumpe geben. Anschließend betaste ich prüfend den Reifen. „So, bis nach Hause solltest du kommen. Es handelt sich entweder um Reifenermüdung oder einen kleinen Haarriss. Sag deinem Bruder auf jeden Fall Bescheid."*

*„Danke, du bist der Beste." Sie macht tatsächlich Anstalten, mir um den Hals zu fallen, bremst sich jedoch leider im letzten Moment. „Toll, dass du so stark bist."*

*Es klingt eher wie, ich hätte nicht gedacht, dass du es schaffst, was ich ihr nicht verdenken kann. Ich bin in der Klasse nicht gerade als zupackender Typ bekannt. „Das Ventil war aber auch verdammt fest angezogen", ist alles, was mir einfällt.*

*„Ja, mein lieber Bruder, der kümmert sich nicht um die Pflege", nickt sie, schlängelt sich an mir vorbei und löst das Schloss. „Du, ich bin spät dran. Ich muss leider los."*

*Ich blicke auf die Uhr. Mein Bus ist weg, der nächste kommt erst in einer halben Stunde.*

*Mein Gesichtsausdruck verrät mich. „Jetzt hast du wegen mir deinen Bus verpasst!", ruft sie.*

*„Ist nicht schlimm."* Ich nestle verlegen an dem Bündchen meines Sweatshirts herum, das sich einfach nicht wieder unter die Jacke schieben lassen will. Ein fetter Schmutzfleck ziert den Rand.
*„Oh, nein."* Sie hat den Fleck entdeckt. *„Hoffentlich geht der bei der Wäsche raus."*
Ich zucke mit den Schultern, was soll ich darauf sagen? Langsam setze ich mich rückwärtsgehend in Bewegung, damit sie das Rad aus dem Ständer bugsieren kann. Ich will sie bis zum letzten Augenblick ansehen. Viel zu schnell sitzt sie im Sattel, das heißt, sie muss das Rad arg ankippen, es ist viel zu groß für sie.
*„Hast du Lust, am Samstag mit mir und ein paar anderen zusammen ins Kino zu gehen?"*, fragt sie unvermittelt. *„Wir wollen uns den neuen Pixar ansehen."*
Ich starre sie nur aus großen Augen an, bin nicht imstande, eine Antwort zu geben. Dieses Angebot habe ich nicht erwartet.
*„Du kannst ruhig sagen, wenn du nicht willst. Ist wahrscheinlich zu kindisch für dich."*
*„Nein, nein. Ich komme gern mit."* Zum Glück gehorcht mir meine Stimme wieder. *„Ich musste nur kurz überlegen, ob was am Wochenende anliegt."* Coole Antwort, manchmal habe ich es doch drauf.
*„Okay. Ich sage dir morgen, wann und wo wir uns genau treffen."* Sie drückt sich mit dem linken Fuß ab und stellt sich in die Pedale, um Schwung zu holen. Es sieht ziemlich kippelig aus.
Bevor ich hinzuspringen kann, hat sie sich gefangen und radelt los. Ich schaue ihr nach, bis sie abbiegt, dann setze ich mich langsam in Bewegung. Ihr Bild steht weiter klar vor meinen Augen. Die gesamte Rückfahrt über träume ich vor mich hin. Diese Geschichte ist so fantastisch, besser hätte ich sie mir selbst nicht ausdenken können.

Niklas lachte glücklich auf. Ja, genau so war es gelaufen! Er hätte nie zu hoffen gewagt, dass er einmal auf diese Weise zu einer Verabredung mit seiner Traumfrau kommen würde. Gut, es war ihm klar, dass diese Einladung einer Mischung aus Mitleid und Dankbarkeit entsprang. Mehr steckte nicht dahinter. Trotzdem, er würde sie am Wochenende wiedersehen, ganz privat! Das war schon der Hammer. Und vielleicht - ein winziges Vielleicht, aber immerhin - ergab sich dadurch die Möglichkeit, ein bisschen näher mit ihr bekannt zu werden und mit ihren Freunden und ab und zu dabei sein zu dürfen, wenn die sich trafen.

Unfähig, seine Gedanken von ihr zu lösen, blieb er auf dem Bett liegen. Echt krass, wie manchmal das Schicksal spielte. Ungefähr seit der achten Klasse war er jetzt in Caroline verschossen, schüchtern und aus der Ferne, wie es eben seine Art war, himmelte er sie seitdem an, selbst Benjamin wusste nichts von seinen Gefühlen. Der hätte ihn vermutlich ausgelacht, wenn er davon erfahren hätte. Sie war eben genau sein Typ, superschlank, lange blonde Haare, die ihr bis weit über die Schultern fielen, eine total süße Stupsnase und himmelblaue Augen, deren Blick, selbst wenn dieser ihn nur kurz streifte, ausreichte, ihn erröten zu lassen. Nie, niemals hätte er damit gerechnet, einmal ihre Aufmerksamkeit zu gewinnen. Dieser kaputte Reifen war ein echter Glücksfall gewesen.

Er kuschelte sich noch tiefer in das Kissen. Jetzt musste er genau überlegen, wie er sich ihr und ihren Freunden gegenüber verhalten sollte. Die spielten in einer anderen Liga als er. Caroline strotzte vor Selbstbewusstsein, sie ließ sich von keinem etwas gefallen, weder von den Lehrern noch von den Mitschülern. Ihre Noten waren genauso durchschnittlich wie seine – naja, bis auf Mathe und Physik halt, da kam keiner an ihn ran –, trotzdem gehörte sie zu den angesagtesten Mädchen in der Klasse. Wobei ihn ihr Freundeskreis eigentlich abstieß. Die verhielten sich alle dermaßen abfällig solchen Normalos wie ihm gegenüber, dass er es bisher vermieden hatte, sie zu beachten. Da war ihm selbst dieser Penner Markus lieber. Der schmarotzte sich seit der sechsten Klasse mehr oder weniger durch, saß dafür aber auch nicht auf einem derart hohen Ross. Der war mit fast jedem in der Klasse gut Freund und bei den Lehrern kam er ebenfalls gut an, trotz seiner dämlichen Sprüche.

Manchmal fragte sich Niklas wirklich, wie die anderen es fertigbrachten, ihr Leben viel besser auf die Reihe zu bekommen als er selbst. Lag es am fehlenden Selbstbewusstsein oder an seiner Art, dass er sich ständig in der Außenseiterrolle wiederfand? Gut, Benjamin ging es ähnlich, allerdings schien der Freund damit viel besser umgehen zu können. Der hatte seinen Schachclub und seinen Modellbauverein und dadurch viele außerschulische Kontakte. Die meisten seiner Wochenenden waren ausgebucht, der hatte überhaupt keine Zeit, sich einsam zu fühlen. Und für Mädchen interessierte er sich bisher nur am Rande. Der wäre sowieso nie auf die Idee gekommen, in der eigenen Klasse zu suchen, dafür war er viel zu vorsichtig. „Stell dir mal vor, wenn die sich trennen", hatte er die Beziehung zwischen Markus und Angie prompt kritisiert. „Und du musst dem anderen weiterhin jeden Tag im Unterricht gegenübersitzen. Nee, so was sollte man sich im Vorfeld gut überlegen."

Wenn es richtige Liebe ist, wäre mir das egal, überlegte Niklas. Vielleicht lag Benjamins Skepsis daran, dass er die Trennung seiner Eltern nicht verarbeiten konnte. Von einem Tag auf den anderen war dessen Leben aus den Fugen geraten, die beiden hatten ihn im wahrsten Sinne des Wortes im Regen stehenlassen. Seiner Mutter war, zwar nach jahrelangen Streitigkeiten, doch ohne irgendwelche vorherigen Anzeichen einer dermaßen umwälzenden Entwicklung, der Kragen geplatzt und sie hatte den Vater mit einem vorher von ihr gepackten Koffer vor die Tür gesetzt. Die beiden hatten sich eine neue Wohnung suchen müssen, die alte stellte sich als viel zu teuer heraus. Sein Vater zog zu einer Kollegin, vorläufig, wie er betonte, bis er sich überlegt hätte, wie es weitergehen solle. Das war gelogen, wie sich kurz darauf herausstellte. Die beiden blieben nämlich zusammen, Benjamin vermutete, dass sich die Streitigkeiten der letzten Zeit um das wahrscheinlich schon länger bestehende Verhältnis gedreht hatten. Tatsache war jedenfalls, dass es die Mutter war, die unter der plötzlichen Trennung fast zusammenbrach und sogar krankgeschrieben werden musste.

Er, Benjamin, hatte auf einmal niemanden mehr, an den er sich mit seinen eigenen Problemen hätte wenden können. Noch lange danach litt er unter dem, was sein Vater ausgelöst hatte. Jetzt, gute sechs Jahre später, hatte er sich so weit gefangen, dass er fast wieder der Freund war, den Benjamin seit dem Kindergartenalter kannte. Seine Verschlossenheit und der Zynismus, auf den er seitdem verstärkt zurückgriff, waren jedoch für Außenstehende weiterhin eine große Hemmschwelle, ihn näher kennenzulernen. Der Freund schaute sehr genau hin, bevor er neue Bindungen zuließ.

Bis auf diese Verletzungen war Benjamin ihm gegenüber eindeutig im Vorteil, fand Niklas. Das Zusammenleben nur mit einer Mutter hatte durchaus seine Vorteile. Sie war gezwungenermaßen ganztags berufstätig - seine dagegen nur halbtags -, war jedoch darum bemüht, ihrem Sohn ausreichend Freiraum zu lassen und spannte ihn so gut wie gar nicht bei irgendwelchen Pflichten ein. Darüber hinaus zeigte sie sich überaus großzügig, sowohl beim Taschengeld als auch bei den Zeiten des nach Hause Kommens.

Nicht dass er darüber viel bei seiner Mutter zu meckern gehabt hätte. Es war eher der Vater, der ihn reglementierte. Außerdem hatte er an allem und jedem etwas auszusetzen. Im Prinzip wich Niklas ihm aus, wo es möglich war. Aber da sie nun mal alle zusammen wohnten …

Er verstand echt nicht, dass sie weiterhin an ihm festhielt. Der war mit sich und seiner Schule beschäftigt, alles andere hatte dahinter zurückzustecken. Die Arbeit seiner Frau interessierte ihn überhaupt nicht. Für den Haushalt war sie allein zuständig, schließlich hatte er eine erwachsene Tochter und einen fast erwachsenen Sohn – haha, aber dieser Fakt galt ausschließlich für Pflichten! – die ihr helfen konnten. Und jetzt noch dieser Affront mit dem schon lange feststehenden Termin bei ihren Freunden. Nein, er wusste wirklich nicht, warum sie sich weiterhin mit ihm abgab.

# 14

Claudia hatte ihre Angst vor Repressalien noch nicht verloren. Jeden Morgen, wenn sie die Rollläden hochzog, musterte sie genau die nähere Umgebung. Wenn sie das Haus verließ, um zur Arbeit zu gehen, machte sie stets einen Umweg zur Garage und sah nach dem Rechten. Bis sie die Bushaltestelle erreicht hatte, schreckte sie vor jedem Passanten, der ihr begegnete, innerlich zurück. Dasselbe Spiel wiederholte sich auf dem Rückweg. Und sie wartete mit dem Lüften – ein offenes Fenster war in ihren Augen ein großes Risiko - bis wenigstens Niklas wieder zu Hause war. Sie konnte nicht anders, ein Gefühl ständiger Bedrohung hing über ihr.
Deshalb reagierte ein winziger Teil in ihr mit Befriedigung, als sie an diesem Morgen die Bescherung entdeckte. Jemand hatte die gelbe Mülltonne, die sie wie jeden Donnerstagabend an den Bordstein gestellt hatte, umgekippt und den Inhalt großflächig über den Vorgarten verteilt. Wahrscheinlich hatte der aufgefrischte Wind sein Übriges dazugetan, sie sah einige kleinere Plastikfolien, die sich in den Sträuchern vor dem Haus der Reglers gegenüber verfangen hatten, zwei Flaschen rollten auf der Straße hin und her.
„Jens, Niklas, Kira!", rief sie, während jähe Wut in ihrer Brust entflammte. „Ihr müsst mir helfen. Draußen ist eine Riesensauerei."
Ihr Mann, der noch unter der Dusche stand, hatte zwar ihre Stimme gehört, aber den Inhalt ihrer Worte nicht verstanden. Gemeinsam mit den beiden Kindern tauchte er in dem schmalen Flur auf, der die hinteren Zimmer miteinander verband. „Was ist los?"
„Was ist passiert?", fragte Kira fast gleichzeitig.
Niklas drängte sich wortlos an ihnen vorbei und steuerte das Küchenfenster an, das zur Straße lag. „Na, toll", kommentierte er das Chaos draußen. „Sollen wir das etwa jetzt noch einsammeln?"

Claudia, die bereits an der Garderobe stand und sich ihre Jacke überzog, nickte grimmig. „Es wird uns wohl nichts anderes übrig bleiben. Also bitte beeilt euch, damit ihr mir helfen könnt."

Sie hatte schon fast die Hälfte des Mülls eingesammelt, bis die restlichen Familienangehörigen sich zu ihr gesellten. „Was für eine Sauerei!" Mit spitzen Fingern griff Niklas nach einer vollgekleckerten Fischdose.

„Nimm dir Handschuhe", riet ihm Claudia. „In der Garage liegen noch welche."

Jens sammelte die Flaschen von der Straße und befreite die Sträucher der Nachbarn von den Folien. Kira kontrollierte die umliegenden Vorgärten und nahm das weit verteilte Bonbonpapier auf, das der Wind die halbe Straße hinuntergetrieben hatte. „Packst du den Müll nicht immer in Tüten, Mama?", fragte sie, als sie mit vollen Händen zurückkehrte.

„Die leere ich in die Tonne", gab Claudia zurück und richtete sich stöhnend auf. Ihr Magen knurrte vor Hunger und sie lechzte nach einer Tasse Kaffee. „Sonst passt nicht alles rein."

„Eigentlich hättest du bei den Jordans klingeln müssen", ereiferte sich Niklas. Das waren ihre Mieter im Obergeschoss. „Deren Müll fliegt hier genauso rum."

„Erstens sind die beiden momentan im Urlaub, wie du eigentlich wissen solltest", versetzte Claudia scharf. Schließlich hatte sie am Sonntag in diesem Zusammenhang allen Familienmitgliedern eingeschärft, darauf zu achten, dass die Haustür abgeschlossen wurde. „Und zweitens war dies ein Anschlag gegen uns. Selbst wenn sie zu Hause wären, würde ich sie nicht bitten, uns zu helfen."

„Ach, das waren sicher irgendwelche Rowdys." Jens warf seine Ausbeute in die Mülltonne und sah sich um. „Ich glaube, wir sind fertig."

„Klar", giftete Claudia zurück. „Und wieder sind nur wir betroffen, obwohl Tonne an Tonne steht."

„Ich kann mir nicht vorstellen, dass es einen Zusammenhang mit der Affäre um Sascha gibt", erklärte Jens, nachdem sie sich alle für ein schnelles Frühstück in der Küche versammelt hatten. „Das hier ist im Prinzip eine Kleinigkeit, ein winziges Ärgernis und keine Bestrafungsaktion. Und warum jetzt erst? Die Ermittlungen sind schon seit Tagen im Gange."
„Was weiß ich denn!" Claudia, die ihren Kaffee im Stehen hinuntergestürzt und sich ein Brot für unterwegs zurechtgemacht hatte, funkelte ihn an. „Vielleicht wollten sie uns in Sicherheit wiegen. Vielleicht haben sie erst jetzt herausgefunden, dass du der Hauptbetreiber der Nachforschungen bist. Vielleicht sind die Informationen über deinen Teil Saschas Festnahme betreffend erst nach und nach durchgesickert. Vielleicht ist das gerade mal der Auftakt zu weiteren Repressalien gegen uns. Ich kann mir viele Gründe vorstellen, warum sie es auf uns abgesehen haben."
„Oder vielleicht hat die Tonne nicht richtig gestanden und eine Windbö hat sie umgeworfen", konterte Jens nicht weniger aggressiv. „Mach nicht gleich aus einer Mücke einen Elefanten!"
Claudia verkniff sich eine Antwort. Stumm griff sie nach ihrem Brot und verließ die Küche. „Ich liege bestimmt richtig", murmelte sie auf ihrem Weg zur Bushaltestelle leise vor sich hin. Nur hatte es keinen Zweck gehabt, weiter mit Jens darüber zu streiten. Er wäre sowieso nicht von seiner Meinung abgewichen und sie war viel zu sauer, um es mit ihm aufnehmen zu können. Diskussionstechnisch war er ihr schon immer überlegen gewesen, mit den Jahren, vermutlich durch die ständige Übung mit seinen Schülern, hatte er diese Fertigkeit verfeinert, sodass sie ihm heute kaum noch etwas entgegenzusetzen hatte. Dazu kam seine sture Art. Fühlte er sich im Recht, beharrte er auf seiner Meinung, selbst wenn allen anderen längst klar war, dass er falsch lag.
Die gestrige Verstimmung war auch noch nicht überwunden, gestand sie sich ein. Wann hatte er eigentlich damit angefangen, seine Interessen über die aller anderen zu setzen? Oder war er schon im-

mer so gewesen? Nein, zumindest nicht so extrem. Natürlich hatte seine Arbeit einen hohen Stellenwert besessen, nachdem sie gekündigt hatte, um sich ganz den beiden Kleinen zu widmen. Als Kira in den Kindergarten gekommen war, hatte sie noch eineinhalb Jahre halbtags gearbeitet. Nach Niklas Geburt beschlossen Jens und sie einmütig, dass sie besser die nächsten Jahre zu Hause bleiben solle. Er hatte seine erste feste Anstellung an einer Schule, das gesparte Geld reichte sogar für die Anzahlung auf ein eigenes Heim. Netterweise legten ihre Eltern, die selbst genügend Geld besaßen, einen großen Batzen dazu, sodass sie unbesorgt in die Zukunft blicken konnten.

Erst als Niklas auf das Gymnasium wechselte, ergriff sie die Chance, wieder in ihrem alten Beruf zu arbeiten. Sie bewarb sich auf die Annonce in der Zeitung und wurde angenommen. Ein Jahr später erhielt sie die Zusage auf eine Daueranstellung, weiterhin halbtags von acht bis eins. Das Geld, das sie verdiente, trug nicht nennenswert zu ihrem Lebensunterhalt bei, gab ihr jedoch ein wenig von dem Selbstwertgefühl zurück, das sie in der Zeit der Nur-Mutterrolle Stück für Stück verloren hatte.

Wie so vieles wurde ihr das erst eine Weile nach der Umstellung deutlich bewusst, ebenso wie die Tatsache, dass Jens sich peu à peu aus sämtlichen Haushaltsdingen zurückgezogen hatte und auch nicht gedachte, diese nach ihrem Neuanfang wieder aufzunehmen. Seiner Ansicht nach war es ja nicht vonnöten, dass sie mitarbeitete. Nach dem Tod seiner Eltern hatten sie durch den ihnen zustehenden Erbanteil ihren Kredit halbieren können, der Rest diente eher dazu, weiterhin eine Belastung abzuschreiben, da sie durch die Mieter im Obergeschoss noch zusätzliche Einnahmen hatten.

Sie klopfte sich jetzt noch ab und zu auf die Schulter, dass sie beim Bau des Hauses von dieser Konzeption nicht abgewichen war. Die allgemeinen Gebühren hatten sich mittlerweile fast verdoppelt, es tat gut, sie nicht völlig allein tragen zu müssen. Das Einzige, was sie ärgerte, war der Umstand, dass ihr Mann seit neuestem jedes Mal, wenn die Sprache darauf kam, behauptete, es wäre seine Idee gewesen, zweigeschossig zu bauen. Dabei hatten sie sich damals ziemlich gestritten wegen ihrer verschiedenen Ansichten. Er wollte das typische Einfamilienhaus über zwei Etagen, sie lieber eine große Wohnung im Erdgeschoss und eine kleinere darüber, so, wie sie es letztendlich umgesetzt hatten.

Sie seufzte schwer, sah auf und bemerkte, dass ihr Gegenüber sie mitleidig musterte. Sie zwang sich zu einer freundlicheren Miene. Es war einfach ihr Pech, dass ihr ihre Gefühle immer deutlich im Gesicht standen. Sie konnte nur sehr schlecht lügen, selbst die Kolleginnen merkten schnell, mit welcher Laune sie zur Arbeit kam. Dafür verfügte sie über eine endlose Geduld und ein freundliches Wesen, zwei wichtige Dinge, die ihr Chef bei seinen Mitarbeiterinnen schätzte und die ihr mittlerweile die erste Position unter ihnen eingebracht hatte. Bei schwierigeren Eingriffen war es vorzugsweise sie, mit der er zusammenarbeiten wollte, was Gerlinde und Sophie glücklicherweise nicht störte. Die eine war froh, in ihrem Refugium, der Anmeldung, ungestört zu sein, die andere legte keinen Wert auf mehr Verantwortung. Sie ergänzten sich also ideal und waren ein eingeschworenes Team. Die ältere Kollegin, sie hatte noch fünf Jahre bis zur Rente, bemutterte die jüngeren Frauen, die gleichaltrige Sophie tischte ihnen jeden Tag neue Horrorgeschichten über ihre weitverzweigte Familie auf, die sie jedes Mal zum Lachen brachten, Dr. Meiwes war ein herzensguter Mensch und angenehmer Chef. Sie konnte sich glücklich schätzen, diese Menschen in ihrem Leben zu haben.

Die Gedanken an das Praxisteam hatten ihre Besorgnis und ihren Ärger verdrängt, mit einem zufriedenen Lächeln auf den Lippen stand sie auf und verließ den Bus. Hundert Meter weiter lag schon der Eingang zu ihrem Ziel. Sie beschleunigte ihre Schritte, als sie die davor Wartenden entdeckte. Das würde heute wieder ein anstrengender Tag werden.

Kira dehnte ihr Frühstück aus, bis Niklas und der Vater nacheinander das Haus verließen. Das Treffen mit ihrer Arbeitsgruppe begann um zehn, sollte sie sich noch eine Stunde hinlegen? Nein, besser war es, endlich die aufgelaufenen Pflichten in Angriff zu nehmen. Am Wochenende hatten sie einen Ausflug zu viert geplant, eine Wanderung mit Übernachtung in einer abgelegen Berghütte. Vielleicht würden sich Lennart und sie in dieser Abgeschiedenheit abseits der Studienfreunde endlich näherkommen. Katja und Raffael, die sie begleiteten, waren vor kurzen zusammengekommen und wahrscheinlich die meiste Zeit mit sich selbst beschäftigt. Besser konnte das Timing gar nicht sein.

Sie räumte die Küche auf, sortierte die Schmutzwäsche, startete die erste Waschmaschine und saugte in Windeseile jedes Zimmer, mit Ausnahme des von Niklas, für das er selbst verantwortlich zeichnete. Das wäre sonst auch eine Zumutung gewesen, der Teppichboden war fast vollständig mit Heften, einzelnen Blättern und Schmutzwäsche bedeckt, allein das Aufräumen hätte länger gedauert als das Saugen der gesamten restlichen Wohnung. Gut, Mama war wesentlich selbstloser. Die blieb hinter ihm stehen, bis er alles aufgesammelt hatte, half ihm sogar, indem sie die benutzte Kleidung zusammenklaubte und in die Box ins Badezimmer brachte, und saugte freiwillig den Dreck der letzten zwei Wochen weg. Aber Kira hütete sich, einen Kommentar dazu abzugeben, immerhin war die Mutter so anständig, gründlich jede einzelne Ecke zu reinigen, wenn sie an der Reihe war. Nur so schaffte sie selbst es, ihre eigene Runde in kürzester Zeit zu drehen.

Fertig. Die Maschine würde sie nach der Uni leeren und gleich alles in den Trockner packen. Die rote Bluse musste unbedingt mit auf den Ausflug. Naja, wahrscheinlich hatte sie Glück und Mama war schneller. Immerhin warteten zwei weitere Ladungen darauf, gewaschen zu werden. Die Mutter war viel großzügiger als der Vater, der sie ständig zur Einhaltung ihrer Pflichten mahnte. Dabei tat er selbst keinen Handschlag, nicht mal in den Ferien, in denen er ihrer Meinung nach reichlich Zeit dafür gehabt hätte. Er müsse sich weiterbilden, seinen Unterricht vorbereiten und Arbeiten korrigieren. Es wäre schließlich nicht so, dass er herumsitzen und nichts tun würde, es gebe für ihn genug zu arbeiten und zu organisieren, war seine stereotype Antwort, sprach man ihn darauf an.

Also wenn sie einmal heiraten und eine Familie gründen sollte, wäre es von vorherein klar, dass ihr Mann sich nicht drücken könnte. Natürlich käme sie nie auf die Idee, freiwillig zu Hause zu bleiben. Dafür nahm sie nicht dieses anspruchsvolle Studium auf sich. Nein, entweder teilte man alles gleichmäßig auf oder die Kinder bekamen eine eigene Nanny für die ersten Jahre. Kindertagesstätten waren keine Option, bei Krankheit musste man ständig einspringen und außerdem streikte ihr das Personal zu oft. Zusätzlich legte sie Wert auf eine gute Erziehung, die konnte man besser mit einer Person im eigenen Haus umsetzen. Aber zuerst musste sie den Mann ihrer Träume finden, gestand sie sich seufzend ein.

Auf dem Weg zur Straße fiel ihr Blick auf die bis oben gefüllte gelbe Mülltonne, die nun wieder einträchtig mit allen anderen am Rand des Bürgersteiges stand. Ob ihre Mutter nicht doch recht hatte? Es war schon seltsam, dass es jemand einzig und allein auf diese abgesehen hatte. Echte Rowdys hinterließen eine Spur der Verwüstung. Die gaben sich nicht damit zufrieden, vor einem Haus Chaos anzurichten.

Andererseits konnte sie sich nicht vorstellen, warum eine derart harte Gruppierung, wenn man wirklich davon ausging, dass sich Saschas Bruder in dieser befand, diesen harmlosen Angriff gestartet haben sollte. Es mutete fast zu albern an, eine Sauerei, die sich, ohne Spuren zu hinterlassen, innerhalb einer Viertelstunde gemeinsamer Arbeit beseitigen ließ. Und das sollten sie als einen Racheakt ansehen?

# 15

Am nächsten Morgen stand Kira um Punkt acht vor dem Haus. Lennart hatte versprochen, sie abzuholen, schien sich aber verspätet zu haben. Sie stellte ihren Rucksack, der ihr einziges Gepäck darstellte – was sollte man schon für zwei Tage groß mitnehmen – an den Bordstein und hielt Ausschau nach ihm. Sie hatten vereinbart, dass er alle nacheinander direkt zu Hause abholte, das war einfacher und schneller, außerdem lagen sämtliche Adressen auf dem Weg, den sie sowieso zu nehmen gedachten, ihre glücklicherweise am nächsten.

Na toll, der war gleich bei ihrer ersten Verabredung unpünktlich! Kira zog den Reißverschluss der Jacke auf und kramte nach ihrem Handy. Im selben Moment entdeckte sie sein Auto, das um die Ecke gebogen kam. „Sorry, ich …" Er hatte sich vorgebeugt, um ihr die Beifahrertür zu öffnen, verharrte jedoch. „Meine Güte, was soll das denn?"

Kira folgte seinem ausgestreckten Arm und schluckte. Auf jedem der noch heruntergelassenen Rollläden prangte ein dickes schwarzes, fast viereckiges Kreuz. „So eine Schweinerei!" Sie wandte sich um und lief am Hauseingang vorbei Richtung Garten.

„Warte. Ich komme mit." Lennart war aus dem Wagen gesprungen und hastete hinter ihr her. „Was hast du vor?"

„Ich will die restlichen Fenster kontrollieren", erklärte sie knapp, während sie sich bereits über das kleine Tor schwang, das den Garten vom vorderen Grundstück abtrennte. Seit den letzten Vorfällen achtete ihr Vater darauf, es abzuschließen, was sie von vornherein als Witz betrachtet hatte. Wer es darauf anlegte, für den stellten diese lächerlichen eins zwanzig kein Hindernis dar.

„Scheiße auch!" Lennart betrachtete voller Abscheu das riesige Kreuz, das sich auf den Lamellen der Terrassentür befand und sich über die volle Länge und Breite zog. Daneben sahen die ähnlich aussehenden Schmierereien auf den kleineren Rollladen fast harmlos aus. „Da muss jemand aber eine Mordswut auf euch haben."

„Das denke ich auch." Kira machte kehrt und stapfte zurück zur Haustür. „Warte bitte einen Moment, ich will eben den Eltern Bescheid sagen."

Es dauerte keine drei Minuten, bis sie zurück war. „So, wir können los."

„Und das da?" Mit einer Handbewegung wies er auf das Haus.

„Soll mein Vater sich drum kümmern." Sie schnappte sich ihren Rucksack und streckte ihre Hand demonstrativ nach der Autotür aus. „Lässt du mich mal rein?"

Der Fiat, ein wandelnder Schrotthaufen, besaß noch keine Zentralverriegelung. Lennart schloss wortlos auf, nahm ihr das Gepäck ab und verstaute es im Kofferraum. „Ist es wirklich okay, wenn wir sie damit allein lassen?", fragte er vorsichtig, nachdem er auf dem Fahrersitz Platz genommen hatte.

„Papa wird wahrscheinlich erst die Polizei rufen und eine Anzeige erstatten, danach muss er sich bestimmt noch im Baumarkt erkundigen, wie er die Farbe am besten runterbekommt. Das dauert also, bis er mit der Arbeit anfangen kann", erklärte Kira und presste nach diesem Satz die Lippen fest zusammen, damit kein weiteres Wort darüber kam. Sie verspürte eine Mordswut gegenüber dem Vater, obwohl es dafür eigentlich überhaupt keinen Grund gab. Sein Engagement, die Maßnahmen, die er getroffen hatte, sein Elan, die Sache bis ins Kleinste aufzudecken – sie hatte ihn für seine Hartnäckigkeit und seine Furchtlosigkeit bewundert. Warum war sie nun trotzdem dermaßen wütend auf ihn?

„Weißt du, wer dahinterstecken könnte?", fragte Lennart.

„Keine Ahnung", schwindelte sie, eingedenk Jens' Ermahnungen, nicht über seine Rolle in dem Fall zu sprechen. „Naja, mein Vater ist gerade dabei, in seiner Schule gegen einige extrem unangenehme Schüler vorzugehen. Vielleicht hängt dieser Vandalismus damit zusammen. Ich denke, das wird die Polizei herausfinden."

„Und du bist dir sicher, dass wir ihm nicht helfen sollen?"
„Nein, mein Bruder ist ja auch noch da. Fahr los, wir sind eh schon spät dran."
Claudia und Jens, die sich hastig angezogen hatten, sahen das Auto davonbrausen. „Haut einfach ab", knurrte er mürrisch. Er hatte sich darauf gefreut, heute ausschlafen zu können und dann in aller Ruhe zu frühstücken. Stattdessen wurde er von der leicht hysterischen Kira geweckt, die ihm die Neuigkeiten unter die Nase rieb und sich anschließend aus dem Staub machte.
„Meine Güte, was soll das denn?" Claudia wusste, dass es besser war, nicht auf ihn einzugehen, wenn er in dieser Stimmung war. Sie stand bereits im Vorgarten unter dem Fenster und blickte auf das hässliche schwarze Kreuz auf dem Rollladen. Anscheinend war es aufgesprüht worden, denn sie entdeckte mehrere dünne Laufspuren und Tropfen von Farbe auf der Fensterbank. Sie hob die Hand und rieb darüber. Nein, schon getrocknet, mit Laugenwasser kam man hier nicht weiter.
„Ich rufe die Polizei an." Jens, der ihr gefolgt war, drehte sich um.
„Herrn Gerber?" Sie beeilte sich, ihm zu folgen. Obwohl ihr bewusst war, dass sich der Vorfall in der Nacht zugetragen haben musste, fühlte sie sich allein in der noch stillen Straße nicht wohl.
„Quatsch, die für uns zuständigen Beamten natürlich!", fuhr er sie an. „Wir wissen doch überhaupt nicht, ob es mit dieser Geschichte um Sascha zusammenhängt", brachte er in einem versöhnlichen Tonfall vor. „Vielleicht will sich ja auch einer der anderen rächen, gegen die ich danach vorgegangen bin."
„Du solltest ihn wenigstens informieren", beharrte sie.
„Ich sehe ihn heute Abend, dann werde ich es ihm erzählen", versprach er.
Die Erinnerung daran, dass er, statt mit ihr zu den Freunden zu fahren, seinen eigenen Interessen nachging, reichte aus, sie verstummen zu lassen. Ohne ein weiteres Wort ging sie in die Küche und machte sich daran, das Frühstück vorzubereiten.

Die Streifenpolizisten erschienen, kurz nachdem sie aufgegessen hatten. Claudia begleitete ihren Mann und die Beamten bei ihrem Rundgang ums Haus. Der eine machte sich kopfschüttelnd Notizen, der andere fotografierte die Schmierereien. „Gestern waren die noch nicht da?", fragte der mit dem Notizblock.

Synchron schüttelten sie die Köpfe. „Unsere Tochter ist abends erst spät nach Hause gekommen, sie hätte sie gesehen", fügte Jens hinzu.

„Haben Sie in der Nacht irgendetwas gehört, ungewöhnliche Geräusche oder leise Stimmen zum Beispiel?"

„Nein", antwortete Claudia, während ihr Mann nur wortlos den Kopf schüttelte.

Der Polizist mit dem Fotoapparat musterte ihn genauer. „Habe ich nicht vor Kurzem bei Ihnen schon eine Anzeige aufgenommen?"

„Ja, aber der Täter, den ich dahinter vermutete, sitzt zurzeit in Untersuchungshaft." Jens kratzte sich umständlich am Kopf. „Seine Festnahme hat eine weitreichende Untersuchung an unserer Schule nach sich gezogen", gab er dann zu. „Ich bin einer der Lehrer, die besonders in diesen Fall involviert sind."

„Also vermutlich ein Racheakt." Der Polizist mit dem Notizbuch beendete seine Arbeit und sah auf. „Haben Sie dabei zufällig jemandem aus der Neonazi-Szene auf die Füße getreten? Es sind zwar keine richtigen Hakenkreuze, aber zumindest sehen sie diesen verdammt ähnlich." Fast gleichzeitig mit Jens' Nicken fuhr er fort: „Sie sollten sich überlegen, ob Sie sich nicht ein Überwachungsset anbringen lassen. Falls Sie handwerklich geschickt sind, könnten Sie es sogar selbst machen. Die Dinger sind in jedem Heimwerkermarkt zu durchaus erschwinglichen Preisen zu haben. Das einzige, was Sie beachten müssen, ist, dass Sie den Radius so einstellen, dass er nur Ihr Grundstück abdeckt."

„Ich jedenfalls würde es machen", pflichtete ihm sein Kollege bei. „Wir haben keinerlei Spuren gefunden. Es gibt nichts, was wir für Sie tun könnten."

„Es sei denn, Sie hätten einen konkreten Verdacht", übernahm der Erste wieder.

„Nein", Jens schüttelte ein weiteres Mal den Kopf. „Ich denke, ich werde lieber Ihren Vorschlag umsetzen. Ich muss ja sowieso in den Baumarkt, um nach einem Reinigungsmittel für die Rollläden zu fragen."

„Was können wir noch tun, um uns vor solchen Vandalen zu schützen?", fragte Claudia.

Der Polizist mit der Kamera musterte aufmerksam die Umgebung. Der Garten war nach allen drei Seiten von einer hohen Hecke begrenzt, an die sich eine große Gartenfläche anschloss, die bis zur Terrasse führte. Einziges Schmuckstück war ein kleiner Gartenteich, um den sich rundherum ein Blumenbeet zog. „Ich würde hier einen Strahler mit Bewegungsmelder installieren, einen sehr hellen, der abschreckend wirkt. Und vor dem Haus", er bat sie mit einer Handbewegung, ihm zu folgen. „Lassen Sie uns mal gucken."

Schweigend marschierten sie hintereinander den schmalen Plattenweg entlang, der zum Hauseingang führte. „Das Tor würde ich unverändert lassen", sagte Wachtmeister Köhler.

Claudia hatte schon die ganze Zeit darüber nachgegrübelt, wie er hieß. Sie war beim Eintreffen der beiden Polizisten so aufgeregt gewesen, dass sie kaum auf ihre Namen geachtet hatte. Ja, Köhler hieß der mit dem Fotoapparat und Breller der mit dem Notizbuch. „Wenn die da drüber wollen, schaffen sie es auch bei einem hohen.", hörte sie ihn weiter ausführen und beeilte sich, ihm ein interessiertes Gesicht zu zeigen. Schließlich war sie diejenige, die um Auskunft gebeten hatte.

„Den vorderen Bereich können Sie nicht gut schützen." Hauptwachtmeister Breller drehte sich einmal um die eigene Achse. „Ich, an Ihrer Stelle, würde die Büsche beschneiden, sodass Sie durch die Fenster einen freien Blick auf die Straße haben. Des Weiteren würde ich die Birne der Leuchte hier auf dem Weg zur Haustür durch eine stärkere ersetzen, ebenso die vor der Garage. Und eben zusätzlich eine Videoüberwachung anbringen."

„Damals, als sie mir das Auto beschmiert haben, wurde vorher das Kabel des Strahlers durchgeschnitten. Was bringt mir da eine stärkere Beleuchtung?", protestierte Jens.

„Erst einmal müssen die Täter bis zu dem Kabel kommen und damit auch an der Kamera vorbei. Nehmen Sie besser zwei, dadurch verhindern Sie, dass sich einer von der Seite anschleichen kann." Herr Köhler blickte auf das Haus gegenüber. „Haben Sie guten Kontakt zu Ihren Nachbarn? Dann sprechen Sie diese an. Sie sollen mit darauf achten, ob sich hier Typen herumtreiben, die in der Straße nichts zu suchen haben. Eine gute Nachbarschaft ist Gold wert. Aufmerksame Beobachter haben schon oft einen Einbruch und auch Vandalismus verhindern können."

„Die umgekippte Mülltonne, gestern." Ja, für Claudia war der Zusammenhang mittlerweile eindeutig. „Gestern Morgen lag unser gesamter Plastikmüll über den Vorgarten und den Bürgersteig verteilt. Das waren garantiert dieselben Täter."

„Sie kann vom Wind umgekippt worden sein", versuchte Jens abzuwiegeln. „Wahrscheinlich stand sie nur nicht richtig."

„Nein, sie war völlig leer", widersprach Claudia energisch. „Wäre sie umgefallen, hätten sich noch Reste darin befinden müssen."

„Eine vernünftige Sicherung schadet jedenfalls nicht", mischte sich Her Breller ein. „Zusätzlich informieren Sie Ihre Nachbarn. Und melden Sie uns jeden weiteren Vorfall. Irgendwann machen die Täter einen Fehler und wir kriegen sie."

Die beiden Polizisten verabschiedeten sich und gingen zu ihrem Streifenwagen. Jens wandte sich Richtung Haus. „Ich fahre sofort zum Baumarkt. Du weckst in der Zwischenzeit Niklas, er soll mir gleich helfen."

„Na, der wird nicht begeistert sein. Ich glaube, er ist erst heute Morgen um vier schlafen gegangen." Claudia zog zweifelnd die Augen-

brauen hoch. „Ich wecke ihn, wenn du zurück bist", schlug sie vor. „Er ist ja innerhalb von zehn Minuten fertig."
„Der Herr wird es wohl vertragen, sich ausnahmsweise einmal früher zu erheben. Ich will sofort loslegen können." Ohne sich auf einen weiteren Wortwechsel einzulassen, schnappte sich Jens seine Brieftasche und die Autoschlüssel und verschwand durch die noch offenstehende Haustür.
Claudia atmete tief ein und aus, bevor sie sich der üblichen Hausarbeit des Wochenendes widmete. Ich lasse ihn noch eine halbe Stunde schlafen, beschloss sie. Der Einkauf würde sicher länger dauern. Warum sollte sie Niklas da nicht wenigstens diese zusätzliche Ruhephase gönnen?
Während sie das Badezimmer putzte, ließ sie das eben Gehörte Revue passieren. Die Polizisten rechneten also damit, dass die Täter wiederkamen, sonst hätten sie ihnen nicht diese ganzen Maßnahmen vorgeschlagen. Ob Jens wirklich nicht wusste, wer dahintersteckte? Sie persönlich tippte eher darauf, dass es sich um einen weiteren Racheakt Saschas Festnahme betreffend handelte – obwohl sie innerlich hoffte, dass sich diese Vermutung als Hirngespinst erwies. Denn damit wären sie in das Visier der Neonazis geraten.
Sie legte den Schwamm, mit dem sie gerade die Duschtasse bearbeitet hatte, zur Seite und richtete sich mühsam auf. Ihr Herz raste und ihr blieb schier die Luft weg, sie musste sich an die Kachelwand lehnen und mehrmals gezielt tief ein- und ausatmen, bis sich die Panik langsam legte. Nein, bloß das nicht!

# 16

Boah, war der Alte sauer! Niklas grinste vor sich hin, während er geschwind die Straße entlang trabte. Er musste sich beeilen, um den Bus noch zu erwischen, der nächste fuhr erst in einer Stunde.
Ihm wäre es lieber gewesen, sie hätten mitten in der Stadt gewohnt und nicht dermaßen abgelegen. Jedes Mal, wenn er länger irgendwo bleiben wollte, war er auf die Eltern oder seine Schwester angewiesen, damit ihn jemand abholte. Oder eben die letzten fünf Kilometer laufen, was er heute zu tun gedachte. Der letzte Bus fuhr um zehn, das war echt keine Zeit für ein Wochenende!
Er spurtete los, weil er sah, wie seine Fahrgelegenheit bereits in die Haltebucht einbog, sprang im letzten Moment bei schon schließenden Türen hinein und ließ sich schnaufend auf einen Sitzplatz fallen. Ja! Er hatte es geschafft! Er würde pünktlich zur Stelle sein.
Caroline saß mit drei anderen Typen, zwei Mädchen und einem Jungen, an einem Tisch in der Kneipe, den sie als Treffpunkt ausgewählt hatte. „Hi, Nick. Schön, dass du kommst." Ihr Lächeln brachte seinen Puls zum Rasen. „Das sind, Bea, Micki und Pascal. Leute, das ist Niklas, der mir das Leben gerettet hat. Mein Bruder hätte mich garantiert umgebracht, wenn ich ohne sein Rad nach Hause gekommen wäre."
Mist, er spürte, wie er rot anlief. Doch die anderen lächelten ihn weiterhin freundlich an und rückten zusammen, sodass er direkt neben Caroline auf der Bank Platz nehmen konnte. „Wann fängt der Film an?", erkundigte er sich, nur um etwas zu sagen.
„Wir dachten, wir gehen in die Vorstellung um acht. Ist das okay für dich?" Sie lächelte wieder.
„Klar." Sie saßen so dicht nebeneinander, dass ihre Arme sich streiften, wenn einer von ihnen eine Bewegung machte. Niklas' Herz machte dann jedes Mal einen Satz. Ja, dieses Treffen war den Streit mit seinem Vater wert!

Anfangs unterhielten sie sich nur über belanglose Dinge. Bea und Micki, die nicht auf dieselbe Schule gingen wie er und Caroline, erzählten Anekdoten von ihrer letzten Klassenfahrt. Pascal, Auszubildender bei der Stadt, gab Geschichten von seiner Arbeit zum Besten, Caroline brachte mit der Schilderung von dem letzten Ausbruch ihrer Klassenlehrerin alle zum Lachen. Niklas saß stumm daneben, seine Gedanken rasten, was konnte er bloß zum Gespräch beitragen? Lustig sollte es sein oder besser noch spannend, sodass alle an seinen Lippen hingen. Er verpasste die letzte Pointe und lachte aus Anstand mit. Mist, ihm war immer noch nichts eingefallen.

„Mein Bruder ist an der Schule deines Vaters", wandte sich Caroline an ihn. „Da geht ja zurzeit die Post ab, nicht wahr?"

Na toll, jetzt stand er vor einem noch größeren Dilemma. War ihr Bruder von den Ereignissen direkt betroffen? Und auf welcher Seite befand der sich, auf der der Normalos oder auf der der Krawallmacher? „Er erzählt fast gar nicht von dem, was dort läuft", sagte er ausweichend. „Ich weiß wahrscheinlich weniger darüber als die Schüler."

„Kai ist jedenfalls total begeistert von ihm. Der ist der Erste, der durchgreift, meint er. Dabei sind da ganz schön heftige Dinge passiert. Mein Bruder ist in der Oberstufe", fügte sie ergänzend hinzu. „Die haben ihr eigenes Gebäude und kriegen von den anderen nicht so viel mit. Aber selbst ihm war klar, dass mit diesem einen, der jetzt verhaftet worden ist, nicht gut Kirschen essen ist. Dem sind alle aus dem Weg gegangen. Gut, dass endlich jemand kam und ihm eins drauf gegeben hat."

Bea und Micki beugten sich interessiert vor. „Was ist bei deinem Alten denn abgegangen?", fragte Letztere.

„So ein Superarschloch hat mit seinen Kumpanen die ganze Schule tyrannisiert", erklärte Caroline an seiner Stelle. „Bis Niklas' Vater eingriff. Und soweit ich gehört habe, räumt der seitdem gründlich auf."

„Echt krass." Auch Pascal klang begeistert.

Deshalb wagte es Niklas, Einzelheiten preiszugeben. „Es war eher reiner Zufall", versuchte er trotzdem, die ganze Geschichte herunterzuspielen. „Er kam dazu, als sich zwei Schüler prügelten, und weil der eine schwer verletzt war, rief er neben dem Krankenwagen gleich die Polizei. Später meldete sich bei deren Dienststelle ein Zeuge, der die Schlägerei gefilmt hatte. Daraufhin wurde dieser Typ verhaftet. Erst danach stellte sich raus, dass er und seine Freunde noch viel mehr Dreck am Stecken hatten. Seine Opfer trauten sich vorher nicht, darüber zu sprechen."

„Nun stell das Licht deines Vaters mal nicht so unter den Scheffel", rügte Caroline und stupste ihn an. „Kai sagt, alle blicken zu ihm auf."

„Er war einfach zur richtigen Zeit am richtigen Ort." Niklas zuckte gespielt lässig mit den Schultern. „Das hätte jeder andere an seiner Stelle ebenso gemacht."

„Nee, es gibt viele, die wegsehen", widersprach Micki. „Bei uns an der Schule läuft ein Kerl rum, der andauernd versucht, die Mädchen anzugrapschen. Ja meinst du, ein Lehrer würde uns helfen? Ohne eindeutige Beweise könnten sie nichts machen, behaupten die. Nur macht der das natürlich nicht vor denen. Der wartet, bis er eine von uns allein erwischt, sodass Aussage gegen Aussage steht. Und der Vater von dem Kerl ist in der Elternpflegschaft, da sind die doppelt vorsichtig."

„Das kenn ich", pflichte ihr Pascal bei. „Bist du was Besseres, pudern sie dir den Arsch."

Niklas atmete insgeheim auf, jeder der anderen brachte nun Beispiele, was ihnen selbst oder Freunden von ihnen passiert war, das Thema Sascha hatte sich damit erledigt. Viel mehr wäre er sowieso nicht bereit gewesen preiszugeben, obwohl - Carolines bewundernder Blick tat schon gut. Ha, wenn der Alte das wüsste, dass seine Chancen bei ihr stiegen, weil der sich durchsetzen konnte! Naja, eigentlich waren sie dadurch quitt. Immerhin hatte es die vorhergehende anstrengende Schweißarbeit nur wegen dieser Geschichte gegeben.

Die Zeit verging wie im Fluge. Eigentlich hatten sie vorgehabt, vor dem Kino eine Pizza zu essen, mussten dieses Vorhaben angesichts der Uhrzeit jedoch auf später verschieben.

Das Kino lag gleich um die Ecke. Pascal stellte sich für die Karten an, Niklas begleitete die Mädchen zum Verkaufsstand, um ihnen beim Tragen von Cola und Popcorn zu helfen. Zusammen schlenderten sie vollbepackt in den Saal. Bea und Micki rutschten zuerst in ihre Reihe, gefolgt von Pascal und Caroline. Niklas hielt den Atem an. Würde sie sich an dem Jungen vorbeidrängen, um neben ihren Freundinnen zu sitzen? Nein, er stieß erleichtert den Atem aus, sie setzte sich neben ihn und klopfte auf den freien Sitz. „Was ist? Willst du lieber stehenbleiben?"

„Nein. Ich, äh …" Wieder wurde er rot, was man gottlob in dem sich verdunkelnden Raum nicht mehr sehen konnte. Er setzte sich neben sie und verstaute seine Cola in dem dafür vorgesehenen Ringhalter. Die Schachtel mit dem Popcorn behielt er in der Hand, ja krampfte sogar beide Hände darum, weil er sonst nicht gewusst hätte, wohin damit. Wie selbstverständlich hatte Caroline ihren Arm auf die Seitenstütze gelegt, er wagte kaum, sich zu bewegen.

Den Film bekam er nur am Rande mit. Nachdem sie ihr Popcorn bereits bei der Werbung aufgegessen hatte, bot er Caroline von seiner Portion an, was sie dankend annahm. Immer wieder streiften dabei ihre Finger die seinen, was ihm wohlige Schauer bescherte. Er war mehr darum bemüht, auf die Schachtel zu achten als darauf, was sich auf der Leinwand abspielte. Wen sie ihre Hand ausstreckte, lehnte sie sich jedes Mal gegen ihn, er lauerte geradezu auf diesen Moment.

„Das war einsame Spitze", kommentierte Pascal, während sie das Kino verließen. „Gehen wir Pizza essen?"

„Ich muss nach Hause", Micki schüttelte bedauernd den Kopf. „Meine Alten leben in der Hinsicht hinter dem Mond. Selbst bei ner anstehenden Party muss ich irre betteln, damit die mich länger rauslassen."

„Ha, gut, dass ich heute bei Bea übernachte", Caroline hakte sich bei der zierlichen Blonden ein. „Ihre Mutter ist großzügiger."

„Und deine Eltern?", wagte Niklas zu fragen.

Caroline verzog das Gesicht. „Ähnlich wie Mickis. Wir wohnen beide im gleichen ruhigen Vorort, trotzdem scheißen die sich genauso ins Hemd. Mein Vater holt mich sogar im Winter von der Bushaltestelle ab, mit dem Fahrrad darf ich abends gar nicht raus."

„Es sei denn, ich bringe die beiden bis vor die Haustür", mischte sich Pascal ein. „Ich wohne zwei Straßen weiter."

Niklas spürte, wie die Eifersucht in ihm hochschoss. Der Typ schien mit keinem der drei verbandelt zu sein, welche Stellung hatte er tatsächlich in dieser Runde?

Caroline schien seine Gedanken zu erraten. „Gut, dass du bisher kein Glück bei den Frauen hattest", warf sie ein. „Ohne deinen männlichen Schutz würden wir alt aussehen."

Micki kicherte. „Dabei müsste ihm eigentlich klar sein, dass er kaum Chancen hat, wenn er ständig mit uns rumzieht. Hey, bringt ihr mich noch zur Haltestelle?"

Ihr anschließendes Essen zog sich bis kurz vor Mitternacht hin. Niklas fühlte sich sehr wohl in der Runde. Die drei bemühten sich, ihn ins Gespräch miteinzubeziehen und legten Wert auf seine Meinung. Bei Geschichten, die sich um Leute drehten, die er nicht kannte, gaben sie ihm ungefragt Zusatzinformationen, er war wirklich mittendrin und nicht außen vor.

Sie gehörten mit zu den letzten Gästen, als sie sich entschlossen zu bezahlen. „Schade", Caroline zog einen Flunsch. „Es war heute echt nett. Am liebsten würde ich noch weiter rumziehen."

„Nee, wir müssen langsam los." Bea tippte auf die Uhr. „Mama kommt spätestens um halb eins von der Schicht. Wir sollten sehen, dass wir vor ihr zu Hause sind."

„Ich weiß, ich weiß." Ihre Freundin knuffte sie in die Seite. „War mir längst klar."

„Was liegt morgen an?" Pascal sah von einem zum anderen. „Habt ihr Lust, mit zur Kartbahn zu gehen? Dino und ich wollen ein paar Runden drehen."

„Ja, klar." Caroline wandte sich an Niklas. „Wie sieht's bei dir aus? Wäre das nicht auch was für dich?"

„Kann leider nicht." Er bemühte sich, Enttäuschung in seine Stimme zu legen. „Muss morgen meinem Vater helfen, die Schmierereien von den Rollläden zu entfernen. Habe ich ihm versprochen", fügte er hinzu. „Das ist eine wahnsinnige Plackerei."

„Wie? Was für Schmierereien?", fragte Caroline und blieb mitten auf dem Bürgersteig, den sie mittlerweile in Richtung Busbahnhof entlangschlenderten, stehen. Dass sie dadurch die anderen, immer noch zahlreichen Fußgänger zum abrupten Ausweichen zwang, schien sie nicht zu bemerken.

„Irgendwelche Vollidioten fanden es lustig, alle unsere Rollläden mit dicken, schwarzen Kreuzen zu verzieren." Niklas zuckte die Schultern. „Wir haben ein Lösungsmittel aus dem Baumarkt, aber es ist trotzdem eine Schweinemaloche."

„Du Armer." Caroline knuffte ihn in den Bauch. „Ich werde morgen, wenn wir unseren Spaß haben, an dich denken."

Den ganzen Heimweg lang dachte er über ihre Abschiedsworte nach. War das ernst gemeint gewesen? Sah sie also in ihm nur einen guten Kumpel wie in Pascal? Er hatte mit diesem gemeinsam den Bus bestiegen, für die ersten drei Stationen, danach mussten sie mit verschiedenen Linien weiterfahren. Ihr Gespräch war ziemlich einseitig geblieben. Pascal hatte lustige Anekdoten von den Mädels zum Besten gegeben, die er, so wie es sich anhörte, vom Grundschulalter an kannte. Er, Niklas, hatte an den richtigen Stellen gelacht oder genickt, war jedoch mit seinen Gedanken hauptsächlich bei Caroline gewesen. Mochte sie ihn nun oder nicht? Er wurde aus ihrem Verhalten einfach nicht schlau. Mal gab sie sich schnodderig

und behandelte ihn ähnlich wie Pascal, mal bevorzugte sie ihn eindeutig und ließ alle spüren, dass er ihr wichtig war. Wenn er bloß mehr Ahnung gehabt hätte, wie das andere Geschlecht tickte!
Seine Mutter und seine Schwester waren kein Maßstab. Kira hatte eine starke Ader, sie kämpfte lieber, als dass sie sich auf Bitten und Betteln verließ. An ihre Freunde setzte sie extrem hohe Standards, Niklas wunderte sich ehrlich gesagt, dass sie überhaupt welche fand. Mama dagegen war ein Seelchen. Ihr konnte man ihre Stimmung direkt vom Gesicht ablesen. Bei ihr wusste man immer, was man zu erwarten hatte. Caroline, tja, aus ihr wurde er nicht schlau. Auf jeden Fall war sie privat ganz anders als in der Schule. Da hatte er ständig das Gefühl, sie mache sich insgeheim über die andern Schüler, die nicht zu ihrer auserwählten Gruppe gehörten, lustig, ihn eingeschlossen. Dass sie auf einmal ein wie auch immer geartetes Interesse an ihm haben könnte, daran hätte er im Traum nicht gedacht.

# 17

Bis zum Abend hatte Jens die neue Lampe und die zwei Videokameras installiert, so geschickt, dass sie keiner auf Anhieb entdecken konnte. Nur die Programmierung und genaue Einstellung musste er auf den nächsten Tag verschieben, wofür er eher sogar dankbar war. Es war ein überaus kalter Tag gewesen mit Werten um die sieben Grad, für einen Spaziergang durchaus angenehm nach dem strengen Winter. Doch wenn man die ganze Zeit draußen gearbeitet hatte, spürte man die Kälte in allen Knochen. Deshalb gönnte er sich ein langes, erholsames Bad im warmen Wasser.

Claudia stand schon fix und fertig angezogen in der Diele, als er aus dem Schlafzimmer trat. Er würde sie bei den Freunden absetzen, bevor er sich mit Herrn Gerber traf. „Wird es lange dauern?", fragte sie zum dritten Mal in den letzten Stunden.

Leicht genervt stöhnte er auf. „Ich weiß es nicht. Ich mache so schnell wie möglich, okay?"

„Ich verstehe immer noch nicht, warum du nicht einfach einen anderen Termin ausmachen konntest", nörgelte sie, kaum dass sie im Auto saßen.

„Wir müssen uns nach ihr richten", versuchte er zu erklären. „Sie hat Angst, mit uns gesehen zu werden. Bisher weiß niemand, dass sie dieses Video aufgenommen hat und so soll es auch bleiben. Wir können nicht vorhersehen, was sie mit ihr tun würden, wenn herauskommt, dass sie der Auslöser der Verhaftung war."

„Was soll groß passieren!", sagte sie abfällig. „Ich finde, die will sich nur wichtigmachen."

„Darf ich dich daran erinnern, was gerade mit uns geschieht?" Jens schluckte mehrmals, um seiner Wut Herr zu werden. „Und ich bin im Gegensatz zu ihr am Rande involviert."

„Du meinst, das sind tatsächlich die aus deiner Schule?"

Was hatte sie denn gedacht? „Natürlich, oder dieser Bruder von Sascha. Auf jeden Fall hängt es mit dessen Verhaftung zusammen." Sie setzte zu einer Antwort an, verzichtete dann jedoch darauf und blickte schweigend aus dem Fenster. Jens nahm den Fuß vom Gas, er war deutlich über dem Limit. Manchmal hätte er seine Frau am liebsten genommen und geschüttelt, sie angebrüllt und ihr all das gesagt, was sich in den letzten Jahren in ihm aufgestaut hatte. Dass sie fernab jeder Realität lebte, zum Beispiel. Trotz ihrer Halbtagsstelle verhielt sie sich weiterhin wie eine Nur-Hausfrau, deren Hauptaufgabe darin bestand, über die Familie zu wachen und ihr das Leben so angenehm wie möglich zu gestalten. Die böse Welt draußen blieb außen vor, wurde wenn irgend möglich ausgeschlossen, als zähle nicht, was dort vor sich ging, als könne man durch bloßes Verschweigen diese ruhige, bequeme Scheinwirklichkeit aufrechterhalten, in der nichts wichtig war außer dem eigenen Wohle. Dass dieses eng verquickt war mit dem, was drumherum passierte, wollte oder konnte sie nicht begreifen.

In der nächsten Viertelstunde fiel kein weiteres Wort zwischen ihnen. Jens atmete erleichtert auf, nachdem er sie vor dem Haus der Richters abgesetzt hatte. Irgendwie hatte er überhaupt keine Lust mehr, den restlichen Abend mit den Freunden zu verbringen.

Herr Gerber wartete wie verabredet am Supermarkt, dem ausgewählten Treffpunkt, der trotz der späten Stunde noch fast halbvoll war. „Wir fahren mit meinem Auto", bestimmte dieser, nachdem Jens neben ihm eingeparkt hatte.

Chantals Anweisungen waren sehr präzise, nach mehrmaligem Abbiegen erreichten sie die kleine Anliegerstraße, ohne sich verfahren zu haben. „Das letzte Haus auf der rechten Seite ist es." Jens beugte sich vor und starrte durch die Windschutzscheibe.

„Na, da hat sie sich aber für eine richtige Festbeleuchtung entschieden." Herr Gerber stellte sich mangels anderer Möglichkeiten direkt in die Garageneinfahrt und blickte neugierig auf das zweistöckige Gebäude. In der unteren Etage brannte in jedem Zimmer Licht, dafür lag die obere komplett im Dunklen. „Und wir sollen wirklich durch den Garten gehen und an der Terrassentür klopfen?"

„So hat sie es mir aufgetragen." Jens beschlich ein merkwürdiges Gefühl, das er nicht benennen konnte.

„Dann wollen wir mal." Herr Gerber stieg aus dem Auto und schloss leise die Tür. Jens tat es ihm nach. Hintereinander gingen sie über den schmalen Plattenweg zwischen Garage und Haus, bogen um die Ecke und steuerten die Terrasse an, auf die ein heller Lichtschein aus dem Inneren fiel. Ohne zu zögern überquerte Herr Gerber die Holzdielen und hob die Hand, um anzuklopfen. Im letzten Moment stoppte er, wich hastig zurück und riss den ihm Folgenden zurück in die Dunkelheit. „Hier stimmt was nicht", wisperte er dicht an seinem Ohr. „Im Wohnzimmer sitzt ein Mann vor dem Fernseher." Er packte Jens fester am Arm. „Wir gehen leise zurück und klingeln am Vordereingang."

Ihm brach der Schweiß aus. Das fehlte noch, dass sie für Einbrecher gehalten wurden. Viel behutsamer, auf jeden Schritt achtend, trat er den Rückweg an. Er meinte zu hören, dass auch sein Partner erleichtert aufatmete, als sie nach gefühlten Minuten endlich die Haustür erreicht hatten. Auf Herrn Gerbers Klingeln öffnete eine Frau in den Dreißigern und sah erstaunt auf die beiden Männer.

„Gerber von der Kripo", er hatte sein Abzeichen bereitgehalten. „Wir möchten gern mit Chantal Wasselowski sprechen. Uns wurde gesagt, wir könnten sie bei Ihnen antreffen."

Jens musste zugeben, dass der Polizist souverän agierte. Er selbst hatte noch mit der gerade erlebten Situation zu kämpfen. Er wäre bestimmt nicht fähig gewesen, derart gelassen ihr Anliegen vorzutragen.

Die Frau vor ihm sah verwundert von einem zum anderen. „Die Chantal liegt doch im Krankenhaus, wissen Sie das nicht?" Ihr Blick wurde misstrauisch. „Klaus, kommst du bitte mal?"

„Da scheint es ein Missverständnis gegeben zu haben." Herr Gerber ließ sich nicht aus der Ruhe bringen. Er trat einen Schritt näher,

damit sie seinen Dienstausweis genauer begutachten konnte. „Wir wollten Chantal im Rahmen einer Zeugenbefragung vernehmen. Da muss jemand in der Dienststelle Mist gebaut haben."
Die Frau vor ihnen wurde zugänglicher. „Frau Wasselowski hat uns erst vor drei Stunden informiert, direkt nachdem man ihre Tochter fand. Entschuldige", sagte sie zu einer Person im Hintergrund. „Ein Missverständnis. Die Herren gehen sofort wieder."
„Ja, entschuldigen Sie bitte die Störung", nahm Herr Gerber ihre Worte auf. „Wir klären das mit dem Präsidium ab."
Sein Gefühl hatte ihn also nicht getrogen. Blass vor Entsetzen saß er neben dem Beamten in dessen Auto und hörte zu, wie dieser über Funk seine Nachfrage startete: Weibliches, fünfzehn Jahre altes Opfer, Name Chantal Wasselowski, wurde in irgendein Krankenhaus gebracht, vermutlich vor circa drei Stunden.
Es dauerte eine geraume Zeit, bis sie die Antwort erhielten. „Das Mädchen wurde brutal zusammengeschlagen aufgefunden, Täter unbekannt. Man brachte sie in die Gemmer-Klinik, eine Aussage konnte noch nicht aufgenommen werden, da das Opfer bewusstlos war."
„Ich übernehme." Herr Gerber warf ihm einen kurzen Blick zu. „Sie wollen doch sicherlich mitkommen, oder?"
„Selbstverständlich." Jens war nicht in der Lage, einen klaren Gedanken zu fassen. Unaufhörlich kreisten seine Gedanken um das eben Gehörte.
Herr Gerber startete den Motor und setzte zurück. „So ein Mist", quetschte er zwischen den zusammengepressten Zähnen hervor. „Sind Sie sicher, dass Sie sich nirgendwo verplappert haben?", setzte er nach einigen Minuten des Schweigens hinzu.
„Ich … ich … nein, ich denke nicht." Schlagartig wurde Jens bewusst, dass es keine gute Idee gewesen war, seine gesamte Familie einzuweihen. Wenn nun einer von ihnen diese Information weitergegeben hatte? Er kramte sein Handy hervor und hatte bereits die Nummer seiner Frau im Kurzwahlspeicher gedrückt, bevor er zur

Besinnung kam. Nein, er musste mit jedem Einzelnen persönlich sprechen, von Angesicht zu Angesicht. „Ich bin's", sagte er deshalb nur, als sie sich meldete. „Es haben sich Verwicklungen ergeben, die meine Mitarbeit erfordern. Es wird leider noch eine Weile dauern." Claudia nahm diese Erklärung ohne langes Nachfragen hin, ließ ihn aber deutlich spüren, dass sie sauer war. Darum würde er sich später kümmern. Jetzt galt es herauszufinden, was mit Chantal passiert war.

Die Marke des Beamten wirkte Wunder. Trotz der späten Stunde wurden sie eingelassen und zur Intensivstation hochgeschickt. Eine Schwester führte sie zu dem behandelnden Arzt, der in einem kleinen Raum an einem überfüllten Schreibtisch saß. „Chantal Wasselowski?" Er musste nicht einmal in seinen Unterlagen nachsehen. „Es geht ihr den Umständen entsprechend. Die Unterbringung hier ist eine reine Vorsichtsmaßnahme. Morgen wird sie auf die normale Station verlegt."

„Was für Verletzungen konnten Sie feststellen?" Herr Gerber hatte sein Notizbuch gezückt, sein Stift schwebte über dem Papier.

„Sie hat massive Prellungen am ganzen Körper, mehrere ausgeschlagene Zähne und eine Gehirnerschütterung", zählte der Arzt auf. „Diese und ihre lange Bewusstlosigkeit sind der Grund, warum wir sie bis morgen hierbehalten."

„Hat sie irgendetwas dazu gesagt, wer ihr das angetan hat?"

„Sie kann kaum sprechen. Nein, hat sie nicht. Wir haben allerdings auch nicht gefragt."

„Können wir sie kurz sehen?"

„Bitte, es ist sehr wichtig", drängte Jens. „Eventuell sind noch andere in Gefahr." Er hatte einfach das gesagt, was ihm als Erstes in den Sinn gekommen war. Er wusste nur, er musste unbedingt zu Chantal, sich selbst davon überzeugen, dass sie einigermaßen in Ordnung war, ihr zeigen, dass ihn ihr Schicksal nicht gleichgültig ließ.

„Fünf Minuten." Der Arzt klang genervt. „Sie liegt in einem Einzelzimmer. Schwester Petra wird Sie hinführen."

„Sie schläft. Müssen Sie sie wirklich wecken?" Auch die Krankenschwester wirkte ziemlich ungnädig.

„Ihre Aussage ist für uns äußerst wichtig", erklärte Herr Gerber. „Uns bleibt leider keine Wahl."

„Na, dann versuchen Sie Ihr Glück. Allerdings hat sie starke Schmerzmittel bekommen. Das heißt, sie ist nicht ganz bei sich. Ob Sie daher mit dem, was Sie erfahren, was anfangen können?" Schwester Petra klang weiterhin abweisend.

„Einen Versuch ist es wert." Herr Gerber agierte weiterhin ruhig und freundlich.

Jens achtete nicht mehr auf die beiden. Er trat näher an das Bett. Sein aufgesetztes Lächeln erstarb, als er ihrer ansichtig wurde. Chantals Gesicht war rot und verschwollen, bläuliche Ergüsse zeichneten sich rund um die Augen und den Mund ab. Die geschlossenen Lider flatterten und zuckten, ein dünner Speichelfaden rann zwischen ihren halbgeöffneten Lippen, auf denen noch getrocknete Blutreste zu sehen waren, hervor. Mehr von ihrem Körper konnte er nicht erkennen, sie war bis zum Hals zugedeckt. Einzig die rechte Hand, in der eine Kanüle steckte, die zu dem Tropf über ihr führte, ragte darunter hervor. Auch diese war geschwollen und mit Kratzern übersät.

Der Monitor neben ihrem Kopf piepte. Mit raschen Schritten eilte die Krankenschwester herbei und drückte einige Knöpfe, aber der Lärm hatte Chantal aus ihrem Schlaf geweckt. Mit einem leisen Grunzen öffnete sie die Augen.

„Hallo", Jens bemühte sich um ein aufmunterndes Lächeln. Das Erschrecken in seinen Augen konnte er jedoch nicht verbergen. „Wie geht es dir?"

„Beschissen." Ihre Worte waren kaum zu verstehen. „Hab Schnauze voll."

„Guten Abend, Fräulein Wasselowski." Herr Gerber stellte sich neben Jens. „Ich bin von der Kripo. Wer hat Ihnen das angetan?"

„Weiß nich." Sie schloss die Augen und drehte den Kopf zur Seite.

„Chantal, bitte. Rede mit uns." Jens strich vorsichtig mit einem Finger über ihren Handrücken. „Wir wollen dir helfen."
„Ruhe lassen", nuschelte sie so leise, dass sie kaum zu hören war.
„Fräulein Wasselowski", versuchte es Herr Gerber noch einmal. „Haben Sie einen der Angreifer erkennen können?"
Das Mädchen holte mühsam Luft. „Schwester!" Immer noch sehr undeutlich, aber wesentlich lauter.
„Ja?" Die Krankenschwester eilte an ihre Seite.
„Sollen gehen."
„Sie haben es gehört." Fast triumphierend wandte sich Schwester Petra zu ihnen um. „Bitte verlassen Sie das Zimmer."
„Ein Reinfall auf der ganzen Linie." Herr Gerber lehnte sich müde an die Wand des Aufzugs. „Sie wird auch morgen nicht mit uns reden", prophezeite er. „Die haben sie total eingeschüchtert. Keine Chance mehr für uns."
„Ich komme trotzdem morgen wieder." Jens spürte, wie er rot anlief. „Ich kann sie jetzt nicht im Stich lassen", versuchte er zu erklären. Außerdem will ich herausbekommen, woher die Täter von ihr wussten, fügte er im Stillen hinzu, war sich aber fast sicher, dass sein Gegenüber ihn durchschaut hatte.
„Jaa", erwiderte Herr Gerber gedehnt. „Versuchen Sie es ruhig. Aber ich muss Sie noch einmal warnen, das Ganze konnte Ihnen über den Kopf wachsen. Das hier ist kein Spiel, wie Sie eben selbst gesehen haben."

## 18

Claudia stand wie jeden Tag als Erste auf. Jens hatte sich brummend das Kopfkissen über das Gesicht gezogen und gemurmelt, er würde noch ein bisschen liegen bleiben. Also war es an ihr, die Rollläden hochzuziehen und nach dem Rechten zu schauen.

Ihr Herz klopfte bis zum Hals, während sie langsam von Raum zu Raum ging und das helle Sonnenlicht hineinließ. Sie blieb an jedem Fenster stehen und sah argwöhnisch nach draußen, insgeheim darauf gefasst, gleich die nächste schreckliche Überraschung vorzufinden. Doch es schien alles in Ordnung zu sein.

Bevor sie sich zum Frühstücken an den Tisch setzte, ging sie über die Terrasse in den Garten und überzeugte sich davon, dass das friedliche Bild nicht trog. Sie umrundete das gesamte Haus, bis sie sich zufriedengab. Ihr Puls verlangsamte sich wieder und sie verspürte endlich den notwendigen Appetit, um sich in aller Ruhe ihren Kaffee und das obligatorische Sonntagsbrötchen schmecken zu lassen.

Sie fühlte sich von diesen Schmierereien am meisten getroffen, es war ein direkter Angriff auf ihr Seelenheil gewesen, das sich noch nicht von dem letzten Anschlag erholt hatte. Zu wissen, dass hier nachts jemand herumschlich, der ihnen Böses wollte, der im Schutz der Dunkelheit ihr Hab und Gut beschmutzte, um sie zu treffen, war für sie nahezu unerträglich. Ihr Glauben an das Gute in den Menschen, ein verträgliches Miteinander, hatte Schaden genommen. Vor allem, wer sagte denn, dass dieser Hass, dem sie sich ausgesetzt sahen, sich nicht irgendwann gegen sie als Personen richtete?

Jens war wesentlich gelassener. Ihn hatte es fast mehr gestört, dass Niklas sich weigerte, seine Verabredung abzusagen. Natürlich empfand er diese Sauerei, wie er sich ausdrückte, als einen Affront, war aber der Meinung, die Täter hätten damit nur ihn treffen wollen. Sie und die Kinder bräuchten sich keine Sorgen zu machen, besonders

nachdem er nun diese Videoanlage installiert hatte. Gut, das musste sie ihm zugestehen, er hatte gestern bis zum letzten Moment gearbeitet und würde die Programmierung heute beenden. Danach gäbe es zumindest die Sicherheit, dass alles, was rund um das Haus passierte, aufgezeichnet würde. Ob dieser Schutz allerdings ausreichte? Für ihr Seelenheil bestimmt nicht!
Nach dem Frühstück griff sie sich einen der alten Lappen, die sie gestern bereitgelegt hatte, und das Lösungsmittel und nahm sich den Rollladen neben der Terrassentür vor. Niklas hatte genug mit den anderen dreien zu tun, die noch zu säubern waren, und sie wusste ja mittlerweile, wie sie vorgehen musste. Statt ihn die Arbeit machen zu lassen, die er ihm aufgetragen hatte, war Niklas von Jens ständig für Hilfeleistungen bei den Kameras eingesetzt worden. Deshalb hatte sie irgendwann die Hausarbeit aufgegeben und sich zu den beiden gesellt, mal dem einen geholfen, mal dem anderen, damit die zwei nicht wieder in Streit gerieten, wie es sehr oft geschah, wenn sie Dinge gemeinsam erledigten.
Niklas hatte gute vier Stunden ohne zu murren geholfen, das war ihrer Meinung nach eine stramme Leistung. Dass er seine Verabredung nicht absagen wollte, konnte sie gut verstehen. Sie war ja froh, wenn er mal ausging, er saß sowieso viel zu oft allein vor seinem Computer. Außerdem hatte Jens selbst nie im Traum daran gedacht, sein eigenes Treffen wegen dieser Geschichte zu verschieben. Wie konnte er da von dem Jungen verlangen, dass der seine Interessen zurückstellte, obwohl der sofort, ohne dass sie hätte eingreifen müssen, seine Mithilfe für den nächsten Tag zugesagt hatte?
Erst zwei Lamellen geschafft! Seufzend tauchte Claudia den Lappen erneut in die Lösung und rubbelte weiter. Immerhin schien seine Verabredung nett gewesen zu sein. Sie hatte wie immer wach gelegen, bis Niklas nach Hause gekommen war, ziemlich spät für seine Verhältnisse, es musste ungefähr halb zwei gewesen sein. Sie hatte nicht noch einmal auf die Uhr gesehen, aber es war deutlich nach ihrem Zubettgehen gegen Viertel vor eins gewesen. Jens hatte keine

Ahnung, dass sie immer noch nicht einschlafen konnte, wenn ihre Kinder noch unterwegs waren. Der schnarchte, kaum dass er sein Kopfkissen berührte. Sie dagegen lag wach und horchte, bis sie den Schlüssel sich im Schloss drehen hörte. Erst dann gelang es ihr, sich zu entspannen und den Schlaf zuzulassen.

Gestern war es ihr noch schwerer als sonst gefallen, zur Ruhe zu kommen. Immerfort hatte sie an das denken müssen, was Jens ihr erzählt hatte, nachdem sie sich von den Richters verabschiedet hatten. Dort war er mit keinem einzigen Wort über seine Erlebnisse herausgerückt, hatte so getan, als wäre alles in Ordnung. Doch ihr war sein verändertes Wesen sofort aufgefallen, es hätte gar nicht des übermäßigen Alkoholkonsums bedurft, um sie aufmerksam werden zu lassen. Normalerweise trank Jens nur selten mehr als eine halbe Flasche Wein, ab und zu auch Bier, Schnaps allerdings fast nie. Gestern hatte er, kaum dass er zu ihnen gestoßen war, das erste Glas Whisky, das Norbert ihm augenzwinkernd als etwas ganz Besonderes angepriesen hatte, fast auf Ex geleert und war anschließend bei diesem Getränk geblieben. Kein Wunder, dass er heute nicht aus dem Bett herauskam!

„Morgen."

Sie zuckte zusammen, hatte, in ihre Gedanken vertieft, seine Schritte völlig überhört.

„Hast du Niklas schon geweckt?"

„Um elf, dachte ich. Das ist früh genug."

Jens trat neben sie. „Warum quälst du dich so? Das kann er doch machen."

„Es sind noch vier Rollläden, die gereinigt werden müssen", gab sie spitz zurück. „Und das hier ist die kleinste. Mit der Tür hat er garantiert mehrere Stunden zu kämpfen. Warum soll ich ihm also nicht helfen?" Den Vorwurf, ‚du hast ja schon gestern angekündigt, dass du keine Zeit hast', hielt sie im letzten Moment zurück. Es brachte nichts, gleich am frühen Morgen mit ihm zu streiten. Dann wäre er bestimmt den ganzen restlichen Tag ungenießbar.

Jens zuckte die Achseln und machte Anstalten, ins Wohnzimmer zurückzugehen. „Es ist deine Entscheidung!", rief er über die Schulter zurück. „Ich hätte ihn beim Wort genommen."
Das konnte er gut, ihr noch zusätzlich Schuldgefühle einflößen, dass sie ihre Kinder zu sehr verwöhnte! Und ihr gleichzeitig klarmachen, dass sie diese Arbeit freiwillig auf sich nahm und deshalb hinterher bloß nicht stöhnen solle.
Mit neuer Kraft widmete sie sich den Lamellen. Vielleicht interpretierte sie auch viel zu viel in seine Aussagen hinein. Vielleicht lag es doch eher an ihr und ihrem immer noch ziemlich desolaten Selbstwertgefühl, dass sie jedes Wort von ihm als Angriff ansah. Sie sollte wirklich versuchen, nicht ständig Kritik aus allem und jedem herauszuhören, besonders nicht bei ihm.
Sie war gerade dabei, den gereinigten Rollladen, den sie zum Schluss noch einmal mit heißem Wasser abgewischt hatte, zu trocknen, als Jens erneut auftauchte. „Ich muss unbedingt mit Niklas reden, bevor ich gehe. Ich wecke ihn jetzt."
„Ich komme mit." Sie warf den Lappen zu den anderen Utensilien und folgte ihm eilig. Niklas war morgens immer besonders schlecht ansprechbar, besser sie war dabei und konnte im Notfall vermitteln.
„Guten Morgen. Zeit zum Aufstehen."
Niklas stöhnte unwillig und vergrub sich noch tiefer in seine Decke.
„Hast du mit irgendjemandem über das, was ich euch erzählt habe, gesprochen?", fuhr Jens fort, ohne auf die Reaktion seines Sohnes zu achten.
Sie sah, wie der Junge sich versteifte und die Augen öffnete. „Wieso?"
„Weil das Mädchen, das den Film gedreht hat, gestern Nachmittag brutal zusammengeschlagen worden ist. Sie liegt im Krankenhaus auf der Intensivstation."
„Eine reine Vorsichtsmaßnahme", unterbrach Claudia ihren Mann. „Sie ist nicht schwer verletzt." Gleichzeitig betete sie im Stillen, dass

Niklas nicht der Auslöser für diese Strafaktion gewesen war. Nicht auszudenken, wie Jens dann reagieren würde.
„Ach, nein?" Dieser drehte sich zu ihr um und funkelte sie an. „Sind in deinen Augen eine Gehirnerschütterung, mehrere ausgeschlagene Zähne und Prellungen am ganzen Körper etwa eine Kleinigkeit?"
„So habe ich das nicht gemeint", verteidigte sie sich. „Ich wollte damit nur sagen, dass sie nicht lebensgefährlich verletzt ist."
„Ich habe kein Wort über den Zeugen, der den Film aufgenommen hat, gesagt. Bisher wusste ich ja nicht einmal, dass es sich dabei um ein Mädchen handelt." Niklas hatte sich im Bett aufgerichtet und starrte den Vater entsetzt an. Er war ganz weiß im Gesicht und schluckte mühsam, als sei ihm fürchterlich übel. „Meinst du, sie ist wegen der Anzeige verprügelt worden?"
„Herr Gerber ist sich sicher, dass es damit zusammenhängt." Jens setzte sich auf die Bettkante seines Sohnes und seufzte tief. „Du kannst dir nicht vorstellen, wie sie aussah, das Gesicht völlig verschwollen, kaum fähig zu sprechen. Das Schlimmste jedoch ist, dass sie ihren Mut verloren hat. Sie will nicht sagen, wer ihr das angetan hat."
„Kann ich verstehen. Ich hätte viel zu viel Schiss, dass die mich anschließend noch mal in die Mangel nehmen."
„Nein, du begreifst es eben nicht." Claudia konnte sehen, dass Jens nur mühsam die Ruhe bewahrte. „Wir brauchen solche Mädchen wie Chantal, die sich nicht scheuen, Unrecht anzuprangern. Wenn alle die Köpfe einziehen, wie es an meiner Schule geschehen ist, gedeiht das Böse und gewinnt schließlich die Oberhand. Das darf nicht sein, sonst sind wir bald alle unseres Lebens nicht mehr sicher."
„Aber du siehst doch, was dabei herauskommt." Niklas schüttelte den Kopf. „Zum Schluss gewinnen die trotzdem."
„Nein, noch ist das Ganze nicht zu Ende." Jens erhob sich von der Bettkante und machte Anstalten, den Raum zu verlassen. „Ich lasse nicht zu, dass die gewinnen."

„Und was willst du dagegen machen?", rief Niklas hinter ihm her.
Jens kehrte tatsächlich um und steckte den Kopf durch die Tür. „Als Nächstes rufe ich Kira an und frage, ob sie sich vielleicht verplappert hat. Ja, ich weiß", kam er seinem Sohn zuvor. „Ich hatte nie von einem Mädchen gesprochen. Dennoch muss ich mir hundertprozentige Gewissheit verschaffen. Danach bleibt nämlich nur einer übrig, der Junge, mit dessen Handy Chantal das Video aufgenommen hat. Den knöpfe ich mir anschließend vor. Danach will ich noch die Kleine im Krankenhaus besuchen. Ich bekomme auf jeden Fall heraus, wer der Übeltäter gewesen ist."
Claudia blickte besorgt zu ihrem Sohn. Hoffentlich hatte er nicht gemerkt, was sein Vater ihm mit diesen Worten zu verstehen gab. Dass er nämlich eher davon ausging, dass Niklas der Schuldige war als seine Schwester. Manchmal hätte sie ihrem Mann am liebsten sofort sein Verhalten vorgeworfen, damit er erkannte, wie ungerecht er oft urteilte. Meist verzichtete sie darauf, weil sie die Kinder in diese Auseinandersetzungen nicht mit hineinziehen wollte und weil sie hoffte, dass das, was ihr so deutlich auffiel, von ihnen unbemerkt blieb.
In diesem Fall war es auf jeden Fall besser gewesen, nichts zu sagen, Niklas schien durch das Gehörte dermaßen erschüttert, dass er den Angriff seines Vaters tatsächlich nicht wahrgenommen hatte. Vielmehr war er mittlerweile aufgestanden und hatte begonnen, sich anzuziehen. „Ich will mit ihm fahren und das Mädchen besuchen", sagte er.
„Nein!", erschrocken über seine Aussage hielt sie ihn am Ärmel fest. „Lass dich da nicht mit reinziehen."
Unwillig schüttelte er ihre Hand ab. „Wir sind schon mit reingezogen worden, hast du das vergessen? Oder glaubst du, die Schmiereien haben nichts damit zu tun?"
„Das ist was anderes." Sie überlegte angestrengt, wie sie ihm den Unterschied begreiflich machen konnte. „Bei uns haben die sich an toten Gegenständen vergriffen, sie dagegen wurde direkt attackiert",

versuchte sie zu erklären, während sie hinter ihm herlief. „Sich einzumischen, ist viel zu gefährlich."

Abrupt blieb er stehen. „Du hast gehört, was Papa gesagt hat. Man kann nicht tatenlos zusehen, wenn Unrecht geschieht."

„Und wie weit ist er damit gekommen?"

Niklas drehte sich um und sah ungläubig auf seine Mutter. „Das ist nicht dein Ernst, oder? Ihn lässt du agieren und mich willst du daran hindern? Was ist das denn für eine Einstellung?"

„Er ist erwachsen und geht den Weg, den er für richtig hält", hielt sie dagegen. „Du bist zu jung, als dass du dafür deine Gesundheit aufs Spiel setzen solltest." Wir sind bereits gestraft genug durch das, was er unternommen hat, dachte sie, hütete sich aber, es laut auszusprechen. Im Moment redete sie anscheinend bei Niklas gegen eine Wand. Er sah nicht die Schwierigkeiten, die sich aus ihrer Einmischung ergeben würden, er sah nur den heldenhaften Vater, der sich für die Schwachen einsetzte und dürstete danach, es ihm gleichzutun.

Wie sie es erwartet hatte, zuckte er bloß mit den Schultern, ihre Mahnung war wirkungslos an ihm abgeprallt. „Papa!", rief er laut und setzte sich Richtung Küche in Bewegung. „Was hast du vor?"

Jens tauchte mit dem Handy in der Hand in der Wohnzimmertür auf. „Ich habe gerade die Adresse von diesem Jungen in Erfahrung gebracht. Ich statte ihm jetzt sofort einen Besuch ab."

Und kein Wort über sein Gespräch mit Kira, dachte Claudia empört. Na, wahrscheinlich hatte er überhaupt nicht nachgefragt, wie ihr Kurzurlaub verlief. Ihm war nur die Antwort auf seine Frage wichtig gewesen.

„Kann ich mitkommen?", fragte Niklas.

„Nein, mit dem rede ich lieber allein", wehrte sein Vater ab.

„Aber du willst doch danach noch ins Krankenhaus", ließ der Junge nicht locker. „Kann ich nicht im Auto warten und anschließend mit dir gemeinsam Chantal besuchen?"

Jens sah ihn erstaunt an, legte den Kopf schief und überlegte. „Keine schlechte Idee", gab er schließlich zu. „Vielleicht kommst du besser an sie heran als ich. Okay, ich hole dich ab und wir fahren zusammen." Ohne sie weiter zu beachten, machte er sich für seinen Besuch fertig und verließ das Haus.

„Und die Rollläden?", fragte Claudia spitz. Wetten, dass die wieder an ihr hängenblieben?

Niklas lächelte sie an. „Ich esse eben was und dann helfe ich dir. Heute Nachmittag kann ich ja den Rest erledigen."

Sie presste die Lippen zusammen, obwohl sie noch genug dazu zu sagen gehabt hätte. Doch sie verkniff sich jedes weitere Wort. Es hätte sowieso nichts gebracht.

# 19

„He, du bist ja echt fleißig!" Jens pfiff anerkennend durch die Lippen. „Wieder eine fertig."
Niklas wandte sich ab, um sein Grinsen zu verbergen. Der Alte war kaum wiederzuerkennen. Ein Lob aus seinem Mund, das hatte es schon lange nicht mehr gegeben! Lag das nun daran, dass er sich freiwillig an die Arbeit gemacht hatte oder daran, dass er Interesse an dem Mädchen und damit auch an seinem Vater gezeigt hatte?
„Willst du gleich los?", fragte er.
„Ja, ich denke, dass sie in der Mittagszeit keinen anderen Besuch erhält. Die Eltern tauchen bestimmt erst nachmittags auf." Sein Vater sah sich suchend um. „Mist, keine einzige Blume im Garten. Wir halten am besten an der Tankstelle."
„Es ist gerade mal Anfang März." Dieses Mal grinste er ganz offen. „Was erwartest du da?" Nur gut, dass seine Mutter reingegangen war und in der Küche einen Kaffee trank. Sie hätte garantiert wieder beleidigt reagiert. Dabei war der Alte in manchen Dingen einfach nur etwas weltfremd.
Aus diesem Grund wartete er auch mit seiner nächsten Frage, bis sie im Auto waren. „Was hat dieser Junge gesagt?"
„Man hat ihm mit dem Wohlergehen seiner Schwestern gedroht." Der Vater sah starr geradeaus, aber Niklas konnte spüren, wie es in ihm kochte. „Geschickt eingefädelt, das muss ich zugeben. Die haben zwei ungefähr gleichaltrige Mädchen geschickt, die Krankenschwestern dachten, es würde sich bei ihnen um Klassenkameradinnen handeln. Die beiden stellten ihm ein Ultimatum, entweder er würde mit dem Namen desjenigen herausrücken, der das Video aufgenommen hätte, oder seinen Schwestern erginge es noch übler als ihm."

„Warum ist er damit nicht zur Polizei gegangen? Ich meine, hast du nicht gesagt, die Chantal wäre seine Freundin? Oder warum hat er sie nicht wenigstens gewarnt?"

„Er glaubt, die Polizei tut sowieso nichts gegen die." Der Vater setzte den Blinker und bog auf die Tankstelle ein. Statt auszusteigen wandte er sich zu seinem Sohn. „Das ist eine ganz üble Geschichte, in der wir da herumstochern. Herr Gerber hat mich gestern schon vorgewarnt, doch ich konnte vieles davon nicht glauben, bis ich es gerade mit eigenen Augen gesehen habe. Siyar ist vor ein paar Tagen entlassen worden, das heißt, ich habe ihn zu Hause besucht. Er wohnt zusammen mit seinen Eltern und Geschwistern in einer Art Siedlung, Block an Block und dazwischen vollkommen heruntergekommene Hochhäuser. Die Kinder und Jugendlichen, die sich auf der Straße herumtreiben, sehen total verwahrlost aus und benehmen sich auch so."

Der Vater machte eine Pause und kniff die Lippen zusammen, daher wagte Niklas eine Zwischenfrage: „So ähnlich, wie es letztens in der Zeitung stand?" Der Alte wusste bestimmt, auf welchen Artikel er sich bezog. Darin hatte sich eine Anwohnerin beschwert, dass weder Polizei noch Ordnungsamt sich zuständig fühlten, wenn es um die Art und Weise ging, wie in diesem Bereich der Stadt gelebt wurde. Sie hatte von Kindern berichtet, die nicht zur Schule gingen und stattdessen ältere Leute bedrohten, Jugendgangs, die abends die Straßen unsicher machten, Erwachsene, die in der Wohnung grillten und ihren Müll einfach aus dem Fenster warfen und teilweise mit zehn, fünfzehn anderen zusammen in einer Zweieinhalb-Zimmer-Wohnung hausten. Die Aufzüge seien demoliert, die Treppenhäuser mit Fäkalien verschmutzt, die Briefkästen fast alle aufgebrochen. Dazu käme Tag und Nacht ein unerträglicher Lärm, keiner nehme mehr auf den anderen Rücksicht. Seit fast fünfzig Jahren lebe sie in dieser Wohnung, schrieb sie, aber jetzt gebe sie auf und ziehe in eine andere Gegend, auch wenn es ihr schwerfalle. Keiner habe sich für

sie und die wenigen, die wie sie ausgeharrt hätten, interessiert, statt besser sei es immer schlimmer geworden. Sie habe endgültig genug.
Sein Vater hatte ihm die aufgeschlagene Zeitung rübergeschoben und darauf bestanden, dass er den gesamten Artikel las. „Ist ja nicht mal bei uns." Natürlich war das voll krass gewesen, was da abging. Doch im Prinzip war er sauer, dass der Alte wieder einmal den Oberlehrer raushängen ließ und ihm vorschrieb, was ihn zu interessieren hatte. Nach dieser Antwort war er ostentativ aufgestanden und in sein Zimmer gegangen und hatte sich bemüht, dem Vater an diesem Abend nicht mehr über den Weg zu laufen.
Statt rumzuätzen, ‚ach, du kannst dich tatsächlich daran erinnern!', überraschte ihn der Vater mit einem Nicken. „Davon zu lesen, ist eine Sache, es selbst zu erleben eine viel schlimmere. Ich hätte nie gedacht, dass es in unserer Stadt Derartiges gibt. Ich sag dir, ich hab mich kaum getraut, mein Auto zu verlassen und musste mich auf dem Weg zur Haustür am Riemen reißen, mich nicht andauernd umzudrehen."
„Warum bleiben die da wohnen?"
„Weil Siyars Familie aus acht Personen besteht und die Miete billig ist. Der Vater arbeitet als Handlanger bei einem Verwandten, andere Einkünfte haben sie nicht. Siyar ist der Älteste und soll wie seine Geschwister so lange wie möglich zur Schule gehen. Die Eltern wollen, dass es ihren Kindern später einmal besser geht als ihnen selbst."
„Okay, er hat kein Vertrauen zur Polizei." Niklas zuckte die Achseln. „Kann ich irgendwie verstehen. Aber dass der seine Freundin so einfach verraten hat!"
„Das ist erst die halbe Geschichte", berichtete sein Vater weiter. „Am Rande des Viertels hat sich eine Neonazi-Gruppierung angesiedelt, die im Verborgenen Jagd auf die dort Wohnenden macht. Mit Vorliebe nehmen sie sich Schwächere vor oder treten in Gruppen gegen einzelne an. Ausländer klatschen, nennen die das. Sie sind fast immer vermummt und schüchtern die Leute dermaßen ein, dass

sich keiner traut, sich an die Polizei zu wenden, was für die meisten aufgrund ihres Status sowieso nicht infrage kommt. Dort leben viele Illegale und solche, die von vornherein kein Vertrauen in die Obrigkeit haben oder sie aus dem einen oder anderen Grund fürchten", setzte er erklärend hinzu.

„Trotzdem, wenn die ihn schon im Krankenhaus unter Druck gesetzt haben, warum warnte er Chantal nicht wenigstens?", wiederholte Niklas.

„Weil er nicht an sie herankam." Sein Vater seufzte und fuhr sich mit der Hand durch das sich lichtende Haar. „Sein Handy war konfisziert und seine Familie durfte nicht wissen, dass er mit ihr liiert war. Chantals Schwester ist mit einem Neonazi zusammen, also hat sie zuhause nie erzählt, dass ihr Freund ein Türke ist. Seine Eltern wären ebenfalls entsetzt gewesen, wenn sie von dieser Beziehung erfahren hätten. Die haben alle unter dieser Gruppierung zu leiden."

„Er hätte dich oder einen der anderen Lehrer an deiner Schule anrufen können."

„Hat er, gestern, nachdem ihm sein Gewissen keine Ruhe ließ. Aber ich war schon gegangen und mit dem Rektor wollte er nicht darüber sprechen, was ich nachvollziehen kann. Herr Halbereit hat sich, bevor die Sache eskalierte, ziemlich bedeckt gehalten und von sich aus nichts unternommen."

„Was für eine Scheiße!", entfuhr es Niklas.

Statt ihn zu maßregeln, nickte sein Vater. „Dazu musst du wissen, dass ihm traditionell seine Familie viel näher steht als jeder andere. Von seiner Warte aus war es die richtige Entscheidung, sie zu verraten. Damit rettete er seine kleinen Schwestern vor einem ähnlichen Schicksal."

„Also hatten diese Typen davon Wind bekommen, dass das Video mit seinem Handy gedreht wurde", spekulierte Niklas. „Und sich gedacht, dass er garantiert weiß, wer es hatte."

„Ich habe keine Ahnung, wie sie es erfahren haben." Wieder seufzte der Alte. „Du hast vermutlich recht. Sie konnten sich ja ausrechnen,

dass irgendjemand in der Nähe gewesen sein musste. Einleuchtend, dass dieser auch den Film aufgenommen hatte."
„Und diese Mädchen, die ihn im Krankenhaus besuchten. Kennt er deren Namen? Oder hat er sie dir wenigstens beschrieben?"
„Nein, dafür hat er viel zu viel Angst. Ich vermute, es handelt sich bei ihnen um irgendwelche Groupies. Ja, lach nicht, das gibt es sogar bei diesen Typen. Mädchen, die sich von der Macht und der mutmaßlichen Überlegenheit der Kerle angezogen fühlen. Die denken, das Ganze ist ein großer Spaß, fühlen sich unbesiegbar."
„Was für ein Schwachsinn!"
„Es funktioniert so lange, wie sich keiner traut, gegen sie vorzugehen. Deshalb muss man denen von Anfang an zeigen, dass man sich nicht vor ihnen fürchtet." Sein Vater grinste schief. „Ende der Plauderstunde. Wir sollten langsam zum eigentlichen Zweck unseres Ausfluges kommen." Er öffnete die Tür und stieg aus.
Niklas sah hinter ihm her, wie er zu dem Kübel ging, der neben der Eingangstür stand und mit einem Griff einen bunten Strauß herausnahm. Sein Respekt vor dem Alten war enorm gestiegen. Bisher hatte er ihn als Loser angesehen, als ein Relikt längst vergangener Zeit. Seine Ansichten, sein Beharren auf Anstand und gutem Benehmen, wie er es nannte, hatten für ihn den Beigeschmack des Altmodischen, nicht mehr passend für die Gegenwart. Wie oft hatte er voller Trotz gedacht, dass die alten Werte, an die der sich klammerte, nicht mehr zählten. Heutzutage kam man am besten voran, wenn man seine Ellenbogen benutzte und keine Rücksicht auf die Befindlichkeit der anderen nahm. Sich selbst ausleben unter dem Deckmäntelchen der Selbstverwirklichung, das war es, was heute ablief. Dass dabei ein vernünftiges Miteinander auf der Strecke blieb, nahmen alle billigend in Kauf. Toleranz, das Wort hatte für ihn mittlerweile einen bitteren Nachgeschmack. Jeder berief sich darauf, forderte sie geradezu ein – ohne sie jedoch selbst dem anderen gegenüber anzuwenden.

Die sich öffnende Tür ließ ihn aus seinen Gedanken hochschrecken. Sein Vater hielt ihm die Blumen unter die Nase. „Hier, halt mal."
Schweigend setzten sie ihren Weg fort. Fast schien es Niklas, als bereue es der Alte, so offen zu ihm gewesen zu sein. „He", sagte er schließlich, nachdem sie in die Straße zum Krankenhaus eingebogen waren. „Was willst du eigentlich mit Chantal besprechen?"
„Es ist mir wichtig, ihr beizustehen. Sie soll nicht das Gefühl haben, es wäre mir egal, was ihr passiert ist." Er räusperte sich umständlich. „Außerdem hoffe ich, sie umzustimmen, dass sie erkennt, wie wichtig es ist, die Kerle, die ihr das angetan haben, anzuzeigen."
„Heißt das, sie will nicht gegen die aussagen?"
„Ich bin mir nicht sicher. Gestern war sie mit Medikamenten gegen die Schmerzen vollgepumpt und kaum fähig, zu sprechen. Wir haben sie nur kurz sehen können."
Das klang, als hätte der Alte versagt. Niklas schüttelte angewidert über sich selbst den Kopf. Hatte er nicht vorgehabt, seine Denkweise seinen Vater betreffend zu ändern? Jetzt war er schon wieder in die alten Muster zurückgefallen. „Ich helfe dir. Du hast nämlich recht. Keiner sollte mit so was davonkommen können."
Der schwieg, bis er den Wagen in die Parkbucht rangiert hatte. Statt auszusteigen, wandte er sich ihm zu. „Ehrlich gesagt bin ich mir gar nicht mehr sicher, ob es wirklich eine so gute Idee war, dich mitzunehmen. Hör mir bitte zu", schnitt er den Protest seines Sohnes ab. „Das ist ein gefährliches Spiel, das ich hier treibe. Dadurch gerate ich ebenfalls in das Visier der Gruppe und ..."
„Bist du längst", konnte sich Niklas nicht zurückhalten einzuwerfen.
„Sag, willst du nicht verstehen?", fuhr der Vater auf. „Das ist ein Witz gegen das, was auf uns zukommen könnte."
„Durch dich hängen wir sowieso mit drin", gab er sich ungerührt stellend zurück. Scheiß auf sein wildklopfendes Herz und die Angstschauer, die ihm den Rücken hinunterliefen. „Du machst uns mit deiner Aktion so oder so mit zur Zielscheibe. Das haben wir doch wohl schon zu spüren bekommen."

„Ich möchte euch nicht mehr mit hineinziehen als unbedingt nötig."
„Und ich will helfen, die Geschichte aufzuklären." Niklas starrte seinem Vater fest in die Augen, bis dieser zögernd nickte. „Gut, vielleicht kannst du bei ihr tatsächlich mehr erreichen als ich."
Nebeneinander gingen sie auf den riesigen Kasten zu, der das Krankenhaus darstellte. Trotz beginnender Mittagszeit herrschte im Foyer geschäftiges Kommen und Gehen. An der Information wartete eine ganze Reihe von Leuten. Sie stellten sich hinter die dicke Frau, die den Schluss der Reihe bildete. Niklas bemerkte die große Tasche, die sie fest umklammert hielt. Haufenweise Äpfel und Bananen ragten daraus hervor, obendrauf thronte ein Bündel Trauben. Es sah aus, als hätte sie einen Obstladen aufgekauft. Wen sie wohl besuchen wollte? Daneben nahm sich ihr kleiner Blumenstrauß direkt armselig aus.
Die Menschen rückten schnell vor. „Wir möchten zu Chantal Wasselowski", sagte sein Vater, nachdem sie das Pult, hinter dem eine ältere Frau saß, die ihnen trotz der herrschenden Hektik freundlich zulächelte, erreicht hatten. „Gestern lag sie noch auf der Intensivstation, sollte aber heute verlegt werden."
„Einen Moment." Die Frau scrollte in dem Programm auf dem Computer herum. „Ah, ja. Station drei, Zimmer dreihundertsiebzehn, Innere Medizin. Nehmen Sie den Fahrstuhl hier im vorderen Bereich."
Sie hatten Glück. In dem Moment, in dem sie den Aufzug erreichten, öffneten sich die Türen und spien eine Handvoll Menschen aus. Mit den restlichen Wartenden gelangten sie ins Innere, die dicke Frau aus der Reihe war ebenfalls dabei. Sie drückte den Knopf mit der Drei, bevor sein Vater es tun konnte. Hoffentlich ist das nicht die Mutter von Chantal, schoss es Niklas durch den Kopf. Doch die Frau wandte sich zur gegenüberliegenden Station.
Er ließ seinem Vater den Vortritt. Irgendwie hatte er plötzlich so ein beklemmendes Gefühl, was nicht nur daran lag, dass es im Gang nach Desinfektionsmitteln roch und die Luft abgestanden und muf-

fig war. Als der Vater an die Zimmertür klopfte und direkt danach eintrat, wäre er am liebsten wieder umgekehrt.

# 20

Chantal, die schlafend im Bett lag, sah heute noch schlimmer aus, fand Jens. Zwar war die Schwellung etwas zurückgegangen, aber die Haut schillerte in sämtlichen Gelb-, Rot- und Blautönen. Hinter sich hörte er, wie Niklas scharf die Luft einsog. Ja, der Anblick, der sich ihnen bot, war für jemanden wie ihn ziemlich abschreckend. Er konnte nur hoffen, dass der Junge sich weit genug zusammenriss und sein Entsetzen nicht zu deutlich zeigte.
„Hallo, Chantal." Er trat näher an das Bett heran.
Die Angesprochene blinzelte, dann zeigte sich Überraschung in ihren Augen. „Nee, der Herr Baumgard. Ist ja nen Ding." Sie zuckte zusammen, als sie Niklas entdeckte, der sich halb hinter ihm hielt. „Oh." Ihre Hände fuhren unter der Bettdecke hervor und zogen das Laken bis zum Hals hoch. „Wer isn das?"
„Darf ich vorstellen? Mein Sohn Niklas, Chantal, eine meiner Schülerinnen."
„Tach."
„Hallo." Niklas Stimme klang dünn und verzagt, seine Hände fuhren in die Jackentaschen, kamen wieder heraus, ballten sich zu Fäusten, entspannten sich wieder, alles der Reihe nach. Er war eindeutig mit der Situation überfordert.
„Wir haben dir ein paar Blumen mitgebracht." Jens hielt den Strauß hoch, damit Chantal ihn sehen konnte, und drückte ihn dann seinem Sohn in die Hand. „Draußen habe ich auf dem kleinen Tischchen Vasen stehen sehen. Hol eine und stell die Blumen ins Wasser!"
Sowohl Junge als auch Mädchen schienen froh über seine Worte. Niklas ging nicht, er floh geradezu aus dem Zimmer.
„Wieso is er hier?", fragte Chantal wieder, kaum dass sein Sohn das Zimmer verlassen hatte.

„Er war ziemlich entsetzt, nachdem er erfahren hatte, was dir passiert ist, und wollte mich unbedingt begleiten."
„Sie waren gestern schon mal da, ne?"
„Ja, gestern Abend, zusammen mit Herrn Gerber. Wir hatten uns an dem Haus getroffen, wo du Babysitten solltest. Was meinst du, wie wir uns erschreckt haben, als wir über die Terrasse kamen und einen Mann im Wohnzimmer entdeckten", begann Jens zu erzählen, um die angespannte Situation zu lockern.
Und richtig, Chantal lachte, hielt aber sofort wieder inne. „Scheiße, verdammt, tut das weh", keuchte sie.
„Das war zum Glück das einzig Lustige", fuhr Jens fort. „Er hat uns nicht entdeckt, wir gingen zurück und klingelten ganz normal. Die Frau, die uns öffnete, erzählte uns von dem, was dir passiert ist."
„Wissen Sie, woher die das erfahren haben?"
Jens ahnte, was sie mit dieser Frage meinte. „Entweder ist irgendwie durchgesickert, dass das Handy, mit dem du das Video aufgenommen hast, das von Siyar war oder die haben kombiniert, dass er wissen könnte, wer sich da in seiner Nähe aufhielt. Sie haben ihn gezwungen, deinen Namen zu nennen."
„Nein!" Ihre Augen füllten sich mit Tränen. „Das glaub ich nicht!"
„Er hatte keine andere Wahl", verteidigte er den Jungen. „Sie drohten ihm, sich seine Schwestern vorzunehmen. Er hat noch versucht, mich in der Schule zu erreichen. Leider zu spät, ich war bereits gegangen."
„Dieser Arsch." Die Tränen kullerten wie ein nicht enden wollender Strom über ihre Wangen.
Niklas war es, der die Situation rettete. Während der Erklärung seines Vaters hatte er umständlich mit der Vase und den Blumen hantiert, jetzt trat er einfach an das Bett und ergriff ihre Hand. „Ich bin sicher, normalerweise hätte er wie ein Löwe für dich gekämpft", sagte er. „Aber er hatte keine Wahl."
Chantal drehte den Kopf zur Seite. „Trotzdem isser ein Arsch."

Der Junge griff in seine Jackentasche und zauberte daraus ein verknittertes Taschentuch hervor. „Hier." Er beugte sich vor und tupfte ihr vorsichtig die Tränen weg.

Jens war darüber genauso erstaunt wie über die Tatsache, dass das Mädchen es sich gefallen ließ. Er räusperte sich. „Geschehen ist geschehen", mischte er sich in das Gespräch. „Es bleibt die Frage, wie es nun weitergehen soll."

„Ich lass mir das nich gefallen", murmelte Chantal leise. Sie entwand Niklas das Taschentuch und schnäuzte sich energisch die Nase, was eine neuerliche Schimpfkanonade nach sich zog. „Verdammt! Alles tut mir weh. Nee, die haben sich die Falsche ausgesucht. Ich lass mir das nich gefallen!"

Jens beugte sich vor. „Weißt du, wer dir das angetan hat?"

Das Mädchen verzog das Gesicht. „Die waren vermummt, ich konnte sie nicht erkennen. Aber der Lars war auf jeden Fall dabei. Dem seine Stimme kenn ich. Und die zwei anderen erkenn ich auch an der Stimme wieder, da bin ich mir sicher. Der eine hat so nen Tattoo auf den Fingern, dem ist der eine Handschuh runtergefallen. Der hat sich gebückt, direkt vor meiner Nase, ich konnte es genau sehen."

„Du wirst deine Aussage vor der Polizei wiederholen müssen", erinnerte er sie.

„Is mir klar." Sie schniefte ein letztes Mal. „Egal, ich mach das."

„Was ist mit deinen Eltern und deiner Schwester?" Er musste einfach nachfragen, damit sie sich der Schwere ihrer Entscheidung bewusst wurde. Natürlich war er froh, dass sie Kampfgeist zeigte, doch höchstwahrscheinlich ahnte sie nicht, was sie mit ihrer Anzeige in Bewegung setzte.

„Mama und Papa haben zu viel Angst vor dem seine Rache. Die können Sie vergessen. Und Jaqueline? Die hat der voll im Griff. Die wird mich hassen, aber das ist mir egal."

„Chantal, hast du schon einen Ausbildungsplatz?" Man würde sie unmöglich in der Familie lassen können. Sie musste woanders

untergebracht werden, am besten in einer anderen Stadt, weit weg von dieser Neonazi-Gruppe.
„Ich kann in dem Laden anfangen, wo mein Vater arbeitet. Erst mal mache ich da son Praktikum. Wenn ich gut genug bin, kriege ich nächstes Jahr ne Lehrstelle."
An ihrem Gesicht konnte er ablesen, dass diese Möglichkeit nicht ihre erste Wahl war. „Und was für eine ist das?"
„Verkäuferin. Naja, is nicht mein Traumberuf, aber besser als nichts."
„Für welche Berufe hast du dich denn beworben?"
„Ich würd gern was mit Tieren machen, oder mit Pflanzen." Ihre Augen strahlten geradezu. „Ich schaff das, selbst wenn ich von morgens bis abends pauken muss."
Jens beschloss im Stillen, sich gleich am nächsten Tag bei Frau Schwinger, der Klassenlehrerin, nach ihren Noten zu erkundigen. Wahrscheinlich lagen die eher im unteren Drittel und deswegen hatte sie bei ihren Bewerbungen keine Chance erhalten. Schüler mit Hauptschulabschluss wurden heutzutage kaum noch genommen – und schon gar nicht mit einem schlechten. Die zukünftigen Arbeitgeber achteten viel zu sehr auf die Noten, sogar bei Berufen, in denen es um ganz andere Fähigkeiten ging. Laut sagte er: „Es könnte sein, dass du nach deiner Aussage bei der Polizei nicht mehr nach Hause kannst. Die Gefahr eines Racheaktes ist zu groß."
„Dann ist das eben so." Chantal zuckte mit den Schultern und verzog anschließend sofort leidend das Gesicht. „Ich wär eh nicht mehr lange dageblieben."
„Ich will dir keine falschen Hoffnungen machen, aber …"
Die sich öffnende Tür ließ ihn innehalten. Eine verhärmt aussehende Frau, er schätzte sie auf Ende Vierzig, betrat das Zimmer. Sie stutzte kurz, rang sich dann ein Lächeln ab und kam mit ausgestreckter Hand auf ihn zu. „Wasselowski, sind Sie der Lehrer von Chantal? Ja, bestimmt. Sie hat schon so viel von Ihnen erzählt. Sie räumen ja richtig auf an der Schule!"

„Baumgard." Er schüttelte ihre Hand. „Das ist mein Sohn Niklas. Er war entsetzt, als er das von Ihrer Tochter hörte."

„Ja, ich hoffe, man schnappt die Kerle." Sie schnaubte entrüstet. „Fünfhundert Meter von ihrem Elternhaus entfernt ist das passiert, das müssen Sie sich mal vorstellen! Und keiner will was gesehen oder gehört haben."

„Mama, die haben mich hinter den Unterstand gezerrt. Das hat echt keiner mitbekommen."

„Ich hab dir schon hundertmal gesagt, du sollst nicht die Abkürzung durch den Park nehmen." Frau Wasselowski schüttelte entrüstet den Kopf. „Wer sich in Gefahr bringt, kommt darin um. Jetzt siehst du es selbst."

„Ihre Tochter trifft meines Erachtens nach keine Schuld", mischte sich Jens ein. „Es war heller Tag, sie konnte nicht mit einem Angriff rechnen."

„Sie kennen halt die Gegend nicht", konterte sie, kniff die Augen zu schmalen Schlitzen zusammen und musterte ihn. „Nee, Sie wissen echt nicht, wovon Sie reden. Chantal, du schon", wandte sie sich wieder an ihre Tochter. „All die Penner und Junkies warten doch nur darauf, dass sie einen allein erwischen."

„Ich hätt es sonst nicht mehr pünktlich zum Babysitten geschafft." Das Mädchen funkelte seine Mutter an. „Und die Einkaufstaschen waren schwer. Meinst du, da mach ich freiwillig nen Umweg?"

Da er befürchtete, dass das Gespräch zu einem Streit ausuferte, versuchte Jens, das Thema zu wechseln. „Hat man Ihnen gesagt, wie lange Chantal hierbleiben muss?"

„Dienstag kann ich sie abholen, wenn alles glattläuft. Papa wär ja mitgekommen", wandte sie sich gleich wieder an ihre Tochter. „Aber er hatte dem Uli doch versprochen, ihm beim Auto zu helfen. Und du bist ja bald wieder zu Hause."

„Frau Wasselowski, Chantal weiß, wer sie überfallen hat", brachte Jens vor, bevor diese antworten konnte. „Der Freund Ihrer anderen Tochter war daran beteiligt."

Die Frau wurde blass und taumelte leicht. „Bist du dir ganz sicher?", fuhr sie das Mädchen an. „Das sagt man nicht einfach so."

„Ich hab dem seine Stimme erkannt, hundertpro. Der hat gesagt, die Abreibung kriege ich, weil ich seinen Bruder in den Knast gebracht habe. So, jetzt weißt du alles." Chantal wirkte ehrlich erleichtert, dass sie ihrer Mutter endlich die Wahrheit sagen konnte, gleichzeitig war der trotzige Unterton aus ihrer Stimme klar herauszuhören.

„Das ... das ...", diese tastete nach dem Besucherstuhl, der neben der Tür stand und setzte sich. „Sie müssen das verstehen", wandte sie sich direkt an Jens. „Das ist nicht so, wie sie es darstellt. Bei uns im Viertel ist der Ausländeranteil sehr hoch. Ich spreche da nicht von den netten Mitbürgern, nein, bei uns lebt das Gesocks, die, die keine Lust haben, zu arbeiten und vom Sozialamt leben. Die hängen den ganzen Tag auf der Straße rum, sodass man sich als Frau kaum noch aus dem Haus traut. Und ihre Mischpoke ist nicht besser. Die Kinder klauen und bedrohen die älteren Leute, die Frauen kümmern sich um gar nichts. Dazu zieht der Park die Penner und Junkies der ganzen Gegend an. Lars und seinen Freunden ist das schon lange ein Dorn im Auge. Die Politik lässt uns doch vollkommen im Stich. Die wohnen nicht da, denen ist das egal. Auf jeden Fall sind das die Einzigen, die versuchen, das zu ändern. Gut, ihre Methoden sind nicht die allerfeinsten, aber anders begreifen die das sowieso nicht. Nee, dass die sich an unserer Chantal vergriffen haben, kann ich mir nicht vorstellen. – Warum musstest du dem seinen Bruder auch anzeigen?", setzte sie vorwurfsvoll hinzu, bevor Jens eingreifen konnte.

„Weil der einen Schulkameraden von ihr brutal zusammengeschlagen hat", antwortete er an ihrer Stelle.

„Und wieso haben Sie und Ihre Kollegen den nicht gestoppt?"

Jetzt geriet Jens in Erklärungsnot. „Weil ich die Einzige war, die das gesehen hat", übernahm Chantal. „Und weil der die ganze Schule terrorisiert hat und damit endlich Schluss sein musste."

„Das kann ich mir gar nicht vorstellen", begann ihre Mutter wieder. Jens hatte endgültig genug. „Kommen Sie", er winkte Richtung Tür. „Ich möchte gern einige Dinge mit Ihnen abklären, die wir nicht unbedingt vor Ihrer Tochter diskutieren müssen. Mein Sohn wird ihr solange Gesellschaft leisten."
Völlig verdutzt sah ihn die Frau an, folgte ihm aber widerspruchslos nach draußen. Im Hinausgehen drehte er sich noch einmal um und zwinkerte Niklas zu. „Sei ja nett zu ihr, hörst du, sie ist eine Heldin!"

# 21

„Das hat er nicht so gemeint."
„Das ist sein größtes Kompliment."
Beide hatten gleichzeitig gesprochen, sodass sie einander kaum verstehen konnten. „Er meint das ernst", wiederholte Niklas. „Klar, in erster Linie hat er es gesagt, um deiner Mutter den Wind aus den Segeln zu nehmen, trotzdem, er hätte es nie so ausgedrückt, wenn er es nicht so sehen würde."
„Ach, komm." Sie winkte ab.
„Nein, ehrlich. Ich weiß nicht, ob ich den Mut hätte, gegen die anzutreten."
„Das hat nichts mit Mut zu tun, sondern mit der Angst davor, wie es sonst weitergehen würde", verbesserte sie ihn. „Die Polizei hat den Film und weiß von mir. Was passiert also, wenn ich einen Rückzieher mache? Die glauben mir nie wieder ein Wort. Dann kann der Lars demnächst machen, was er will. Und sollte sein Bruder doch verurteilt werden, bin ich garantiert wieder dran. Du siehst also, es ist reiner Überlebenstrieb meinerseits."
„Du kannst dich echt gut ausdrücken, wenn du es willst", kommentierte er ihr Geständnis, während er sich den Besucherstuhl ans Bett heranzog und sich darauf plumpsen ließ.
Sie lachte, dieses Mal allerdings ganz vorsichtig. „Ich will dich eben beeindrucken", gestand sie vergnügt glucksend.
„Mich?" Niklas spürte, wie er rot anlief. „Du hast bestimmt bessere Modelle im Angebot."
„Nee", sie wurde wieder ernst. „Du bist charaktermäßig weit über denen. Du hättest deine Freundin nie verraten, da bin ich sicher."
„Ich bin nicht so mutig, wie du denkst", gestand er. Seltsam, ihr gegenüber konnte er sich geben, wie er wirklich war. Ob es daran lag, dass er sie nicht beeindrucken wollte? Dabei war sie das mutigste Mädchen, das er jemals zu Gesicht bekommen hatte. Und lange

nicht so affektiert wie die meisten aus seiner Klasse. „Ich glaube, ich wäre in deiner Situation total eingeschüchtert und würde mich selbst bemitleiden."

„Das habe ich schon hinter mir. Gestern war ich fix und fertig. Aber dann kam die Wut auf diese Typen. Das, was Mama sagt, das meint sie nicht so. Die ist nur sauer, weil sie das Gefühl hat, es kümmert keinen, was bei uns abläuft. In echt hat sie vor Lars selber Angst. Ich hab gehört, wie sie zu Papa gemeint hat, jetzt hätten wir statt ein Übel noch ein zweites dazubekommen. Die suchen schon länger nach einer anderen Wohnung, kriegen bloß nix Vernünftiges. Mein Papa hat blöderweise ne Menge Schulden gemacht. Bei seinem Schufa-Eintrag winkt jeder Vermieter gleich ab."

„Und deine Schwester? Ist die älter als du?", wechselte Niklas das Thema.

„Jaqueline ist zwanzig, doch die kannst du nicht mit normalen Maßstäben messen. Die tickt nicht richtig, die ist schon mit sechzehn ganz tief in diese Szene reingeraten. Das war, noch bevor sie mit Lars zusammengekommen ist. Die glaubt diesen ganzen Scheiß."

„Was macht sie beruflich?"

Chantal lachte wieder. „Richtig geraten. Die ist ein ganz kleines Licht, arbeitet als Altenpflegehelferin und stöhnt die ganze Zeit rum. Die fühlt sich mächtig in der Gruppe. Für die ist es nur wichtig, dass alle vor ihr kuschen."

„Was meinst du, wie es jetzt mit dir weitergeht?", wagte er zu fragen. „Kannst du dir vorstellen, woanders zu wohnen?" Wenn er in ihrer Lage gewesen wäre, er glaubte nicht, dass er gut damit hätte umgehen können, plötzlich auf sich allein gestellt zu sein.

„Ach, weißt du, es kann eigentlich nur besser werden." Ihr Blick suchte den seinen. „Mama und Papa werde ich natürlich schon vermissen, andererseits wäre ich nach der Schule sowieso ausgezogen. Ich hatte mich schon erkundigt. Mit dieser Ausbildungsbeihilfe, die ich beantragen wollte, wäre ich ganz gut über die Runden gekommen." Sie verzog das Gesicht. „Ich hatte vor, tagsüber zu arbeiten und abends weiter zur Schule zu gehen. Blöd, nicht?"

„Nein", er wandte den Blick keinen Moment ab. „Ich denke, du hast einen extrem starken Willen. Dadurch schaffst du das, was du dir vorgenommen hast. Du bist eben fest entschlossen, nicht aufzugeben."

In ihren Augen spiegelte sich das Lächeln wieder, das ihr verquollenes Gesicht verzerrte. „Das hast du schön gesagt. Genauso fühle ich. Ich hätte es nur nie so toll ausdrücken können. Weißt du, ich hab keine echten Freunde. Das war schon immer so. Die, die bei uns in der Gegend wohnen, mit denen will ich nicht, die, die was Besseres sind, wollten mit mir nie. Wie denn auch? Hätten die gesehen, wie ich wohne, die hätten sofort Reißaus genommen. Und Geld, um mit denen mitzuhalten, habe ich nicht. Das, was ich beim Babysitten verdiene, lege ich alles zur Seite, damit ich mir wenigstens ein paar Möbel für mein Zimmer leisten kann, wenn ich ausziehe."

Niklas spürte, wie er wieder rot wurde, dieses Mal jedoch vor Schamgefühl. Dieses Mädchen vor ihm war wirklich etwas ganz Besonderes! Plötzlich fand er Caroline gar nicht mehr so toll. „Schade, dass ich dich erst kennenlerne, wo du wieder wegmusst", platzte er heraus. „Ich wäre gern öfter mit dir zusammen gewesen."

„Ja, schade", murmelte Chantal.

Er war sich nicht sicher, weil ihr Gesicht so geschwollen und bunt verfärbt war, aber es sah fast so aus, als errötete sie auch.

Eine kleine Pause entstand, beide wagten nicht mehr, sich anzusehen. „Kannst du mir bitte helfen?", fragte Chantal schließlich. „Ich muss unbedingt was trinken." Sie stützte sich auf und zog sich langsam in eine sitzende Position. Dabei klappte die Decke zurück und ein weißes Krankenhausnachthemd wurde sichtbar. Jetzt sah er ganz deutlich, dass sich ihre Ohren rot färbten. „Ich hatte ja nichts bei mir, als ich eingeliefert wurde. Und meine Klamotten waren so dreckig, dass sie gleich in der Tonne landeten."

„Es steht dir", sagte er und das war nicht einmal gelogen. Obwohl es meilenweit zu groß aussah, betonte es irgendwie die schmale, verletzliche Gestalt, dass er an sich halten musste, sie nicht tröstend in den Arm zu nehmen. Denn das Aufrichten war sichtlich schmerzhaft gewesen. Ihre zu Fäusten geballten Hände leuchteten weiß auf der gelben Bettwäsche. „Was soll ich machen?", fragte er stattdessen.

„Gib mir bitte den Becher da." Sie wies auf den Nachttisch, auf dem ein mit einem Deckel geschütztes Plastikgefäß stand. Daraus ragte ein bunter Strohhalm heraus.

Er reichte ihr das Gewünschte und sah zu, wie sie den Halm seitlich in den Mund steckte und gierig trank. „Danke."

Er nahm ihr den leeren Becher wieder ab. „Soll ich ihn auffüllen lassen?"

„Nee." Sie rutschte in eine liegende Position zurück und zog die Decke wieder sorgfältig über sich. „Das kann meine Mutter gleich machen. Ich trinke eh nur, wenn ich richtigen Durst habe. Das zieht jedes Mal an den Zahnresten." Sie zog die Lippen etwas zurück und er konnte die braun verfärbten Stumpen erkennen, die einmal ihre Schneidezähne gewesen waren.

„Sind die abgebrochen?"

„Ja. Die haben mich getreten, als ich am Boden lag und einer hat mich direkt am Mund erwischt. Ich kriege morgen einen Schutz drüber gezogen, dann tut es nicht mehr so weh. Vernünftig behandeln kann man das erst, wenn die Prellungen im Mund besser sind."

„Das ist heftig." Niklas kam sich total blöd vor, aber ein besserer Kommentar fiel ihm nicht ein. Er hätte ja schlecht sagen können: Aha, deshalb hältst du dir also immer die Hand vor den Mund, wenn du lachen musst.

„Wieso bist du eigentlich mit hierhin gekommen?", fragte sie, ohne auf seinen Kommentar einzugehen. „Hattest du an einem Sonntag nichts Besseres vor?

„Nur eine Verabredung zum Kartfahren", antwortete er und machte eine wegwerfende Handbewegung, damit sie sah, dass ihn das nicht sonderlich interessierte. „Eigentlich sollte ich meiner Mutter helfen, die Schmierereien an unseren Rollläden zu entfernen. Das werde ich gleich noch machen."

„Wieso, was ist passiert?"

„In der Nacht von Freitag auf Samstag haben die jeden einzelnen Rollladen bei uns mit einem fetten schwarzen Kreuz verziert." Er zuckte mit den Schultern. „Zum Glück sind die aus Kunststoff und es gibt einen Löser dafür. Ist halt Muckiarbeit."

„Meinst du, das waren dieselben, die mich zusammengeschlagen haben?"

„Mein Vater vermutet das." Wieder zuckte er mit den Schultern, um ihr zu bedeuten, dass diese Aktion weit geringer einzustufen war als ihre Verletzungen.

„Und du hilfst ihm, anstatt dich mit deinen Freunden zu treffen?"

„Kartfahren ist eh nicht mein Ding." Er grinste sie an. „Ich war ehrlich gesagt froh, dass ich diese Ausrede hatte. Mein Vater hat mir zu meinem fünfzehnten Geburtstag was Gutes tun wollen und meinen Freund und mich zu einem Nachmittag dort eingeladen. War ein ziemliches Desaster. Ich hab einfach keinen Spaß daran, im Kreis zu fahren."

„Ich bin nie da gewesen. Ist ziemlich teuer, nicht?"

Bevor er antworten konnte, ging die Tür auf und sein Vater und Frau Wasselowski traten ein. „Ich komme dich morgen noch einmal besuchen", sagte der zu Chantal und forderte ihn anschließend auf: „Verabschiede dich, wir müssen los!"

„Bis morgen, also. Wir sehen uns." Er reckte den Daumen hoch.

„Besser dich."

„Du willst morgen wieder mit?", fragte sein Vater auf dem Weg nach unten.

„Klar, wenn du mich lässt."

„Da hat Chantal ja wohl auf jemanden mächtig Eindruck gemacht."

Niklas spürte, wie seine Wangen sich heiß verfärbten. „Es ist einfach ihre Art", versuchte er zu erklären. „Sie ist offen und ehrlich und unheimlich mutig. Man kann sich gut mit ihr unterhalten."
„Ich glaube, es ist für sie sogar von Vorteil, wenn sie Zuhause rauskommt. Ich muss überlegen, wie man ihr am besten helfen kann. Sie hat es verdient, dass man sich für sie einsetzt."
„Was hast du vor?"
„Zuerst einmal will ich mit Herrn Gerber sprechen. Lässt er mir freie Hand, dachte ich daran, sie bei Onkel Jan oder Tante Monika unterzubringen. Das ist weit genug weg, dass sie sich sicher fühlen kann. Außerdem würden beide sie unterstützen, ihr helfen, ihren Weg zu gehen. Verkäuferin", er schnaubte. „Chantal hat eindeutig mehr auf dem Kasten."
„Und die Mutter? Ist die damit einverstanden? Du bist doch bestimmt mit ihr rausgegangen, um darüber mit ihr zu reden."
„Mein Sohn, der Detektiv", scherzte Jens, er wirkte geradezu aufgekratzt. „Ja, ich habe Frau Wasselowski erklärt, dass ihre Tochter bis nach dem Prozess einen sicheren Platz benötigt. Sie war recht vernünftig und sieht die Maßnahme ein. Ich hatte sogar das Gefühl, dass sie froh ist, ihre Tochter in Sicherheit zu wissen."
„Ist die eigentlich die echte Mutter von Chantal?" Die Hitze in seinem Gesicht nahm noch zu.
„Ja", der Vater lachte auf. „Sollte man kaum glauben, was? Du kennst die Kleine nur in ihrem jetzigen Zustand, doch ich muss zugeben, dass sie nicht schlecht aussieht. Ihre wahre Anziehungskraft liegt aber in ihrem Wesen, sie ist eine starke Persönlichkeit. Das ist mir gleich bei meinem ersten Aufeinandertreffen mit ihr aufgefallen."
„Unterrichtest du in ihrer Klasse auch?"
„Nein, ich kannte sie vorher nur vom Sehen. An der Schule hat sie sich wohl bisher zurückgehalten, zumindest hat sie nie die Aufmerksamkeit der Kollegen auf sich gezogen."
„Muss sie sich nun für immer verstecken?"

„Ich hoffe nicht." Sie hatten den Wagen fast erreicht und der Vater drückte den Kontakt auf dem Schlüssel, um die Türen zu öffnen. „Was ist, fahren wir an der Pizzeria vorbei? Ruf du Mama an und frage sie, was sie essen möchte."
Während sie heißhungrig ihre Pizza verzehrten, erzählte der Vater ausführlich von ihrem Besuch. „Ich spreche gleich morgen früh mit Herrn Gerber und kläre mit ihm ab, wie es nun weitergeht", schloss er. „Ich hoffe, dass er sich um sie kümmern wird. Wenn nicht, bemühe ich mich, sie sicher unterzubringen."
„Gibt es nicht so was wie ein Zeugenschutzprogramm?", fragte die Mutter. Sie schien nicht glücklich darüber, dass er sich noch tiefer in diese Geschichte verwickeln lassen wollte.
„Keine Ahnung. Ich bin selbst gespannt, wie es sich entwickelt."
„Zuallererst kümmern wir uns gleich um die Rollläden", verkündete Niklas und schluckte den letzten Bissen seiner Diavolo hinunter. „Ich leg sofort los."
„Und ich setzte mich an die Programmierung der Kameras." Der Vater grinste schief. „Da freue ich mich schon den ganzen Tag drauf."
„Wie wäre es damit, ich helfe erst dir und anschließend hilfst du mir", schlug Niklas vor. Klar, dass der Alte ziemlich ungläubig aus der Wäsche guckte. Bis vor Kurzem wäre diese Zusammenarbeit unmöglich gewesen. Niemals hätte der sich herabgelassen zuzugeben, dass sein Sohn von Computern und allem, was dazugehörte, mehr Ahnung hatte als er selbst. Und umgekehrt hätte er normalerweise hämisch grinsend dessen unbeholfene Versuche verfolgt, statt ihn zu unterstützen. Das Erlebte hatte ihm einen ganz neuen Blick auf seinen Vater gegeben. Vielleicht war er doch nicht der Arsch, den er bisher in ihm gesehen hatte.

## 22

In der Schule nutzte Jens die große Pause, um Herrn Gerber anzurufen. Der war sehr erfreut zu hören, dass Chantal sich zu einer Aussage bereit erklärt hatte. Ob und wie man sie schützen könne, darüber müsse er sich erst informieren. Das hinge auch damit zusammen, was bei der polizeilichen Untersuchung herauskäme. Versprechen könne er nichts.

„Da gibt es endlich jemanden, der bereit ist, gegen diese Gruppierung auszusagen, und dann müssen die noch prüfen, ob sie denjenigen in Sicherheit bringen!" Jens schäumte in der Mittagspause immer noch vor Wut.

„Hast du zu diesem Thema mal deinen Computer befragt?" Felix Paulsen, sein Gesprächspartner, zog ihn vorsichtshalber ein paar Schritte zur Seite, damit niemand diesen Ausbruch mitanhörte. Jens, der heute Pausenaufsicht hatte, merkte nicht einmal, dass er laut geworden war. „Ich dachte eher daran, mich selbst darum zu kümmern. Die Kleine sollte eine neue Chance erhalten, in der steckt mehr, als wir alle es uns vorstellen können."

„Was hast du vor?"

„Ich überlege noch. Wenn Herr Gerber einverstanden ist, würde ich sie gern zu einem meiner Verwandten schicken. Verstehst du, es geht mir nicht nur darum, sie aus der Gefahrenzone zu bringen. Ich möchte, dass sie mit einer helfenden Hand an ihrer Seite das erreichen kann, was ihr möglich ist. Sie hat nie die Gelegenheit gehabt, sich vernünftig zu entwickeln, das Potenzial zu entdecken, das in ihr steckt."

„Hm. Wen hast du zur Auswahl?"

Felix schien die Sache wesentlich lockerer zu nehmen als Claudia. Die hatte ihm abends, nachdem Kira und Niklas in ihren Zimmern verschwunden waren, Vorwürfe gemacht, dass er sich viel zu sehr da reinhänge und dass er vor allem nicht einen Gedanken daran verschwende, was er seiner Familie damit antat. Hatten sie nicht bereits genug unter diesem Abschaum zu leiden? „Mein Bruder lebt in Hamburg. Er ist Dozent an der dortigen Uni, seine Frau arbeitet als Sekretärin in einer der Fakultäten. Die beiden haben einen großen Bekanntenkreis und sind sehr sozial eingestellt. Die würden sie aufnehmen, denke ich."

„Wie steht es mit eigenen Kindern?"

„Das ist der einzige Haken", gestand Jens. „Sie hatten nie welche. Und Chantal ist nicht gerade eine Vorzeige-Jugendliche. Vielleicht wäre meine Schwägerin besser geeignet. Sie wohnt in einem kleinen Kaff in der Nähe von München. Ihre zwei Kinder sind erwachsen und längst ausgezogen. Allerdings weiß ich nicht, ob sie sich darauf einlassen würde, wenn ich ihr die Hintergründe darlege."

„Ich hätte einen besseren Kandidaten anzubieten." Felix grinste breit. „Meine Tante, sie hat es geschafft, mich zu einem vernünftigen Menschen zu erziehen, das heißt, sie ist Kummer gewohnt. Zudem wohnt sie weit genug weg, genauer gesagt in Ostfriesland. Sie ist pensionierte Lehrerin und hat ausgezeichnete Kontakte. Ich bin mir sicher, sie würde das Wagnis eher als Herausforderung betrachten."

„Ist sie nicht schon zu alt?" Es klang fast zu schön, um wahr zu sein.

„Sie ist in diesem Monat vierundsechzig geworden, die schafft das locker. Soll ich sie gleich anrufen?"

„Nein, ich spreche zuerst mit Herrn Gerber. Ich will ihm nicht vorgreifen", erwiderte Jens, dann siegte doch die Neugier. „Wieso hat sie dich großgezogen?"

„Das Übliche halt. Die Ehe meiner Eltern wurde geschieden, mein Vater heiratete neu, meine Mutter tröstete sich mit Alkohol und ließ sich mit den falschen Freunden ein. Es dauerte ein knappes Jahr, bis das Jugendamt mich von ihr wegholte. Die neue Frau meines Vaters war schwanger, sie sah mich als Hemmschuh an, alter Ballast, der

nur störte. Ich bin dreimal weggelaufen, dann fand man den Kompromiss mit meiner Tante."
„Wie alt warst du damals?"
„Acht, aber ein ziemliches Früchtchen." Felix lachte auf. „Anfangs war ich total sauer, dass ich gezwungen wurde, bei ihr zu leben. Sie führte ein extrem strenges Regiment. Es dauerte eine ganze Weile, bis ich begriff, dass all die Regeln, an die ich mich halten musste, und all die Verbote zu meinem Besten waren. Heute bin ich ihr dankbar, dass sie sich so viel Mühe mit mir gegeben hat."
„Chantals Probleme liegen anders. Sie benötigt eine unterstützende Hand, um ihr Potenzial zu entfalten." Im Stillen beschloss Jens, doch lieber auf einen seiner Verwandten zurückzugreifen.
„Keine Angst, Tante Sophie spürt instinktiv, wie sie vorgehen muss. Sie ist herzensgut und schafft es, das Beste aus jedem herauszuholen. Ihre vielen dankbaren Schüler sind dafür ein gutes Beispiel. Mit ihr schlagen wir zwei Fliegen mit einer Klappe. Zum einen wird sie Chantals Umgangsformen und Ausdrucksweise verbessern – du weißt, ich habe sie in Deutsch -, zum anderen ihre Kontakte nutzen, um dem Mädchen die Ausbildung zu besorgen, die ihr vorschwebt. Besser könnte es nun wirklich nicht sein."
Jens kam ein neuer Gedanke. „Was hat sie für eine Ausbildung?"
Felix erahnte, woran sein Kollege dachte. „Sie ist Gymnasiallehrerin und damit in der Lage, Chantal die letzten paar Monate zu Hause zu unterrichten und auf eine externe Prüfung vorzubereiten. Siehst du, noch ein Punkt, der für sie spricht."
Er war geneigt, ihm zuzustimmen. „Das letzte Wort haben Herr Gerber und Chantal", erinnerte er ihn. „Lass uns zuerst abwarten, wie es weitergeht. Aber ja, ich denke, deine Tante wäre ein Glücksfall für uns. Ich überlege sogar, ob ich nicht versuchen sollte, ihnen unsere Idee schmackhaft zu machen." Natürlich würde er zuerst selbst mit dieser Tante telefonieren und sich einen eigenen Eindruck verschaffen. Es war sehr wichtig, dass das Mädchen nach allem, was

es erlebt hatte, einen sicheren Platz fand, wo es zudem entsprechend gefördert wurde. Das war er ihr schuldig.

Er wurde selbst dann nicht in seinem Entschluss wankend, als sie ihm bei seinem Besuch am späten Nachmittag errötend gestand, den Schlägern verraten zu haben, dass er es gewesen war, der das Handy zur Polizei gebracht hatte. „Ich vermute, du hattest keine andere Wahl", sagte er begütigend. „Ich hätte in deiner Situation wahrscheinlich ähnlich reagiert."

„Nee, ich könnte mich echt ohrfeigen, dass ich denen das gesagt habe." Sie saß aufrecht im Bett und war wesentlich lebhafter als am Tag zuvor. „Niklas hat mir von den Schmierereien an Ihrem Haus erzählt. Das war bestimmt die Retourkutsche von denen."

Jens wandte sich ab, damit sie sein Schmunzeln nicht sah. Sie machte sich tatsächlich Sorgen um ihn! „Nein, das war schon am Samstagmorgen. Außerdem, geschehen ist geschehen. Ich stehe dazu, dass ich dir helfe. Vor allem sollten wir jetzt überlegen, wie es weitergeht. Hat Herr Gerber dich besucht?"

„Ja, der hatte sogar ein Album dabei. Ich sollte mir die Typen darin ansehen. War völliger Quatsch. Ich habe doch die Gesichter gar nicht gesehen. Morgen früh will er mich abholen. Er holt die zu sich und lässt die einige Sätze sagen. Ich soll mir das anhören, ob ich wen wiedererkenne. Bei dem mit den Tatowierungen weiß er schon, wer das ist. Den lässt er trotzdem mit antanzen."

„Was geschieht danach mit dir?"

„Die bringen mich nach Hause, hat der gesagt. Sie wollen mal gucken, ob sie mich vielleicht bald woanders unterbringen, so was wie in nen Zeugenschutz."

Jens spürte, wie die Wut in ihm hochkochte. „Aber du sollst zuerst ganz normal zurück zu deiner Familie?", vergewisserte er sich.

Sie kratzte sich nachdenklich am Kopf. „Ich denk schon. So hab ich es verstanden."

Damit hatte sich jegliche Zurückhaltung erledigt. Nein, von nun an würde er entscheiden, wie es mit ihr weiterginge. „Hör mal, ich habe mich umgehört. Ein guter Kollege von mir hat angeboten, du könntest zu seiner Tante an die Nordsee ziehen. Sie ist eine ehemalige Lehrerin und würde dir helfen, den Abschluss zu schaffen. Denn zurück in deine Klasse kannst du auf keinen Fall mehr zurück", fügte er erklärend hinzu. „Das wäre die ideale Lösung. Sie will dir sogar helfen, einen Ausbildungsplatz nach deinen Wünschen zu finden. Na, wie findest du das?"

Chantal zog ein langes Gesicht. „So weit weg? Außerdem dachte ich, das wär nur für ganz kurz. Ich kenn da überhaupt keinen."

Er holte tief Luft, bevor er begann, ihr das Ganze schmackhaft zu machen. Ihre Reaktion war verständlich, sie hatte Angst vor dem, was sie erwartete. Bei aller Robustheit und dem außerordentlichen Mut, den sie zeigte, war sie nur ein knapp sechzehnjähriges Mädchen, das bisher nichts Vernünftiges in ihrem Leben zu erwarten gehabt hatte und dazu genau über ihre Schwachstellen Bescheid wusste. Kein Wunder, dass sie sich sträubte, ihr gewohntes Milieu zu verlassen.

Es bedurfte seiner gesamten Überredungskunst, bis sie endlich zustimmte, sich die Tante und die Umgebung, in der diese lebte, anzuschauen. Das Einzige, was es nun noch zu regeln galt, war ihr Transport dorthin. Herrn Gerbers Zustimmung war ein zu vernachlässigender Fakt. Der würde bestimmt froh sein, sich nicht selbst kümmern zu müssen.

„Auf keinen Fall kannst du zurück zu deinen Eltern", bestimmte er. „Wann holt die Polizei dich morgen ab?"

„Ich werde erst gegen Mittag entlassen. Ich soll vorher noch mal zum Zahnarzt. Den gibt's hier nämlich auch. Hätten Sie das gedacht?"

Wieder musste sich Jens ein Schmunzeln verkneifen. Das Krankenhaus verfügte über eine Mund- und Kieferchirurgie, das waren keine einfachen Zahnärzte. „Übernehmen sie deine Zahnbehandlung?"

„Die wollen gucken, ob sie mir morgen vernünftige Hütchen über meine Stumpen setzen können. Wär echt krass, wenn das klappt.

Das zieht bei jedem Schluck, essen kann ich sowieso nicht richtig. Ich krieg nur Suppe und Pudding."

Jens hütete sich, ihr die Behandlung näher zu erklären. Das war Aufgabe der behandelnden Ärzte. Er vermutete, dass diese vorhatten, ihr die Zähne abzuschleifen, der erste Schritt auf dem Weg zu den Kronen, die sie bekommen würde. „Ich spreche mit Herrn Gerber, ob er dich auf dem Präsidium behalten kann, bis ich Feierabend habe. Entweder ich oder besser noch mein Kollege holt dich morgen bei ihm ab und nimmt dich mit. Doch, es ist vernünftiger, wenn er kommt, ihn kennen sie nicht. Wir sind lieber vorsichtig", fügte er hinzu. „Wenn diese Typen zur Wache bestellt werden, wissen sie, dass du nicht kleinbeigibst, sondern sie angezeigt hast. Sie werden nur darauf warten, dich ohne jemanden an deiner Seite zu erwischen. Mich kennen sie schon, meinen Kollegen dagegen werden sie für einen normalen Besucher halten."

„Okay." Chantal gab sich friedfertig. „Grüßen Sie den Niklas von mir. Ich kann den wohl nicht mehr sehen, bevor ich abgeschoben werde?"

„Nein, das wäre ein zu großes Risiko. Aber telefonieren könnt ihr. Er wollte ja unbedingt mitkommen, doch ich bin direkt von der Schule aus gekommen. Er lässt dir ganz liebe Grüße bestellen. Ja, er freut sich bestimmt, wenn du ihn anrufst."

„Super." Sie strahlte ihn an. „Bei dem haben Sie echt alles richtig gemacht. Der ist echt toll!"

„Danke, ich werde es ihm ausrichten."

„Nee, bitte nicht." Sie glühte auf und sah verschämt zur Seite. „Das muss er nicht unbedingt wissen."

„Wir sehen uns morgen." Jens stand auf und reckte sich. „So, es gibt noch einiges zu organisieren. Bis dann."

Bevor er die Station verließ, begab er sich ins Schwesternzimmer, um darum zu bitten, von nun an vermehrt auf das Mädchen zu achten. Immerhin war es nicht ausgeschlossen, dass die Schläger selbst vor einem Krankenhaus nicht zurückschreckten und versuchten, sie durch Drohungen zur Rücknahme ihrer Anzeige zu bewegen. Denn dass diese ahnungslos waren, bezweifelte er.

„Der Kripobeamte hat bereits am Freitagabend um besondere Vorsichtsmaßnahmen gebeten", ließ ihn der anwesende Pfleger wissen. „Wir haben extra einen Wachmann auf die Station bekommen, seit sie zu uns verlegt wurde. Es dürfen nur ausgewiesene Personen zu ihr."

Sogleich stieg Herr Gerber wieder in Jens' Augen. Vielleicht hatte sich Chantal ja auch getäuscht oder es war Wunschdenken ihrerseits gewesen, das sie behaupten ließ, sie dürfe nach Hause zu ihrer Familie.

Kaum hatte er das Krankenhaus verlassen, zückte er das Handy und rief Felix an. Der hörte aufmerksam zu, während Jens ihm das Problem beschrieb. „Ich telefoniere gleich mit meiner Tante", schlug er vor. „Im Zweifelsfall bringen wir Chantal direkt zu ihr. Ich habe am Mittwoch die ersten beiden Stunden frei, das heißt, ich könnte am frühen Morgen die Rückreise antreten."

„Ich leider nicht, aber ich werde sehen, was sich machen lässt."

„Ich rufe dich anschließend gleich zurück und gebe dir ihre Nummer. Du willst bestimmt noch selbst mit ihr sprechen. Ich bin mir ziemlich sicher, dass sie uns helfen wird."

Jens hatte die U-Bahn-Haltestelle erreicht und verabschiedete sich, bevor er die Treppen nach unten nahm. Drei Stationen und er war an seinem Auto, das noch auf dem Parkplatz der Schule stand. In der Innenstadt und besonders hier am Krankenhaus gab es im Nachmittagsbereich kaum freie Parkplätze. Da kam er mit öffentlichen Verkehrsmitteln schneller an sein Ziel.

Sein Wagen stand mutterseelenallein auf seinem üblichen Platz. Im Näherkommen entdeckte er das riesige Loch in der Windschutzscheibe. Er hatte bereits sein Handy gezückt, um die Polizei anzurufen, als er den Pflasterstein auf dem Fahrersitz bemerkte. Daran war feinsäuberlich ein Zettel gebunden. Er löste das Blatt und erstarrte. ‚Letzte Warnung', prangte in großen, schwarzen Lettern darauf.

# 23

Wie üblich hatte sich Niklas mit Benjamin an der Bushaltestelle getroffen und nutzte gleich die Gelegenheit, dem Freund endlich von alldem erzählen zu können, was in der Zwischenzeit passiert war. Er hatte gerade mal die Hälfte berichtet, als sie den Schulhof erreichten, was auch daran lag, dass Benjamin ständig Zwischenfragen stellte. An das Geländer der Treppe gelehnt stand Caroline mit zwei der Typen aus seiner Klasse, mit denen sie hier abhing. Sie nickte ihm zu. „Hi."
Irrte er sich oder war sie plötzlich ausnehmend kühl zu ihm? Er grüßte auf gleiche Art zurück, unsicher, ob er sich zu ihr gesellen sollte oder nicht. Benjamin war es, der die Situation bereinigte. Dieser zog ihn einfach am Ärmel weiter. „Jetzt mach es nicht so spannend. Was habt ihr dann gemacht?"
„Wir sind ins Krankenhaus gefahren und haben Chantal besucht."
Er hatte sich noch am Abend zuvor die Freigabe von seinem Alten geholt, über das Erlebte sprechen zu dürfen. Der vertrat glücklicherweise nun die Meinung, dass mittlerweile eh alle wüssten, was geschehen sei, und hatte ihm erlaubt, sein Schweigen zu brechen. Klar, dass Benjamin der Erste war, der alles haarklein erfahren würde.
„Mist. Jetzt muss ich bis nachher auf die Aufklärung warten", maulte der Freund, denn Frau Petersen, die Deutschlehrerin, betrat pünktlich wie immer den Klassenraum.
„Ich brauch bestimmt noch die ganze Pause dafür", zischte Niklas leise, dann tauchte er ab, um Buch und Heft aus der Schultasche zu kramen.
Nach der Doppelstunde war er der Erste, der aus dem Klassenraum flitzte. „Ich warte draußen auf dich", hatte er noch schnell Benjamin zugeraunt, der wegen eines Referates nach vorn zum Lehrerpult zitiert worden war. Vielleicht schaffte er es so, kurz mit Caroline zu

sprechen. Während des Unterrichts hatte sie ihm mehrmals bitterböse Blicke zugeworfen, die ihn verwirrten, er war sich keiner Schuld bewusst und wollte die Sache unbedingt mit ihr abklären. War sie echt sauer auf ihn?
Genau diese Frage stellte er ihr dann auch, als sie sich, ohne auf ihn zu achten, an ihm vorbeischob. „Ha!", ätzte sie und warf mit einer hochnäsig wirkenden Bewegung die Haarsträhne, die ihr in die Augen fiel, zurück. „Der gnädige Herr lässt sich herab, mit mir zu sprechen."
„Was soll der Scheiß!", fuhr Niklas auf.
„Du hättest uns ruhig sagen können, dass du schon eine andere Verabredung hast." Ihre blauen Augen funkelten aufgebracht. „Aber nein, du musstest uns ja unbedingt dieses Märchen von deinen Arbeitsstunden auftischen. Pascal hat dich mit diesem Typen an der Tankstelle gesehen. Er war auf dem Weg zu dir, er wollte dir helfen, damit du anschließend doch noch mit uns auf die Kartbahn kommen konntest." Sie schnaubte. „Nur gut, dass wir dadurch rechtzeitig erfahren haben, wie du wirklich tickst." Sie wollte sich abwenden und ihn stehenlassen.
„He, warte!" Er legte ihr die Hand auf die Schulter. „Der Typ war mein Vater", erklärte er hastig. „Ich hatte einen dringenden Krankenbesuch mit ihm zusammen zu machen."
Sie drehte sich langsam wieder zu ihm um. „Der wichtiger war als deine Arbeit?", fragte sie skeptisch.
„Der hat sich ganz plötzlich ergeben und ja, er war sehr wichtig." Nur gut, dass er sein Schweigen nicht länger aufrechterhalten musste. „Ein Mädchen aus der Schule meines Vaters ist brutal zusammengeschlagen worden und er kümmert sich um sie."
„Nein!", rief sie entsetzt. „Wer tut denn so was?"
Aus den Augenwinkeln sah Niklas, dass Benjamin auf ihn zusteuerte. „Ich bin gerade dabei, meinem Freund alles zu erzählen. Wenn du Lust hast, begleite uns", schlug er vor.

„Gern." Sie hängte sich bei ihm ein und zog ihn zur Treppe. „Diese Geschichte möchte ich von Anfang an hören."
Also begann er noch einmal von vorn, kürzte jedoch alles Unwichtige weg, damit er in der kurzen Zeit, die ihnen blieb, die notwendigen Fakten präsentieren konnte. Sowohl Benjamin als auch Caroline waren am Ende seines Berichts sprachlos. „So eine Schweinerei!", kommentierte Benjamin das Gehörte nach einer langen Pause.
„Und was geschieht jetzt mit dem armen Mädchen?", fragte Caroline.
„Sie wird wohl nicht mehr nach Hause zurückkehren können", erwiderte Niklas vorsichtig. Über diesen Teil war er nicht informiert, sein Vater hatte sich bisher nur sehr vage dazu geäußert. Fast schien es, als wolle er seiner Familie diese Einzelheiten vorenthalten.
„Die kommt bestimmt in ein Zeugenschutzprogramm", nickte Benjamin. „So, wie man es in den Krimis im Fernsehen sieht."
„Gibt's das auch bei uns?" Caroline sah unsicher von einem zum anderen.
„Keine Ahnung", musste Niklas gestehen. „Aber ich denke, wir werden es bald erfahren."
Die Schulglocke rief zum Unterricht. Einträchtig liefen sie nebeneinander her die Treppe hinauf. „Habt ihr was dagegen, wenn ich die nächste Pause mit euch verbringe?", fragte Caroline und lächelte ihn an. „Ich kann im Moment keinen klaren Gedanken fassen. Ich würde gern nachher weiter mit euch reden."
„Klar, kein Problem." Niklas fühlte sich richtig gut. Irgendwie war sie ja doch mehr sein Typ als Chantal. Und die war sowieso für ihn bald nicht mehr erreichbar.
„Wie kommt es, dass sie sich auf einmal mit uns abgibt?", flüsterte Benjamin ihm zu, während sie zu ihren Plätzen gingen.
„Das ist eine weitere, lange Geschichte." Niklas grinste. „Ich erzähl sie dir später."
„Also los, rück endlich mit der Sprache raus!" Kaum hatten sie sich nach Schulschluss von Caroline getrennt, kam Benjamin auf seine

Frage zurück. „Wie bist du in ihr Gesichtsfeld geraten? Bisher hat sie uns ja gnädig übersehen. Ich glaubte schon, die wisse gar nicht, dass wir existieren."

Hastig erzählte Niklas von seiner Hilfe mit dem Fahrrad und dem Treffen am nächsten Tag. Er war gerade dabei zu erklären, wie es zu dem Missverständnis mit der abgesagten Einladung gekommen war, als er seinen Bus näherkommen sah. „Morgen mehr. Ich kann den nicht sausen lassen. Ich habe meiner Mutter versprochen, dass ich mir heute den letzten Rollladen vornehme. Sie wartet garantiert schon auf mich."

Er ergatterte einen Fensterplatz und winkte seinem Freund ein letztes Mal zu. Dann lehnte er sich gegen das Polster und schloss zufrieden lächelnd die Augen. Besser hätte es gar nicht laufen können. Und Caroline schien ehrlich an ihm interessiert. Sie hatte ihn doch glatt gefragt, ob er nicht Lust hätte, morgen am späten Nachmittag oder übermorgen gleich nach der Schule mit ihr in die Stadt zu gehen. Leider hatte er wieder passen müssen. Im Moment solle er sich zur Verfügung seines Vaters halten, war seine Erklärung gewesen. Sie brauchte ja nicht unbedingt zu wissen, dass er mittwochs immer Nachhilfe gab und dienstagabends noch zu seinem Training musste. Das Zweite hätte sie vermutlich noch verstanden, das Erste hätte ihn in ihren Augen garantiert disqualifiziert, sie war nicht der Typ, der auf Schlaumeier stand.

Obwohl, immerhin hatte sie ganz schön über Pascal abgelästert, dass der nicht erkannt hatte, dass der Typ im Auto sein Vater gewesen war. ‚Dem täte eine Brille gut', gehörte noch zu ihren harmloseren Sprüchen. Naja, insgesamt war deutlich zu spüren gewesen, dass ihr der Ausbruch leidtat. Sie hatte durchblicken lassen, dass sie nur so heftig reagiert hatte, weil ihr etwas an ihm lag – und diese Andeutungen waren ziemlich eindeutig ausgefallen, selbst Benjamin hatte es kapiert, jedoch nicht kommentiert, wofür Niklas ihm echt dankbar war. Die Sache war noch zu frisch, als dass er darüber reden konnte.

„Gott sei Dank ist nichts Neues passiert", begrüßte ihn die Mutter. „Du kannst dir gar nicht vorstellen, wie mulmig mir jedes Mal ist, wenn ich das Haus verlasse oder zurückkehre. Ich gucke immer erst überall nach, damit ich nichts übersehe." Sie ließ ihn am Küchentisch sitzen und machte sich daran, die Fenster aufzureißen.
Niklas stürzte sich heißhungrig auf den Gemüseeintopf, der mit zu seinen Lieblingsspeisen gehörte. Der Pudding, der heutige Nachtisch, musste warten, bis er seine Arbeit getan hatte. Es ging beim besten Willen nichts mehr in ihn rein.
„Willst du nicht lieber erst deine Hausaufgaben erledigen?" Die Mutter putzte im Wohnzimmer Staub, eine der vielen Arbeiten, die sie am Wochenende nicht mehr geschafft hatte.
„Nee, lieber jetzt sofort. Es soll nachher wieder regnen." Im Prinzip sollte er ihr dankbar sein, dass sie derart mitgeholfen hatte. Normalerweise wäre er sonst noch die nächsten drei Tage zugange gewesen. Das Einstellen und Programmieren der Kameras hatte sich als eine wesentlich langwierigere Angelegenheit herausgestellt, als er und sein Vater gedacht hatten. Ohne zu klagen war die Mutter zurück an die Rollläden gegangen und hatte sich Lamelle für Lamelle vorgearbeitet. Nur das Riesenkreuz an der Terrassentür war ihm überlassen worden. Er griff nach Lappen und Reinigungsmittel und begann zu scheuern.
Dass sein Vater anrief, um ihm mitzuteilen, er könne nun doch nicht mit ins Krankenhaus fahren, nahm er eher mit Erleichterung auf. Er hätte nämlich nicht gewusst, wie er mit Chantal umgehen sollte, jetzt, da die Sache mit Caroline so gut lief. Natürlich tat sie ihm nach wie vor leid, aber es wäre schwierig für ihn gewesen, mit ihr ganz unbefangen zu reden. Irgendwie hätte sie ihm vermutlich angemerkt, dass er nicht mehr interessiert war.
Drei Stunden später seufzte er erleichtert auf. Endlich fertig! Nun erst einmal den Pudding und dann eine kleine Pause vor dem Rechner. Die hatte er sich ehrlich verdient.

„Ist Papa noch nicht wieder da?" Seine Mutter stand in der Küche und telefonierte.
„Psst!" Sie schüttelte ärgerlich den Kopf. „Ja, ich verstehe. Weißt du schon ...?" Sie hielt inne und lauschte. „Ja, ich werde es ihm ausrichten." Sie drückte den Ausknopf und legte das Telefon zur Seite. „Das war Papa. Jemand hat die Windschutzscheibe eingeschlagen. Er muss auf den Abschleppdienst warten. Die stellen ihm einen Leihwagen, es kann noch eine Weile dauern, bis er kommt."
Sie sah dermaßen verstört aus, dass er sie am Arm nahm und zu einem der Küchenstühle führte. „Setz dich. Soll ich dir was zu trinken holen?"
Sie lächelte gequält. „Ein kleiner Schnaps wäre nicht schlecht."
Oh je! Sie musste sich echt beschissen fühlen. Normalerweise trank sie nie, nicht mal zu besonderen Anlässen mehr als einen Schluck Alkohol. Sie mache sich nichts aus dem Zeug, hatte sie mehrfach erklärt. Es schmecke ihr einfach nicht.
Seiner Meinung nach lag es eher daran, dass sie es hasste, die Kontrolle zu verlieren. Vor Kurzem erst hatte sie ihm von ihrem ersten und einzigen Absturz erzählt, der schon unheimlich lange her war. Das hatte sich während ihrer Ausbildung ereignet, eine ausufernde Karnevalsparty, wie sie sich erinnerte. „Auf dieses Gefühl, den Schwindel und die Übelkeit, kann ich verzichten", hatte sie gesagt. In ihrem Gespräch war es natürlich um ihn gegangen und dass er gar nicht erst mit dem Trinken anfangen solle, mit dem übermäßigen, wie sie es ausgedrückt hatte. „Mir ist es dermaßen schlechtgegangen, das kannst du dir nicht vorstellen. Ich lag im Bett und alles drehte sich. Ich konnte die Augen nicht schließen, weil mir jedes Mal übel wurde. Selbst am nächsten Tag hatte ich noch mit den Nachwirkungen zu kämpfen."
„Ich mach mir nichts aus Alkohol", lautete seine Antwort, was auch stimmte. Er konnte keinen Geschmack an Bier finden und die härteren Sachen ließ er von sich aus lieber weg. Die besoffenen Klassenkameraden bei den letzten Jugendherbergsaufenthalten waren

ihm ein mahnendes Beispiel. Sich dermaßen abzuschießen, dass man am nächsten Tag zum Gespött der anderen wurde, nein, davor graute ihm.

Er nahm die Flasche mit dem Kräuterschnaps, den sein Vater nach dem Verzehr von zu viel Grillgut gerne trank, und füllte das Pinnchen bis zum Rand. Besser klotzen statt kleckern. Der würde sie so umhauen, dass sie wieder zu sich fand.

Statt zu protestieren, riss die Mutter ihm das Glas aus der Hand und trank in kleinen Schlucken, bis sie es geleert hatte. „Es ist also nicht vorbei", flüsterte sie. „Wer weiß, was jetzt noch alles auf uns zukommt."

Unschlüssig blickte er auf sie, die wie ein Häufchen Elend am Tisch saß. Eigentlich müsste er langsam mal mit seinen Hausaufgaben anfangen. „Ist Kira da?", kam ihm die Erleuchtung.

„Ja, sie sitzt am Computer und arbeitet."

„Bleib du hier sitzen!" Er stürmte in das Zimmer seiner Schwester und überraschte sie beim Chatten. „Kümmere dich um Mama! Sie ist mit den Nerven am Ende. Im Gegensatz zu dir muss ich dringend was tun", konnte er sich nicht verkneifen, sie zu ärgern. „Es hat schon wieder einen Anschlag gegeben." Mit diesen geheimnisvollen Worten ließ er sie allein und ging in sein eigenes Zimmer. Sollte sie sich doch von der Mutter alles erklären lassen! Er jedenfalls wollte sich beeilen, damit er fertig war, bis der Alte eintraf. Die Neuigkeiten von Chantal interessierten ihn weiterhin.

Es dauerte fast eine Stunde, bis er den Schlüssel seines Vaters in der Tür hörte. Er wartete kurz, erst als er seine Stimme aus der Küche hörte, schlenderte er betont lässig hinüber. Der Alte saß am Tisch, die Mutter stand vor der Mikrowelle, in der sie sein Essen erwärmte, Kira lehnte an der Spüle. Keiner sagte ein Wort.

„Hi, was ist los mit dem Auto?"

„Es steht in der Werkstatt und kostet uns einen Haufen Geld", gab die Mutter spitz zurück.

„Jemand will mich unbedingt davon abhalten, Chantal zu helfen", erklärte der Vater und rieb sich müde die Augen. Er sah deutlich älter aus als sonst, fand Niklas. „Und?", bohrte er nach. „Was machst du jetzt?"
„Ich kann die Kleine nicht im Stich lassen. Das habe ich gerade versucht, deiner Mutter zu erklären. Gebe ich auf, ist das wie eine Bankrotterklärung. Ich lasse mir weder drohen noch mich erpressen."
„Wieso schützt die Polizei sie nicht?" Die Mutter warf ihm einen dankbaren Blick zu, während sie den Teller mit dem Eintopf vor ihren Mann stellte. Dabei war er nur daran interessiert, möglichst viel zu erfahren.
„Mit denen habe ich nicht ausführlich über dieses Thema gesprochen." Der Alte begann hungrig zu essen. „Aber ich habe eine super Lösung gefunden", sagte er mit vollem Mund.
Niklas wartete darauf, dass er weitersprach. Stattdessen widmete sich sein Vater hingebungsvoll dem Eintopf. „Und was heißt das genau?"
Der Alte kaute bedächtig zu Ende, bevor er erklärte: „Alles Weitere, das mit dieser Geschichte zu tun hat, behalte ich für mich. Das ist kein Misstrauen euch gegenüber, ich möchte euch einfach nicht weiter in diese Geschichte mit hineinziehen."
Die Mutter kniff die Lippen zusammen und schwieg, doch man sah ihr deutlich an, dass ihr diese Entscheidung auch nicht recht war.

# 24

Claudia hätte noch sehr viel zu sagen gehabt, wollte jedoch vor den Kindern keinen Streit anfangen. Jens benahm sich wieder einmal unmöglich. Dachte er wirklich, dass die Täter akribisch unterscheiden und die Familie außen vor lassen würden? Hatte er nicht aus dem, was passiert war, gelernt? Sie bezweifelte stark, dass die sich an seine Regeln hielten.
Überhaupt, ihm ging es ihrer Meinung nach nur darum, nicht aufzugeben, nicht als Verlierer dazustehen. Stur und verbissen folgte er seiner Anschauung. Wobei sie nicht einmal seine Motive infrage stellen wollte. Sie wusste, er hatte einen starken Gerechtigkeitssinn und den Mut, diesen zu vertreten. Doch war es schlicht und ergreifend falsch, es mit diesem Gegner aufnehmen zu wollen. Er würde schon sehen, wohin sein Eigensinn führte.
Am nächsten Morgen zog sie wie immer in den letzten Tagen die vorderen Rollläden mit einem mulmigen Gefühl im Bauch hoch und sah argwöhnisch nach draußen. Richtig zur Ruhe kam sie erst, nachdem sie die Praxis betreten hatte und mit ihrer Arbeit begann. Irgendwie war das komisch, Zuhause, das hatte für sie stets eine besondere Bedeutung gehabt. Das war bisher ein Zufluchtsort gewesen, an dem das Böse in dieser Welt ihr nichts anhaben konnte. Sie liebte die Gegend, die Wohnung und den Garten und bemühte sich darum, dieses heimelige Gefühl der gesamten Familie zuteilwerden zu lassen – mit Erfolg, wie sie gedacht hatte. In letzter Zeit aber war sie dort unruhig und nervös, was sich natürlich auf alle anderen übertrug. Wenn nicht bald Ruhe einkehrte, würde der besondere Zusammenhalt, der ihre Beziehung auszeichnete, auseinanderbrechen.
Das Handy klingelte, während sie beim Einkaufen war. Sie hatte sich kurzfristig entschlossen, heute Spaghetti Bolognese zu kochen, und benötigte die dafür typischen Zutaten. Außerdem entspannte

sie dieser Gang durch das Geschäft, wo sie in aller Ruhe zwischen den auf Extratischen dargebotenen Sonderangeboten stöbern konnte. Sie hatte schon viel mehr in ihrem Wagen als geplant. „Ich komme heute sehr, sehr spät nach Hause", informierte Jens sie kurz und bündig. „Mehr kann ich dazu nicht sagen. Warte nicht auf mich. Ich lege mich auf die Couch, um dich nicht zu stören."
Sie verbiss sich jeden weiteren Kommentar und wünschte ihm ausnehmend freundlich einen schönen Tag, worauf er nicht einging, sondern sich verabschiedete. Sie legte die Packung Kekse, die sie gerade in der Hand gehalten hatte, zurück. Jede Freude an ihrem Einkauf war ihr vergangen.
„Kira?"
„Ja?" Ihre Tochter tauchte im Durchgang zu ihrem Zimmer auf.
„Ich wollte nur wissen, ob du zum Essen da bist oder ob du noch einmal weggehst."
„Ich treffe mich abends mit Lennart, solange bleibe ich hier."
„Musst du nicht an die Uni?"
„Es sind Semesterferien, Mama. Die Prüfungen sind gelaufen, zuletzt war ich nur noch wegen der Lerngruppen da."
Das lag alles am Stress, dass sie sich nicht einmal mehr die Termine ihrer Tochter merken konnte. „Und deine Arbeit?" Kira half bei einem Getränkemarkt aus.
„Diese Woche übernehme ich den gesamten Freitag und Samstag, deshalb brauche ich an den anderen Tagen nicht zu kommen."
Claudia erinnerte sich dunkel daran, mit ihrer Tochter in der letzten Woche darüber gesprochen zu haben. „Entschuldige, das war mir entfallen."
„Ist ja auch ganz schön viel passiert in der Zwischenzeit", gab Kira großzügig zurück. Das war das Schöne an ihr, dass sich der Umgang mit ihr viel einfacher und ruhiger gestaltete als mit den beiden Männern.
„Hast du schon gelüftet?"
„Klar, und aufgeräumt und kurz durch das Bad geputzt."

„Danke, dann stürze ich mich mal aufs Kochen." Wieder bester Laune machte sich Claudia auf den Weg in die Küche. Die Kinder waren wirklich ein Segen, die Tochter half, wo sie konnte, und selbst Niklas, der mitten in seiner pubertären Phase war, hatte ohne großes Murren sofort mit angefasst, als es um die Beseitigung dieser Schmierereien ging.

Wie wird dein Leben wohl aussehen, wenn beide ausgezogen sind?, schoss es ihr durch den Kopf. Schon jetzt gab es kaum noch gemeinsame Aktivitäten mit ihrem Mann. Jeder ging seinen eigenen Verpflichtungen nach, hatte seine eigenen Hobbys. Bei ihr war es das Handarbeiten, Nähen, Stricken, Häkeln, sie fand immer irgendetwas, das sie in den Zeitschriften, die in der Praxis auslagen, entdeckte. Manchmal arbeitete sie sogar an mehreren Stücken gleichzeitig. Jens saß in seiner Freizeit lieber am Computer oder las ein Buch. Er war einer der Ersten gewesen, die sich eines dieser E-Books zugelegt hatten, sie selbst konnte keinen großen Vorteil daran entdecken. Gönnte sie sich einmal eine Mußestunde, nahm sie weiterhin ein echtes Buch zur Hand. Das war irgendwie authentischer.

Natürlich gab es da noch die gemeinsamen Freunde. Ab und zu wurden sie eingeladen, ungefähr genauso oft bekamen sie Besuch, im Sommer öfter als im Winter, weil man sich im Garten zum Grillen zusammensetzen konnte. Vor allem hatte das den Vorteil, dass ihre rauchenden Bekannten nicht gezwungen waren, sich abzusondern. Im Haus wurde grundsätzlich nicht geraucht, darauf hatte sie von Anfang an bestanden. „Lassen wir es durchgehen, geben wir unseren Kindern ein schlechtes Beispiel", hatte sie argumentiert. „Außerdem hasse ich den Geruch."

Jens, selbst ehemaliger Raucher, war eher geneigt gewesen, Ausnahmen zuzugestehen, hatte sich jedoch ihren Argumenten gefügt. Naja, das lag schon ewige Zeiten zurück, heute würde er das Wohl seiner Gäste über sein eigenes stellen.

Was hält uns eigentlich noch zusammen? Es war das erste Mal, dass sie diesen Gedanken bewusst zuließ. Die Unmöglichkeit, auf ihn

einzuwirken, war ihr nie so bewusst geworden wie in diesem Moment. Er lebte sein Leben nach seinen Maßstäben, Rücksichtnahme kannte er nicht. Wollte sie mit diesem Mann wirklich ihren Lebensabend verbringen?
Oh, Mist. Sie hatte nicht auf das Gehackte geachtet, das im Topf vor sich hin schmorte. Sie griff nach dem Kochlöffel und begann zu rühren. Energisch verbannte sie jeden weiteren Gedanken an ihre desolate Ehe aus ihren Gedanken.
Jens schien tatsächlich erst spät in der Nacht zurückgekommen zu sein, sie hatte ihn nicht mehr eintreten gehört. Er lag auf der Couch, bis an die Ohren zugedeckt und schnarchte leise. „Guten Morgen." Entgegen ihrer sonstigen Gewohnheiten ging sie zur Terrassentür und zog den Rollladen empor, sodass ihm die Morgensonne direkt ins Gesicht fiel. „Es ist Viertel vor sieben, du musst aufstehen."
Unwillig grunzend zog er die Decke noch höher. Bitte, sollte er doch zu spät kommen! Sie begab sich in die Küche und bereitete das Frühstück vor. Kaum hatte sie sich gesetzt, schlurfte Niklas herein. „Wo ist Papa?"
Kein Guten Morgen, kein Lächeln! Alles, was ihn interessierte, war das, was sein Vater für Neuigkeiten zu berichten hatte. „Noch auf der Couch."
Im Stehen schmierte er sich sein Brot und verschwand damit in Richtung Wohnzimmer. Sie spitzte die Ohren, um nichts zu verpassen.
„Morgen!"
Jens grunzte nur zur Antwort.
„Und? Hat es geklappt? Ich meine, ist Chantal sicher untergebracht?"
„Ja, alles bestens geregelt." Sie konnte hören, dass Jens sich stöhnend erhob. „Ich muss mich beeilen. Kannst du mir zwei Toasts mit Honig machen?"
„Äh. Und wie geht es jetzt weiter?"

Die Stimmen kamen näher, bestimmt war Jens auf dem Weg ins Badezimmer. Claudia aß ungerührt weiter. Schließlich war sie nicht darum gebeten worden, zu helfen.

„Gar nicht", erwiderte ihr Mann direkt vor der Küchentür. „Für uns ist der Fall damit erledigt. Alles Weitere übernimmt die Polizei. Und nun sei bitte so lieb und kümmere dich um mein Frühstück. Ich muss erst noch duschen."

Niklas sah ziemlich geknickt aus, als er das Brot in den Toaster schob. „Er wird uns nichts mehr erzählen", konnte sie sich nicht verkneifen zu bemerken. „Das ist alles sehr geheim."

Ihr Sohn, der damit beschäftigt war, seinem Vater eine Tasse Kaffee einzugießen, sah nicht einmal auf. Schweigend bereitete er für sich selbst zwei dick belegte Brote zu, anschließend schmierte er die Toasts für seinen Vater. „Ich nehme heute einen Bus früher", teilte er ihr kurz und bündig mit und verschwand in seinem Zimmer. Na, der war eindeutig beleidigt, dass Jens ihn nicht ins Vertrauen gezogen hatte.

Dieser kam kurz darauf herein und ließ sich wortlos auf seinen Stuhl fallen.

„Wann bist du gekommen?", fragte sie, als deutlich wurde, dass er auch ihr gegenüber nicht bereit war, von seinem gestrigen Erlebnis zu sprechen.

„Gegen eins." Er gähnte langanhaltend, ohne die Hand vor den Mund zu nehmen. „Ich glaube, ich werde langsam zu alt für derartige Abenteuer."

„Das war aber die letzte Verstrickung in diese Geschichte, richtig?", vergewisserte sie sich.

„Ja, es ist alles geregelt. Für uns geht das normale Leben weiter." Er biss hungrig in sein Brot und angelte mit der anderen Hand nach der Tageszeitung.

Gut, sie musste sowieso langsam los. Sie nahm ihr Geschirr, stellte es auf die Spüle und schickte sich an, den Raum zu verlassen.

„Eines noch." Ihm fiel anscheinend erst in diesem Moment auf, dass sie gehen wollte. „Herr Gerber befürchtet, dass diese Gruppierung Chantals Verschwinden nicht auf sich beruhen lassen wird. Wir sollten in den nächsten Tagen wachsam sein und auf alles achten, was sich in unserer Nähe abspielt. Fühlst du dich auf irgendeine Art und Weise bedroht, ruf die Polizei."

„Was?" Sie fühlte wie Wut und Furcht gleichermaßen in ihr hochkrochen. „Das heißt, es ist noch nicht vorbei?" Gut, ihre Vermutungen waren in dieselbe Richtung gegangen, aber das musste er nicht wissen. Vielleicht bekam er jetzt endlich ein schlechtes Gewissen ihnen gegenüber. „Wie meint er das?"

„Genauso, wie ich es gesagt habe." Jens klang schon wieder ärgerlich. „An Chantal kommen die nicht heran. Daher werden sie alles Mögliche in Bewegung setzen, um ihren Aufenthaltsort herauszufinden. Besonders, da sie nun wissen, dass sie nun nicht nur als Zeugin aussagen will, sondern gleichzeitig eine eigene Anzeige gemacht hat. Gestern war die sogenannte Gegenüberstellung, wobei Chantal natürlich hinter einer Glaswand stand. Anhand der Stimmproben, die die Typen zusätzlich geben mussten, hat sie drei von ihnen als Täter identifiziert. Das Problem ist, die werden von anderen aus der Gruppierung mit einem astreinen Alibi versorgt. Es steht Aussage gegen Aussage, Beweise konnten nicht sichergestellt werden."

„Ach du Schande." Claudias Knie drohten nachzugeben, deshalb wankte sie auf weichen Beinen zurück in die Küche und setzte sich schnell.

„Ja, es hat keine Verhaftung gegeben", bestätigte Jens ihre schlimmsten Befürchtungen. „Herr Gerber war sehr froh über die Alternative, die ... die ich gefunden habe. Chantal lebt bis auf Weiteres unter einem falschen Namen in einer anderen Stadt. Sie darf keinen Kontakt zu ihren Eltern oder ihren Freunden aufnehmen. Ich finde, gegen das, was sie durchmacht, geht es uns gut."

Was für eine Verdrehung der Tatsachen! „Wir sitzen wie auf einem Präsentierteller." Ihre Stimme klang schrill, doch das konnte sie nicht verhindern. „Ich vermute, das bisher Erlebte war eher ein Vorgeschmack."

„Niemand außer uns und der Polizei weiß, dass ich dermaßen involviert bin", versuchte Jens, sie zu beruhigen. „Herr Gerbers Rat ist als reine Vorsichtsmaßnahme zu verstehen."

„Ach, dich hat natürlich niemand auf dem Revier gesehen?"

„Nein, ich durfte nämlich durch den Hintereingang hinein und wieder hinaus." Jens war am Ende seiner Geduld, aber sie konnte nicht aufhören. „Irgendjemand wird garantiert die Verbindung ziehen. Und dann sind wir dran. Nicht nur du, die ganze Familie wird darunter leiden."

„Wenn nichts Neues mehr passiert, lassen die uns bald in Ruhe." Niklas, der sich irgendwann während des Gesprächs herangeschlichen hatte, zuckte gewollt lässig mit den Achseln. „Wir stehen das schon durch. Papa hat das Richtige getan. Es gab für ihn gar keine andere Möglichkeit."

Das sah sie ganz anders. Nur machte es wenig Sinn, es gleich mit zwei Gegnern aufnehmen zu wollen. Sie verstand überhaupt nicht, was mit dem Jungen los war. Hatte er seine Renitenz dem Vater gegenüber völlig aufgegeben? War alles vergessen, was dieser sich in der letzten Zeit geleistet hatte, seine schroffe Art, seine kaum noch vorhandene Anteilnahme am Leben seiner Kinder, seine Missachtung des Familienlebens? Immerhin war Jens derjenige, der sich zu Hause aus allem heraushielt, der nicht das Geringste regelte, kaum Zugeständnisse machte. Und auch dieses Engagement, das er gezeigt hatte, galt nicht ihnen, sondern einer völlig Fremden. Wieso hielt Niklas ihn plötzlich für einen Helden und behandelte ihn auch so?

„Ich muss los." Der Abschiedsgruß ihres Sohnes riss sie aus ihren Gedanken.

„Ich ebenfalls, sonst komme ich zu spät." Das war die Untertreibung des Jahres. Sie würde es garantiert nicht mehr pünktlich schaffen – zum ersten Mal in ihrem Leben! Nun gut, sie hatte ihren Arbeitskolleginnen und dem Chef einiges zu erzählen. Geheimhaltung war mittlerweile überflüssig geworden.

# 25

Kira hatte das gesamte Gespräch ebenfalls mitangehört. Normalerweise hatte sie mit dem Aufstehen warten wollen, bis alle das Haus verließen. Die Mutter war am Abend dermaßen geladen gewesen, dass sie schon vermutet hatte, es würde heute früh Streit geben. Dass ihre Lage so ernst war, hatte sie jedoch nicht erwartet.
Kaum fiel die Tür hinter den beiden ins Schloss, lief sie in die Küche. „Ist es wirklich zu erwarten, dass die sich an uns rächen?"
Der Vater wiegte bedächtig den Kopf. „Keine Ahnung, ehrlich. Ich denke, wir sollten einfach auf der Hut sein."
„Ich habe gestern ein bisschen im Internet recherchiert", bekannte sie und folgte dem Vater in die Diele. „Da stehen viele schlimme Dinge über diese Gruppierungen. Ist es einwandfrei erwiesen, dass es sich bei den Typen um Neonazis handelt?"
„Leider ja. Herr Gerber ist in einem Spezialteam, das sich um die Aufklärung der von denen begangenen Straftaten bemüht. Er hat sich gleich eingeschaltet, als er von Saschas Übergriff erfuhr. Ich wusste allerdings bis gestern nichts von seiner eigentlichen Arbeit. Er habe mich nicht ängstigen wollen, sagte er mir." Der Vater lachte auf. „Wahrscheinlich bin ich bloß eingeweiht worden, damit er mir die Warnung mit auf den Weg geben konnte."
„Oder er war sauer wegen deiner Einmischung. Irre ich mich oder hast du Chantals Unterschlupf besorgt?"
„Es war der beste Weg für sie. Ihr Mut sollte belohnt werden. Sie hat dort eine gute Chance, etwas aus ihrem Leben zu machen, mehr als sie es hier je hätte."
Das klang wie eine eingeübte Verteidigungsrede. „Ich bin auf deiner Seite", beschwichtigte sie ihn. „Ich finde es toll, wie du reagiert hast. Du bist niemand, der wegsieht."
„Der Held muss leider gehen." Der Vater warf ihr einen um Verständnis heischenden Blick zu. „Wenn es möglich ist, meiden wir

dieses Thema von nun an bitte. Sag das auch deinem Bruder. Eure Mutter soll nicht weiter in ihrer Angst bestärkt werden."

Sie nickte ernst und erlaubte ihren Lippen erst nachdem er die Tür hinter sich zugezogen hatte, sich zu einem Lächeln zu verziehen. Mama war in erster Linie sauer, weil ihr Mann sich andauernd für irgendwelche Loser engagierte, anstatt zu Hause mit ihr heile Welt zu spielen. Das kannte sie bereits aus seiner Zeit an der Hauptschule. Man konnte eben nicht gleichermaßen Weltverbesserer und engagierter Familienvater sein. Eines von beiden litt darunter.

Bisher hatte sie ihre Eltern als die idealen Partner angesehen. Die Mutter war häuslich und darauf bedacht, für ihre Kinder da zu sein, der Vater streng aber gerecht und immer mit Rat und Tat zur Stelle, wenn es um wirklich wichtige Dinge ging. Diese perfekte Ergänzung war in ihren Augen etwas Seltenes, insgeheim hatte sie sich vorgenommen, danach zu streben, diesem Idealbild nahezukommen. Eine Familie wie die ihre war zumindest in ihrem direkten Umfeld einzigartig.

Nein, wenn sie ehrlich mit sich war, musste sie zugeben, dass sich ihre Sicht nicht erst heute geändert hatte. Die Risse, die sich jetzt zeigten, waren ihr wohl unterbewusst schon länger klar gewesen, deshalb hatte sie sich mehr und mehr zurückgezogen und ihre freie Zeit fast ausschließlich an der Uni verbracht. Das Studium war zwar anstrengend, aber nicht so arbeitsintensiv, wie sie ihre Eltern hatte glauben machen. Die zunehmenden Spannungen zwischen ihnen waren die Ursache gewesen – auch wenn sie sich diese Tatsache selbst nicht hatte eingestehen wollen.

Sie frühstückte in aller Ruhe, räumte anschließend auf, lüftete in allen Räumen, sogar in dem Zimmer ihres Bruders, und beschloss, für das Mittagessen eine Pizza zu kreieren, eines der wenigen Gerichte, die sie alleine zustande brachte. Sie sollte unbedingt mit der Mutter zusammen ein paar Rezepte durchprobieren, bevor sie auszog, damit sie wenigstens nicht ständig in der Mensa essen oder von Fertiggerichten leben musste.

Das Wochenende mit Lennart war ein richtiges Highlight gewesen, sie hatte hinterher das Gefühl gehabt, ihn schon ewig zu kennen. Sie waren eindeutig Seelenverwandte, hatten dieselben Interessen und Ansichten und die Hauptsache, er war genauso verliebt in sie, wie sie in ihn. Ja, ihre Liebe hatte Zukunft und deswegen würde sie versuchen, einen Platz in demselben Wohnheim zu ergattern, in dem er ein Zimmer hatte. Die Chancen standen gar nicht schlecht. Sie wollte vorher nur noch mit den Eltern darüber sprechen, da sie einen Anteil dazu beizutragen hatten, deren Verdienst überschritt leider die Grenze. Natürlich wäre sie bereit, sich einen Job zu suchen, der in der Nähe lag. Oh Gott, es musste einfach klappen!
Im Kühlschrank fand sie ein Päckchen Hefe, Mehl war ebenfalls in ausreichender Menge in der Speisekammer. Sie knete den Teig und stellte ihn zum Gehen auf die Heizung. Der Rewe lag fußläufig eine Viertelstunde entfernt, sie hatte genug Zeit, die restlichen Zutaten zu besorgen.
Passierte Tomaten, geriebener Emmentaler, Salami und Schinken für den Belag, vorsichtshalber nahm sie noch ein Glas Oregano mit, alle anderen Gewürze dürften vorhanden sein, wie sie ihre Mutter kannte. Sie beeilte sich, zur Kasse zu kommen, der Einkauf hatte länger gedauert als geplant, so war das eben, wenn man nicht regelmäßig in diese Geschäfte ging und jedes einzelne Teil suchen musste.
Während sie alles auf das Band legte, spürte sie, wie ihr der nachfolgende Wagen in die Hacken geschoben wurde. Ärgerlich wandte sie sich um, die passenden Worte schon auf den Lippen. Zwei junge Männer blickten sie grinsend an und warteten auf ihren Kommentar. Vollidioten! Sie verkniff sich jegliche Bemerkung und rückte so weit vor, wie es der Kunde, der gerade seine Waren bezahlte, zuließ. Dann war sie mit Einräumen beschäftigt und vergaß die beiden komischen Typen völlig. Ein ungutes Gefühl von zu viel Nähe ließ sie beim Bezahlen doch ein weiteres Mal zu ihnen blicken, dabei konnte sie nicht verhindern, dass sie erschrocken zusammenzuckte.

Der eine der beiden stand so dicht neben ihr, dass sie außer seiner breiten Brust, die in einer Lederjacke steckte, nichts mehr erkennen konnte. Unwillkürlich trat sie einen Schritt zurück.

„Junge Frau!" Der Kassierer hielt ihr Bon und Wechselgeld hin.

„Danke." Sie registrierte, dass der Typ nachgerückt war, stopfte Scheine, Zettel und Kleingeld in das Münzfach, schnappte sich ihren Wagen und bugsierte ihn zu den Tischen, an denen man seine Einkäufe bequem verstauen konnte. Hastig warf sie alles in den mitgebrachten Beutel, schob den Wagen zurück in die Schlange und verließ, ohne sich umzusehen, das Geschäft. Die beiden jungen Männer waren auf Streit aus gewesen, das hatte sie ihnen deutlich ansehen können. Darauf legte sie ganz sicher keinen Wert.

Sie war noch nicht weit gekommen, als sie die Schritte hinter sich vernahm, sie brauchte sich gar nicht umzudrehen, um zu wissen, dass sie ihr folgten. Sie sah demonstrativ auf die Uhr und ging schneller. Jetzt war ihr doch ein bisschen mulmig zumute. Hatten sie es auf ihr Portemonnaie abgesehen oder was wollten die von ihr?

Sie bog in die erste Seitenstraße ab, die leer und verlassen vor ihr lag. Die Schritte hinter ihr waren immer noch deutlich zu hören, sie hatten sich ihrem Tempo angepasst. Kira zwang sich dazu, nicht noch schneller zu werden. Wenn die spürten, dass sie Angst hatte, würden sie sich erst recht einen Spaß daraus machen, sie einzuschüchtern – hoffentlich war das wirklich ihr einziges Ziel!

Sie überquerte die Straße, dabei sah sie flüchtig nach rechts und links. Die Typen waren näher hinter ihr, als sie erwartet hatte. Und folgten ihr weiterhin! Sie überlegte hektisch, was sollte sie tun? Das Handy lag auf dem Schreibtisch in ihrem Zimmer, sie konnte nicht einmal telefonieren.

Sie spürte, wie die beiden noch dichter aufrückten. Blieb sie abrupt stehen, würden sie unweigerlich auf sie prallen. Sie erreichte die nächste Straße und wandte sich nach links, mittlerweile war sie schweißgebadet. Ihre Aufmerksamkeit war mehr nach hinten gerichtet als nach vorn, sie spürte regelrecht die von ihnen ausgehende

Bedrohung. Schweigend liefen sie hinter ihr her, sogar im Gleichschritt, wie sie hören konnte, kein einziges Wort war zwischen ihnen gesprochen worden, sie schienen nur an ihr interessiert, ihrer Beute. Die nächste Straße, noch zwei und sie hatte es geschafft. Sie begann schon jetzt, nach ihrem Schlüssel zu kramen. Ihre Hand zitterte dermaßen, dass sie ihn kaum zu fassen bekam. Schluss! Sie zwang sich, tief durchzuatmen und langsamer zu gehen. Wovor hatte sie solche Angst? Es war helllichter Tag, sie würde lauthals losschreien, sobald einer der beiden sie berührte. Sie fasste ihren Einkaufsbeutel fester. Er enthielt zwar nur Kleinigkeiten, war jedoch geeignet, als Waffe zu dienen. Kampflos gab sie sich nicht geschlagen.
Die jungen Männer blieben weiter dicht an ihren Hacken. Kurz vor ihrem Hauseingang wechselte Kira auf die andere Seite und sprang die Stufen zum Nachbarn hoch. Sie klingelte Sturm, hoffend, dass die alte Frau Regler wie immer am Fenster gelauert und sie kommen gesehen hatte. Glück gehabt. Mit Verklingen des letzten Tons öffnete sie. „Du brauchst nicht …"
„Schnell." Kira drängte sich an ihr vorbei und warf die Tür ins Schloss. „Entschuldigen Sie bitte." Schwer atmend lehnte sie sich gegen das schwere Eichenholz. „Ich wurde von zwei Männern verfolgt und habe mich nicht getraut, direkt zu uns zu gehen. Es ist nämlich niemand zu Hause und bis ich aufgeschlossen hätte …" Sie ließ den Satz unbeendet, Frau Regler würde sie sicher auch so verstehen.
„Komm, Kindchen, wir schauen mal am Fenster!" Die alte Dame humpelte energischen Schrittes vor ihr her. „Lass mich gucken, wo die stecken. Lungern die noch hier herum, rufe ich die Polizei."
Kira schob sich neben sie. Nichts, kein Mensch war zu sehen. Verwirrt blickte sie zu der Nachbarin. „Aber sie haben bestimmt gesehen, wie die mir gefolgt sind. Nicht wahr?"
„Nein, ich kam gerade von der Toilette neben der Tür, sonst hätte ich nicht so schnell öffnen können." Frau Regler runzelte die Stirn.

„Du hast mich sofort zur Seite gedrückt und bist reingeschlüpft. Ich konnte nichts erkennen."

„Sie waren direkt hinter mir", beharrte Kira.

„Das glaube ich dir, Kindchen. Du bist niemand, der einer alten Dame aus Spaß einen derartigen Schrecken einjagen würde", beruhigte diese sie. „Weißt du was? Ich hole mein Telefon und warte in der Tür, bis du drüben bei euch eingetreten bist. Passiert irgendetwas, schreie ich laut und rufe sofort die Polizei an."

„Danke." Mittlerweile kam sich Kira schon ein bisschen albern vor. Hatte sie vielleicht doch überreagiert?

Sie lief die Treppe hinunter und sah sich nach allen Seiten um. Niemand zu sehen. Trotzdem ging sie sehr langsam und vorsichtig auf dem Plattenweg zur eigenen Haustür. Die immergrünen Büsche zum Nachbarn standen hoch, dahinter konnte sich gut jemand verstecken und ihr auflauern. Ohne behelligt zu werden, schloss sie auf, winkte der netten Frau Regler, die wachsam auf der obersten Stufe stand, zu und trat ein. Puh, geschafft!

Es dauerte eine ganze Weile, bis sie sich wieder beruhigt hatte. Unruhig wanderte sie durch die Wohnung und spähte durch jedes Fenster nach draußen. Schließlich ermahnte sie sich selbst: Schluss mit dem Theater! Verdammt, sie war doch nicht gerade der ängstliche Typ! Wahrscheinlich hatten die ihr nur einen Schrecken einjagen wollen, das war alles.

Um sich abzulenken, begann sie, den Teig durchzukneten, auszurollen und den Belag vorzubereiten. Ein Blick auf die Uhr, ja, sie war noch gut in der Zeit. Mama würde erst in ungefähr einer Stunde zurückkommen.

Sie schob gerade das Blech in den Ofen, als es klingelte. Erschreckt zuckte sie zusammen, schimpfte dann jedoch mit sich selbst und rannte zur Tür. Nur gut, dass es die Gegensprechanlage gab. „Ja bitte?"

„Die Post!", schallte es ihr entgegen.

„Moment." Sie sah lieber erst aus dem Küchenfenster, ob das gelbe Fahrrad wie immer dort abgestellt war.

Der Postbote hielt ihr ein kleines Päckchen und einen Stapel Briefe hin. „Oben öffnet niemand", sagte er entschuldigend.

„Kein Problem." Sie legte die Sendungen für die Mieter auf die Treppe nach oben.

„Waren das eben Freunde von Ihnen?" Der ältere Mann, den sie von Kindheit an kannte, sah sie neugierig an. „Ehrlich gesagt war ich drauf und dran, mich einzumischen. Die haben sich ziemlich seltsam verhalten."

„Wie meinen Sie das?" Ihr Herz begann wieder zu rasen.

„Die sind sehr dicht hinter Ihnen gelaufen. Deshalb dachte ich erst, sie wollten Ihnen einen Streich spielen. Aber als Sie dann über die Straße sind, liefen die weiter."

„Wahrscheinlich waren das irgendwelche Typen aus der Nachbarschaft, die Spaß daran haben, junge Mädchen zu ärgern", sagte Kira so lässig wie möglich. In ihrem Innern sah es ganz anders aus. Ich hatte recht, triumphierte das eine, mutige Ich, die hatten es auf dich abgesehen. Oh Gott, jammerte sein ängstlicher Gegenpart, du bist nur durch Glück davongekommen.

Kaum hatte sie die Tür geschlossen, griff sie zu ihrem Handy und rief den Vater an. Ausführlich berichtete sie ihm von dem, was ihr passiert war. „Meinst du, die gehörten zu dieser Gruppe, die deine Schülerin zusammengeschlagen haben?"

„Keine Ahnung." Sie hörte, wie er tief durchatmete. „Wir sehen uns nachher die Überwachungsbänder an. Vielleicht sind sie darauf zu sehen. Bis dahin kein Wort zu Mama, hörst du? Sie hat schon genug Angst."

Nach dem Gespräch fühlte sich Kira getröstet. Dumme Kuh, schimpfte sie wieder mit sich selbst, dich von so einer Kleinigkeit dermaßen beeindrucken zu lassen! Wo ist dein Kampfgeist geblieben? Ich werde mich von denen nicht unterkriegen lassen, schwor sie. Die beißen sich an mir die Zähne aus.

# 26

„Wo warst du?", zischte Benjamin seinem Freund zu, als der knapp vor der Lehrerin in den Klassenraum gejagt kam.
„Kleine Krise zu Hause, erzähl ich dir später." Niklas warf sich auf seinen Platz und kramte Heft und Buch hervor. „Ist ne längere Geschichte."
Wie selbstverständlich schloss sich ihnen Caroline in der Pause an. „Wir haben uns schon Sorgen gemacht, dir könnte was passiert sein. Warum bist du so spät gekommen?"
Ach, war sie etwa bis zum Klingeln mit Benjamin zusammen gewesen? Er musste dem Freund unbedingt klarmachen, dass er sich für sie interessierte! „Weil mein Vater mit der Warnung, die er uns weitergeben sollte, ziemlich lange gewartet hat." Er machte eine Kunstpause und genoss die entsetzten Ausrufe der beiden. Fast wortgetreu berichtete er von der Unterredung mit dem Vater.
„Krass." Caroline starrte ihn mit funkelnden Augen an. „Und, ist dir auf dem Weg zur Schule irgendwas Ungewöhnliches aufgefallen?"
„Nee", er lachte. „Ich war viel zu sehr in Eile. Außerdem muss es ja nicht sein, dass die uns wirklich in der Schusslinie haben."
„Hast du keine Angst?", fragte Benjamin.
„Nein, ich hab denen nichts getan und weiß nichts Wichtiges. Warum sollten die mich angreifen?"
„Weil das totale Chaoten und Schläger sind." Caroline drückte sich gegen ihn. „Sei bloß vorsichtig."
„Hat dein Vater euch gesagt, wo dieses Mädchen untergekommen ist?" Benjamin sah sich erst nach allen Seiten um, bevor er seine Frage stellte.
„Nein, keinem von uns. Er will nicht, dass wir es wissen, sagt er. Damit wir, falls die es doch auf uns abgesehen haben, nichts verraten können."

„Das ist echt arschig. Der zieht euch da mit rein und lässt euch dann im Regen stehen", befand sein Freund. „Die werden eher noch aggressiver, wenn ihr ihnen keine Antwort geben könnt."

„Ich kann ihn verstehen", hielt Caroline dagegen. „Ich denke, das Mädchen hat viel mehr zu erwarten, falls sie sie finden. Außerdem zieht er damit den schlimmsten Ärger auf sich. Das ist ganz schön mutig von deinem Vater."

„Außerdem steht überhaupt nicht fest, ob die uns wirklich auf dem Kieker haben." Niklas hatte keine Lust mehr, sich über das Thema zu unterhalten. „Habt ihr auch diesen krassen Link gestern von Lollo bekommen?"

Sein Versuch funktionierte, den Rest der Pause sprachen sie über ganz normale Dinge. Er konnte sogar erfreut feststellen, dass Caroline in vielem dieselben Interessen hatte wie er. Ja, sie verstanden sich von Tag zu Tag besser.

Nach der Schule, während ihn Benjamin wie immer zur Bushaltestelle begleitete, kam er direkt auf den Punkt, der ihm am Herzen lag. „Wie findest du Caroline?"

Benjamin lächelte gequält. „Ihr passt echt gut zusammen. Das wolltest du doch hören, oder?"

„Meinst du, sie mag mich?" Niklas spürte, dass er rot wurde.

„Das ist nicht zu übersehen. Und dir tropft geradezu der Geifer aus dem Mund."

„Ehrlich?"

„Nein, sollte ein Witz sein. Wann fragst du sie?"

„Ben, jetzt ganz ehrlich bitte. Meinst du, sie merkt, dass ich in sie verschossen bin?"

„Keine Ahnung, man sagt ja, die, die es betrifft, erkennen es als Letzte. Ich als Außenstehender finde, man sieht es euch beiden an, dass ihr aufeinander steht. Du musst langsam die Initiative ergreifen, die meisten Mädchen warten auf so was."

„Ich trau mich nicht", gestand Niklas seine geheimsten Ängste ein. „Was, wenn sie Nein sagt?"

„Glaub ich nicht. Lade sie zu ner Pizza ein und red Klartext mit ihr", der Freund klopfte ihm aufmunternd auf die Schulter. „Wird schon schiefgehen."

Während der Nachhilfe konnte er sich kaum auf seinen Schüler konzentrieren. Die ganze Zeit übte er in Gedanken einen passenden Anfang zu seinem Gespräch mit Caroline, obwohl er eigentlich genau wusste, dass es dazu in absehbarer Zeit nicht kommen würde. Er war einfach viel zu schüchtern. Außerdem, wenn er ihr Verhalten nun falsch interpretierte und sie in ihm nur einen netten Freund sah wie in Benjamin? Wie peinlich wäre das denn? Er könnte ihr danach nie mehr in die Augen schauen, würde vielleicht sogar zum Gespött der Klassenkameraden. Ben hatte gut reden. Frag sie einfach! Klar, wenn man mit dem Resultat leben konnte.

„Ich schicke dir per Mail ein paar Übungsaufgaben. Die löst du bitte bis zum nächsten Mal", verabschiedete er sich von seinem Schüler. Heute hatte er sich echt nicht mit Ruhm bekleckert. Das musste er wiedergutmachen.

Seine Mutter saß im Wohnzimmer und strickte an einem Pullover. An dem, was sie arbeitete, konnte er ziemlich gut ihre Stimmung ablesen. Das hier war ein einfaches Teil ohne Muster, ohne Farbwechsel, eine Beschäftigung, aber keine Herausforderung. Demnach hatte sie höchstwahrscheinlich schlechte Laune oder war mit ihren Gedanken abgelenkt.

Er konnte sich schon denken, was sie beschäftigte, hütete sich jedoch, sie darauf anzusprechen. „Wo ist Papa?", fragte er stattdessen. „Mit Kira im Arbeitszimmer. Er hilft ihr bei einem Referat."

In den Semesterferien? Mama war im Moment wirklich nicht auf der Höhe. „Ich guck mal bei ihnen rein." Bevor sie antworten konnte, hatte er den Raum verlassen und war auf dem Weg in den Keller. Dort unten hatte sich der Alte seinen Rückzugsort eingerichtet, wo er seinen Unterricht vorbereitete, Hefte korrigierte und einfach nur chillte. Niklas war sich sicher, dass dafür die meiste Zeit draufging. Naja, warum auch nicht. Irgendwann brauchte der eben auch mal seine Ruhephasen, die oben kaum möglich waren. Entweder lief der Fernseher oder seine Mutter hatte Redebedarf. Freiraum gab es nicht für ihn.

Ohne anzuklopfen trat er ein. Zwei Köpfe, die angestrengt auf den Monitor gestarrt hatten, fuhren panisch auseinander. „Ach, du bist es." Kira seufzte erleichtert. „Ich dachte schon, Mama käme."

„Was macht ihr da?" Niklas trat näher und betrachtete das Standbild, auf dem der Vorgarten und ein Stück des Bürgersteigs zu sehen waren. „Ist das eine Aufnahme von den Kameras?"

„Deine Schwester ist heute Morgen von zwei jungen Männern verfolgt worden", berichtete sein Vater. „Dem Aussehen nach könnte es sich um Mitglieder dieser Gruppe gehandelt haben. Leider findet sich keine gute Aufnahme von ihnen. Wir müssen die Kameras noch einmal neu einstellen. Dieses Mal wählen wir einen größeren Ausschnitt."

Oh, dann war der Alte eindeutig besorgt. Normalerweise hielt er sich streng an alle Gesetze. „Beschreib die Typen", forderte er Kira auf. „Damit ich gucken kann, ob sie mir auch folgen."

„Ziemlich groß, so zwischen eins achtzig und eins neunzig, Stiefel …"

„Springerstiefel", mischte sich der Vater ein. „Die kann man auf der Aufnahme erkennen."

„Bekleidet waren die mit Lederjacken und Kargohosen. Und beide hatten sehr kurze Haare, fast nur Stoppeln. Aber frag mich bitte nicht nach ihrem Aussehen, so genau hab ich mir die nicht angeschaut. Das Einzige, was mir aufgefallen ist, die waren noch sehr jung, höchstens Anfang zwanzig."

„Und was hast du gemacht?" Jetzt wollte er genau wissen, was passiert war.

„Wir ändern die Kameraeinstellung erst, wenn Mama nicht da ist", warf der Vater ein, nachdem Kira zum Ende gekommen war. „Wir müssen sie nicht zusätzlich ängstigen."

„Sie ist sowieso nicht gerade gut drauf", berichtete Niklas und erzählte von seiner Beobachtung. „Hat sie irgendwas gesagt?"
„Nein, ich werde gleich nachhaken." Der Vater erhob sich. „Halt dich bereit, vielleicht legen wir doch gleich los."
Kira und Niklas blieben in der Diele stehen, viel zu neugierig, um abzuwarten. „War heute etwas Besonderes?", fragte der Vater ohne Umschweife.
„Ach, ich habe mich über die jungen Leute im Bus geärgert." Die Mutter klang gezwungen beiläufig. „Auf der Hinfahrt drängten sich die Schüler wieder im Bus, dass kaum ein Durchkommen war, und auf dem Weg zurück saßen mir zwei junge Männer gegenüber und versuchten, mich niederzustarren. Die müssen in der Nähe wohnen, sie sind mit mir ausgestiegen und hatten denselben Weg. Ich war froh, als ich abbiegen konnte. Die waren mir irgendwie unheimlich."
„Wie sahen sie denn aus?" Der Stimme des Alten konnte man anhören, dass er begierig ihre Beschreibung erwartete.
„Ja meinst du, ich habe mir die genauer angeschaut? Ich weiß, was du vermutest. Du denkst, es ist möglich, dass die Hatz auf uns bereits begonnen hat." Ja, sie war eindeutig sauer. „Noch weigere ich mich, das zur Kenntnis zu nehmen. Wenn ich nicht reagiere, werden die schon damit aufhören."
„Ich verändere den Winkel der Kameras. Im Zweifelsfall hole ich eine weitere dazu." Der Vater bewegte sich Richtung Diele.
Ohne dass es einer Absprache bedurfte, zogen sich Kira und Niklas in ihre Zimmer zurück. Er war kaum in seinem angekommen, als er den Alten rufen hörte. Bedauernd blickte er auf seinen Computer. Das würde heute nichts mehr werden.
Er hatte richtig vermutet. Sie fuhren in den Baumarkt und kauften nicht eine, sondern gleich zwei weitere Kameras. Natürlich hatte er seine Klappe nicht halten können und darauf hingewiesen, dass es sinnvoll wäre, eine auf der Terrasse anzubringen, die den Gartenbereich abdeckte. Der Vater hatte ihn zwar gelobt, aber er sich damit im Endeffekt ins eigene Fleisch geschnitten. Bis zum Abendessen

war er unentwegt im Einsatz gewesen. Gut, dass er wenigstens auf der Fahrt die Pizza verdrücken konnte, die seine Schwester fabriziert und ihm freiwillig in der Mikrowelle erwärmt hatte.

Natürlich waren sie noch längst nicht fertig, es fehlte mindestens noch ein ganzer Nachmittag. Außerdem benötigten sie einen weiteren Monitor, um im Notfall die Live-Bilder vernünftig betrachten zu können. Mit diesem letzten Argument hatte er sich rausgezogen, um wenigstens noch ein bisschen Freizeit zu genießen. Für morgen lagen zum Glück keine Schulsachen an, die Aufgaben für den Nachhilfeschüler würde er allerdings eben heraussuchen und ihm schicken. Dann war endlich Feierabend.

Der Raid hatte länger gedauert als gedacht. Während er den Computer herunterfuhr, schlug die Uhr im Wohnzimmer zwölf. Er grinste, gut, dass der Vater sein Versprechen gehalten und die Sperre, die ihn sonst viel früher aus dem Netz schmiss, gelöscht hatte. Es brachte eben doch was, wenn man sich mit dem Alten gut stellte. Ihr Verhältnis hatte sich in den letzten Tagen enorm gebessert. Noch vor Kurzem wäre der spätestens, wenn er beim Zubettgehen das Licht unter der geschlossenen Zimmertür hindurch schimmern gesehen hätte, zornbebend hereingestürmt und hätte verlangt, den Rechner sofort auszumachen. So langsam schien er zu begreifen, dass sein Sohn kein kleines Kind mehr war und selbst entscheiden konnte, wie er sein Leben gestaltete. Und er, Niklas, hatte festgestellt, dass der Alte nicht ganz so weltfremd war, wie er bisher gedacht hatte. Er spürte sogar so was wie Respekt für ihn. Der traute sich an Dinge ran, aus denen sich die meisten anderen herausgehalten hätten. Selbst Caroline und Benjamin hatten voller Hochachtung von ihm gesprochen.

Er meinte, kaum eingeschlafen zu sein, als er den Knall hörte. Nebenan wurden Geräusche laut. Die Stimme des Vaters sagte: „Bleib hier. Ich schaue nach."

Mit einem Satz war er aus dem Bett. Während er zur Tür hastete, drückte er den Lichtschalter an seiner Armbanduhr. Halb drei! Was konnte das gewesen sein?
Im Flur wäre er fast mit dem Alten zusammengeprallt. Mit energischen Schritten lief dieser Richtung Wohnungstür. Nicht einmal eine Jacke hatte er übergeworfen. Bevor er in den Hausflur trat, holte er aus dem Dielenschrank die große Stablampe hervor, die sowohl als Waffe wie auch als Leuchtmittel wirkungsvoll war. Doch sie wurde nicht benötigt. Im Hausflurlicht sah er den Qualm und roch den Schwefel. Der Vater fluchte laut und trat heftig auf etwas am Boden ein. Niklas schob sich neben ihn und entdeckte die zerfetzten Überreste eines großen Knallers.
„Die haben uns einen Kanonenschlag in den Briefkasten geworfen." Der Alte kontrollierte das Einschubfach. „Nur gut, dass die Klappe offenstand. Wer weiß, was sonst passiert wäre."
„Da liegt was vor der Tür." Im Schein der Taschenlampe hatte Niklas durch das Glas der Haustür einen länglichen Gegenstand entdeckt. „Schließ mal auf, ich gucke, was das ist."
„Hab meinen Schlüssel vergessen." Ihm schien erst jetzt bewusst zu werden, dass er im Schlafanzug war. „Warte, ich ziehe mir eben eine Jacke über und hole sie. Allein lasse ich dich sowieso nicht raus."
Es dauerte fast fünf Minuten, bis der Vater vollständig angezogen zurückkehrte. „Mama und Kira haben den Rollladen einen Spalt hochgezogen. Draußen stehen die Nachbarn und schauen zu uns rüber. Ich werde am besten zu ihnen gehen und fragen, ob einer die Kerle, die dafür verantwortlich sind, gesehen hat."
Niklas beschloss, doch lieber nur das Päckchen, worum es sich bei dem Gegenstand handelte, wie er erkannte, nachdem der Vater aufgeschlossen und die Tür geöffnet hatte, an sich zu nehmen und drinnen zu warten. Im Batman-Schlafanzug mussten die anderen Bewohner der Straße ihn nun nicht unbedingt sehen.

# 27

„Rühr das Paket nicht an!", befahl Jens seinem Sohn, bevor er auf die Straße trat. „Wer weiß, was es enthält."
„Hat schon jemand die Polizei gerufen?", fragte er die versammelten Nachbarn.
„Ja, ich. Und die Feuerwehr." Volker Peters, sein Nachbar zur Rechten hob die Hand. „Ich dachte, bei euch sei was explodiert."
„Man hat uns einen Feuerwerkskörper in den Briefkasten geworfen, einen sehr großen." Jens kramte nach seinem Handy, um der Leitstelle Bescheid zu geben, dass der Einsatz von Löschfahrzeugen nicht nötig war.
Ein Aufstöhnen ging durch die Menge. „Das geht langsam zu weit." Horst Jacobsen, sein Nachbar zur Linken, schüttelte entrüstet den Kopf. „Erst das Auto, dann die Rollläden, jetzt ein Knallkörper. Das war doch mindestens ein Kanonenschlag!"
„Wer macht denn bloß so was?" Frau Regler von gegenüber, gewandet in einen altmodischen Bademantel mit Rüschen, sah hilflos von einem zum anderen. „Hat Ihre Tochter Ihnen erzählt, dass sie gestern von zwei jungen Männern verfolgt worden ist?", fragte sie Jens, der sein Telefonat mittlerweile beendet hatte. „Vielleicht haben die was damit zu tun."
Er war hin- und hergerissen. Sollte er den hier Wohnenden von seiner Vermutung erzählen?
Das Heulen von Sirenen machte eine Antwort unmöglich. Das Fahrzeug bremste vor der Menschenansammlung und zwei Polizisten sprangen heraus. „Was ist passiert?"
Jens wies auf sein Haus. „Man hat uns einen Böller in den Briefkasten geworfen. Das war der Riesenknall, weswegen Sie hergerufen wurden. Kommen Sie bitte mit." Nachdem sie sich weit genug von der Menge entfernt hatten, fuhr er fort: „Und mir wurde ein Päckchen vor die Tür gelegt. Ich habe es bisher nicht angerührt. Ich weiß

nicht, ob Sie informiert sind. Ich bin eventuell das Ziel von Neonazis geworden, fragen Sie am besten bei Herrn Gerber nach, das ist mein Ansprechpartner."

Sie standen mittlerweile vor dem ominösen Päckchen. „Nee", der eine der Beamten wedelte abwehrend mit der Hand. „Da gehen wir nicht dran. Da müssen Spezialisten her." Er trabte zurück zu dem mitten auf der Straße stehenden Streifenwagen.

„Es enthält bestimmt keine Bombe", platzte Niklas hervor, der sich angezogen und in der offenen Haustür gewartet hatte. „Weshalb hätten die sonst vorher einen Knaller zünden sollen?"

„Wir sind lieber vorsichtig, junger Mann." Der zweite Polizist zog sich ebenfalls zurück. „Gehen Sie bitte rein und warten Sie drinnen. Wir melden uns bei Ihnen."

„Quatsch", begann Niklas wieder, doch Jens schnitt ihm das Wort ab. „Wir bleiben auf jeden Fall wach. Sagen Sie uns bitte gleich Bescheid, wenn Sie wissen, was das Päckchen enthält." Er packte seinen Sohn am Arm und zog ihn ins Innere. „Sei lieber froh, dass die sich kümmern."

„Was ist los?" Kaum waren sie in der Wohnung, eilten Kira und Claudia auf sie zu. „Warum sind die Beamten wieder zum Auto zurückgegangen?", fragte Letztere.

„Unser Geschenk wird von Spezialisten geöffnet. Sie warten, bis diese eintreffen."

„Vollkommener Blödsinn", schnaubte Niklas. „Der Knaller sollte uns auf das Päckchen aufmerksam machen. Da ist garantiert keine Bombe drin. Aua!"

Jens' Versuch, seinen Sohn zum Schweigen zu bringen, war gescheitert. Claudia reagierte wie erwartet mit Panik. „Eine Bombe?", kreischte sie. „Wir verlassen sofort das Haus. Kommt." Wie von Sinnen rannte sie ins Wohnzimmer zur Terrassentür und griff nach dem Rollladengurt.

„Warte!" Er lief ihr nach. „Sei vernünftig. Wir sind nicht in Gefahr. Sonst hätten uns die Polizisten längst evakuiert", fügte er einer Eingebung folgend hinzu. Seine Frau war absolut gesetzestreu und hatte vollstes Vertrauen in die ausführenden Organe. Dieses Argument würde sie sicherlich beruhigen.

Und tatsächlich, Claudia fiel in sich zusammen, als wäre sie aller Kraft beraubt. „Ja, natürlich, das hätten sie." Sie atmete tief ein und aus. „Was sollen wir tun?"

„Für uns ist der Fall damit erledigt", erklärte er ihr nicht ganz wahrheitsgetreu. „Die nehmen das Päckchen mit und wir erfahren morgen, was sie gefunden haben. Das heißt, wir können beruhigt schlafen gehen."

„Ich ..." Niklas, der ihnen gefolgt war, wollte protestieren. Er warf ihm einen beschwörenden Blick zu. „Leg dich schon mal hin. Ich will nur warten, bis diese Experten angekommen sind, dann komme ich nach."

„Ich glaube, ich trinke zuerst ein Glas warme Milch", gab Claudia zurück.

„Ich auch, Mama." Kira gelang ein überzeugendes Gähnen. „Danach kann ich bestimmt gleich einschlafen."

„Wann bist du heute Nacht zurückgekehrt?", fiel es Jens ein.

„Um halb Zwölf, Lennart hat mich gebracht. Da lag noch nichts vor der Tür. Irgendwelche Gestalten waren auch nicht zu sehen." Seine Tochter hatte sich nicht noch einmal umgedreht, sondern bugsierte ihre Mutter Richtung Küche.

„Setz dich." Jens wies mit einem Kopfnicken auf die Couch. „Es wird wohl eine Weile dauern, aber ich denke, du wirst nicht ins Bett gehen wollen."

Niklas gehorchte. „Das ist echt albern. Warum hast du mir nicht erlaubt, das Päckchen zu öffnen?"

„Im Moment ist es das Wichtigste, dass wir uns kooperativ verhalten", versuchte Jens, ihm zu erklären. „Wer weiß, ob wir in nächster Zeit nicht noch öfter auf die Hilfe der Polizei angewiesen sind. Außerdem ist auf diese Weise garantiert, dass alle Spuren gesichert werden. Vielleicht finden sich Fingerabdrücke oder Ähnliches."

„Glaub ich nicht, so dämlich sind die Typen nicht. Sonst hätte man die längst geschnappt." Niklas klang trotz seiner Worte halbwegs besänftigt. Er lehnte den Kopf gegen das Polster und schloss die Augen. „Ich döse ein bisschen, weck mich, falls ich einschlafen sollte."

Auch Jens fiel es immer schwerer, die Augen offenzuhalten. Anfangs hatte er noch nach draußen gehorcht und sogar überlegt, ob er nicht von der Küche aus das Geschehen beobachten sollte, dann jedoch lieber davon Abstand genommen, um seine Frau nicht wieder aus dem Bett zu treiben. Dass sie tatsächlich schlief, konnte er sich nicht vorstellen. Und auf eine neue Konfrontation mit ihr hatte er keine Lust. Da saß er lieber untätig im Wohnzimmer und wartete darauf, dass sich die Polizisten bei ihm meldeten.

Er dämmerte ebenfalls vor sich hin und zuckte im ersten Moment zusammen, als es an dem Rollladen klopfte, bis er sich der Gegenwart bewusst wurde und aufsprang, um diesen hochzuziehen und die Terrassentür zu öffnen. Vor ihm standen Herr Gerber und ein weiterer Mann, den er als den Kollegen Brandmeier vorstellte. „Dürfen wir kurz hereinkommen?"

Niklas begann, sich gleichzeitig mit dem Eintreten der beiden zu regen. Im Nu war er hellwach. „Und, was war drin?", fragte er sofort.

Herr Gerber setzte sich in den ihm zugewiesenen Sessel und zeigte ihnen ein Blatt Papier, das sich in einer durchsichtigen Hülle befand. „Im Inneren befand sich eine tote Ratte, die einen Strick um den Hals hatte und augenscheinlich wirklich erdrosselt wurde. Darauf lag dieser Zettel." Er hielt ihn so, dass sie die Worte lesen konnten. ‚Die Jagd hat begonnen', stand in dicken schwarzen Buchstaben darauf.

Jens schluckte die plötzlich aufsteigende Magensäure hinunter. Niklas neben ihm sog scharf die Luft ein. „Das heißt, die haben uns auf dem Kieker?", krächzte er.

„Wir müssen davon ausgehen, dass dies erst der Anfang ist", nickte Herr Gerber. „Wir sollten gemeinsam überlegen, was es für Möglichkeiten gibt, Sie alle zu schützen."
„Morgen besorge ich als Erstes diese Heuler, die Sie mir empfohlen haben. Alle von uns werden sie bei sich tragen. Was können wir noch tun?"
„Sie sollten wenn möglich nicht allein unterwegs sein. Fährt Ihr Sohn mit Schulkameraden zur Schule? Wie kommt Ihre Frau zur Arbeit? Was ist mit Ihrer Tochter?"
„Ich bringe ab morgen meine Frau und meinen Sohn mit dem Auto dorthin", erklärte Jens. „Kira, unsere Tochter, hat im Moment keine Uni. Ich spreche mit ihr, dass sie nicht mehr allein vor die Tür geht."
„Was ist mit Ihren Mietern. Ist tagsüber jemand zu Hause?"
„Die sind häufig in Urlaub, momentan besuchen sie eines ihrer Kinder. Aber ich habe mittlerweile vier Kameras zur Überwachung installiert. Die Kameras!" Jens sprang auf. „Lassen Sie uns nachsehen, was die aufgenommen haben!"
„Können Sie uns nicht Personenschutz geben?", fragte Niklas den schweigsamen Beamten neben sich, während sie die Stufen im Treppenhaus hinabstiegen.
„Und für wie lange?" Der Mann grinste säuerlich. „Die ziehen sich zurück, sobald sie davon Wind bekommen und schlagen zu, kaum dass wir unsere Leute abgezogen haben. Außerdem ist diese Maßnahme nicht durchsetzbar. Bisher ist nichts Gravierendes passiert. Es könnte sich genauso gut um harmlose Drohungen handeln."
„Das heißt also, wir sind völlig auf uns gestellt?", vergewisserte sich Niklas. Er schien den Rat seines Vaters, mit der Polizei zu kooperieren, vergessen zu haben.
Herr Brandmeier gab sich verständnisvoll. „Ihr seid in keiner beneidenswerten Lage, das ist mir bewusst. Leider kann ich nur wiederholen: Haltet euch möglichst in Gruppen auf oder dort, wo viele

andere Menschen sind, und wählt bei der kleinsten Auffälligkeit den Notruf. Dann seid ihr eigentlich auf der sicheren Seite."

Jens sah, dass sein Sohn mit dieser Antwort nicht gerade zufriedengestellt war. Ihm selbst ging es ähnlich. Da verhielt man sich wie ein guter Staatsbürger, kümmerte sich um jemanden in Not, ließ nicht zu, dass das Böse siegte – und stand im Endeffekt auf der Verliererseite, weil sich niemand darum scherte, was mit einem danach geschah.

„Wir können im Moment wirklich nichts tun", sagte Herr Gerber, der erkannt hatte, wie ihnen zumute war. „Das ist für uns genauso unbefriedigend wie für Sie. Natürlich würden wir viel lieber unter dieser Gruppierung aufräumen. Nur leider fehlen uns dafür die Beweise. Vielleicht ändert sich das, wenn wir Ihre Aufnahmen gesehen haben."

Jens verstand, mehr konnte Herr Gerber nicht zu diesem Thema sagen. Er setzte sich an seinen Arbeitstisch und spulte die Aufnahmen an die relevante Stelle. Gleichzeitig hätte er sich am liebsten selbst in den Hintern getreten. Erstens wäre diese Arbeit schon längst erledigt, wenn er so weit gedacht hätte und zweitens wären Niklas und er die ganze Zeit über in der Lage gewesen, alles, was die Polizei unternahm, hier unten mitanzusehen.

Er begann mit der Kamera, die den Weg zum Haus aufnahm. Viertel nach zwei, er wechselte vom schnellen Vorlauf in den normalen Modus. Alle beobachteten gespannt, wie die Minutenangabe am Seitenrand langsam vorwärts zählte. Da! Um vier vor halb tauchte aus den Büschen des Nachbarn ein Schatten auf, legte das Päckchen vor die Tür, langte in die Tasche, zündete die Schur des Knallers und warf diesen in den Briefkasten. Er verschwand so schnell, wie er gekommen war.

„Nichts", Jens stöhnte enttäuscht auf. Der Täter war ganz in Schwarz gekleidet und trug eine Sturmhaube, darüber hatte er die Kapuze seiner Jacke gezogen. Man sah nur seine Umrisse.

Sie kontrollierten die anderen Aufnahmen, wie schon vermutet ohne Erfolg. Auf keiner der anderen Einstellungen tauchte irgendetwas Ungewöhnliches auf.

„Uns bleiben nur das Päckchen, sein Inhalt und der Zettel." Herr Gerber, der sich auf den Stuhl neben ihn gesetzt hatte, erhob sich. „Ich melde mich, sobald die Ergebnisse vorliegen."

„Weißt du, was ich nicht verstehe?", fragte Niklas, nachdem die Polizisten sich verabschiedet hatten. „Wieso haben die sich auf Mama und Kira gestürzt, aber weder auf dich noch auf mich? Ich meine, wärest du nicht normalerweise das erste Ziel?", setzte er hinzu.

Jens beschloss, seinen Sohn einzuweihen. „Ich erhielt heute Mittag eine Nachricht. Darauf stand: Du kannst dich retten, wenn du für uns den Aufenthaltsort von Chantal in Erfahrung bringst. Wahrscheinlich passte denen meine Reaktion auf ihren Erpressungsversuch nicht."

„Was hast du gemacht?"

„Das Mädchen, das die Nachricht brachte, festgehalten und Herrn Gerber angerufen. Leider wusste die Kleine nichts. Ein schwarz gekleideter Mann habe ihr aufgelauert und verlangt, dass sie sofort zu mir geht. Das war in der großen Pause. Er hat gedroht, ihre Freundin mitzunehmen, wenn sie nicht tut, was er verlangt. Ich bin mit ihr zu der Stelle gegangen, wo er sie angesprochen hat, doch dort war niemand. Die Polizei hat anschließend die gesamte Gegend abgesucht, ohne Erfolg. Die Freundin, um die es ging, saß mittlerweile wohlbehalten im Klassenzimmer und wusste von nichts."

„Wie alt war die Kleine denn?"

„Fünfte Klasse, du hättest sehen sollen, wie eingeschüchtert sie war. Die hatte nichts damit zu tun."

„Und Herr Gruber?"

„Versucht natürlich herauszubekommen, wer dahintersteckt, meinte jedoch, ich solle mir keine allzu großen Hoffnungen machen." Jens seufzte schwer. „Ich wollte euch nichts erzählen, um euch nicht noch mehr in Angst zu versetzen." Trotzdem fühlte er sich irgendwie schuldig. Dass die sich in erster Linie auf seine Familie stürzen würden, damit hatte er nicht gerechnet.

# 28

Als am Morgen der Wecker klingelte, fühlte sich Claudia wie gerädert. Entweder war Jens nicht mehr ins Bett gegangen oder bereits aufgestanden, stellte sie mit einem flüchtigen Blick auf seine Seite fest. Sie verspürte heftigen Groll gegen ihn. Er und seine soziale Ader. Es hatte ja irgendwann einmal so kommen müssen. Andauernd war er in irgendwelche Hilfsprojekte verstrickt, immer gab es bedürftige Schüler oder fehlgeleitete Quertreiber, die von ihm ‚gerettet' werden mussten. Es war eigentlich ein Wunder, dass bis jetzt alles in ruhigen Bahnen verlaufen war.
Ihr Mann saß bereits am Tisch und frühstückte. Er sah blass und übernächtigt aus. Sein Lächeln, mit dem er sie begrüßte, wirkte gezwungen. „Ich fahre dich gleich zur Arbeit. Niklas nehmen wir auf dem Weg auch mit. Heute Mittag nimmst du dir bitte ein Taxi. Einkaufen gehen wir von nun an zusammen. Sämtliche anderen Aktivitäten sprechen wir vorher ebenso ab."
„Was hat das heute Nacht noch ergeben?" Sie fühlte sich von seinen Worten erschlagen. Das bisschen Hunger, das sie verspürt hatte, war verschwunden. Deshalb füllte sie nur die bereitstehende Tasse mit Kaffee, setzte sich aber zu ihm an den Tisch.
„In dem Päckchen befand sich eine tote Ratte", berichtete er und rührte angelegentlich in seiner Tasse. „Und eine Warnung: Die Jagd hat begonnen, stand darauf. Die Kameras haben leider nichts aufgezeichnet. Der Täter kam von den Jacobsens aus rüber, hat sich durch die Büsche gequetscht. Und er war vermummt, man konnte ihn nicht erkennen."
„Das wäre ja auch zu einfach gewesen", ihre Stimme troff vor Hohn. „Du willst mir also mitteilen, dass wir, die ganze Familie, zur Zielscheibe geworden sind. Richtig?"

Er machte ein angemessen zerknirschtes Gesicht. „Was hätte ich anders machen können? Es ist ein nicht einkalkulierbares Risiko gewesen, dass diese Typen derart reagieren."
Da war sie gegensätzlicher Meinung. Nur brachte es gar nichts, ihn darauf hinzuweisen. Selbstgerecht, wie er war, würde er sämtliche Kritik abschmettern. Das Eintreten von Niklas ließ sich gut verwenden, nicht weiter mit ihm über das Thema zu reden. „Na, Schatz? Einigermaßen wach?", begrüßte sie ihn.
„Frag nicht." Er grinste müde. „Kriege ich eine Tasse Kaffee zum Wachwerden?"
Koffein war normalerweise für ihn tabu, sie vertrat die Meinung, dass er davon schon genug durch seinen Cola-Konsum zu sich nahm. Nach dieser Nacht konnte sie jedoch ruhig eine Ausnahme machen. „Nimm dir eine Tasse aus dem Schrank."
Er schien genauso wenig hungrig wie sie und knabberte nur an seinem Brot. Schließlich sah Jens demonstrativ auf die Uhr. „Wir müssen los."
„Wie kommt Niklas zurück?" Sie hielt auf ihrem Weg in die Diele noch einmal inne.
„Äh ..." Daran hatte Jens offensichtlich nicht gedacht.
„Ich gehe heute mit zu Benjamin und Papa holt mich abends ab. Wir überlegen später, was möglich ist", warf Niklas rasch ein. Der Vater nickte, ihm war wohl völlig entfallen, dass sie eigentlich am Nachmittag die restlichen Kameras einstellen wollten. Andererseits hatte er sich die Freizeit verdient – und wenn Ben sich endlich mal wieder mit ihm treffen wollte! Durch dessen Hobbys waren nachmittägliche Zusammenkünfte zur Seltenheit geworden. Ständig hatte der Freund irgendwelche Termine, die Verabredung heute war geradezu ein Highlight.
Zuerst setzten sie die Mutter ab, danach brachte ihn der Vater bis direkt vor die Schule. „Triffst du dich wirklich mit Benjamin oder war das nur vorgeschoben?"

„Ich habe nach dem Aufstehen eine SMS von ihm gekriegt. Das war ziemlich spontan."

„Wann soll ich dich abholen?"

„Ich melde mich per Handy." Niklas sprang aus dem Auto. „Bis später." Er entdeckte Caroline und Ben, die auf der Eingangstreppe saßen und sich angeregt unterhielten. Sofort keimte heftige Eifersucht in ihm hoch. Die taten schon ziemlich vertraut, der Freund zeigte keinerlei Berührungsängste. Jetzt lachten sie beide über irgendetwas, das Benjamin gesagt hatte.

Er bemühte sich, nicht zu verkniffen auszusehen, als er zu ihnen trat. Caroline schenkte ihm ein besorgtes Lächeln. „Hi. Was ist los? Du siehst fürchterlich aus."

„Hatte kaum Schlaf diese Nacht. Es gab einen Wahnsinnsauflauf bei uns."

„Erzähl!" Sie rückte etwas zur Seite, sodass er zwischen ihr und Benjamin Platz nehmen konnte. Ha! Heiße Befriedigung erfüllte ihn. Vielleicht hatte er viel zu viel in die Unterhaltung der beiden hineininterpretiert. Wäre sie nicht sonst dichter an den Freund herangerückt?

Er erzählte seinen angespannt lauschenden Zuhörern von dem, was passiert war. „Krass." Benjamin schüttelte empört den Kopf. „Das ist echt heftig."

„Kannst du laut sagen", fiel Caroline ein. „Die bedrohen euch, damit dein Vater ihnen den Aufenthaltsort des Mädchens verrät? Kann die Polizei denn nichts dagegen machen?"

„Angeblich nicht. Es existieren keine Beweise, die diese Typen mit den Anschlägen in Verbindung bringen."

„Aber die Geschichte mit deiner Mutter und mit deiner Schwester! Die haben die doch erkannt. Die können die bestimmt identifizieren."

„Ja und?" Niklas verzog abfällig das Gesicht. „Die haben sie weder bedroht noch angegriffen noch irgendetwas anderes getan, das

gegen das Gesetz wäre. Die Bedrohung, die sie gefühlt haben, ist rein psychischer Natur. Dafür gibt es keine Strafen."
„Bist du dir sicher?" Caroline war empört. „Es muss doch was geben, was ihr tun könnt."
„Nee, leider nicht. Deshalb bringt mich mein Vater in den nächsten Tagen morgens zur Schule und organisiert eine Abholung für mich." In dem Moment, als er den Gedanken aussprach, kam ihm die Erleuchtung. Onkel Jochen würde sich bestimmt nicht lumpen lassen und diesen Part übernehmen.
„Und deine Mutter und deine Schwester?", fragte Benjamin.
„Mama nehmen wir mit, mittags fährt sie mit dem Taxi. Kira hat alle ihre Klausuren hinter sich, die braucht momentan nicht zur Uni."
„Irre ich mich, oder arbeitet sie noch in dem Getränkemarkt bei euch an der Ecke? Wie soll das laufen? Ist sie nicht allein dort?"
„Nur ab und zu. Dann springt ihr Freund ein, der ist ebenfalls Student."
„Was für ein Theater!" Caroline schnaubte heftig. „Und das alles, weil man das Richtige tut. Ich bin immer noch der Ansicht, dass das nicht sein kann."
„Sehe ich genauso, das ändert allerdings nichts. Immerhin scheinen die nicht zu wissen, dass mein Vater sehr wohl die neue Adresse von Chantal kennt. Sonst wären die garantiert noch extremer gegen uns vorgegangen." Niklas sprang auf, da die Schulglocke läutete und die ersten Schüler auf sie zukamen. „Los, rein mit euch!"
In den Pausen rätselten sie darüber, woher die Täter überhaupt wissen konnten, dass sein Vater bis zuletzt in die Geschichte involviert gewesen war.
„Sie müssen ihn ständig im Auge behalten haben", vermutete Caroline.
„Oder sie hatten Wachen vor dem Krankenhaus und der Polizeistation", überlegte Benjamin laut.
Dass er extra das Präsidium durch den Hintereingang betreten hatte, wussten die beiden nicht. Er wies sie nicht darauf hin, beschloss

aber, mit seinem Vater darüber zu sprechen. Das Ganze war schon merkwürdig.

„Das sind die. Nein, sieh nicht hin!" Niklas, der mit seinem Freund zusammen den Weg zum Bus eingeschlagen hatte, drückte diesen zur Seite. „Sie müssen nicht wissen, dass wir sie bemerkt haben."

„Und was jetzt?" Benjamin klang genauso, wie er sich selbst fühlte, ängstlich, wütend und auch ein bisschen geschockt.

„Wir gehen mit denen da vorn zur Haltestelle." Er deutete auf eine Gruppe von Schülern, die wild gestikulierend in die andere Richtung schlenderten. „Ich kenne die, die kaufen da vorn am Kiosk ein paar Süßigkeiten und nehmen den nächsten Bus. Wir halten uns direkt neben denen."

„Dass wir auch ausgerechnet heute so trödeln mussten", jammerte Benjamin und warf trotz Niklas' Ermahnung einen Blick über die Schulter. „Du, die folgen uns."

„Hätte ich nicht gedacht", fauchte er. „Entschuldige. Ich bin genauso angespannt wie du. Trotzdem, wir bleiben bei den anderen. Die werden es nicht wagen, uns vor all den Zeugen anzugreifen."

„Wir müssen von der Haltestelle bis zu uns fast zehn Minuten zu Fuß gehen", erinnerte ihn der Freund. „Wie stellst du dir das vor?"

Niklas grinste. „Wozu gibt es Handys? Wir bestellen uns ein Taxi, sobald wir in der Nähe sind." Ein Hoch auf seine Mutter, die ihm beim Aussteigen einen Zwanziger in die Hand gedrückt hatte, für Notfälle, wie sie sagte. Na, wenn das nicht einer war!

„Hast du so viel Geld dabei?" Benjamin wusste, dass sein Freund ziemlich kurz gehalten wurde. Immerhin hatte dieser sich oft genug darüber beklagt, dass der Vater ein Knauser sei, der der Meinung war, sein Sohn könne einen kleinen Job annehmen, um sein Taschengeld aufzubessern. Dafür war Niklas jedoch viel zu faul. Lieber brachte er sich weiterhin von zu Hause Brote und ein Getränk mit, als das wenige, was er besaß, dafür auszugeben.

„Ja, für die eine Fahrt reicht es dicke. Los, die haben einen Zahn zugelegt, lass uns sehen, dass wir an ihnen dranbleiben."

Sie bemühten sich, der Gruppe näherzukommen, warteten am Kiosk, bis sie sich mit ihren Einkäufen eingedeckt hatten, schlenderten anschließend mal vor ihnen, mal knapp hinter ihnen zur Bushaltestelle und versammelten sich gemeinsam mit ihnen an der Haltestelle, ihre beiden Verfolger immer im Nacken. Niklas stellte sich so hin, dass er sie im Blickfeld hatte und musterte sie unauffällig. Die jungen Männer, er schätzte sie auf Anfang zwanzig, trugen Springerstiefel, Kargohosen und Lederjacken, alles in Schwarz, die Haare waren raspelkurz geschnitten, sodass die Kopfhaut durchschimmerte. Im Gegensatz zu ihm und Benjamin waren das richtige Kanten, groß, muskulös und mit bedrohlich wirkender Körperhaltung, zumindest kam es ihm so vor. Die anderen an der Haltestelle beachteten die zwei überhaupt nicht, also konnte es genauso gut sein, dass er sich täuschte. Vielleicht entwickelte er ja langsam eine Paranoia.

„Die sehen nicht gerade vertrauenserweckend aus", flüsterte ihm Benjamin zu, der immer wieder kurze Blicke über die Schulter warf. „Gegen die hätten wir keine Chance."

„Gut, dass wir es nicht darauf anlegen müssen", gab Niklas knapp zurück, denn im selben Moment kam der Bus. Die Menge drängte nach vorn und er zog den Freund mit sich, hinein in die Gruppe. Ihre Verfolger stiegen ganz zuletzt ein und suchten sich zwei Plätze in ihrer Nähe. Er und Ben saßen nebeneinander, ihnen gegenüber zwei ältere Damen, die sich eifrig unterhielten und die Neuankömmlinge nicht beachteten. Obwohl sich der Bus immer mehr füllte, blieben die beiden Sitze in der Viererreihe der jungen Männer leer. Erst eine Station bevor sie aussteigen mussten, quetschte sich eine alte Frau mit entschuldigendem Gesichtsausdruck auf den Fensterplatz. Starr und steif saß sie da, als wage sie es nicht, sich zu rühren. Also lag es doch nicht an ihm, den anderen erschienen die zwei ebenfalls nicht geheuer.

Er zückte sein Handy und bestellte mit leiser Stimme ein Taxi zur nächsten Haltestelle. Auch die beiden Frauen ihnen gegenüber machten sich zum Aussteigen bereit. Er hielt Benjamin zurück und ließ ihnen den Vortritt. Einige weitere Leute gesellten sich zu ihnen und er und Benjamin wurden getrennt. Langsam schob er sich mit der Menge vorwärts. Er erreichte die Stufen und erhielt einen kräftigen Stoß. Er wäre gestürzt, hätte ihn nicht ein Passant, der nahe der Tür stand, aufgefangen. „Rotzbengel", knurrte er und hob drohend die Faust.

„Entschuldigung", Niklas spürte, wie seine Knie zu zittern anfingen. „Ich habe nicht dich gemeint, mein Junge. Ich habe doch gesehen, wie der Kerl dich angerempelt hat. Gottlob konnte ich rechtzeitig zugreifen."

„Bist du verletzt?" Benjamin tauchte mit blassem Gesicht neben ihm auf und zog ihn mit sich, ohne weiter auf den hinter ihnen her schimpfenden Mann zu achten. „Die haben mich geschubst und ich bin auf dich geprallt, als ich mich abstützen wollte. Mensch, beinahe hätte ich dich ins Krankenhaus gebracht." Er stöhnte. „Der Kerl, der dich aufgefangen hat, dachte, ich hätte das absichtlich gemacht."

„Ist schon gut, nichts passiert." Er entdeckte das Taxi, das langsam an den Straßenrand rollte. „Komm, unser Fahrer wartet."

Sie nahmen hinten im Wagen Platz und Benjamin gab seine Adresse an. Beim Losfahren entdeckte er ihre Verfolger, die ihnen mit verdutzter Miene nachstarrten.

Benjamin war genauso erleichtert wie er, als sie in sein Zuhause traten. Zur Feier des Tages spendierte er ihnen ein Eis aus der Tiefkühltruhe. Danke, Mama, dachte Niklas und beschloss, sie sofort anzurufen. Von den Typen würde er ihr allerdings nichts erzählen, es reichte, wenn er das später in der Familienrunde berichtete.

„Mama hat sich hingelegt", berichtete seine Schwester. „Sie war fix und fertig."

„Wie? Ist wieder was vorgefallen?" Das konnte doch nicht sein. Die hatten **ihn** verfolgt!

„Nein, sie meinte, die schreckliche Nacht steckt ihr noch in den Knochen. Hier ist alles ruhig geblieben." Mehr gab es nicht zu sagen, Kira drückte das Gespräch weg und wandte sich wieder ihrer

Arbeit zu. Den ganzen Morgen, den sie allein verbracht hatte, war sie nervös hin- und hergelaufen, nicht fähig, sich auf irgendetwas zu konzentrieren. Ständig hatte sie auf ungewöhnliche Geräusche gelauscht, war mehrmals erschreckt zum Fenster gestürzt, weil sie meinte, etwas zu hören, selbst das obligatorische Lüften hatte sie modifiziert, war nach und nach in die Zimmer gegangen und hatte die Rollläden nur ein wenig angezogen, damit durch den Spalt die Luft eindringen konnte. Sie fühlte sich angreifbar, unfähig, etwas gegen die Bedrohung zu unternehmen.

Ja, am Anfang war es einfach gewesen, damit umzugehen. Da hatte sie nicht genau gewusst, was auf sie zukommen würde. Die umgekippte Mülltonne, die Schmierereien an den Rollläden, selbst die eingeworfene Windschutzscheibe waren ärgerlich, aber bei Weitem nicht so angsteinflößend wie die gestrige Begegnung mit den zwei Typen.

Erst hatte sie die Angst verdrängt, sich eingeredet, beim nächsten Mal forscher und aggressiver reagieren zu können, denen keine Macht über sich einzuräumen. Im Licht der nächtlichen Vorfälle betrachtet, war sie sich mittlerweile sicher, dass ihre Reaktion nur zu berechtigt gewesen war. Was hätte sie gegen die ausrichten können? Nichts, wenn sie ehrlich war. Und ob tatsächlich jemand eingegriffen und ihr geholfen hätte? Die beiden hatten gleichzeitig Aggressivität und Arroganz ausgestrahlt, die wussten, wie sie auf einen Normalo wirkten.

Mit einem tiefen Atemzug konzentrierte sie sich auf ihre Arbeit. Bis der Vater nach Hause kam, würde sie die beiden neu gekauften Kameras aktiviert und programmiert haben, schließlich konnte sie ebenso gut mit dem Computer umgehen wie Niklas. Und es half ihr, die lästigen Gedanken abzuschütteln – wenigstens für eine kurze Zeit.

# 29

Jens hatte sich auf halber Strecke mit seinem Kollegen verabredet. Alles in ihm sträubte sich dagegen, den Leihwagen direkt vor der Schule abzustellen. Damit wäre der nächste Schaden wahrscheinlich vorprogrammiert gewesen. „Park hier in der Seitenstraße", wies er ihn an. „Vielleicht beobachten die schon den Lehrerparkplatz."
Felix, dem er während der Fahrt von dem nächtlichen Erlebnis berichtet hatte, gehorchte schweigend. „Und wie soll es weitergehen?", fragte er, nachdem sie ausgestiegen waren.
„Keine Ahnung. Der ermittelnde Beamte meint, wir sollen uns in den nächsten Tagen nirgendwo allein hinbegeben, immer zusammenbleiben."
„Leicht gesagt, schwer umzusetzen. Deine Kids springen bestimmt im Dreieck, wenn sie sich derart einschränken sollen. Wo bleibt die eigene Freiheit?"
„Wenn die merken, dass sie uns nicht zu fassen kriegen, geben sie vielleicht auf." Jens merkte, dass er selbst nicht daran glaubte, es hätte gar nicht des skeptischen Blickes seines Nebenmannes bedurft. „Es ist eine total verfahrene Situation", gab er zu. „Ich habe schon überlegt, ob es sinnvoll wäre, mich als Opfer anzubieten. Ich lasse mich von denen in aller Öffentlichkeit verprügeln und hoffe darauf, dass einer der Passanten die Polizei ruft. Dann haben wir Ruhe."
„Das ist eine blöde Idee. Die werden dich nicht vor Zeugen angreifen, die warten, bis sie dich allein erwischen. Und glaub ja nicht, dass die aufhören, bevor du denen nicht die Adresse der Kleinen besorgt hast." Felix hob bedauernd die Schultern. „Ich würde dir gern helfen, weiß aber nicht wie."
„Wir dürfen uns nicht mehr so häufig zusammen sehen lassen", presste Jens zwischen den Zähnen hervor. „Schau mal da rüber."

Neben der Sporthalle standen drei Typen, nahezu identisch geklei‑
det mit Cargohosen, schwarzen Jacken und Springerstiefeln, und
starrten zu ihnen hinüber. Selbst aus der Entfernung wirkten sie
bedrohlich.
„Geh rein." Felix hielt ihm die Tür auf. „Ignorieren ist das Beste."
Sie trennten sich und gingen in ihre Klassen. Jens konnte sich kaum
auf den Unterricht konzentrieren. Immer wieder sah er die drei
Kerle vor sich, die ihn regungslos, mit einem zynischen Lächeln auf
den Lippen angestarrt hatten. Oder war das pure Einbildung? Nein,
die Provokation war eindeutig vorhanden gewesen. Die wollten ihn
spüren lassen, dass sie ihn beobachteten, dass sie in seiner oder der
Nähe seiner Familie blieben, zeigten ständige Präsenz, ohne dass er
sich dagegen wehren konnte. Was sollt er nur tun?
„Wir müssen uns voneinander fernhalten", wiederholte er seine
Worte, als er sich mit Felix in der Pause im Lehrerzimmer traf.
„Sonst ziehen die irgendwann das Resümee, dass wir mehr sind als
Kollegen. Das darf nicht passieren."
„Wie willst du dann morgens zur Schule kommen?"
„Ich stelle das Auto an einer belebten Stelle ab und fahre zusammen
mit den Schülern mit der Bahn. In der Menge werden sie mir nichts
tun, das hast du selbst gesagt. Auf dem Rückweg mache ich es ge‑
nauso. Das ist besser für uns beide."
Vorsichtshalber mischte sich Jens schon an diesem Nachmittag
unter seine Schüler und traf sich mit Felix erst am Auto. „Niemand
ist dir gefolgt", berichtete der. „Es war auch nirgendwo jemand zu
sehen, der auffällig in deine Richtung starrte."
„Das gehört mit zum Spiel. Ich soll nie wissen, wann sie in meiner
Nähe sind, mich immerzu fragen, ob sie da sind." Jens Lachen war
voller Bitterkeit. „Es ist ein Albtraum."
Und dieser Albtraum setzte sich in den nächsten Wochen fort. Jedes
Mal, wenn sie sich an einem öffentlichen Ort befanden, tauchten
kurz drauf ein, zwei, manchmal auch drei junge Männer in ihrer
Nähe auf, starrten zu ihnen herüber oder folgten ihnen auf Schritt

und Tritt von Geschäft zu Geschäft, von Kasse zu Kasse. Die Polizisten, die sie anfangs jedes Mal riefen, konnten nichts unternehmen. Die Kerle achteten genauestens darauf, ihnen keine Handhabe zu geben.

„Versuchen Sie durchzuhalten", hatte Herr Gerber ihm empfohlen, mit dem er immer wieder telefonierte, um nach neuen Ergebnissen zu fragen. „Spätestens nach der Verhandlung hört das Ganze auf." Dieser war ebenso ahnungslos wie er, was die Frage betraf, woher die Typen wussten, dass er bis zuletzt in den Fall Chantal involviert gewesen war. Er tippte auf die Mutter als Informantin.

Jens glaubte nicht daran, er vermutete eher, dass die Neonazis ihn tatsächlich seit seinem ersten Besuch im Krankenhaus verfolgt hatten, dabei jedoch so unauffällig vorgegangen waren, dass er es nicht bemerkt hatte. Im Prinzip war es jedoch egal, an den bestehenden Tatsachen ließ sich nichts ändern. Allerdings ertappte er sich dabei, dass er die Gespräche mit dem Kripobeamten immer mehr einschränkte und ihm nur noch das Nötigste berichtete. Sein Vertrauen in die Polizei hatte durch deren Untätigkeit und Machtlosigkeit erheblich gelitten.

Durchhalten, das war einfacher gesagt als getan, denn neben den Verfolgungen gab es weitere Repressalien. Tote Ratten lagen im Vorgarten, auf der Terrasse und vor den Mülltonnen, mehrfach wurde das Haus mit Farbbeuteln beworfen, immer wieder landeten mitten in der Nacht Knaller auf ihrem Grundstück - die Kameras erfassten nur vermummte schwarze Gestalten, die nicht identifiziert werden konnten. Selbst als Jens Niklas' Vorschlag aufgriff und sich an seinen Bruder wandte, hörten die ‚Gaben' nicht auf. Spätestens wenn dieser seinen Posten verlassen hatte, fanden sie die nächste.

Jochen, der Bruder, mit dem er kaum Kontakt hatte, war sofort bereit gewesen, zu helfen. „An meinen freien Tagen sitze ich nachts vor dem Haus und passe auf", hatte er erklärt. „Wir werden die Burschen schon schnappen."

Jochen arbeitete in einem großen Unternehmen als Wachmann in der Nachtschicht. Morgens um sechs machte er Feierabend, ging nach Hause, stellte sich den Wecker passend zu Niklas' Schulschluss und wartete an der Treppe auf ihn. Er brachte ihn nach Hause, kontrollierte das Grundstück und nahm dankend das Mittagessen entgegen, das Claudia für ihn mitkochte. An seinen freien Tagen schlug er sich in seinem Auto sitzend die Nacht um die Ohren, doch leider schienen die Täter einen sechsten Sinn zu besitzen. War er anwesend, tauchten sie nicht auf.

Jens hatte anfangs nur sehr widerwillig seinen jüngeren Bruder informiert. Es widerstrebte ihm, ausgerechnet von diesem, zu dem der Kontakt mehr oder weniger eingeschlafen war, Hilfe anzunehmen. Seitdem Jochen damals die Uni abgebrochen und sich die ersten Jahre mehr recht als schlecht durchgeschlagen hatte, waren ihre Lebensvorstellungen so weit auseinandergedriftet, dass sie nichts mehr miteinander gemein hatten. Man sah sich bei den üblichen Familienfesten, rief sich an den Geburtstagen an und schrieb sich aus dem Urlaub Ansichtskarten, weiter ging ihre Beziehung schon seit Jahren nicht. Es war Niklas zu verdanken, der beharrlich an seiner Meinung festhielt, den Onkel miteinzubeziehen, dass sie nun ihn als Mitstreiter gewonnen hatten. Denn eines musste Jens ihm zugestehen: Er war nicht nur sofort willig gewesen, sie zu unterstützen, sondern auch bereit, jede Minute seiner Freizeit zu opfern. Zudem hatte er einen gesunden Zorn auf diese Kerle mitgebracht, die seine engsten Verwandten terrorisierten, und brannte direkt auf eine Konfrontation. Ja, Jochen war mittlerweile ein wertvoller Verbündeter.

Trotz dieser Unterstützung gestaltete sich ihr Leben schwierig: Jeden Morgen früh aufstehen, genug Zeit einplanen, um erst die Frau, dann den Sohn zu fahren, sich in die volle Bahn quetschen und in einem Pulk von Schülern zur Arbeit gehen. Nachmittags dann mit Claudia einkaufen oder Niklas zum Training fahren oder Kira in den Getränkemarkt begleiten. Es blieb kaum noch Zeit für eigene Interessen. Dazu kam dieses ständige Gefühl der Ohnmacht, diesen Typen hilflos ausgeliefert zu sein, die einfach nicht zu fassen waren. Jeder neue Vorfall verstärkte ihre Wut, aber auch ihre Angst vor dem, was noch folgen würde. Selbst in ihrem eigenen Haus fühlten sie sich nicht mehr sicher, lebten in ständiger Erwartung eines neuen Unheils. Es gelang ihnen nicht, eine gewisse Normalität entstehen zu lassen. Die Angst war allgegenwärtig.

Gut, er hatte direkt nach dem Böllerwurf für jeden aus der Familie einen Taschenalarm besorgt, der mit seinem sirenenartigen Ton Hilfe herbeirufen sollte. Und er achtete genau darauf, dass alle ihn bei sich trugen - immer. Insgeheim bezweifelte er jedoch, dass, sie gezwungen sein würden, diesen einzusetzen. Dafür hatte er ihnen viel zu oft eingebläut, sich niemals allein irgendwo aufzuhalten. Allen, selbst Niklas und Kira, war die Gefahr, in der sie zurzeit schwebten nur zu bewusst. Die plötzlich in ihrer Nähe auftauchenden Gestalten und die hässlichen Hinterlassenschaften der Nacht erinnerten immer wieder aufs Neue daran, was ihnen bevorstand, sollten sie die notwendigen Vorsichtsmaßnahmen nicht einhalten.

Gestiegen waren auch die Frustration und die Verzweiflung, dass anscheinend niemand in der Lage war, ihnen zu helfen. Weiterhin meldete Jens jeden Vorfall der Polizei, doch die Beamten fanden keine Handhabe, gegen die Verursacher vorzugehen. Niemand in der Nachbarschaft schien irgendetwas Verdächtiges zu bemerken und die Vandalen hinterließen keine relevanten Spuren. Es war schier zum Verrücktwerden, sie saßen wie auf einem Präsentierteller und warteten ohne nennenswerte Unterstützung auf den nächsten Angriff.

„Uns sind die Hände gebunden", versuchte Herr Gerber zu erklären. „Ich habe veranlasst, dass nachts bei Ihnen häufiger eine Streife durch die Straße fährt. Mehr kann ich leider nicht für Sie tun. Geben Sie bitte selbst für Kleinigkeiten Alarm. Wir sind so schnell da, wie es uns möglich ist."

Nur war das ja gerade das Problem, sie bemerkten nichts von den nächtlichen Attacken. Anfangs hatten sie noch versucht, abwechselnd die Nacht hindurch zu wachen, nach zwei Wochen jedoch entnervt und übermüdet aufgegeben. Die Anstrengung war bei einer normalen Lebensführung auf Dauer nicht zu bewältigen gewesen. Dann hatte Jochen an seinen freien Tagen die Überwachung übernommen. Zwar konnten sie dadurch zumindest in diesen Nächten ruhiger schlafen, aber einen Erfolg hatte seine Aktion bisher nicht gebracht. Es war seltsam, aber ihre Peiniger schienen ganz genau zu wissen, wann keine Gefahr für sie drohte.

Dieser Umstand bestärkte ihre Paranoia, vor allem bei Claudia. Sie war nur noch gereizt, ging bei jeder Kleinigkeit hoch und gab ihm die Schuld an allem. Fast jeden Tag bekam er ihre Litanei aufs Neue zu hören. Die Kinder dagegen reagierten eher genervt, weil sie ihr eigenes Leben nicht leben konnten. Ständig hatten sie einen Aufpasser bei sich, Lennart, ihren Freund, durfte Kira nur in sicheren Räumen treffen, das hieß, entweder saßen sie in ihrem oder seinem Zimmer zusammen, wobei Jens darauf bestand, sie zu ihm zu bringen und zur vereinbarten Zeit wieder abzuholen. Ausgehen war nur in der Gruppe erlaubt und nur, wenn der Nachhauseweg seinen strengen Sicherheitsvorstellungen entsprach. Noch schlimmer traf es Niklas. Er, der sonst ständig in seinem Zimmer vor dem Computer hockte, hatte auf einmal sein Faible für Kino, Bowling und Jugendkneipen entdeckt, alles Dinge, die momentan unmöglich waren. Jens vermutete, dass ein Mädchen hinter dieser plötzlichen Umkehr steckte. Aber er konnte darauf keine Rücksicht nehmen, der Junge musste verzichten.

„Kira darf raus und ich nicht." Oh, ja, Niklas war ehrlich entrüstet gewesen.

„Lennart und seine Freunde sind älter und erfahrener", hatte er geantwortet. „Bei ihnen kann ich mich darauf verlassen, dass sie kein Risiko eingehen. Sollte trotzdem etwas passieren, sind sie in der Lage, die entsprechenden Schritte einzuleiten." Er wusste selbst, dass diese Antwort ziemlich lahm klang. Doch es war schwer, dem Sohn vernünftig zu erklären, warum er dieser Meinung war. Die sechs Jahre Unterschied zwischen ihm und Kira hatten gerade in dem Alter, in dem sich Niklas befand, eine ziemliche Bedeutung. Der Junge war viel zu naiv, hatte bisher kaum Erfahrungen mit der Schlechtigkeit der Menschen gemacht, wusste nicht, wie er reagieren, ob er sich wehren oder lieber davonlaufen sollte. Außerdem waren Lennart und seine Freunde nicht nur besser in der Lage, eine Situation einzuschätzen, sondern konnten im Zweifelsfall gegen mögliche Angreifer bestehen, falls es nötig sein würde. Mit Niklas und seinem Freund Benjamin dagegen hätte er es allein aufgenommen. Nein, es war die richtige Entscheidung, den Jungen zu Hause zu behalten. Bestimmt würde spätestens mit Beginn des Prozesses Schluss mit dieser Belagerung sein. So lange mussten sie eben irgendwie durchhalten.

# 30

Die zwei Wochen Osterferien verbrachten sie trotz angenehmer Temperaturen fast nur drinnen. Der Garten, einst geliebt, weil von allen Seiten durch hohe, immergrüne Lebensbäume eingezäunt und damit wie eine einsame Insel, auf der man sich, ohne Rücksicht zu nehmen, ausleben konnte, war zu einem bedrohlichen Ort geworden, da niemand einen Angriff mitbekommen würde. Keiner von ihnen wollte sich freiwillig dem aussetzen.

Das gemeinsame Grillen, das Jochen angeregt hatte und an dem er auch selbst teilnahm, stellte die einzige Ausnahme dar. Die ganze Familie einschließlich Lennart und Benjamin saß bis weit in die Dunkelheit auf der Terrasse, es herrschte eine angenehm gelöste Stimmung, die jungen Leute alberten herum, selbst Claudia lachte herzlich mit. Das lag jedoch nur an seinem Bruder, wie Jens neidlos anerkannte. Genau die Art und Weise, die ihn bisher an ihm gestört hatte, seine hemdsärmelige Kumpanei, sein rauer Umgangston, seine groben Scherze formten sich nun zu einem Bild eines zupackenden Beschützers, dem sie alle derart vertrauten, wie er es nie für möglich gehalten hatte. Mit Jochen an ihrer Seite trat die Angst in den Hintergrund.

Der Rest der Ferien dagegen war ein einziges Desaster. Jens, der gehofft hatte, in den zwei Wochen Osterferien Kraft für die nächsten Wochen sammeln zu können, musste erkennen, dass eher das Gegenteil eintrat: Sie fühlten sich wie Gefangene im eigenen Haus.

Niklas versuchte, die allgemeine Gängelung dadurch zu kompensieren, dass er fast nur noch vor seinem PC saß und sich gerade mal zu den gemeinsamen Mahlzeiten blicken ließ, bei denen er dann mit ausnehmend schlechter Laune glänzte. Jeden Ansatz seiner Mutter, ein Gespräch in Gang zu bringen, sabotierte er durch abwertende oder ironische Bemerkungen, die nicht nur ihr die Lust an einer

Fortsetzung nahmen. Alle waren froh, dass Beisammensein beenden und sich anderen Dingen zuwenden zu können.

Claudia, die ebenfalls Urlaub hatte, widmete sich mit Vehemenz ihrer Strickarbeit, kochte aufwendige Mittagessen und veranstaltete einen Hausputz, bei dem sie mit unnötigem Kraftaufwand fast jedes Möbelstück von der Wand zog. Die Abende verbrachten sie stumm vor dem Fernseher, seine Frau mit einer Flasche Wein neben sich, die sie bis zum Schlafengehen leerte. Doch er wagte es nicht, sie auf ihren Alkoholkonsum anzusprechen, wollte den trügerischen Frieden in ihrer Beziehung nicht gefährden. Sie hatte nämlich mittlerweile zumindest die verbalen Angriffe ihm gegenüber eingestellt, zeigte zwar noch deutlich, dass sie unter der gegebenen Situation am meisten litt, machte ihn aber nicht mehr lautstark dafür verantwortlich.

Auch das hatte er seinem Bruder zu verdanken. Jochen hatte sich sofort auf seine Seite geschlagen und ihr deutlich zu verstehen gegeben, dass seine Handlungsweise die einzig richtige gewesen wäre. Und obwohl er nicht viel anderes gesagt hatte, als er selbst schon mehrfach zuvor, hatte sie sich seinen Argumenten widerspruchslos gefügt. Dadurch war ihr Verhältnis annähernd wieder so wie früher, allerdings merkte man Claudia deutlich an, dass sie am Rande eines Nervenzusammenbruchs balancierte. Ein heftiger Angriff würde ausreichen, sie zu zerbrechen.

Kira musste die erste Woche durcharbeiten. Deshalb war er gezwungen, jeden Morgen früh aufzustehen und mit ihr gemeinsam das Geschäft zu öffnen. Die meiste Zeit stand er untätig herum und langweilte sich. Zwar bemühte er sich, nicht einen Moment in seiner Wachsamkeit nachzulassen, aber nach einigen Stunden der grenzenlosen Langeweile war er jedes Mal froh, wenn Lennart kam, um ihn abzulösen. Natürlich schoss sein Puls immer noch in die Höhe, wenn irgendeine seltsame Gestalt oder ein Pulk hochgewachsener, breitschultriger junger Männer den Laden betrat. Während sich Kira schnell hinter die Ladentheke flüchtete, auf der für jeden sichtbar der Alarmheuler lag, nahm er ostentativ sein Handy in die Hand und stellte sich in den Eingang, bereit, laut schreiend Hilfe herbeizurufen. Doch auch an diese Situationen gewöhnte man sich nach und nach – genauso wie an die ständige Begleitung bei jedem von Claudias Einkäufen und die „Liebesgaben", die weiterhin vor der Haustür oder auf den Wänden landeten.

„Bis zu einem gewisse Punkt kannst du dich mit einer Menge Einschränkungen abfinden", versuchte er, seinem Bruder zu erklären. „Es ist nicht das, was passiert, sondern die Erwartung dessen, was du befürchtest, das auf dich zukommen könnte, die dich fertigmacht."

„Und das zu Recht", pflichtete Jochen ihm bei. „Ich kann mir nicht vorstellen, dass die nicht noch etwas Besonderes obendrauf setzen werden. Ihr dürft nie in eurer Wachsamkeit nachlassen. Darauf warten die nur, um zum Zuge zu kommen."

Wenn es nach seinem Bruder gegangen wäre, hätten sie dem Spuk längst ein Ende gemacht. Mehr als einmal hatte dieser alles daran gesetzt, Jens zu überzeugen, einen anderen Weg einzuschlagen. „Gewalt kannst du nur mit Gewalt begegnen – zumindest in diesem Fall. Eine andere Sprache kapieren die nicht."

Manchmal war er fast so weit, dem Rat seines Bruders zu folgen. Bevor er seine Rachefantasien aussprechen und konkrete Pläne ins Auge fassen konnte, gewann glücklicherweise die Vernunft wieder die Oberhand. Zum einen konnte man seiner Meinung nach keinen Krieg gegen eine derartige Gruppierung gewinnen, wenn man nicht gleichzeitig die Polizei auf seiner Seite hatte. Diese Chance war jedoch vertan, falls sie sich ebenfalls krimineller Machenschaften bedienten. Dann waren sie nicht besser als die Gegenseite. Sein gesamtes bisheriges Leben hatte er sich bemüht, herrschendes Recht und Gesetz zu vertreten, sowohl seinen Schülern als auch seinen Kindern gegenüber. Er war stets ein glühender Verfechter der Demokratie gewesen – obwohl er sehr wohl ihre Schwachstellen kannte. Trotzdem sah er in ihr die einzig wahre Form, die Bewohner eines

Landes zu regieren. Er hätte seine Prinzipien, seinen Glauben, seine gesamte Art zu leben wegwerfen müssen, alles, wofür er jahrelang gestanden hatte. Nein, schon aus dem Grund war es keine denkbare Option.
Zum anderen war es die reine Gewalt, die ihn zurückschrecken ließ. Er hatte seine Frau und die Kinder, für deren Schutz er sorgen musste. Wie leicht konnte es passieren, dass einer von ihnen schwer verletzt wurde! Sie zu beschützen, hatte Vorrang vor allem anderen!
Nein, es war besser abzuwarten, bis die Neonazis das Interesse an ihnen verloren. Spätestens wenn der Prozess zu Ende gegangen war und Sascha verurteilt, würden sämtliche Repressalien gegen sie eingestellt. Es galt nur, bis dahin durchzuhalten.
Die Ferien gingen zu Ende und Jens fand in seinen Trott zurück. Dann, nur ein paar Tage später, endete der Spuk genauso plötzlich, wie er angefangen hatte. Anfangs trauten sie dem Frieden nicht und hielten sämtliche Maßnahmen zu ihrem Schutz aufrecht. Doch nach einer weiteren Woche, in der nichts Relevantes passierte, atmeten sie erleichtert auf. Jens erlaubte seinem Sohn, sich für das nächste Wochenende in der Stadt zu verabredeten, schickte allerdings ohne dessen Wissen Jochen hinterher. Auch dieses Treffen verlief ohne besondere Vorkommnisse.
„Bleib wachsam", warnte ihn sein Bruder. „Ich kann mir nicht vorstellen, dass die einfach aufgeben. Ich habe das Gefühl, dass die euch in falscher Sicherheit wiegen wollen."
„Sag das mal meiner Familie", konterte Jens. „Ich mahne andauernd zur Vorsicht. Die Einzige, die auf mich hört, ist Claudia. Entweder können sich Niklas und Kira nicht mehr an die ausgestandene Angst erinnern oder sie haben sie verdrängt. Auf jeden Fall haben mir beide deutlich zu verstehen gegeben, dass sie gedenken, ihr Leben wieder in die eigene Hand zu nehmen und ich kein Recht habe, sie auf Dauer einzuschränken."
„Das Vorrecht der Jugend. Sie verarbeiten so was schneller. Soll ich mal mit ihnen reden?"

Jens musterte seinen Bruder. Eigentlich hätte er von seinem Äußeren her gut in diese Gruppierung gepasst. Jochen betrieb seit Jahren ausgiebig Kraftsport, was man seiner Statur eindeutig ansah. Er war wesentlich größer und breiter gebaut als er selbst und hatte seit Kurzem begonnen, seinen spärlichen Haarwuchs zu korrigieren, indem er sich regelmäßig den Kopf rasierte. Die Glatze stand ihm, gab ihm jedoch genau den gefährlichen Touch, den er auch bei seinen Verfolgern wahrgenommen hatte. Jochen wusste, dass er sich wehren konnte, und spiegelte diesen Umstand in seiner ganzen Körperhaltung wieder, auch seine Sprache war eher grob und direkt. Er hatte in diesen Wochen gelernt, den Bruder so zu nehmen, wie er war, konnte jedoch nicht nachvollziehen, wieso die Kinder, insbesondere Niklas, derart an ihm hingen. Für sie war er kein Loser, der an der Armutsgrenze lebte, sondern ein Mann, der stolz und aufrecht durchs Leben schritt und sich vor niemandem fürchtete.

„Nein lass es besser", beantwortete er jetzt dessen Frage. „Es wäre mir nur lieb, wenn du bis zum Prozessbeginn weiter ein Auge auf Niklas haben könntest."

„Ich tausche mit meinem Kollegen. Das Wochenende danach muss ich dann aber arbeiten."

„Danke. Vielleicht hat sich bis dahin alles in die eine oder andere Richtung geklärt. Chantal ist gestern gekommen, die Polizei hat sie sicher untergebracht. Wenn die checken, dass ich nicht mehr beteiligt bin, lassen die uns hoffentlich auf Dauer in Ruhe."

„Jochen, kannst du Niklas und mich mitnehmen?" Claudia war in der Tür erschienen. „Wir wollen zu Oma Kläre ins Altenheim. Jens holt uns in zwei Stunden dort wieder ab."

„Ich dachte, ich sollte euch fahren", protestierte der.

„Ist schon okay, ich fahr eh in die Richtung. Gönn dir einen entspannten Nachmittag", sein Bruder zwinkerte ihm zu. „Wir sehen uns."

Eigentlich könnte ich den Rasen mähen, schoss es Jens durch den Kopf. Die Unruhe, die er bereits den ganzen Tag über in sich trug, ließ es nicht zu, sich gemütlich vor den Fernseher zu setzen. Und das Gras war in den letzten Tagen derart hochgeschossen, bald wäre überhaupt kein Durchkommen mehr. Er holte das Kabel aus dem Keller und trabte zur Hütte am Ende des Gartens, um den Rasenmäher zu holen.

Er hatte ungefähr die Hälfte geschafft, als der Mäher plötzlich verstummte. Irritiert blickte er zurück zum Stromanschluss am Haus. War ihm wieder einmal das Kabel aus der Steckdose gerutscht? Claudia hatte sich schon oft darüber beschwert, dass er auch noch die hinterste Ecke mitnehmen wollte und dabei regelmäßig das Kabel dermaßen auf Spannung hielt, dass es regelrecht heraussprang. Und richtig, der Stecker lag auf der Terrasse. Dieses Mal war er jedoch nicht die Ursache dafür, er sah eine schwarz gekleidete Gestalt, die gerade die Linse der Kamera mit Farbe besprühte.

Sein Herzschlag setzte für einen Moment aus, er war vollkommen irritiert. Dann gewann die Wut die Oberhand. Das Ganze würde hier und jetzt geklärt!

Bevor er sich in Bewegung setzen konnte, wurde er grob zurückgerissen. Jemand packte seine Arme, wie Schraubstöcke pressten die Hände seine Muskeln zusammen, er versuchte, sich fallen zu lassen, den Gegner zu Boden zu zwingen, da erhielt er einen mächtigen Schlag auf den Kopf, dass sein Sehen verschwamm.

„Idiot." Die Stimme hinter ihm klang wütend. Er versuchte, den Kopf zu drehen, erhielt einen brutalen Stoß in den Rücken, der ihm die Luft raubte, und sackte in sich zusammen. Die Hände ließen ihn los und er sank in das feuchte Gras. Bevor er reagieren konnte, zogen sie seinen Kopf an den Haaren nach hinten und eine schnelle Abfolge von Schlägen prasselte auf ihn ein.

„Wo ist das Mädchen?" Durch das schrille Klingeln in seinen Ohren war die Frage kaum zu verstehen. „Spuck die Adresse aus!"

Lautes Bellen aus dem Nachbargarten ließ ihn neue Hoffnung schöpfen. Doch bevor er den Mund öffnen konnte, um auf sich

aufmerksam zu machen, legte sich eine Hand fest über seine Lippen.
„Wag es ja nicht!"
Er kniff die Augen zusammen und versuchte, sich aus dem festen Griff zu winden. Weitere Hände griffen nach ihm und fixierten ihn auf dem Boden. Aber das wütende Kläffen klang nun eindeutig näher.
„Rede!" Die Hand auf seinem Mund lockerte sich, gleichzeitig traf ihn ein Schlag in den Rücken. Schmerzen durchfluteten seinen Körper, er stöhnte, schüttelte störrisch den Kopf. Der zweite Tritt ließ den Schmerz explodieren. Wie aus weiter Ferne hörte er einen unterdrückten Fluch, einen Aufschrei und das laute Heulen eines Hundes, dann schwanden ihm die Sinne.

# 31

Zuerst ärgerte sich Claudia nur, dass Jens wieder einmal nicht pünktlich war. Nach einer Viertelstunde rief sie zu Hause an, hinterließ eine aufgebrachte Nachricht auf dem Anrufbeantworter und wählte anschließend seine Handynummer. Als sich die Mailbox einschaltete, vermutete sie, er wäre auf dem Weg, verabschiedete sich von ihrer Mutter und verließ mit Niklas zusammen das Altenheim, in dem diese ein eigenes kleines Appartement bewohnte. Statt direkt zum Parkplatz zu gehen, verhielt sie auf der Außentreppe. Von hier aus hatten sie einen guten Blick auf die ankommenden Autos. Es war sicherer, in Sichtweite des Personals zu warten.

Eine weitere Viertelstunde später begann sie zu ahnen, dass ihr Mann keineswegs die Zeit vergessen hatte. Sie rannte zur Rezeption und bestellte sich ein Taxi. Niklas sprach schließlich aus, was sie ebenfalls vermutete. „Meinst du, es ist ihm was passiert?"

„Keine Ahnung." Sie zwang sich zu einem Lächeln. „Wenn er bloß die Zeit vergessen hat und fröhlich mit den Nachbarn plaudert, wird er uns kennenlernen, glaube mir." Aber tief in ihrem Inneren wusste sie, dass etwas vorgefallen sein musste. Dafür war er viel zu skeptisch über die eingetretene Ruhe gewesen. Noch gestern hatte er sie ermahnt, weiter sehr, sehr vorsichtig zu sein. Er rechne damit, dass die sie nur in Sicherheit wiegen wollten, hatte er gesagt. Er würde darauf nicht hereinfallen. Gestern hatte sie gehört, wie er seinen Bruder bat, sich weiterhin um Niklas zu kümmern, ihn von weitem zu beobachten, ohne dass dieser es bemerkte. So jemand achtete ebenso auf seine eigene Sicherheit, ging kein Risiko ein. Um Himmels Willen, was war passiert?

Schon bevor sie ihr Ziel erreicht hatten, sah sie die aufgeregt diskutierende Menge neben einem Polizeiauto stehen. Ihr wurde speiübel, das Herz klopfte bis hoch in den Hals, ihre Hände zitterten, als sie nach ihrem Portemonnaie griff, um den Fahrer zu bezahlen.

„Scheiße, Mama, irgendwas ist mit Papa. Ich kann ihn nirgendwo sehen." Niklas, der hinten gesessen hatte, sprang aus dem Auto und erreichte die Gruppe der Nachbarn noch vor ihr. Die betretenen Gesichter sagten alles. Horst Jacobsen trat vor und nahm sie behutsam am Arm. „Dein Mann ist überfallen worden, Claudia. Es geht ihm aber den Umständen entsprechend relativ gut. Er hat mir aufgetragen, dir zu sagen, du sollst sofort seinen Bruder informieren, damit der bei euch bleibt. Die Polizisten haben auch schon nach dir gefragt. Sie sind noch bei euch im Garten, wo der Überfall stattfand."

Sie spürte, wie ihre Beine nachgaben, und krallte sich hilflos an seiner Jacke fest. Er packte fester zu, Niklas nahm ihren anderen Arm, trotzdem schwankte alles um sie herum. „Sie hat einen Schock", hörte sie Frau Regler rufen. „Legt sie hin und hebt ihre Beine an."

Sie wehrte sich schwach, als die beiden sie zu Boden drückten, die Übelkeit hatte noch zugenommen, sie würde sich gleich übergeben müssen. Jemand riss ihre Füße hoch und befahl: „Versuche, tief ein- und auszuatmen! Langsamer, halt die Luft an, bevor du sie ausströmen lässt! Ja, so ist es gut."

Niklas hatte sich neben sie gekniet und rieb ihre eiskalten Hände. „Sie zittert. Sie friert bestimmt. Könnt ihr sie nicht zudecken?" Sie spürte, dass etwas Schweres über sie gelegt wurde, aber die innere Kälte ließ nicht nach.

„Hier! Trink!" Ein Becher wurde an ihren Mund gehalten, gehorsam öffnete sie die Lippen und trank das widerlich süße Zeug. Langsam ging es ihr besser, sie öffnete die Augen und blinzelte. Direkt über ihr schwebte Niklas' besorgtes Gesicht. Sie zwang sich zu einem Lächeln. „Es geht mir schon besser, Schatz. Hilfst du mir bitte, mich aufzusetzen?" Wieder wurde ihr schwindelig, doch diese Mal kämpfte sie erfolgreich dagegen an. Die drei Jacken, wie sie erkannte, waren auf ihre Beine gerutscht, die wieder auf dem Boden ruhten. Komisch, sie hatte überhaupt nicht mitbekommen, dass man sie abgelegt hatte.

„Deinem Mann ist wirklich nicht viel passiert." Horst Jacobsen beugte sich zu ihr hinunter. „Er hat ein paar böse Prellungen, deshalb haben die ihn mit ins Krankenhaus genommen, nur vorsichtshalber, er wäre beinahe nicht mitgefahren. Wir mussten ihn direkt überreden."

„Weißt du, was geschehen ist?" Ihre Stimme klang noch schwach, deshalb nickte sie bekräftigend. Sie war bereit für die Wahrheit.

„Ich bin mit Hektor im Garten gewesen, erinnerst du dich an ihn?", begann der Nachbar umständlich seinen Bericht.

Sie nickte, natürlich kannte sie dieses blöde Vieh. Jedes Mal, wenn seine Besitzer im Urlaub waren, passte ihr Nachbar auf den Köter auf. Und der entwischte ihm ständig durch die dichte Hecke aus Lebensbäumen, die ihre Grundstücke voneinander trennte, und hinterließ seine Haufen mit Vorliebe auf ihrer Wiese. Erst vor Kurzem hatte sie Jens dazu gebracht, sich endlich deswegen bei ihm zu beschweren.

„Auf einmal fängt der wie wild an zu bellen und zieht mich in Richtung auf euren Garten", fuhr Horst Jacobsen fort. „Ich habe ihn ja jetzt immer an der Leine, damit er dort nicht hingehen kann. Ich versuche, ihn zu beruhigen, doch er wird richtig böse und knurrt in einem fort. Also quetsche ich mich halb durch die Äste und sehe drei vermummte Gestalten, die auf deinen Mann einschlagen. Da habe ich Hektor losgelassen. Einen von denen hat er am Bein erwischt, da hat ihn ein anderer mit dem Knüppel gehauen. Ich habe losgebrüllt und die sind getürmt. Ich bin sofort hin, Hektor hat fürchterlich geheult und dein Mann war bewusstlos. Deshalb habe ich Polizei und Krankenwagen gerufen. Bis die kamen, hatte Jens das Bewusstsein schon wiedererlangt. Ich konnte ihn nur mit Mühe davon abhalten, sich aufzurichten. Mann, war der wütend, der wäre am liebsten hinter denen hergerannt."

„Und was ist mit Hektor?" Sie wusste, wie sehr er dieses Vieh liebte. ‚Mein Sohn und meine Schwiegertochter haben mir statt Enkel einen Enkelhund geschenkt', war seine ständige Aussage – als wäre ein Tier mit Kindern zu vergleichen! Und nun hatte der wohl maßgeblich dazu beigetragen, Jens zu retten. Kein Wunder, dass der Nachbar mit stolz geschwellter Brust vor ihr hockte.

Seine Miene trübte sich. „Christa ist gleich mit ihm zum Tierarzt gefahren. Ich musste ja hierbleiben, als Zeuge."

„Danke. Ihr beide habt ihm wahrscheinlich das Leben gerettet." Sie hielt ihm die Hand hin, die er ergriff. „Kannst du mich bitte hochziehen? Ich möchte gern mit den zuständigen Beamten sprechen."

Der Schwindel kam wieder, kaum dass sie auf ihren Beinen stand. Sie atmete ein paar Mal tief ein und aus. Frau Regler hielt ihr erneut den Becher unter die Nase. „Trink noch etwas davon." Sie überwand ihren Ekel und gehorchte. Auf Niklas gestützt wagte sie die ersten Schritte. „Danke für eure Hilfe", wandte sie sich an die Umstehenden. „Ich muss erfahren, was sie herausgefunden haben."

„Soll ich dich begleiten?" Horst Jacobsen schien gierig darauf, die Neuigkeiten selbst zu erfahren.

„Nein, nein. Mit Niklas an meiner Seite schaffe ich es." Sie setzten sich langsam in Bewegung. Das Gartentörchen stand offen, hinten, direkt vor den Lebensbäumen kniete ein Mann, drei weitere standen um ihn herum, in einem erkannte sie Herrn Gerber. Jens hatte ihn gut beschrieben: meine Größe, aber leicht dicklich, kurze, graublonde Haare, mit ausgeprägten Geheimratsecken und einer viereckigen Hornbrille. Und er schaut meist ziemlich grimmig drein.

Jetzt hatte er sie entdeckt und kam auf sie zu. „Frau Baumgard, es tut mir sehr leid. Wir vermuten, dass der Angriff von der Gruppe geführt wurde, die sie schon die ganze Zeit belästigt."

Sie blinzelte verwirrt. „Wieso? Ich verstehe nicht. Ich dachte ... Jens hat mir erzählt, sie wollten durchsickern lassen, dass Chantal bereits eingetroffen ist, um in dem Prozess auszusagen, und von der Polizei beschützt wird."

Herr Gerber seufzte: „Die Verhandlung musste verschoben werden. Der Junge, um den es geht, ist vor ein paar Stunden mit einer Messerstichverletzung ins Krankenhaus eingeliefert worden. Es bestand anfangs sogar Lebensgefahr." Er senkte den Blick. „Leider wurde versäumt, mich direkt zu informieren."

Claudia verstand immer noch nicht. Ein Messerangriff im Gefängnis? Wie war das denn möglich?

Niklas dagegen nickte. „Wetten, dass er einen Ausländer beleidigt hat? War ja klar, dass der sich nicht beherrschen kann."

Herr Gerber ließ die Bemerkung unkommentiert stehen, nur ein leichtes Neigen seines Kopfes verriet ihnen die Richtigkeit dieser Annahme.

„In welches Krankenhaus wurde mein Mann eingeliefert?", fragte Claudia. „Wir wollen jetzt zu ihm. Sie kommen bestimmt allein zurecht."

„Ein Beamter wird Sie fahren." Er winkte einen der uniformierten Polizisten heran. „Bitte begleiten Sie Frau Baumgard und ihren Sohn bis auf die Station. Wie kommen Sie zurück?", wandte er sich dann an sie. „Lassen Sie sich bitte abholen oder nehmen Sie ein Taxi. Gibt es jemanden, der über Nacht hier bei Ihnen bleiben kann?"

„Ja, mein Schwager. Er ist über unsere Situation informiert. Ich werde ihn gleich anrufen."

„Was ist mit Ihrer Tochter?"

Claudia spürte, wie sie rot wurde. „Sie übernachtet bei ihrem Freund. Er weiß ebenfalls Bescheid. Ich spreche mit ihnen während der Fahrt."

Kira war kaum zu beruhigen und wollte unter allen Umständen sofort in die Klinik kommen. Schließlich verlangte Claudia, dass Lennart das Handy übernahm. „Bitte sorg dafür, dass Kira nicht dort erscheint", trug sie ihm auf. „Ich melde mich bei euch, sobald ich Genaueres weiß. Am besten, ihr bleibt in deiner Wohngemeinschaft. Ich möchte nicht, dass heute noch mehr passiert."

Das Gespräch mit Jochen gestaltete sich kurz und knapp. „Ihr geht nicht zurück in euer Haus", befahl er. „Komm bei mir im Pförtnerhäuschen vorbei, ich gebe dir die Schlüssel zu meiner Wohnung. Morgen früh überlegen wir, wie es weitergehen soll."

Die Beschäftigung mit den Telefonaten hatte ihre Anspannung verringert. Jetzt, da sie vor dem Krankenhaus vorfuhren, begann ihr Herz wieder zu rasen. Claudia holte tief Luft, um sich zu beruhigen. Einen Zusammenbruch konnte sie sich nicht leisten.

Wie befohlen begleitete sie der Polizist ins Innere und fragte an der Information nach dem vor kurzem eingelieferten Patienten. Ein kurzer Blick in den Computer und sie erhielten die Antwort: „Herr Baumgard befindet sich auf der Intensivstation im ersten Stock."

Bevor sie die Aussage richtig registriert hatte, wurde sie von ihren Begleitern am Arm gepackt und zu den Aufzügen geführt. „Es ist bestimmt alles halb so schlimm", beruhigte sie Niklas. „Das ist wahrscheinlich nur eine Vorsichtsmaßnahme."

Er lag in einem Einzelzimmer, das Gesicht blass und mit bläulichen Schatten unter den Augen. Irgendwie wirkte er viel schmaler als sonst, von seiner natürlichen Autorität war nichts mehr zu spüren.

„Papa?", fragte Niklas leise.

Jens öffnete die Augen und lächelte schwach. „Ihr müsst euch keine Sorgen machen. Das wird schon wieder."

„Wieso bist du dann auf dieser Station gelandet?" Claudia fühlte den gewohnten Ärger in sich aufsteigen. Offensichtlich war er schwerer verletzt als vermutet, trotzdem spielte er weiterhin den Unangreifbaren.

„Irgendwas ist mit der linken Niere nicht in Ordnung. Vielleicht müssen sie operieren. Deshalb bin ich zur Beobachtung hier."

„Was heißt das?" Ihre Stimme klang schärfer als beabsichtigt. „Was für Verletzungen hast du?"

„In erster Linie Prellungen." Er versuchte, sich aufzusetzen, verzog schmerzhaft das Gesicht und sank zurück auf das Kissen. „Die Angreifer haben mich ein paarmal getreten und dabei eben auch die Niere erwischt."

„Wie ist das abgelaufen?" Niklas' Neugier siegte über sein Entsetzen, den Vater verletzt vor sich liegen zu sehen.

„Ich dachte, ich mähe eben den Rasen, bevor ich euch abhole. Ich konnte hören, dass Horst nebenan mit dem Hund spielte, deshalb habe ich mich sicher gefühlt." Er lächelte gequält. „Ein fataler Fehler. Die müssen über das hintere Grundstück gekommen sein. Einer ist hinter meinem Rücken zur Steckdose geschlichen und hat den Stecker herausgezogen. Ich war kurz abgelenkt und sie sind über mich hergefallen." Seine rechte Hand kam unter der Bettdecke hervor und fuhr hoch zu seinem Kopf. „Sie haben mich gepackt und mir einen kräftigen Schlag auf den Kopf verpasst, der wohl heftiger ausgefallen ist als gewollt. Ich war kaum noch bei mir. Der eine hat mich gepackt und mir ein paar Ohrfeigen verpasst, ich glaube, da kam schon der Hund. Die Tritte waren eher aus Wut darüber, dass sie unverrichteter Dinge abziehen mussten. Es gelang ihnen zwar, den Hektor mit einem Schlag auszuschalten, aber dann fing Horst an zu schreien. Das weiß ich, weil er es mir erzählt hat. Ich verlor zwischendurch das Bewusstsein und wachte auf, kurz bevor der Krankenwagen eintraf. Habt ihr schon mit Herrn Gerber gesprochen?"

„Ja, er und seine Kollegen waren noch im Garten beschäftigt. Er gab uns einen Polizisten mit, der uns bis vor die Tür der Station brachte." Claudia verstummte. Widerstreitende Gefühle tobten in ihrem Inneren. Zum einen war sie voll Wut über das, was geschehen war, zum anderen ließ die Angst um ihn, sie kaum einen klaren Gedanken fassen. Hatte es tatsächlich erst so weit kommen müssen, dass sie erkannte, wie sehr sie ihn noch immer liebte?

„Wir übernachten heute bei Onkel Jochen", übernahm Niklas. „Kira bleibt bei Lennart. Es ist alles geregelt."

„Er will sich für die nächsten Tage eine Arbeitsunfähigkeitsbescheinigung besorgen, damit er auf uns aufpassen kann. Du sollst dir keine Sorgen machen, soll ich dir bestellen", ergänzte sie.

Jens nickte schwach, das Gespräch mit ihnen strengte ihn sichtlich an. Wahrscheinlich hatte man ihm ein Schmerzmittel in den Tropf getan, der neben seinem Bett hing. Claudia beugte sich vor und küsste ihn vorsichtig auf den Mund. „Werde schnell wieder gesund, hörst du?" Sie drehte hastig den Kopf und blinzelte die hervorschießenden Tränen weg. „Wir kommen dich morgen wieder besuchen."

# 32

„Er hat ein Nierentrauma mit Einrissen, hat der behandelnde Arzt gesagt." Claudia gähnte. Sie fühlte sich wie gerädert. Die ungewohnte Umgebung, die harte Matratze, dazu ein Albtraum nach dem anderen, die Nacht hatte kaum Erholung gebracht. Obwohl Jochen sich bemühte, leise zu sein, war sie aufgewacht und ihm in die Küche gefolgt. Jetzt saßen sie gemeinsam vor der ersten Tasse Kaffee, der mindestens noch zwei weitere würden folgen müssen, damit sie fähig war, ihre Arbeit einigermaßen vernünftig zu schaffen. „Wenn alles gutgeht, das heißt, sie nicht doch noch operieren, wird er im Laufe des Tages auf die Urologie verlegt. Ein bis zwei Wochen strenge Bettruhe sind auf jeden Fall erforderlich." Sie seufzte. „Du musst dir also einen guten Grund einfallen lassen, damit dein Arzt dich für längere Zeit krankschreibt. Falls du den Gedanken, uns zu bewachen, nicht aufgegeben hast."
Gestern bei der Schlüsselabholung war Jochen in ein Telefonat mit einem seiner Chefs verwickelt gewesen, daher hatte sie ihm nur kurz zugeflüstert, dass sein Bruder außer Lebensgefahr sei. In der Wohnung angekommen hatte sie sich derart elend gefühlt, dass sie nach einem kurzen Telefonat mit Kira das Handy einfach ausschaltete, nicht mehr fähig, mit irgendjemandem zu sprechen.
„Das klappt schon." Er füllte ihre Tassen nach. „Bisher habe ich kaum krankgefeiert, obwohl ich mehrfach einen schlimmen Rücken hatte." Er stöhnte theatralisch und griff sich ins Kreuz. „Ein lange zurückliegender Bandscheibenvorfall, der sich ab und zu meldet."
„Willst du das Ganze wirklich auf dich nehmen?", wiederholte sie. Mit ihm an ihrer Seite würde sie sich sicher fühlen, aber konnte sie verlangen, dass er sein gewohntes Leben für sie aufgab? Bis vor Kurzem hatten sie kaum Kontakt zu ihm gehabt, ja, sie selbst war ihm auf den Familienfeiern eher aus dem Weg gegangen, weil er ihr mit seinem Aussehen und seiner Art Unbehagen einflößte. Erst

durch diese hässliche Geschichte hatte sie ihn richtig kennengelernt und festgestellt, dass in seiner breiten Brust ein weiches, empfindsames Herz schlug. Er war ein Gerechtigkeitsfanatiker und daher ein von der Welt enttäuschter Mensch, der sich von allem zurückgezogen hatte und sein Leben lebte, wie es ihm gefiel: ohne Verantwortung für andere, nur sich selbst verpflichtet. Aber kaum rief sein Bruder um Hilfe, war er zur Stelle und setzte sich vollkommen selbstlos für die Familie, die er kaum kannte, ein. Er hatte nicht nur ihren Respekt, sondern mittlerweile auch die Zuneigung aller gewonnen, egal wie er sich entscheiden würde.

„Das brauchst du gar nicht zu fragen. Natürlich kümmere ich mich um euch." Er grinste schief, wurde aber schnell wieder ernst. „Ich bringe dich zur Arbeit, Niklas zur Schule und fahre anschließend ins Krankenhaus und zum Arzt. Danach schaue ich bei eurem Haus vorbei. Heute Mittag stehe ich parat, um dich abzuholen. Was ist mit Kira?"

„Ich denke, es wäre sinnvoller, wenn sie bei Lennart bleibt, meinst du nicht auch?"

„Eine gute Idee", lobte er. „Gib mir bitte ihre Handynummer, ich möchte mit ihr und ihrem Freund selbst sprechen. Sie dürfen in ihrer Vorsicht nicht nachlassen."

Gut, dass heute Freitag war, es blieben ihr anschließend zwei Tage, um sich zu regenerieren. Die Arbeit in der Praxis, die sie sonst hervorragend von ihren Problemen ablenkte, war an diesem Tag kaum zu ertragen. Kam es ihr nur so vor, oder reagierten die Patienten extrem empfindlich? Sie hatte mehr damit zu tun, sie zu beruhigen und zu trösten als mit dem Zubereiten der entsprechenden Füllungen und Spritzen. Ich habe viel größere Probleme und viel mehr Kummer als ihr, hätte sie sie am liebsten angeschrien. Meine Sorgen sind nicht in einer halben Stunde vergessen, stellt euch nicht so an!

Für zwölf Uhr war dann noch eine längere Behandlung angesetzt. Dem Mann mussten fünf Zähne gezogen werden! Danach versagte sein Kreislauf und es dauerte ewig, bis sie die Abdrücke nehmen konnte.

„Geh endlich!" Sophie steckte den Kopf zur Tür herein. „Ich habe seine Frau angerufen, die kommt ihn gleich abholen. Das schaffen wir allein."

Es war halb zwei, als sie sich erschöpft auf den Beifahrersitz plumpsen ließ. „Was für ein Horrortag!"

„Immerhin muss Jens nicht operiert werden." Jochen fädelte sich geschickt in den fließenden Verkehr ein. „Hast du mit ihm gesprochen?"

„Ja, er rief gegen zehn an, bevor er verlegt wurde. Mir ist ein Stein vom Herzen gefallen." Sie warf ihm einen kurzen Blick zu. „Und du? Wie sind deine Gespräche mit Niklas und Kira verlaufen?" Der Junge war beim Frühstück regelrecht ausgeflippt, dass er am Wochenende nicht wie geplant in die Stadt gehen durfte. Jochen hatte versprochen, ihn sich auf dem Weg zur Schule vorzunehmen und ihm die Gefahr, in der sie alle schwebten, deutlich zu machen. Dass Herr Gerber ihnen Polizeischutz zum Krankenhaus mitgegeben hatte, war für ihn ein deutliches Zeichen, dieser rechnete anscheinend mit weiteren Übergriffen.

„Der Kleine ist zurück in der Spur. Ich musste ihn nur daran erinnern, wie er sich bei der Verfolgung im Bus gefühlt hat. Danach fragte ich ihn, ob er seine Freunde dem aussetzen wolle. Er wurde ganz schnell kleinlaut. Ich habe ihm angeboten, er könne eine Session zu Hause veranstalten. Ich hoffe, du bist damit einverstanden."

„Und wie kommen die zu uns?" Nein, begeistert war sie von seiner Idee nicht. Sie hatte sich auf ein ruhiges, entspanntes Wochenende gefreut. Die Jugendlichen mussten zumindest beköstigt werden. Und das blieb garantiert wieder an ihr hängen.

„Ich hole sie ab und bringe sie später heim, das ist kein Problem. Mach dir mal keinen Kopf wegen der zusätzlichen Arbeit. Wenn wir nachher Jens besuchen, gehen wir auf dem Rückweg einkaufen, holen ein paar Tiefkühlpizzen und eine große Packung Eis. Das

reicht völlig. Tu du dir mal die Ruhe an." Er schien ihre Gedanken erraten zu haben. „Niklas hat es im Moment sehr schwer. Du weißt schon, erste Liebe und so."
Sie war bass erstaunt. Was Jochen bei seinen kurzen Besuchen alles mitbekommen hatte! „Du hast anscheinend alles im Griff."
„Wenn es dir lieber ist, können wir das Ganze rückgängig machen."
„Nein, ist schon okay. Was ist mit Kira?"
Da sie gerade in ihre Straße einbogen, erhielt sie keine Antwort, seine Aufmerksamkeit war auf die Umgebung fokussiert. Er wurde langsamer und fuhr im Schritttempo an ihr Haus heran, parkte auf dem Bürgersteig, sodass gerade noch ein einzelner Fußgänger vorbeigehen konnte, und bedeutete ihr, sitzen zu bleiben. „Ich komme rum."
Zuerst folgte er jedoch dem Plattenweg bis in den Garten, lief auf dem Rückweg eng an den Büschen zum Nachbarn entlang, war endlich zufriedengestellt und öffnete ihre Tür. „Schnell ins Haus."
„Ich komme mir vor wie in einem dieser Fernsehkrimis." Sie wusste nicht, ob sie seine Vorsichtsmaßnahmen lustig finden oder dadurch geängstigt sein sollte. Was hier passierte, erschien ihr zunehmend irreal. Das war kein Zustand, den man auf Dauer ertragen konnte.
„Kira hole ich heute Abend ab", nahm Jochen ihr Gespräch wieder auf. „Sie kommt und packt ein paar Sachen. Eine Studienkollegin von ihr hat sich bereit erklärt, sie aufzunehmen. Mit Lennart ist es wohl nicht ganz das Richtige. Jedenfalls weigert sie sich, bei ihm zu bleiben. Sie wird dir wahrscheinlich alles erzählen, wenn sie hier ist."
Hm, sie hatte ihm nur mit einem Ohr zugehört, in Gedanken damit beschäftigt, was sie zu Mittag bereiten sollte. Wieder schien er in ihr zu lesen. „Ich habe Kartoffelsalat und Bockwurst gekauft, du brauchst nicht zu kochen."
„Hast du überhaupt geschlafen?" Er zog eine Grimasse. „Eine Stunde. Ich habe gehofft, wir könnten ein kleines Nickerchen einlegen, bevor ich Niklas von seiner AG abholen muss."

Sie schlief tief und traumlos, bis er sie weckte. „Anschließend fahren wir gleich bei Jens vorbei", erklärte er und hielt ihr ein süßes Brötchen vor die Nase. „Die Überbrückung bis zum Essen."
Der Junge war völlig überdreht. Caroline hatte zugesagt, am nächsten Tag zusammen mit ihren Freunden zu ihm nach Hause zu kommen. Die ganze Fahrt bis zum Krankenhaus sprach er nur von dem bevorstehenden Treffen. Erst als er an Jens Bett stand, verstummte sein Redefluss. Dabei sah dieser deutlich besser aus, nicht mehr ganz so blass und vor allem war er wesentlich munterer. „Wenn alles klappt, bin ich in einer Woche hier raus." Er grinste. „Unkraut vergeht eben nicht."
„Hat sich Herr Gerber bei dir gemeldet?" Claudia war erleichtert über die Nachricht, gleichzeitig meldete sich ihr Zorn über die bestehende Situation. Der Polizist hatte es nicht für nötig gehalten, sie über die weiteren Ermittlungen zu informieren.
„Er war sogar persönlich bei mir. Leider gibt es nichts Neues. Es fanden sich keine eindeutigen Spuren. Sie können nichts unternehmen. Unser Freund, von dem wir vermuten, dass er dahintersteckt, hat für die Zeit des Überfalls auf mich ein astreines Alibi. Er war bei der Polizei und hat sich erkundigt, ob der Angreifer seines Bruders schon ermittelt wurde. Der war wohl dieses Mal tatsächlich nicht selbst beteiligt."
„Haben die nicht mit dir gesprochen? Du könntest wie die Kleine eine Gegenüberstellung mit Stimmproben verlangen." Verdammt! Irgendetwas musste doch unternommen werden!
„Bis auf den einen, der seinen Kumpel angeraunzt hat, weil der mich zu fest geschlagen hat, wurde nicht viel geredet. Es ging alles so schnell, mir sind nur undeutliche Eindrücke geblieben." Er lächelte kläglich. „Dasselbe sagt Horst. Wir können nicht mal eine allgemeine Beschreibung liefern."
„Wir kriegen das schon hin." Jochen trat neben sie. „Ich bin übrigens der Meinung, wir sollten Niklas und Kira aus der Schusslinie

bringen. Überleg dir bitte, wie das möglich ist. Darfst du dein Handy benutzen?"

„Ja, nur auf der Intensivstation nicht." Jens blickte hinüber zu seinem Bettnachbarn, der seit ihrem Eintreten in einer Zeitung blätterte und Desinteresse heuchelte. „Herr Probst hilft mir bestimmt, darüber nachzudenken. Er ist sehr an meinem Fall interessiert. Vielleicht hat er eine Idee."

Der Angesprochene sah auf und grinste. „Mit so was wird man nicht jeden Tag konfrontiert. Klar, dass ich neugierig bin. Ich habe ihn schon gelöchert, weil ich mir einfach nicht vorstellen kann, dass die Polizei nicht eingreift. Ich meine, dafür sind die schließlich da, die sollen den Bürger schützen gegen derartige Gruppierungen. Bei denen hilft nur hartes Durchgreifen."

Aus der folgenden Diskussion hielt sich Claudia vollkommen heraus, der Schock über Jochens Worte saß zu tief. Die Kinder sollten sich verstecken? Ihr gewohntes Leben aufgeben? Für wie lange denn? Etwa für immer? Und was war mit ihr und Jens? Wie sollten sie auf Dauer mit dieser Bedrohung leben?

Sie wartete, bis Niklas nach dem gemeinsamen verspäteten Mittagessen die Küche verlassen hatte, bevor sie die Frage darauf brachte. „Wie stellst du dir das vor?", wandte sie sich an ihren Schwager. „Wo willst du die beiden unterbringen? Und wann soll das Ganze stattfinden?"

Er wusste sofort, was sie meinte. „Ich muss jetzt Kira abholen. Wir reden, wenn sie da ist."

Anscheinend hatte der Junge draußen vor der Tür gelauscht, denn kaum war Jochen verschwunden, kam er herein und setzte sich zu ihr an den Tisch. „Ich gehe nicht weg. Das kannst du vergessen."

Der typische Teenager, kratzbürstig bis zum Geht-nicht-mehr. Trotz ihrer Sorgen musste sie lächeln. „Noch ist nichts entschieden. Ich finde seine Idee auch nicht gut. Besser, wir bleiben alle zusammen und lassen uns von Onkel Jochen bewachen."

„Sehe ich genauso." Sichtlich erleichtert atmete er auf. „Du, ich will noch ein bisschen Musik für morgen zusammenstellen. Das klappt doch mit meiner Session, oder?"
„Dein Onkel will auf dem Weg zu Kira das Essen und Trinken dafür besorgen. Natürlich können deine Freunde kommen." Auch nachdem er sie verlassen hatte, blieb sie untätig sitzen, nicht fähig, sich zu irgendetwas aufzuraffen. Küche aufräumen, der andere übliche Haushaltskram, es erschien ihr alles so sinnlos. Das, was bisher einen großen Teil ihres Lebens ausgemacht hatte, war plötzlich nebensächlich geworden. Wen interessierte es schon, wie es im Haus aussah, wenn es ums nackte Überleben ging?
Sie sah sich in der Küche um, als sähe sie sie zum ersten Mal. Die beigefarbenen Schränke, die so hervorragend mit der kleingemusterten, orangefarbenen Tapete harmonierten, bei deren Kauf sie sich gegen Jens durchgesetzt hatte, die ebenfalls beigefarbene Emaille-Spüle, ihr Kompromiss, die Blümchengardine vor dem Fenster, der runde Glastisch mit den vier Freischwingern – wie stolz war sie gewesen, als die neuen Möbel die zwanzig Jahre alten, in ihren Augen nicht mehr zeitgemäßen, ersetzten. Ein Ort zum Wohlfühlen, hatte sie gedacht. Genauso liebevoll war sie bei der Umstellung und dem Neukauf weiterer Möbel in den anderen Zimmern vorgegangen, für die dazu passenden Accessoires hatte sie keine Mühen gescheut, war x-mal in die Stadt gefahren und durch die Geschäfte gebummelt, bis alles zueinander passte. Und jetzt? Jetzt würde sie das alles freiwillig aufgeben, selbst das Haus, für das sie so manches Opfer gebracht hatten. Alles war so sinnlos! Was zählte, war allein das Wohl ihrer Familie und ihr eigenes natürlich, das hatte sie endlich erkannt. Innere Zufriedenheit ging Hand in Hand mit Glück und Geborgenheit und das gab es nicht zu kaufen.

# 33

Nach dem gestrigen Streit hatte es Kira abgelehnt, gemeinsam mit Lennart zum Vater zu fahren. Deshalb musste sich dieser leider mit einem Anruf zwischen den Vorlesungen begnügen. Er klang schon wieder wie immer, wehrte ihre Fragen nach seinem Zustand weitestgehend ab und fragte interessiert nach ihren Neuigkeiten. Die Auseinandersetzung mit Lennart verschwieg sie, stattdessen behauptete sie, bei der Studienkollegin über mehr Platz und ein eigenes Bett zu verfügen und deshalb zu dieser ziehen zu wollen. Zum Glück konnte sie das Gespräch kurz halten, da sein behandelnder Arzt erschien. Die wahre Geschichte würde sie ihm lieber bei einem persönlichen Besuch erklären. Vielleicht ergab sich schon morgen die Gelegenheit.

Kurz bevor Onkel Jochen sie abholen wollte – er hatte darauf bestanden, dass sie in Lennarts Zimmer auf ihn wartete – kam es erneut zum Streit. „Ich möchte nicht so mit dir auseinandergehen." Lennart, der am Schreibtisch gesessen und gearbeitet hatte, stand auf und gesellte sich zu ihr auf das Bett, wo sie in Ermangelung einer anderen Sitzgelegenheit auf das Erscheinen ihres Onkels wartete. „Ich liebe dich, Kira. Mein Vorschlag war in erster Linie auf dein Wohlergehen gerichtet, ich will nicht, dass dir etwas Ähnliches passiert wie deinem Vater."

Er machte Anstalten, nach ihrer Hand zu greifen. Unwillig zog sie sie weg und rückte ein Stück von ihm ab. „Wenn du mich wirklich liebst, würdest du nicht im Traum daran denken, mir das zuzumuten. Ich kann nicht mitten im Semester aufhören. Wie stellst du dir das vor?"

„Wir suchen uns eine Stadt, in der du dein Studium fortführen kannst. Im schlimmsten Fall verlierst du ein Jahr." Er rutschte vom Bett und kniete sich vor sie. „Kira, bitte. Denk wenigstens noch einmal über meinen Vorschlag nach."

Bevor sie antworten konnte, klopfte es an der Tür und Onkel Jochen steckte seinen Kopf durch den entstehenden Spalt. „Oh. Soll ich einen Moment draußen warten?"
Sie sprang auf und griff nach ihrer Tasche. „Nein, ich komme schon." Sie quetschte sich an Lennart vorbei und wandte sich in sicherer Entfernung zu ihm um. „Mach's gut."
Er nickte nur, seine Augen hatten sich mit Tränen gefüllt, er sah aus, als würde er gleich losheulen. Was für ein Weichei!
„Ist es aus?" Onkel Jochen sah sie mitfühlend an.
Sie zuckte betont lässig die Schultern. „Besser, wenn man es früh genug merkt. Wir passten einfach nicht zusammen."
Die Fahrt zum Haus verlief schweigend. Jeder hing seinen eigenen Gedanken nach. Kira stellte sich innerlich schon auf die Auseinandersetzung mit der Mutter ein. Sie war von Lennart schlichtweg begeistert gewesen, sie würde alles ganz genau wissen wollen und bestimmt jede Menge Gegenargumente liefern. Dabei war es einzig und allein ihre Entscheidung. Und darin ließ sie sich auch nicht umstimmen.
Immerhin wartete die Mutter bis nach dem Essen, bevor sie das Gespräch auf die jetzige Situation brachte. „Papa und Onkel Jochen sind der Meinung, dass du und Niklas für eine Weile in eine andere Stadt gehen solltet. Ich glaube, sie haben recht, es ist zu gefährlich für euch."
„Ach, ja?" Kira schnaubte abfällig. „Ich sehe das anders. Ich bin vorsichtig und werde mich nur im Unibereich aufhalten. Dort kann mir nichts passieren. Typen wie die fallen da viel zu sehr auf. Außerdem halten alle meine Freunde die Augen offen. Die warnen mich früh genug."
„Ich glaube, du hast den Ernst der Lage immer noch nicht kapiert." Es war seltsamerweise Onkel Jochen, der sauer reagierte. „Nicht allen von ihnen sieht man ihre Zugehörigkeit zu dieser Gruppierung an. Es gibt viele unter ihnen, die wirken genauso normal wie du und ich. Diese Schläger, die euch verfolgt haben, die dienten der Ab-

schreckung, die sollten euch in Angst versetzen, eine sichtbare Bedrohung darstellen. Die anderen, die euch beobachten, die bleiben verborgen. Für sie ist es ein Leichtes, dich im Auge zu behalten."

„Du übertreibst maßlos." Kira stand auf und machte Anstalten, das Zimmer zu verlassen.

„Ich bin noch nicht fertig. Setz dich bitte wieder hin."

Der Onkel sah fuchsteufelswild aus, ein Anblick, der ihr neu war und ihr tatsächlich Respekt einflößte. Sie zog zwar ein mürrisches Gesicht, nahm aber wieder Platz.

„Ich werde dir mal ein paar Szenarien entwerfen, damit du es besser begreifst", fuhr er in ruhigerem Tonfall fort. „Die Vorlesungen, zum Beispiel, ich bin sicher, jeder kann sich hineinschmuggeln. Sie lauern hinter dir, flüstern dir Drohungen zu und warten darauf, dass du die Fassung verlierst. Sagen kannst du nichts, sie würden alles abstreiten, sind garantiert ebenfalls Studenten, die bisher nicht aufgefallen sind. Sie tauchen in der Mensa auf, auf deinem Weg zur Uni und so weiter. Drohbriefe werden unter deiner Tür durchgeschoben, du erhältst seltsame Anrufe, die Schlägertypen beobachten dich aus der Ferne, sind immer präsent. Das ist noch die harmlose Variante. Trotzdem wirst du unter diesem Psychoterror irgendwann zusammenbrechen, das garantiere ich dir."

Er hielt inne und beobachtete ihren wechselnden Gesichtsausdruck. Sie schien nicht sehr beeindruckt. „Doch ich vermute eher, dass sie versuchen, dich zu packen. Die wollen schließlich was von euch, bloße Einschüchterung reicht da nicht. Also werden die dich ebenfalls zusammenschlagen oder dir etwas noch Schlimmeres antun, damit einer von euch endlich redet. Dieser Angriff auf den Jungen im Gefängnis hat sie wütend gemacht, die Zeit der Samthandschuhe ist vorbei."

„Die kommen nicht an mich ran", brachte Kira zwischen zusammengepressten Lippen hervor. „Ich bin nie allein."

„Ja und?" Er lachte höhnisch. „Meinst du, das schreckt die ab? Die bedrohen deine Freunde, schlagen die notfalls zusammen und verschleppen dich. Denen seid ihr nicht gewachsen. Wenn die dich kriegen wollen, kriegen die dich auch."

„Ich weiß nichts", wehrte sie ab.

„Darum geht es doch gar nicht mehr. Die wollen Rache nehmen an euch, für das, was dem Jungen angetan worden ist. Ehrlich, Kira, gegen die hast du keine Chance. Erinnere dich an die Situation, als sie dir gefolgt sind. Du bist in Panik geraten, obwohl sie nichts weiter taten, als hinter dir herzulaufen. Jetzt stell dir vor, die machen Ernst und packen dich. Du bist denen hilflos ausgeliefert."

„Ich benutze den Heuler, den Papa uns gegeben hat." Kira war wie vor den Kopf geschlagen durch seine Beschreibungen und fühlte bereits, wie die Angst in ihr hochkroch. Geschlagen geben wollte sie sich allerdings nicht, konnte sie nicht, dafür hatte sie ihr Ziel zu dicht vor Augen. Der Bachelor lockte, sie hatte es fast geschafft. Irgendwie würde sie die letzten Monate schon, ohne sich erwischen zu lassen, hinter sich bringen.

„An den kommst du nicht mehr ran", prophezeite er ihr. „Dein Papa hatte auch einen in der Tasche. Und? Hat es ihm geholfen?"

„Dann drücke ich den eben, wenn ich sehe, dass sie auf mich zukommen."

„Mach dich nicht ...", lächerlich, hatte er sagen wollen, schluckte das Wort noch rechtzeitig hinunter und sagte stattdessen: „Du wirst sie nicht rechtzeitig sehen, genau das ist ja das Problem."

„Nach dem, was du gerade gehört hast, wirst du eher aus Nervosität jede Menge Fehlalarme produzieren", mischte sich die Mutter in das Gespräch. „Weil du hinter allem und jedem einen Angriff vermutest. Greifen die tatsächlich an, wird dich niemand mehr unterstützen."

„Das ist ein weiterer Punkt", nickte Jochen. „Ich halte ihn jedoch für eher unwahrscheinlich. Nein, die wollen euch nicht mehr nur erschrecken, die machen Ernst."

„Ich weiß die Adresse von der Kleinen nicht", wiederholte Kira.

Jochen schloss die Augen und atmete tief durch. „Das ist denen egal. Sie machen euch genauso für die Verletzungen des Jungen verantwortlich."

Endlich verstand Kira. „Er hat schon eine Drohung erhalten, richtig?"

„Ja, auf einer Karte. Sie kam heute Mittag zusammen mit einem Strauß Blumen. Die Polizei ist informiert, sieht sich aber außerstande, uns zu helfen, denn natürlich stand da keine richtige Kampfansage drauf. Aber jeder, der eure Situation kennt, weiß, was gemeint ist."

„Warum hast du mir nichts davon erzählt?" Claudia war fassungslos. „Kira und Niklas müssen wirklich sofort untertauchen. Am besten noch heute."

„Und wohin?" Jochen sah sie erwartungsvoll an. „Hast du eine gute Idee? Und wie sollen sie dorthin kommen?"

„Was ist mit deinem Bruder und meiner Schwester?" Sie rang nervös die Hände. „Wären sie dort sicher?"

„Nein, keine Verwandten. Es müssen völlig anonyme Orte sein. Deshalb sitzen wir hier und überlegen gemeinsam."

„Lennart sprach von Schweden." Kira schluckte hart. „Also habe ich ihm Unrecht getan." Sie sprang auf. „Ich muss ihn sofort anrufen. Ist er nicht auch in Gefahr?" Sie sah ihren Onkel ängstlich an. „Wenn die uns wirklich beobachten, wissen sie von ihm."

„Ich habe mit ihm gesprochen, während du gegessen hast", beruhigte er sie. „Du hattest netterweise dein Handy in der Tasche gelassen. Ich dachte, das wäre eine gute Gelegenheit, ihn zu informieren." Er grinste schief. „Ich habe ihm gesagt, dass du dich wahrscheinlich bald bei ihm meldest. Er ist immer noch bereit, mit dir zusammen wegzugehen."

Sie errötete. „Ich muss wirklich unbedingt sofort mit ihm reden."

„Ich habe einen besseren Vorschlag", Jochen erhob sich. „Ich hole ihn ins Haus. Damit wären wir alle zusammen. Nein", kam er ihr zuvor. „Ich fahre allein. Du bleibst hier."

Kira schämte sich entsetzlich. Was hatte sie ihm alles an den Kopf geworfen! Dabei hatte er nur ihre Sicherheit im Sinn gehabt. Er war nicht feige, sondern vorausschauend. Im Gegensatz zu ihr hatte er nicht nur den Überblick besessen, die Gefahr zu erkennen, er war sogar bereit gewesen, sein eigenes Studium ihr zuliebe kurzfristig hinzuwerfen. Er liebte sie so, wie sie es sich immer gewünscht hatte, geliebt zu werden.

„Im schlimmsten Fall verlierst du ein Jahr." Die Mutter war anscheinend davon überzeugt, sie gräme sich wegen des Studiums. „Kind, du bist noch so jung. Was ist ein Jahr gegen das, was dir hier passieren könnte? Böse Erfahrungen sind schwer zu verkraften und lassen einen oft bis ans Lebensende nicht mehr los. Das Risiko ist einfach zu groß."

„Ich weiß nicht, wie ich ihm gegenübertreten soll. Ich habe ihm gesagt, es wäre aus zwischen uns." Jetzt kamen die Tränen. Einmal angefangen, konnte sie nicht wieder aufhören.

„Ach, Liebling." Die Mutter rückte ihren Stuhl näher an sie heran und legte den Arm um sie. „Er wird dir verzeihen, ganz bestimmt. Sonst wäre er nicht bereit, zu kommen. Er versteht dich wohl besser als du dich selbst."

„Ich bin so ein Arsch." Ihr Schluchzen wurde noch lauter.

Die Mutter sagte nichts mehr und ließ sie weinen. Es dauerte eine ganze Weile, bis sie sich beruhigte. Jedes Mal, wenn sie daran dachte, was sie ihm alles entgegengeschleudert hatte, kamen neue Tränen.

„Trink das." Die Mutter hielt ihr ein Schnapsgläschen unter die Nase.

„Iiih." Sie drehte den Kopf zur Seite. „Nein, danke. Das krieg ich nicht runter."

„Auch gut." Diese setzte es an ihre eigenen Lippen und nahm einen großen Schluck. „Alkohol in kleinen Mengen genossen wirkt wie eine beruhigende Medizin", dozierte sie. „Es stärkt in diesem Fall die Nerven und das haben wir bitter nötig. Meinst du etwa, ich finde es toll, wie sich das alles entwickelt hat?"

Kira blieb bei ihrem Nein. Sie horchte angestrengt nach draußen, ob sie das Geräusch von Onkel Jochens Auto hörte.

„Es wird eine Weile dauern." Die Mutter hatte von dem einen Gläschen rot gefärbte Wangen und sah tatsächlich wesentlich ruhiger und entspannter aus. „Lennart packt seine gesamten Sachen und bringt sie mit. Dann könnt ihr von uns aus direkt losfahren."

„Woher weißt du das? Habt ihr hinter meinem Rücken schon alles mit ihm besprochen und fix und fertig geplant?"

„Natürlich nicht." Die Mutter wirkte ehrlich entrüstet. „Dein Onkel hoffte darauf, dass er dich nicht im Stich lassen würde, wenn er erführe, wie schlimm es momentan steht. Und als er dich abholte, sah er ja selbst, wie sehr es Lennart mitnahm. Deshalb hat er ihn angerufen, als sich die Gelegenheit bot. Geh ruhig schon in dein Zimmer und fang ebenfalls an zu packen. Jochen will am frühen Morgen mit dir, beziehungsweise euch, je nachdem, wie es sich entwickelt, starten. Du bleibst keine Minute länger als nötig in dieser Stadt."

Kira fühlte sich wie betäubt. Das war alles viel zu schnell gegangen. Gerade erst hatte sie erfahren, dass die Bedrohung realer war, als sie gedacht hatte, und schon sollte sie alles, was ihr lieb und wichtig war, hinter sich lassen. Sie stand in ihrem Zimmer vor dem geöffneten Schrank und betrachtete die Kleidungsstücke, die fein säuberlich geordnet in den Fächern lagen und auf den Bügeln hingen. Das konnte sie doch alles gar nicht mitnehmen!

Sie traf eine kleine Auswahl und packte zu dem Köfferchen, das sie mitgebracht hatte, ein weiteres. Danach stand sie unschlüssig vor dem großen Bücherregal, das ihre gesammelten Schätze vom Jugendalter an enthielt. Sie würde sie wohl oder übel zurücklassen müssen. Aber ihr Fotoalbum musste auf jeden Fall mit und die Amethyst-Druse, die sie von der Mutter bekommen hatte, und der kleine Teddy, den Papa ihr von seiner Amerikareise mitgebracht hatte und die Fotocollage, von Niklas entworfen und ausgedruckt, zu ihrem letzten Geburtstag. Diese Dinge würden ihr Heimweh hoffentlich mildern.

Sie wuchtete gerade den Karton mit sämtlichen Materialien, die sie für ihr weiteres Studium benötigte, neben den Schrank, als sie die Haustür klappen hörte. Ihr Herz pochte geradezu schmerzhaft, ihr Mund war zu trocken zum Schlucken, ihre Hände eiskalt. Gleich würde sich zeigen, ob Lennart ihr verziehen hatte.

## 34

Niklas hatte das Gespräch, das Onkel Jochen und seine Mutter mit Kira führten, nur am Rand mitbekommen. Zwar war ihm mitgeteilt worden, dass sein Training wieder einmal ausfiel, weil der Onkel abends noch wegmusste, um Lennart abzuholen, doch weshalb und wieso hatte ihm keiner gesagt. Deshalb war er bass erstaunt, dass seine Schwester gemeinsam mit ihrem Freund tatsächlich flüchten und sogar das Land verlassen wollte. Er reagierte ziemlich heftig, als Kira beim Frühstück andeutete, ihm würde es ähnlich ergehen. „Ich bleibe selbstverständlich hier", sagte er in einem Ton, der keinen Widerspruch zuließ. „Ich laufe nicht weg."

„Das ist sehr unüberlegt von dir", sagte Lennart in das allgemeine Schweigen, das seiner Ankündigung folgte. „Deine Eltern wollen dich aus der Gefahrenzone bringen, damit dir nicht das Gleiche passiert wie deinem Vater. Und der hat noch Glück gehabt, dass euer Nachbar dazukam. Die hätten ihn sonst vermutlich weit schwerer verletzt. Du kommst gegen diese Typen nicht an."

„Mein Onkel passt auf mich auf", gab Niklas in hochmütigem Tonfall zurück. In seinem Inneren sah es dagegen ganz anders aus. Natürlich hatte er Angst, klar. Wäre auch albern gewesen, wenn es nicht so wäre. Schließlich hatte er Chantal mit eigenen Augen gesehen. Aber da war Caroline, der er immer noch nicht gewagt hatte, zu zeigen, wie es um ihn stand. Und außerdem wollte er nicht irgendwohin in die Pampa abgeschoben werden, wo er niemanden kannte.

„Dein Onkel muss demnächst wieder arbeiten gehen", gab dieser zurück. „Ich kann nicht ewig als Bodyguard für euch zur Verfügung stehen?"

„Und Mama? Und Papa?", fragte Niklas. „Bleiben die dann ganz ohne Schutz?"

„Dein Vater muss noch eine Weile im Krankenhaus verweilen. Dort wird er vom Sicherheitspersonal im Auge behalten. Sobald man ihn entlässt, müssen wir sehen, dass wir die beiden ebenfalls weit weg unterbringen. An die Schule kann er keinesfalls zurückkehren."

„Mama, sag doch auch mal was!"

Sie sah echt unglücklich aus. Überhaupt wirkte sie ziemlich blass und übernächtigt. Den Teller hatte sie gleich wieder von sich geschoben, trank allerdings schon die dritte Tasse Kaffee. „Onkel Jochen hat recht, wir sollten alle die Stadt für eine Weile verlassen."

„Ihr gebt echt klein bei?"

„Was sollen wir denn deiner Meinung nach tun?", brauste sie auf. „Warten, bis sie uns nach und nach erwischen? Oder möchtest du, dass wir ihnen die Adresse von Chantal verraten und hoffen, dadurch ihrer Rache zu entkommen? Soll sie die Geschichte allein ausbaden?"

„Warum kann sich nicht die Polizei um sie kümmern? Sie an einem geheimen Ort unterbringen, von dem selbst wir nicht erfahren? Dann wären wir uninteressant für die Typen."

„Erstens möchte dein Vater, dass die Kleine eine reelle Chance auf ein neues Leben bekommt", übernahm jetzt wieder Onkel Jochen, „und hat deshalb dafür gesorgt, dass sie alle Möglichkeiten hat, sich zu verwirklichen, viel bessere, als der Staat ihr zugestehen würde. Zweitens sieht es mittlerweile so aus, als wolle sich der Bruder von Sascha auf jeden Fall persönlich an euch rächen. Wie ihr mittlerweile ebenfalls wisst, ist der Junge im Gefängnis so schwer verletzt worden, dass er notoperiert werden musste. Das lastet sein Bruder natürlich deinem Vater an. Ich jedenfalls denke, er wird euch selbst dann nicht in Ruhe lassen, wenn die Polizei die Kleine woanders unterbringt."

„Wird dieser Sascha wieder gesund?", fragte Kira dazwischen. Hatte die etwa Mitleid mit dem Kerl? Der war selbst schuld, hatte endlich genau das bekommen, was er sonst anderen antat.

„Er ist außer Lebensgefahr, mehr konnte dein Vater nicht erfahren."

„Wo wollt ihr überhaupt hin?", wandte sich Niklas gezielt an die Mutter. „Und warum kann ich nicht hierbleiben und mit euch gemeinsam umziehen?"

„Es ist kein richtiger Umzug geplant", wehrte sie ab. „Wir wollen nur für eine Weile untertauchen, bis sich die Lage beruhigt hat. Papa kann sein Sabbatjahr nehmen, sein Überstundenkonto ist reichlich gefüllt, und ich muss eben kündigen. Dr. Meiwes kommt mir schon entgegen und lässt mich gehen, sobald Papa reisefähig ist."

„Ihr habt alles schon hinter meinem Rücken geklärt?" Niklas war fassungslos. Was sollte diese Geheimnistuerei? Warum war er nicht eingebunden gewesen?

„Onkel Jochen hat gestern Abend noch bis spät in die Nacht hinein mit mir gesprochen. Selbst Papa weiß bisher nicht, was wir vorhaben." Seine Mutter zog unbehaglich die Schultern hoch. Klar, der Alte würde im Dreieck springen, wenn er davon erführe. Stur, wie der war, hätte er keinen Millimeter nachgegeben, sondern das Ganze bis zum Ende durchgezogen, ohne Rücksicht auf Verluste. „Mit Dr. Meiwes habe ich direkt nach dem Aufstehen telefoniert. Zum Glück kann er unsere Situation nachvollziehen. Er war sehr verständnisvoll." Sie langte quer über den Tisch und ergriff seine Hand. „Niklas, ich möchte nicht weg. Ich wäre froh, wenn alles bleiben könnte, wie es ist. Leider haben weder du noch ich Einfluss auf das, was passiert. Eine andere Option haben wir nicht."

„Wir lassen uns unser Leben von denen kaputtmachen und hauen einfach ab?" Seine Stimme überschlug sich fast. Er entriss ihr seine Hand und sprang auf, zitternd vor Wut. „Das werden weder Papa noch ich mitmachen!"

„Das ist eine Vernunftentscheidung, kein Weglaufen!", rief sie hinter ihm her, er war bereits halb aus der Tür. „Die sind in der Übermacht. Wir haben keine Chance gegen sie!"

Mit Tränen in den Augen stürzte er in sein Zimmer, warf sich auf das ungemachte Bett und prügelte auf sein Kissen ein, bis seine Kräfte schwanden. Danach fühlte er sich nicht viel besser. Aus und vorbei, sein Leben würde nie wieder so sein wie früher. Sie hatten ihren Entschluss gefasst und er musste gehorchen. Ha! Nicht mit ihm! Er würde, würde … So sehr er auch grübelte, ihm fiel nichts ein, was er dagegen tun konnte. Warum passierte das ausgerechnet zu dem Zeitpunkt, wo er es am wenigsten gebrauchen konnte? Verdammte Scheiße! Wieder hieb er auf sein Kissen ein. Es war so ungerecht!

Viel, viel später hörte er, wie seine Mutter sanft an die Tür klopfte. Er antwortete nicht, sondern vergrub sich unter seiner Decke. Dennoch trat sie ins Zimmer. „Nick, ich verstehe, dass diese Entscheidung für dich sehr plötzlich kommt. Doch es gibt keine Alternative. Ich will nicht warten, bis noch etwas geschieht."

Er gab keine Antwort. Der Schmerz hielt seine Brust zusammengepresst, nur mit Mühe konnte er ein Schluchzen unterdrücken.

„Dein Treffen heute findet natürlich trotzdem statt", hörte er sie sagen. „Onkel Jochen hat einen Kollegen gebeten, sich unser anzunehmen. Er ist nicht vor morgen Nachmittag zurück. Nur bitte, rede nicht über das, was wir besprochen haben. Es soll vorerst ein Geheimnis bleiben." Sie verhielt noch einen Moment und verließ ebenso leise das Zimmer, wie sie gekommen war.

Später hörte er die Türklingel, kurz darauf dröhnte eine fremde Männerstimme durch die Küche. Anscheinend war Onkel Jochens Ablöse erschienen. Uninteressant, er würde ihn noch früh genug zu Gesicht bekommen.

„He! Nick!" Seine Schwester stürmte ins Zimmer. „Komm, hör auf zu schmollen! Meinst du, mir fällt es leicht, alles hinter mir zu lassen?"

Die hatte gut reden! Die begann ihr neues Leben mit ihrem Freund an ihrer Seite!

„Sag mir wenigstens auf Wiedersehen." Sie warf sich über ihn, zog die Decke von seinem Gesicht und bedeckte es mit Küssen. „Ich liebe dich, kleiner Bruder. Halt die Ohren steif!"

„Tschüss" murmelte er leise.

„Komm mich in den Ferien besuchen!" Sie strubbelte durch sein Haar und stand auf. „Ich muss los. Es ist eine lange Fahrt."

Erst nachdem sie verschwunden war, schälte er sich aus der Bettwäsche und stand auf. Missmutig musterte er sein vermülltes Zimmer. Eigentlich hatte er vorgehabt, mustergültige Ordnung zu schaffen, um einen guten Eindruck bei Caroline zu machen. Das war wohl überflüssig. Er bückte sich, schob den ganzen Kram zusammen und unter das Bett, den Rest stopfte er in seinen Kleiderschrank. Kopfkissen aufschütteln, Laken glattstreichen, Decke gefaltet darüber legen, das reichte völlig. Gut, der Schreibtisch quoll immer noch über und er hätte vielleicht durchsaugen sollen. Er sah auf die Uhr. Erst eins. Ihm kam es vor, als wäre ein ganzer Tag vergangen.

Immer noch voller Frust ließ er sich in seinen Drehsessel fallen und schaltete den Computer an. Die Freunde kamen um vier, genug Zeit, sich abzulenken. Er lud ein Spiel hoch und nutzte die verbleibenden Minuten, sich bei Facebook einzuloggen und seine Nachrichten zu kontrollieren. Vielleicht hatte Caroline ihm eine neue Nachricht hinterlassen. Das Erste, was er entdeckte, war ein Post, den Benjamin geteilt hatte. „Aufstehen gegen Rechts", lautete die in fetten schwarzen Buchstaben gedruckte Überschrift. Die Neonazis hatten für das nächste Wochenende eine Demonstration geplant, wieder einmal. Das war schon die vierte in diesem Jahr in ihrer Stadt, verriet ihm der Artikelschreiber und forderte ihn und alle anderen auf, nicht länger tatenlos zuzusehen, sondern auf einer Gegendemonstration ihren Unmut zu zeigen und Stellung zu beziehen, dass diese Art von Gedankengut verurteilt wurde und man diese Gesinnung aufs Schärfste ablehnte.

Das war der Tropfen, der das Fass zum Überlaufen brachte. Niklas setzte sich aufrecht hin und hatte die Finger schon auf der Tastatur, um eine geharnischte Antwort zu schreiben. Da kam ihm eine viel, viel bessere Idee. Er loggte sich aus, fuhr sein Spiel herunter und öffnete sein Schreibprogramm. Er würde den ersten Leserbrief seines Lebens verfassen.

Er brauchte nicht lange zu überlegen, die Worte flossen nur so aus ihm heraus. Es war, als wenn sich ein Damm geöffnet hätte, der einen wahren Sturzbach an bitteren Gedanken ausströmen ließ.

Schließlich hielt er völlig erschöpft inne, innerlich leer, aber seltsam zufrieden mit dem, was er zustande gebracht hatte. Das war seine ehrliche Meinung und die sollte jeder lesen können. Er überprüfte die einzelnen Sätze, las den Text ein zweites Mal, änderte einzelne Wörter, schrieb einen Absatz komplett um und nickte endlich. Ja, genauso war es richtig. Genau das hatte er sagen wollen.

*Warum will keiner die Wahrheit sehen?*

*Wieder einmal steht eine Kundgebung der Neonazis auf dem Programm und wieder einmal rufen zahlreiche Aktionsbündnisse zu Gegendemonstrationen auf. Was soll das bringen? Farbe bekennen gegen Rechts - eine Farce sondergleichen. Mit einem Riesenpolizeiaufgebot werden die Neonazis begleitet, damit sie ihre Hassparolen ungehindert verbreiten können. Die Gegendemonstrationen bewirken im Allgemeinen nichts, außer dass bekannte Schläger diese Plattform zur Randale nutzen, deren Leidtragenden die normalen Bürger sind.*

*Im Ernst, ich habe bisher nichts erfahren, dass mich zu der Auffassung bringt, diese Veranstaltungen würden irgendetwas bewegen. Sind sie einzig ein Politikum, damit sich die Staatsvertreter beruhigt zurücklehnen können, in der Ansicht, sie haben effektiv dazu beigetragen, etwas gegen diese Auswüchse unserer Gesellschaft zu unternehmen?*

*Der Schrecken, den die Neonazis in manchen Stadtteilen und gegen einzelne Bürger verbreiten, wird dadurch nicht gestoppt. Ich weiß, wovon ich rede, bin ich mit meiner Familie doch selbst betroffen. Unser Haus wurde mehrfach beschmiert, unser Auto beschädigt, mein Vater derart verprügelt, dass er im Krankenhaus liegt. Und das alles nur, weil wir als aufrechte Bürger versucht haben, dem Gesetz zu helfen und eine wichtige Zeugin zu schützen.*

*Ich klage an: die Politiker, die nicht in der Lage sind, vernünftige Gesetze zu erlassen, um diese Chaoten zu stoppen, und lieber Geld in diverse Leuchtturmprojekte stecken, anstatt die Anzahl der Polizisten zu erhöhen und damit eine deutlichere Präsenz zu schaffen; unsere Polizei, weil sie tatenlos mitansieht, wie unbescholtene Bürger bedroht, verfolgt und angegriffen werden; unsere Gerichtsbarkeit, die nicht in der Lage ist, diese Täter wegzusperren.*

*„Sieh nicht weg, greif ein!", Zivilcourage ist in aller Munde, doch die, die sich daran halten, werden nicht geschützt. Wer in Deutschland den Opfern helfen will, muss damit rechnen, selbst zusammengeschlagen zu werden, wer noch an diese Ideale glaubt, wird bitter enttäuscht, im Zweifelsfall für den Täter, heißt es. Für mich ist das ein Armutszeugnis der Demokratie. Irgendetwas läuft hier gewaltig falsch. Und wenn sich nicht bald etwas ändert, traut sich bald niemand mehr, Courage zu zeigen. Das Übel lässt sich nicht mit Worten beseitigen, es müssen Taten folgen.*

Er öffnete die Internetseite der führenden Zeitung in der Stadt, kopierte seinen Artikel unter die Rubrik Leserbriefe und bestätigte die Eingabe. So, es war getan, er konnte nur hoffen, dass er damit zumindest ein kleines Echo auslösen würde, vielleicht sogar eine Diskussion anstieß, die größere Kreise zog. Er verstand einfach nicht, dass sich nicht mehr Leute öffentlich über Derartiges aufregten. Das, was er beanstandete, bezog sich ja im Endeffekt nicht nur auf die Neonazis. Es gab noch weitere Gruppierungen, die den Normalos das Leben schwermachten – und es wurden scheinbar immer mehr. Warum unternahm niemand etwas dagegen?

# 35

Claudia hatte das Gefühl, seit dem Gespräch mit Jochen völlig neben sich zu stehen. Es war alles so unwirklich, sich vorzustellen, dass das gewohnte Leben vom einen auf den anderen Tag ausgelöscht wurde, dass man, ohne es zu wollen, noch einmal von vorn beginnen musste. Nein, ihr behagte dieser Gedanke ganz und gar nicht.
Aber hatten sie eine Wahl? Laut ihrem Schwager nicht. Er hatte ihr Szenarien aufgezählt, die passieren konnten, von denen ihr geradezu schlecht geworden war. Anfangs hatte sie ihm noch widersprochen, war der Meinung gewesen, er übertreibe, hatte sich an die Hoffnung geklammert, das Schlimmste wäre bereits überstanden. Er hatte sie eines Besseren belehrt, in dem er ihr Dutzende von Artikeln im Internet zeigte, in denen entweder Opfer selbst berichteten, was ihnen angetan worden war, oder Reporter diese Aufgabe übernommen hatten. Es war kaum zum Aushalten gewesen, voller Entsetzen hatte sie die Programme schließlich geschlossen und ihm versprochen, noch einmal ihr weiteres Vorgehen zu überdenken. Dass die Kinder aus der Gefahrenzone herausmussten, stand längst fest. Dass sie und Jens ebenfalls vorübergehend von der Bildfläche verschwinden sollten, dagegen hatte sie sich vehement gewehrt. Es konnte doch nicht sein, dass niemand ihnen half!
Niklas ihren Entschluss mitteilen zu müssen, war noch schwerer gewesen als das Gespräch mit Kira. Ohne Jochen an ihrer Seite, der sie kräftig unterstützt hatte, wäre die Situation wahrscheinlich eskaliert. Der Junge war so voller Hass. Natürlich konnte sie ihn verstehen, ihr stieß es genauso bitter auf, dass sie, die nichts Falsches getan hatten, als die Verlierer dastanden. So sollte es nicht enden. Das war ungerecht.
„Das Leben ist nun mal nicht gerecht", hatte Jochen versucht, ihr zu erklären. „Leider hast du keinen Anspruch darauf, dass man dir hilft.

Es gibt für die Polizei keine Möglichkeit, zu reagieren. Wir leben in einer Demokratie mit all ihren Vor- und Nachteilen. Da fallen einzelne schon mal durch das Raster. Dir bleibt nichts anderes übrig, als den Weg zu gehen, der dir bleibt. Dich und deine Familie zu schützen, ist das Wichtigste. Alles andere kann man ersetzen, neu aufbauen, eure Gesundheit, euer Leben nicht."

Er war es auch, der ihr diesen weiteren Weg vorgab. „Wenn die Jens entlassen, wird er garantiert noch eine Weile krankgeschrieben. Versucht, die Arbeitsunfähigkeit bis zum Ende dieses Schuljahres zu verlängern. Anschließend nimmt er sein Sabbatjahr und kann sich über Monate mit nichts als seiner Familie beschäftigen. Sei doch froh, dass es diese Möglichkeit für ihn gibt."

Da sie so schnell wie möglich kündigen musste, hatte sie gleich am frühen Morgen bei ihrem Chef angerufen. Zum Glück war er über die meisten Vorfälle schon informiert, sie hatte in den letzten Tagen ausführlich auf der Arbeit über ihr Martyrium berichtet. „Kannst du wenigstens bleiben, bis ich Ersatz für dich gefunden habe?", war alles, was er fragte.

„Ich möchte die Stadt zusammen mit meinem Mann verlassen, sobald er aus dem Krankenhaus kommt", hatte sie erwidert. „Also in spätestens zwei Wochen."

„Das schaffen wir. Ich suche jemanden für die Anmeldung und Gerlinde soll deinen Platz einnehmen. Hauptsache, du weihst sie bis dahin in all deine Geheimnisse ein."

Er hatte es tatsächlich geschafft, sie mit dieser Anspielung zum Lachen zu bringen. Dabei lag ihre gute Zusammenarbeit nur daran, dass sie mittlerweile ein eingespieltes Team waren. Sie kannte seine Arbeitsweise aus dem Effeff, wusste genau, wie er vorgehen und was er verlangen würde. Das konnte Gerlinde nach einer kurzen Eingewöhnungsphase bestimmt ebenso gut. Und im Notfall schafften es die beiden Helferinnen auch eine Weile allein, das hatten sie im Krankheitsfall schon oft genug durchexerziert.

Trotzdem war es ausnehmend nett von ihm, ihr keine Steine in den Weg zu legen. Sie beschloss, in den verbleibenden Tagen weiterhin ihr Bestes zu geben. Die hässliche Situation, in der sie sich befand, durfte keinen Einfluss auf ihre Arbeit nehmen.

Jetzt saß sie im Wohnzimmer auf der Couch und lauschte dem Lachen und den lauten Stimmen aus Niklas' Zimmer. Seine Freunde schienen alle sehr nett zu sein, die Blonde war bestimmt Caroline, sie hatte das Aufleuchten in den Augen ihres Sohnes entdeckt, als er sie begrüßte. Sie empfand ähnlich wie er, das sah selbst ein Blinder. Andererseits, gut, dass es bisher zu keinem näheren Kontakt gekommen war. Denn sonst würde sich der Abschied von der alten Heimat noch schrecklicher gestalten als ohnehin schon.

Der Vater von Pascal hatte die drei Mädchen und den Jungen mit dem Auto hergebracht und sogar angeboten, bei ihr zu bleiben. „Wir haben erfahren, wie schlimm es zurzeit bei Ihnen hergeht. Soll ich Ihnen als zusätzlicher Schutz Gesellschaft leisten?"

Ging es ihm wirklich um alle oder hatte er in erster Linie Angst um seinen Sohn? Kaum war der Gedanke aufgeblitzt, schämte sie sich dafür. Sie musste aufpassen, dass sie nicht hinter jeder netten Geste etwas Schlechtes vermutete. „Nein, danke." Sie hoffte, dass das Lächeln ihre wahren Gefühle verbarg. „Wir haben zu unserem Schutz einen Wachmann im Haus, der vom Keller aus die Gegend mithilfe der angebrachten Kameras überprüft. Sobald sich jemand mit schlechten Absichten nähert, ruft er die Polizei."

Er hatte ihre Antwort mit einem Nicken zur Kenntnis genommen. „Wann soll ich die vier abholen?"

„Ich ruf dich auf dem Handy an", hatte Pascal, dem das Gespräch offensichtlich peinlich war, geantwortet.

„Sagen Sie denen einfach Bescheid, wenn es Ihnen zu spät wird." Endlich hatte er den Rückzug angetreten und sie konnte aufatmen. Sie sehnte sich nach Ruhe und Frieden, wollte für sich allein noch einmal alle Punkte durchdenken, die unternommen werden mussten. Wohin sollten sie gehen?, lautete die wichtigste aller Fragen.

Niklas würde gleich am Montag weggebracht, an irgendeinen Ort, wo er auf sie und Jens warten konnte. Bislang wusste er nichts davon, dass es so schnell gehen sollte, sie hoffte, dass Jochen diese unangenehme Aufgabe, es ihm mitzuteilen, übernahm. Diesen erwartete sie jedoch frühestens am nächsten Nachmittag zurück. Doch wo konnten sie ihn hinschicken? Zum ersten Mal vermisste sie es, sich nicht direkt mit ihrem Mann auszutauschen. Am liebsten hätte sie ihr Handy hervorgeholt und ihn angerufen. Er war in ihrer Familie derjenige, der stets die Führung übernahm.

Jochen hatte gemahnt, ihn nicht mit ihren Sorgen zu behelligen. „Er liegt im Bett und kann nicht helfen. Er macht sich nur unnötige Sorgen. Lass uns am Sonntag mit ihm sprechen. Bis dahin ist uns bestimmt eingefallen, wie wir vorgehen wollen." Deshalb hatte sie in dem kurzen, belanglosen Gespräch heute Mittag nichts über ihre Absicht gesagt. Er würde noch früh genug damit konfrontiert. Vorher sollte er sich ohne große Sorgen von der Attacke erholen.

Unfähig, sich auf ihr Problem zu konzentrieren, holte sie die Fotobücher aus dem Schrank, die sie vor einem Jahr angefertigt hatte und die die riesige Menge an alten Alben ersetzten, die vorher fast über eine gesamte Schrankfläche verteilt waren. In mühevoller Kleinarbeit hatte sie den Bestand durchforstet, die vielen ähnlichen oder verwackelten Aufnahmen aussortiert, dann die verbliebenen eingescannt, bearbeitet und ansprechend gruppiert. Fast drei Monate war sie damit beschäftigt gewesen. Aber das Resultat konnte sich sehen lassen. Jeder, der die Bücher durchblätterte, war begeistert.

Sie begann mit den Hochzeitsfotos. Meine Güte, waren sie damals jung gewesen! Sie hatten im Sommer geheiratet, kurz nach Jens' fünfundzwanzigstem Geburtstag, sie selbst wurde im Oktober dreiundzwanzig. Voller Glück lächelten sie strahlend in die Kamera, beide überzeugt davon, das Leben zu zweit für alle Zeiten zu meistern. Vier Jahre später wurde Kira geboren, viel früher eingeplant und lang ersehnt. Danach hatte es sechs weitere Jahre gedauert, bis sie nach zwei Fehlgeburten endlich den gesunden Niklas im Arm halten konnte. „Zwei Kinder sind völlig ausreichend", sagte der Mann, der früher damit geprahlt hatte, eine ganze Fußballmannschaft großziehen zu wollen. Sie hatte ihm zugestimmt, der Weg zu diesen zweien war steinig genug gewesen. Ihr Hormonhaushalt hatte immer wieder Kapriolen geschlagen, sie konnte froh sein, dass sie ihr letztes Kind nicht auch verloren hatte. Ein weiterer Versuch wäre ein zu großes Risiko gewesen.

Sie betrachtete die Fotos des ersten gemeinsamen Urlaubs: Jens, der lachend mit Kira im Wasser herumtollte, sie selbst, wie sie neben klein-Niklas am Strand saß und ihn davon abhielt, den Sand in seinen Mund zu schaufeln. Es waren allesamt schöne Erinnerungen, die sie mit dieser Zeit verband. Sie hatten viel unternommen, im Sommer sämtliche Parks und Freizeiteinrichtungen, die Kindern Spaß machten, besucht, im Winter waren sie Dauergäste in den diversen Museen gewesen, daneben hatte es immer noch lange Spielphasen gemeinsam mit Mama und Papa zu Hause gegeben. Trotz des Altersunterschieds der beiden war es ihnen immer gelungen, sowohl Niklas als auch Kira zufriedenzustellen.

Mit dem Eintritt ins Gymnasium war ihre Tochter selbstständiger geworden, wie die folgenden Bilder zeigten. Meist sah man sie mit ihren diversen Freundinnen, Kira war ein beliebtes Kind gewesen, freundlich und umgänglich und immer bereit, auf andere zuzugehen. Wie anders gestaltete sich Niklas' Kindheit. Im Kindergarten hatte er schnell einen Freund gefunden, Benjamin. Bei diesem einen blieb es jedoch. War dieser krank, weigerte sich auch Niklas, in seine Elefantengruppe zu gehen, umgekehrt reagierte sein Freund genauso. In der Grundschule hatten sie nebeneinander gesessen, der eine trat für den anderen ein, sie waren eher wie Zwillingsbrüder, hatten alle, die sie erlebten, gesagt: Der eine kann nicht ohne den anderen sein. Selbst als die Eltern von Benjamin sich scheiden ließen und die Mutter mit ihm in die Innenstadt zog, tat das ihrer Freundschaft keinen Abbruch. Sie sahen sich weiterhin, sooft es möglich war.

Seit der Pubertät begann Niklas immer mehr, ihrem Mann zu ähneln. Noch hatte er die Schlaksigkeit seines letzten Wachstumsschubs nicht abgestreift, trotzdem konnte man erkennen, dass er zu einem gut aussehenden Mann heranwachsen würde, nicht so breitschultrig wie Jochen, eher groß und schlank wie Jens, mit denselben braunen Haaren und Augen und diesem niedlichen Grübchen am Kinn, das ihren Gesichtern die Schärfe nahm. Kira kam eher nach ihr und war damit leider keine Schönheit. Sie hatten denselben knochigen Körperbau und das gleiche längliche Gesicht. Nur reichten die rötlichblonden Haare ihrer Tochter bis weit über die Schultern, deshalb band sie sie meist zu einem Pferdeschwanz zusammen, was ihrer Meinung nach noch unvorteilhafter aussah. Aber ihre inneren Werte wogen das Ganze doppelt auf. Lennart jedenfalls war hingerissen von ihr und sie hoffte ...

„Mama?" Sie schreckte hoch. Niklas stand in der Tür und grinste entschuldigend. „Ich wollte dich nicht erschrecken. Es ist schon halb acht. Kannst du uns die Pizza machen?"

Fast drei Stunden hatte sie über den Fotobüchern verbracht! „Klar, ich lege sofort los." Gott sei Dank hatte Jochen drei große Platten statt der normalen runden Pizzen besorgt, die sich problemlos gleichzeitig im Umluftherd backen ließen. Sie stellte Teller und die Schälchen für das Eis auf den Tisch, legte das Besteck dazu und dachte sogar an die Servietten. Nach einem prüfenden Blick, es würde noch ungefähr zehn Minuten dauern, bis die Pizza fertig war, nahm sie ihren Schlüssel und stieg in den Keller hinunter, natürlich schloss sie die Tür sorgfältig hinter sich. Sie hatten den Jordans ihre Lage ausführlich dargelegt und sie gebeten, jedes Mal, wenn es bei ihnen klingelte, die Sprechanlage zu benutzen und niemanden hereinzulassen, den sie nicht kannten. Trotzdem war es ihr mehrfach aufgefallen, dass die alten Leutchen aufdrückten, ohne zu fragen, wer Einlass begehrte. Einmal hatte sie voller Wut über dieses unsensible Verhalten die Haustür abgeschlossen, sodass Herr Jordan die Treppe hinunterlaufen musste, um dem Paketdienst zu öffnen. Als sie ihn dann die Treppe mühsam wieder erklimmen sah - er hatte ein schlimmes Bein, das sich kaum beugen ließ -, war sie zu beschämt über ihr eigenes Verhalten, als dass sie es zur Gewohnheit werden ließ, und schloss stattdessen lieber die eigene Wohnungstür ab, wenn sie in den Keller hinuntermusste.

Volker Momsen saß am Schreibtisch und betrachtete konzentriert die beiden Monitore. „Bisher hat sich nichts Ungewöhnliches getan", vermeldete er. „Eine Beobachtung aus dem Auto heraus findet ebenfalls nicht statt."

Nachdem Jochen die besprühte Linse der Filmkamera im Garten gesäubert hatte, war er, ohne sie zu fragen, zu den anderen dreien gegangen und hatte ihren Blickwinkel noch weiter vergrößert. „Wenn sich die Polizei daran stört, sollen sie sich mit mir auseinandersetzen", hatte er gesagt. „Ich finde, wir haben ein Recht, uns zu schützen." Deshalb konnte man nun das gesamte Stück Straße vor dem Haus im Blick behalten.

„Ich wollte fragen, ob Sie auch ein Stück Pizza mögen", erklärte Claudia. „Als Nachtisch hätte ich Eis anzubieten."

„Sehr gern, danke." Herr Momsen strich sich über seinen ansehnlichen Bauch. „Obwohl ich eigentlich fasten sollte. Ihr Mittagessen war mehr als reichlich."

„Ich bringe Ihnen eine extra kleine Portion." Sie lachte, damit er mitbekam, dass es ein Witz sein sollte, er ließ nämlich die Monitore keinen Moment aus den Augen. „Wie lange wollen Sie noch hier unten bleiben?"

„Bis sämtliche Lichter im Haus aus sind. Nein, noch etwas länger", verbesserte er sich. „Ich will sicher sein, dass keiner darauf wartet, dass alle schlafen gehen."

Eine gute Idee von Jochen, ihn als seinen Ersatz dazulassen. Sie fühlte sich viel sicherer mit einem Mann an ihrer Seite, der wusste, was im Notfall zu tun war. Sie schnitt die fertige Pizza in kleine Stücke, nahm eins davon für sich und zwei für Herrn Momsen und holte die Familienpackung Eis aus dem Gefrierschrank. Trotz seiner

Versicherung, kaum Hunger zu haben, bugsierte sie zwei große Kugeln für den Wachmann in eines der Schälchen. Es war ihr schon beim Mittagessen aufgefallen, dass er eine Vorliebe für Süßes hatte. Und irgendwie musste sie sich bei ihm ja erkenntlich zeigen, dass er auf Jochens Bitte sofort eingesprungen war. Das Geld, dass sie ihm geradezu aufgedrängt hatte, war bei Weitem nicht genug, ihre Dankbarkeit zu zeigen.

# 36

Der Abend war ein voller Erfolg gewesen. Zum Abschied hatte Caroline ihm einen Kuss auf die Wange gedrückt und ihm zugeflüstert, ob sie sich das nächste Mal nicht ganz allein treffen könnten. Mehr als ein Nicken hatte er nicht zustande gebracht, doch das war sehr heftig ausgefallen und hatte seine Vorfreude auf ihren Vorschlag bestimmt genügend ausgedrückt. Anschließend, es war ja erst elf, war er online gegangen und hatte eine gute Stunde mit Benjamin gechattet, der von seiner eigenen Verabredung ebenfalls schon zurück war. Schade eigentlich, dass der Freund so viele Termine hatte, mit Pascal, Micki und Bea hätte er sich garantiert verstanden. Bisher waren sie nie übereinander gekommen, das musste sich ändern.
Den Gedanken an die bevorstehende Abreise hatte er erst einmal verdrängt. Vielleicht sprach ja Papa auch ein Machtwort und sie blieben hier. Jetzt war es an ihm, mit der Mutter einen Kompromiss zu finden, damit sie ihn nicht für die Dauer von dessen Krankenhausaufenthalt woanders hinschickte. Das konnte er echt gar nicht gebrauchen. Deshalb hatte er sich den Wecker auf neun gestellt, die übliche Zeit, an der sie am Wochenende aufstand. Er würde gleich am Frühstückstisch mit ihr Klartext reden.
„Morgen." Er setzte sich auf seinen angestammten Platz ihr gegenüber. „Wo ist Herr Momsen?"
„Er sitzt schon wieder an den Monitoren. Er nimmt seine Aufgabe wirklich sehr ernst." Sie lächelte ihn an. „War es schön gestern?"
Weil er bereits in sein Brötchen gebissen hatte, nur aufgebackene, seine Mutter war gestern natürlich nicht wie sonst üblich zum Bäcker gegangen, nickte er heftig. „Caroline will sich mit mir allein treffen", brachte er noch immer kauend und schluckend undeutlich hervor. Er hatte einfach nicht warten können, bis der Mund leer war. „Bitte, Mama, schick mich nicht weg. Du bleibst doch auch. Lass uns erst mit Papa sprechen, was der dazu sagt."

Entweder erbarmte sie sich seiner tatsächlich oder sie hatte keine Lust auf eine Auseinandersetzung mit ihm, denn sie nickte und sagte: „Wir gehen ihn heute Nachmittag besuchen. Bis dahin ist Onkel Jochen bestimmt zurück."

Aber der rief mittags an, um ihnen mitzuteilen, dass er es nicht vor dem Abend schaffen könne. Er stände gerade an einer Tankstelle, wo man ihm einen neuen Reifen aufziehe. Sie sollten bitte dem Volker Bescheid geben. Der weigerte sich energisch, sie zum Krankenhaus zu begleiten. „Das Risiko ist mir zu groß. Rufen Sie Ihren Mann besser an und sagen für heute ab."

„Also kann ich morgen in die Schule?", vergewisserte sich Niklas.

Seine Mutter wehrte ab. „Das entscheidet Onkel Jochen. Warte, bis er kommt."

Er vertrieb sich die Zeit mit Chatten. Caroline war bis nachmittags online und schriftlich ließ sich vieles besser formulieren. Wenn sie ihm direkt gegenüberstand, kam er meist schnell ins Stammeln. Nachdem sie eine Weile viele nette Worte gewechselt und Niklas sich mehrfach entschuldigt hatte, dass er gestern so stieselig reagiert hatte – er war sich auf einmal echt sicher, dass sie dasselbe für ihn empfand wie er für sie – beschloss er, ihr die Wahrheit nicht länger vorzuenthalten. Sie hatte ein Recht darauf zu erfahren, wie es bei ihnen stand.

*Es könnte sein, dass wir demnächst umziehen*, schrieb er.

*Wieso?? Ist schon wieder was passiert?*

*Nein, meine Mutter und mein Onkel spinnen rum, dass wir alle in Gefahr sind. Die haben Angst, dass sich die Typen einen von uns krallen. Meine Schwester ist schon weg.*

*Das ist voll krass. Wo wollt ihr hin?*

*Ist noch gar nichts entschieden*, antwortete er. Mittlerweile hatte er ein ziemlich mulmiges Gefühl bei der ganzen Sache. Vielleicht wäre es sinnvoller gewesen, ihr doch nichts davon zu erzählen. Nicht, dass sie ihn nun sofort abschrieb. *Das letzte Wort hat Papa. Der weiß noch gar nichts davon.*

*Meinst du ehrlich, die versuchen, euch anzugreifen? Ich glaube, deine Mutter reagiert über.*

Jetzt war es an ihm, sie zu verteidigen. *Mein Vater hat einen Drohbrief erhalten, worin man ihm ankündigt, gegen uns alle vorzugehen. Ganz so unrecht hat sie mit ihrer Vorsicht nicht.*

*Echt krass!!!*

Langsam ging ihm ihre Ausdrucksweise gegen den Strich. Verstand sie eigentlich gar nicht, wie schlimm diese Geschichte für ihn und seine Familie war? Das hatte nichts mehr mit Abenteuer oder irgendwelchen harmlosen Aufregungen zu tun, sie waren echt gefährdet!

Ihre nächsten Sätze beruhigten ihn wieder. *Deine arme Mutter, dein armer Vater. Ich kann mir vorstellen, dass es schlimm für euch sein muss. Kann die Polizei denn nichts unternehmen, um euch zu helfen?*

*Nein, bisher gibt es keine Beweise, die man gegen die verwenden könnte. Deshalb sind meine Mutter und mein Onkel ja auf die Idee mit dem Abhauen gekommen. Papa ist nur so glimpflich davongekommen, weil ein Nachbar aufmerksam wurde. Sonst hätte er vielleicht gar nicht überlebt.* So, mal sehen, ob sie den Ernst der Lage jetzt begriff.

*Oh je! Das hört sich nicht gut an. Meine Eltern wären bestimmt schon weg. Hast du denn keine Angst?*

*Wir haben im Moment immer jemanden zu unserem Schutz da. Mein Onkel ist Wachmann, der hat sich Urlaub genommen, damit er bei uns bleiben kann. Nur geht das eben nicht auf Dauer.*

*Aber du kommst morgen in die Schule, oder?*

*Klar, noch sind wir hier.*

*Seufz. Ich kann mir gar nicht vorstellen, dich nicht mehr zu sehen. Wir müssen unser Treffen unbedingt noch vorher durchziehen. Ich will wenigstens eine richtige Verabredung mit dir.*

Das klang vielversprechend. *Auf jeden Fall. So schnell wie möglich! Am besten gleich morgen.*

*Mal sehen, ob ich es einrichten kann. Normalerweise muss ich montags immer zur Nachhilfe. Vielleicht direkt danach? Oder ist dir das zu spät?*

Juhu, er hatte sein erstes Date! *Nein, egal wann, ich komme.*
*Um sechs bei mir? Es ist wahrscheinlich sinnvoll, sich nicht mehr in der Öffentlichkeit zu treffen. Hast du die Adresse?*
*Ja, ich werde pünktlich da sein. Ich freue mich schon.*
*Ich mich auch. Du, meine Mutter ruft, es gibt Mittagessen. Bis gleich.*
Zufrieden lächelnd lehnte sich Niklas zurück. Das wäre geregelt. Und wenn er sich nicht allzu doof anstellte, hatte er schon morgen eine Freundin. Immerhin gab es selbst bei einem Umzug die Möglichkeit, sich weiterhin zu treffen. Sie mussten es halt vorsichtig und geschickt handhaben, dann würde schon nichts passieren. Dazwischen konnten sie sich per Skype unterhalten. Caroline brauchte unbedingt eine Kamera, damit sie sich gegenseitig sehen konnten. Führten nicht auch viele andere eine Fernbeziehung?
Die Stimme der Mutter, die ihn zum Essen rief, riss ihn aus seinen Träumen. Obwohl er keinen Hunger verspürte, trabte er gehorsam in die Küche. Er wollte die Gelegenheit nutzen, um ihr von Caroline vorzuschwärmen, damit sie ihm den morgigen Ausflug gestattete. Davon, dass er ihr alles erzählt hatte, würde er lieber schweigen. Das wäre eher kontraproduktiv.
„Mama, bitte, bitte, bitte. Was ist schon ein Tag? Bringt mich Onkel Jochen eben am Dienstag weg." Trotz seiner blumigen Beschreibung war die Mutter hart geblieben, beziehungsweise, es war ihr nun nichts anderes übrig geblieben, als mit der Wahrheit herauszurücken. Erstens würde er morgen nicht mehr in die Schule gehen, sondern zusammen mit dem Onkel den Vater aufsuchen, und zweitens direkt nach ihrer Abholung von der Arbeit seine Reise antreten.
„Du entscheidest das einfach über seinen Kopf hinweg?", fauchte er sie an. „Papa sieht das bestimmt nicht so eng wie du. Lass mich mit ihm sprechen!"
„Bitte, ruf ihn an. Er wird dir genau das Gleiche sagen. Wir haben bis gerade eben miteinander telefoniert. Er ist der Meinung, du sollst so schnell wie möglich untertauchen. Er weiß sogar schon, wo wir dich hinbringen können. Es ist bereits alles geklärt."

„Das ist unfair", protestierte er. „Du darfst bleiben und ich muss gehen. Dabei bist du genauso gefährdet wie ich."
„Onkel Jochen wird mich auf Schritt und Tritt begleiten." An der Art, wie sie sprach, erkannte er, dass sie sich nicht umstimmen lassen würde. „Ich kehre nicht in unser Haus zurück, sondern wohne bei ihm. Versteh doch, es ist wesentlich einfacher für ihn, wenn er nur noch auf mich aufpasst. Außerdem habe ich leider nicht die Möglichkeit, sofort zu verschwinden", fügte sie in einem versöhnlichen Tonfall hinzu. „Glaub mir, am liebsten würde ich mit dir zusammen gehen. Leider muss ich weiter zur Arbeit. Es ist schon sehr entgegenkommend von meinem Chef, dass ich spätestens mit Papas Entlassung aufhören darf. Ich kann ihn nicht hängenlassen."
Er wusste, alles Betteln würde ihm nicht weiterhelfen. Die Sache war entschieden worden, ohne dass man ihn miteinbezogen hatte. Seine Meinung zählte in diesem Fall gar nicht. Voller Wut schob er seinen halbleer gegessenen Teller von sich, stand auf und verließ die Küche. Jedes weitere Wort war zwecklos.
In seinem Zimmer wartete die nächste Katastrophenmeldung auf ihn. Noch voller Vorfreude klickte er auf die Skype-Nachricht, die ihm angezeigt wurde. *Muss leider weg. Mama und Papa haben hinter meinem Rücken eine Einladung bei Oma angenommen*, schrieb Caroline. *Damit fällt meine Verabredung mit den anderen flach. Ich freue mich aber schon auf morgen. Kann kaum erwarten, dass wir uns sehen.* Sie hatte einen Smiley mit Kussmund hinzugefügt, eindeutiger ging es wirklich nicht. So eine verdammte Scheiße!

# 37

Entgegen ihrer sonstigen Gewohnheit der letzten Tage hatte sich Claudia von Jochen überreden lassen, sich mit ihm eine Flasche Wein zu teilen, bei der es dann leider nicht geblieben war. Das hatte den Vorteil, dass sie in dieser Nacht zum ersten Mal seit Langem wieder durchschlief. Auf die bohrenden Kopfschmerzen am nächsten Morgen hätte sie allerdings gern verzichtet.
Die dritte Tasse Kaffee schaffte es endlich, sie einigermaßen wach werden zu lassen. Essen konnte sie noch nicht, stattdessen schmierte sie sich zwei Brote für die Arbeit. Jetzt stand sie an der Spüle und wartete darauf, dass sich Niklas endlich bequemte, die Cornflakes-Schüssel zu leeren. „Beeil dich, sonst komme ich zu spät!", trieb sie ihn an.
Seitdem er erfahren hatte, dass er nicht bleiben konnte, war er ausnehmend mürrisch. Abends hatte er versucht, Jochen zu überzeugen, sich auf seine Seite zu stellen, was natürlich misslungen war. Danach hatte er sich geweigert, ihr zu helfen, seine Koffer zu packen, sodass sie nach Gutdünken vorgegangen war. Was noch fehlte, würden sie ihm in spätestens vierzehn Tagen nachliefern, so lange musste er sich eben gedulden.
Jochen, der die Gegend gesichert und alles im Auto verstaut hatte, steckte den Kopf in die Küche. „Wie sieht es aus, seid ihr fertig?" Er ging zu dem auf sein Essen starrenden Jungen und gab ihm einen sanften Schubs. „Nimm es nicht so schwer, Kumpel. Es ist bestimmt nicht für lange."
Ohne ihm zu antworten, erhob sich Niklas und schlurfte im Schneckentempo in die Diele. Sie schnappte sich ihre Tasche und folgte den beiden.
Die Autofahrt verlief in gegenseitigem Schweigen. Claudia war es nur recht. Alles war besser, als sich eine weitere Litanei des Sohnes anhören zu müssen. Jochen umkurvte ein verkehrswidrig geparktes

Auto und hielt direkt vor der Praxistür in zweiter Reihe an. Sie öffnete die Tür, bereit, hinauszuspringen, da riss er sie am Arm zurück. „Halt! Warte!" Noch bevor sie sich wieder angeschnallt hatte, war er losgebraust und schwenkte auf den nächsten freien Abstellplatz ein. „Wieso warten heute keine Patienten vor der Tür? Bleib sitzen!" Er schnallte sich nun ebenfalls ab und sprang aus dem Auto.
Sie drehte sich herum und beobachtete, wie er auf das Haus zuging, kurz stehenblieb und im Laufschritt zurückkehrte. Niklas auf dem Rücksitz schien genauso gespannt wie sie, er hatte den Onkel ebenfalls nicht aus den Augen gelassen. „Was ist los?", fragte er, sobald dieser wieder eingestiegen war.
„Irgendjemand hat über das Praxisschild einen Zettel geklebt, auf dem steht, die Sprechstunde fällt heute aus. Kann das sein?", fragte er an sie gewandt.
„Nein, dann hätte mein Chef mich benachrichtigt." Sie überprüfte ihr Handy. „Nein, ich habe keine Nachricht erhalten."
„Wir gehen alle hoch." Jochen machte eine auffordernde Handbewegung. „Gib mir die Schlüssel. Ich gehe vor und ihr folgt mir. Und Claudia, nimm dein Handy und halt die Finger direkt über der Notruftaste. Es kann sein, dass es gleich ganz schnell gehen muss."
Die Übelkeit, die sie schon seit dem Aufstehen verfolgte, wurde stärker. Sie hatte das Gefühl, dass der Boden unter ihr schwankte, während sie hinter ihrem Schwager, Niklas dicht neben sich, in den Hausflur trat.
Im Eingangsbereich war niemand, auch nicht vor dem Aufzug. Ohne zu zögern, nahm Jochen die Treppe zum ersten Stock. Schon bevor sie die Tür erreicht hatten, wusste sie, dass etwas nicht stimmte. Ihr Schwager versteifte sich merklich und blieb stehen. „Guten Morgen. Ist noch nicht offen?", fragte er eine Person, die sie nicht sehen konnte.
„Nee, ist abgeschlossen."

„Zurück!", zischte Niklas leise neben ihr. „Und sei dabei leise. Ich habe den Heuler schon in der Hand. Wenn der uns folgt, drücke ich drauf."

Mit klopfendem Herzen drehte sie sich um und erblickte die zwei Männer, die nebeneinander die Stufen hinaufstiegen. Im selben Moment ging neben ihr der Heuler los, ein sirenenartiges Signal, das von den engen Wänden des Treppenhauses zurückgeworfen wurde und in ihren Ohren schmerzte. Ihr Finger, der über der Notruftaste des Handys geschwebt hatte, presste sich wie von selbst nach unten. „Brendaustraße vier, Brendaustraße vier!", schrie sie ohne Unterlass, während sie wie gebannt auf die beiden Kerle starrte, die mit zynischem Grinsen näherkamen.

„He!" Lautes Gepolter in ihrem Rücken ließ sie herumfahren. Jochen hatte in der Zwischenzeit die letzten Stufen genommen und stand mit dem Rücken zur Wand, die Hände kampfbereit erhoben. Blitzschnell schob sich in dem Moment, als sie sich umdrehte, eine stämmige, weißgekleidete Gestalt dazwischen und schrie, um den Lärm des Heulers zu übertönen. „Was ist hier los?"

Die Sirene verstummte, schlagartig kehrte Stille ein.

Ein weiterer Mann tauchte neben dem ersten auf und wandte sich fragend an Jochen. „Was soll dieses Gejaule? Hier werden Patienten behandelt."

„Oh, Dr. Gregorij." Claudia stieg die Treppe empor und hob beschwichtigend die Hand. „Ich habe bereits die Polizei informiert. Sie wird jede Minute eintreffen."

Er erkannte in ihr die Sprechstundenhilfe seines Kollegen und nickte beruhigt. „Können wir irgendwie helfen?"

„Die beiden sind fort", flüsterte Niklas dicht hinter ihr.

„Nein, vielen Dank. Ich denke, wir kommen klar." Sie zwang sich zu einem Lächeln. „Ich dachte, Sie beide wären diese Woche noch im Urlaub."

„Ein kleiner Unfall meines Sohnes", erklärte er. „Mein Bruder war sofort bereit, einzuspringen. Wir sind in spätestens einer Stunde wieder weg."

Es dauerte fast eine halbe Stunde, bis der normale Praxisbetrieb aufgenommen werden konnte. Die herbeigerufenen Polizeibeamten ließen sich die Situation genau schildern und verhörten den jungen Mann, den sie neben der Tür auf den Stufen sitzend vorgefunden hatten. Er behauptete, gar nicht auf das Schild geachtet zu haben. Die Eingangstür sei nur angelehnt gewesen, er wäre gleich hochgegangen. Seltsam war allerdings, dass er angab, sich nun doch nicht behandeln lassen zu wollen. Seine Schmerzen seien durch die Aufregung wie weggeblasen.

Claudia überprüfte den angegebenen Namen in der Kartei, nein, ein Patient von ihnen war er nicht. „Trotzdem lag leider kein Grund vor, ihn mitzunehmen", der Polizist, der ihre Aussage aufgenommen hatte, zuckte bedauernd die Schultern. „Es ist nicht verboten, eine Behandlung abzulehnen. Und passiert ist nichts, was wir ihm vorwerfen können."

Jochen versuchte, sie zu überreden, mit ihm zu kommen, doch sie weigerte sich beharrlich. „Hier, mit all den Menschen um mich herum, bin ich sicher." Sie versprach ihm, in der Praxis auf seine Rückkehr zu warten.

„Nur gut, dass unten dieser Zettel hing." Gerlinde warf ihren Kolleginnen einen bedeutungsvollen Blick zu. „Stellt euch vor, wir hätten zusätzlich die Notfälle abfertigen müssen! Es wird schon jetzt eng. Der Chef klotzt garantiert rein, damit er einigermaßen pünktlich Mittag machen kann." Es war längst kein Geheimnis mehr, dass dieser die Pausen nutzte, um seine Geliebte aufsuchen zu können. Deshalb hatten sie seit geraumer Zeit die letzten Termine des Vormittags nicht mehr herausgeben dürfen.

Dr. Meiwes winkte, dass er anfangen wolle. Claudia folgte ihm in das Sprechzimmer, in dem bereits der erste Patient wartete. Sie schob alle Gedanken an das Vorgefallene zur Seite, sie musste sich auf ihre Arbeit konzentrieren.

Wie Gerlinde es vorhergesagt hatte, legte der Chef ein mörderisches Tempo vor. Dadurch gelang es ihnen, die verlorene Zeit wieder aufzuholen. Als um halb eins der letzte Termin des Vormittags den Raum betrat, begann sie, sich zu entspannen. Laut Eintragung im Computer handelte es sich um eine reine Kontrolluntersuchung. Selbst wenn bei dem Patienten eine Behandlung erforderlich würde, konnte sie ihren Feierabend einigermaßen pünktlich antreten. Jochen hatte versprochen, spätestens um eins hier zu sein. Den Jungen wollte er lieber bei seinem Vater im Krankenhaus lassen. Falls doch noch etwas passierte! War das Geschehen nicht schon genug Aufregung für den heutigen Tag?

Sie stellte einen neuen Becher bereit, legte die benötigten Utensilien auf die Unterlage, beugte sich vor, um dem Patienten das obligatorische Lätzchen umzubinden - und zuckte entsetzt zurück.

Im Nachhinein konnte sie nicht mehr sagen, was ihre plötzliche Erkenntnis ausgelöst hatte. Völlig aufgelöst taumelte sie rückwärts, prallte gegen den Schrank, war endlich wieder Herr ihrer Sinne, stieß einen lauten Schrei aus und rannte aus dem Behandlungszimmer.

„Ruf die Polizei, das ist einer von ihnen!", schrie sie ihrer Kollegin zu und brachte sich hinter dieser in Sicherheit, dabei hielt sie ihren Blick unverwandt auf die Tür gerichtet, durch die sie hinausgestürmt war und die nun halb offenstand.

Gerlinde tat, ohne weiter nachzufragen, was sie ihr aufgetragen hatte. „Soll ich den Chef warnen?", fragte sie dann flüsternd. „Der ist noch im Nebenraum."

Claudia starrte angespannt auf den leeren Spalt. Nichts rührte sich. Der Typ schien tatsächlich auf eine Behandlung warten zu wollen. „Ja, mach das. Aber leise. Er darf dich nicht hören."

„Geh du in den Personalraum und schließ dich ein! Ich passe hier auf."

Claudia ließ sich nicht lange bitten. Mit klopfendem Herzen wagte sie die drei Schritte, schlüpfte hinein und schloss hinter sich ab. Ihre Beine versagten, sie rutschte am Türblatt hinunter und lehnte sich mit immer noch rasendem Puls dagegen. Prompt meldete sich ihr schlechtes Gewissen: War es nicht feige von ihr, sich zu verkriechen und die anderen der Gefahr zu überlassen?

Sie wartete geschlagene zehn Minuten, hin- und hergerissen zwischen Schuldgefühlen und Aufatmen, nicht bereit, sich der Situation erneut zu stellen. Hoffentlich kam die Polizei bald!

Erst das leichte Klopfen an der Tür zusammen mit der Aufforderung ihrer Kollegin, aufzuschließen, die Beamten seien da und wollten mit ihr sprechen, ließen sie ihre Fassung wiederfinden. Sie erhob sich mit immer noch zitternden Knien und öffnete. Der Polizist drängte sie zurück in das kleine Zimmer und schloss hinter sich die Tür erneut. „Der Kerl saß noch im Stuhl und wartete auf seine Behandlung", berichtete er. „Was ist genau passiert? Hat er sie bedroht?"

„Nein", musste sie zugeben und schilderte ihm das Geschehene möglichst genau. „Es war ein neuer Patient. Er hatte einen regulären Termin. Ich hätte nie damit gerechnet …" Sie schluckte und beendete den Satz nicht. Er würde schon wissen, wie sie es meinte.

„Tjaaa", sagte er gedehnt und kratzte sich am Kopf. „Sind Sie sich denn sicher, dass er wirklich zu dieser Gruppierung gehört? War er einer von denen, die Ihnen öffentlich gefolgt sind?"

Sie schüttelte verneinend den Kopf. „Ich habe ihn noch nie zuvor gesehen. Trotzdem weiß ich, dass er dazugehört. Ich weiß es einfach."

„Hm."

Sie konnte schon an seinem Gesicht erkennen, dass er ihr nicht glaubte.

„Wir werden ihn selbstverständlich überprüfen", begann er. „Um Ihren Verdacht auszuschließen. Aber ich vermute, der Mann ist

nicht polizeibekannt. Könnte es nicht sein, dass sie aufgrund der Ereignisse von heute Morgen überreagiert haben?"
„Klasse." Nach der überstandenen Aufregung setzte die Wut ein. „Das heißt, ich hätte erst abwarten müssen, ob er mich tatsächlich angreift?"
Ihr Gegenüber, ein gemütlich wirkender Kerl, verlor nicht seine Ruhe. „Ja, das wäre natürlich optimal gewesen. Dann hätten wir endlich eine Handhabe gegen einen von ihnen. Tragen Sie am besten von jetzt an ein Aufnahmegerät bei sich, damit Sie später belegen können, was passiert ist. Oder sorgen Sie dafür, dass sich immer ein potenzieller Zeuge in ihrer Nähe aufhält." Er musterte sie aufmerksam. „Ich, an Ihrer Stelle, würde mir allerdings überlegen, ob ich nicht die Arbeit im öffentlichen Bereich vorübergehend einstelle. Mit diesem Druck umzugehen, dem Sie jeden Tag ausgesetzt sind, kann auf Dauer nicht funktionieren."
Er glaubte ihr nicht, das hörte sie deutlich aus seinen Worten heraus. Für ihn war sie eine hysterische Ziege, die eine Bedrohung sah, wo definitiv keine war. Aber sie war sich doch so sicher gewesen! Oder sollte er recht haben? Das innere Zittern, das sie daran gehindert hatte, überhaupt einen klaren Gedanken zu fassen, hatte endlich aufgehört. Seine Ruhe, nein, seine Gegenwart schlechthin, ließ sie nun selbst an ihrer Wahrnehmung zweifeln. „Ja", sagte sie resignierend. „Ich sollte besser meine Arbeit eine Zeit lang aufgeben. Das wäre wohl das Beste für mich."

# 38

Der Alte war natürlich nicht bereit, mit sich reden zu lassen. „Du hast gerade erst gesehen, dass die nicht aufhören", hatte er ihn in scharfem Tonfall gemaßregelt, nachdem er von Jochen über die neueste Attacke informiert worden war. „Ihr seid nur durch unverschämtes Glück dem Überfall entkommen. Ich denke eher, deine Mutter sollte ebenfalls so schnell wie möglich verschwinden."
„Damit entfällt leider die Möglichkeit der Unterbringung", mischte sich sofort der Onkel ein. „Sie hätte den Jungen genommen, deine Frau noch dazu ist unmöglich."
Wovon redeten die beiden eigentlich? Wo hatte er hingesollt? Lieber nicht nachfragen, sondern weiter zuhören. Vielleicht verplapperten die beiden sich.
Und tatsächlich, es klappte. „Wir würden die Kleine vermutlich gefährden", nickte der Vater.
Also zu Chantal hatten sie ihn abschieben wollen! Das war doch am Arsch der Welt!
„Tja, was machen wir jetzt?"
„Wir schicken sie in vorgezogene Ferien. Um diese Zeit müsste man eigentlich überall eine passende Wohnung anmieten können." Der Vater richtete sich halb in seinem Bett auf, seine Augen funkelten bereits wieder unternehmungslustig. „Geh gleich nach Hause und such was Vernünftiges raus. Egal wo. Alles Weitere können wir später in aller Ruhe überlegen."
„Na dann komm!" Der Onkel gab ihm einen kleinen Schubs. „Du wirst mir helfen."
Allerdings sah es dann so aus, dass er blöd daneben saß und zuschaute, wie dieser ohne ersichtlichen Sinn von einer Seite zur nächsten klickte. Immer gab es irgendwas an dem feilgebotenen Objekt auszusetzen, mal lag es zu weit außerhalb, mal war es zu teuer, mal gab es im Moment keine freien Plätze mehr. Er war rich-

tig dankbar, als Benjamin sich meldete. *Hatte heute Morgen einen ätzenden Migräneanfall,* schrieb der. *Jetzt geht es wieder. Was machst du?*
*Ich sitze mit meinem Onkel vor dem Computer,* simste er zurück. *Tierisch langweilig. Der sucht nach einem Unterschlupf für uns.*
*Für uns?*
*Ja, ich soll zusammen mit meiner Mutter weg. Also verschiebt sich das Ganze.*
Er hatte gestern Abend noch lange mit Benjamin geredet, dieses Mal über Skype-Video, und dem Freund alles haarklein berichtet. He, sie waren wie Brüder! Er konnte ihn nicht im Regen stehenlassen.
*Hast du Lust, zu mir zu kommen? Ich langweile mich tierisch. Computer ist noch zu anstrengend, aber reden klappt.*
*Mal sehen, muss erst meinen Onkel bequatschen.* Gar keine schlechte Idee. Bei der Auswahl des Ortes und der Wohnung hatte er sowieso kein Mitspracherecht. Außerdem – vielleicht würde er es auf diesem Weg möglich machen können, sich persönlich von Caroline zu verabschieden. Die Mutter hatte bisher nur einen kleinen Koffer mit dem Nötigsten gepackt für ihre Umsiedelung zu Onkel Jochen. Für die zwei Wochen würde sie wesentlich mehr Klamotten brauchen. Das hieße, sie konnten garantiert nicht direkt nach dem Ende ihrer Arbeit losfahren. Vielleicht blieben sie sogar noch eine weitere Nacht! „Du, hör mal." Er tippte seinem Onkel auf den Arm. „Benjamin fragt an, ob ich zu ihm kommen kann. Der ist heute nicht in die Schule gegangen, weil er starke Kopfschmerzen hatte. So könnte ich mich wenigstens von ihm richtig verabschieden."
„Nein, kommt nicht infrage." Die Konzentration des Onkels war weiterhin auf den Computer gerichtet.
„Keiner weiß, dass er krank zu Hause liegt. Bei ihm bin ich genauso sicher wie hier", bohrte Niklas weiter. „Oh bitte, sei doch nicht so … so … unnett", schloss er lahm. Ihm waren nur einige sehr heftige Wörter eingefallen, doch er musste ihn ja nicht unnötig reizen. Schließlich wollte er etwas erreichen. „Du kannst mich bis in die Wohnung bringen und später auch dort abholen. Und ich wäre

nicht im Weg, wenn du mit Mama ihre Sachen zusammenpackst", lockte er.

Das Argument schien zu wirken. Der Onkel sah ihn nachdenklich an. „Nein, ich trage die Verantwortung für dich", entschied er. „Du bleibst."

„Dann frage ich eben Papa." Niklas wandte sich ab, nicht bereit aufzugeben. Diese einmalige Gelegenheit durfte er sich nicht entgehen lassen.

Der Vater versuchte ebenfalls abzublocken, doch er ließ nicht locker. „Was soll in Benjamins Wohnung schon passieren", schoss er sein letztes Argument ab.

Genervtes Seufzen erklang. „Onkel Jochen bringt dich bis nach oben und du wartest, bis er dich dort wieder abholt. Ihr dürft nicht raus und keinem die Tür aufmachen. Kann ich mich darauf verlassen?"

„Ja, klar, ich bin nicht blöd." Niklas gab sich gekränkt, innerlich frohlockte er.

„Gib ihn mir bitte mal."

Der Onkel wirkte weiterhin skeptisch, erhob aber keine Einwände mehr.

„Du kannst ruhig alles erledigen, was noch zu tun ist. Benjamin bleibt den ganzen Tag zu Hause." Niklas gab sich Mühe, sein Frohlocken zu verbergen.

„So lange wird es nicht dauern. Wir fahren auf jeden Fall heute."

Da kenne ich Mama besser, dachte er. Die packt garantiert auch noch für Papa ein paar Dinge zusammen, dazu ihr eigener Kram, danach will sie bestimmt ein letztes Mal ins Krankenhaus, um sich zu verabschieden. Vor dem frühen Abend wird das nichts. Ohne sich zu der Aussage des Onkels zu äußern, sprang er auf und schlüpfte in seine Jacke. „Können wir los?"

Benjamin freute sich sichtlich über seinen Besuch. Er sah gar nicht gut aus, hatte tiefe Ringe unter den Augen, die Haut wirkte fast durchscheinend, die kurzen blonden Haare standen wirr in alle Richtungen.

„Fühlst du dich echt gut genug, mit mir zu quatschen?", fragte er besorgt, aber wohlweislich erst, nachdem der Onkel gegangen war.

„Klar, ich sehe nach einem Anfall immer so beschissen aus." Der Freund versuchte ein Grinsen, das jedoch ziemlich kläglich ausfiel.

„Ich leg mich noch ein bisschen hin und du bringst mich auf den neuesten Stand, okay?"

Ihn direkt zu fragen, ob er ihm mit Caroline helfen könne, fiel damit aus. Niklas beschloss, ein, zwei Stunden abzuwarten. Immerhin hatte ihm sein Onkel bisher nicht verraten, wann es losgehen sollte. Ja, am besten abwarten, bis seine Mutter über die Änderung informiert war, und dann mit ihr sprechen. Von ihr würde er alle relevanten Informationen spielend erhalten.

Das Glück war auf seiner Seite. Gegen halb zwei rief der Vater an.

„Mama hatte in der Praxis einen kleinen Nervenzusammenbruch", berichtete er aufgeregt. „Das hat den Vorteil, dass sie nun sofort bereit ist, in ein sicheres Versteck zu wechseln. Sie sind gerade auf dem Weg zu mir. Herr Gerber kommt ebenfalls ins Krankenhaus, er will unbedingt mit uns allen sprechen. Onkel Jochen hat ein geeignetes Domizil gefunden. Es wird allerdings später als gedacht, bis ihr losfahrt. Kannst du bei Benjamin bleiben oder sollen sie dich auf dem Weg zum Haus abholen?"

„Was ist mit Mama? Geht es ihr wieder besser?" Das war das Wichtigste.

„Ja, es war einfach nur zu viel für sie. Erst diese Geschichte mit mir, danach das schreckliche Erlebnis heute Morgen, sie ist mit den Nerven am Ende. Deshalb ist es gut, dass Herr Gerber einmal selbst mit ihr spricht."

„Wann würden sie mich denn abholen, wenn ich bleiben kann?"

„Wahrscheinlich nicht vor sechs, eher später. Du kennst ja deine Mutter."

Ha, das passte perfekt! „Ich frag mal eben Benjamin." Er hielt die Sprechmuschel zu und wandte sich an seinen Freund. „Du, ich hab ein Attentat auf dich vor", flüsterte er. „Ich kann doch den ganzen Tag hierbleiben, oder?" Auf dessen verblüfftes Nicken fuhr er fort. „Geht klar, Papa. Sie sollen vorher kurz durchrufen, damit wir Bescheid wissen." Damit war er auf der sicheren Seite. Einem kurzen Treffen mit Caroline stand nichts mehr im Weg.

Kaum hatte er das Gespräch beendet, erklärte er Benjamin, was er vorhatte. „Ich schreibe ihr eine SMS. Sie soll mich anrufen, sobald die Schule aus ist. Ich glaube, die Nachhilfe ist irgendwo in der Innenstadt. Wir könnten uns direkt danach sehen."

„Gegenüber ist eine Bäckerei mit einem kleinen Café", schlug dieser vor. „Verabrede dich dort mit ihr. Wir warten ihr Eintreffen am Fenster ab. Du gehst erst rüber, wenn du sie siehst."

Niklas grinste glücklich. Alles löste sich wie von selbst. Er nahm sein Handy und schickte eine Nachricht an Caroline. Benjamin griff ebenfalls zu seinem Handy und begann zu tippen. „Ich muss eben einem Freund absagen, dass ich ihn heute nicht treffen kann. Du bist mir wichtiger. Außerdem kann ich damit für dich als Alibi herhalten."

Niklas war richtig gerührt. Obwohl sie sich nur noch selten in ihrer Freizeit sahen, war die Verbindung zwischen ihnen fest wie eh und je. Ja, auf seinen Bruder würde er sich immer verlassen können.

Caroline meldete sich direkt nach Schulschluss, war anfangs jedoch etwas irritiert. Daher gab er ihr einen kurzen Abriss von dem, was seit ihrem letzten Gespräch passiert war. Benjamin verzog sich derweil in die Küche, um ihnen das Mittagessen aufzuwärmen, wie er mimisch andeutete.

„Ich brauche von der Nachhilfe zu diesem Café ungefähr eine Viertelstunde", sagte Caroline. „Ich wäre ungefähr um Viertel nach fünf dort."

„Super, ich freue mich."

Vor lauter Aufregung hatte er überhaupt keinen Hunger und stocherte im Essen herum, indem er es von einer Seite auf die andere schob.

„Magst du das nicht?", fragte Benjamin, der im Gegensatz zu ihm kräftig zuschlug. „Ich finde, der Eintopf schmeckt aufgewärmt noch besser."

„Mein Magen ist wie zugeschnürt", gestand er. „Ich kriege einfach nichts runter."

Der Freund lachte. „Ist vielleicht gut, dass du wegfährst. Sonst fällst du ganz vom Fleisch."

Niklas erwiderte lieber nichts darauf, sondern nickte bloß. Das war der einzige Punkt, wo er oft genug spürte, dass Benjamin eifersüchtig auf ihn war. Beide hatten lange unter ihrer geringen Größe zu leiden gehabt, allerdings war er dabei schlank, eher sogar richtig dürr gewesen, der Freund hingegen immer schon pummelig und mit dicken Pausbacken gesegnet. Der ersehnte Wachstumsschub hatte bei beiden gleichzeitig eingesetzt, nur war er fast zehn Zentimeter mehr in die Höhe geschossen, er maß stolze Eins einundachtzig. Zudem hatte Benjamin sein Gewicht in der Zwischenzeit verdoppelt, er war nicht mehr pummelig, sondern richtig dick. Deshalb hatte er bei den Mädchen noch weniger Chancen als Niklas, der gerade erst anfing, nicht mehr wie ein Hungerhaken auszusehen. Bestimmt war das Training, das er anfangs eher widerwillig auf sich genommen hatte, die Hauptursache für die sich langsam entwickelnden Muskeln. Tatsache war jedenfalls, dass er seit Kurzem das Gefühl hatte, wesentlich ansehnlicher zu sein, zumindest vermittelte sein Spiegelbild diesen Eindruck. Das musste er Benjamin jedoch nicht unbedingt auf die Nase binden. Der wusste schließlich selbst am besten, wie sehr ihr Aussehen mittlerweile auseinanderdriftete.

Die Zeit bis zu dem Treffen zog sich wie Kaugummi. Alle Neuigkeiten waren längst ausgetauscht, sie saßen sich stumm gegenüber, bis Benjamin schließlich den Fernseher anschaltete und von einem Programm zum nächsten zappte. Niklas war ihm dankbar, er konnte sich sowieso auf nichts konzentrieren, beobachtete stattdessen den Minutenzeiger, der viel zu langsam vorrückte. Schon eine Viertelstunde vor dem vereinbarten Treffen erhob er sich und trat ans Fenster.

„Muss Liebe schön sein", kommentierte Benjamin grinsend sein Verhalten.

„Wann kommt deine Mutter?" Er blickte besorgt auf seinen Freund. Dem schien es nämlich keineswegs so gut zu gehen, wie er behauptete. Er sah mittlerweile wieder genauso blass und elend aus wie bei seiner Ankunft.

„Nicht vor halb neun. Dafür war sie heute Morgen länger da." Sie arbeitete seit der Scheidung als Verkäuferin in einem Möbelhaus.

„Sollen wir lieber zu dir raufkommen?"

„Nee, ich schlaf gleich ne Runde", wehrte Benjamin ab. „Mir fehlt nur mein Mittagsschlaf."

„Spinner!"

„Danke, gleichfalls. Wie sieht's aus? Ist sie schon da?"

Niklas kontrollierte die Uhrzeit. „Noch zehn Minuten." Jetzt, da das Treffen unmittelbar vor ihm lag, schlich sich erneut dieses mulmige Gefühl ein. Was, wenn er sie falsch verstanden hatte? War es sinnvoller, gleich die Initiative zu ergreifen oder sollte er besser abwarten, wie sich ihr Gespräch entwickelte? „Ich gehe runter. Da sitzen ganz viele Leute draußen an den Tischen. Hinterher geht sie, wenn sie mich nicht entdecken kann."

„Mach, was du willst", brummte Benjamin mit halbgeschlossenen Augen. „Wir sehen uns dann ja gleich noch."

„Hörst du mein Klingeln oder soll ich deinen Schlüssel mitnehmen?"

„Geh endlich! Bis zu deiner Rückkehr bin ich längst wieder wach. Und toi, toi, toi."

Mit wild klopfendem Herzen zog er sich die Jacke über. Er freute sich genauso sehr, wie er sich fürchtete. Er holte ein letztes Mal tief Luft und öffnete die Tür.

# 39

Claudia war völlig neben der Spur, wie sein Neffe gesagt hätte. Als er eintraf, verließen gerade zwei Polizisten mit einem grinsenden jungen Mann zwischen sich das Haus. Böses ahnend nahm er zwei Stufen auf einmal und fand die in der Praxis Versammelten in höchster Aufregung vor. Alle hatten sich um seine Schwägerin gruppiert, die heulend auf einem Stuhl saß. Als sie ihn entdeckte, verstärkte sich die Tränenflut sogar noch.
Er ließ sich von der jüngeren Sprechstundenhilfe erzählen, was passiert war. „Ich stelle sie unverzüglich frei", wiederholte der Chef, dasselbe, was er schon dreimal zu Claudia gesagt hatte. Jochens Meinung nach hatte der eher Angst um sich und seine Praxis. Er wirkte nicht sonderlich geschockt. Heute Morgen war er wesentlich angefressener gewesen.
„Komm!" Er zog Claudia vom Stuhl hoch. „Wir fahren zu Jens ins Krankenhaus." Willig folgte sie ihm nach draußen. Die Sprechstundenhilfe drückte ihm eine Plastiktüte in die Hand. „Das sind all ihre Sachen. Damit Sie nicht wiederkommen müssen."
Gott sei Dank war die Schwägerin nicht in der Verfassung, das Absurde an dieser Verabschiedung mitzukriegen. Wie viele Jahre hatte sie hier gearbeitet? Und nun wurde sie so schnell wie möglich abgeschoben. Keiner wollte mehr was mit ihr zu tun haben.
Kaum waren sie unterwegs, klingelte Claudias Handy. „Ja, wir sind auf dem Weg zu dir. Jochen meinte, dass ..." Sie brach ab und lauschte der Stimme ihres Mannes.
„Du hast ihn schon informiert?", fragte er, nachdem sie das Telefon weggesteckt hatte. „Nein, das war Gerlinde, meine Kollegin. Sie dachte, du wärest noch bei ihm."
Ja klar, die wollten sie so schnell wie möglich weg haben. „Habt ihr zusammen gesprochen?"

„Nein, dazu war ich nicht in der Lage." Claudia rieb sich müde die Augen. „Ich konnte gar nicht mehr aufhören zu weinen."
„Ihr, du und Niklas, könnt aufbrechen, sobald du gepackt hast." Das war der passende Zeitpunkt, um ihr von Jens' Planänderung zu erzählen. „Ich habe im Allgäu eine Ferienwohnung für euch gebucht. Dort bleibst du mit dem Jungen, bis dein Mann entlassen wird. Dem tut ein bisschen Erholung anschließend auch gut. Ich habe erst mal für vier Wochen bezahlt. Danach könnt ihr selbst entscheiden, wie es weitergehen soll."
Sie nickte nur. „Herr Gerber kommt zu uns ins Krankenhaus", sagte sie dann.
Gut, dem würde er die passenden Worte sagen. Wie ging es an, dass diese Typen unverdrossen die ganze Familie terrorisierten und die Polizei stand hilflos daneben?
„Wieder nichts", berichtete der Kripobeamte direkt nach seinem Eintreten. „Es finden sich keine verwertbaren Spuren. Niemand hat die beiden Typen, die hinter ihnen auftauchten, gesehen, der Zettel muss bereits in der Nacht angebracht worden sein, die beiden Chirurgen konnten sich erinnern, ihn bemerkt zu haben. Sie haben wirklich unverschämtes Glück gehabt, dass die beiden anwesend waren. Augenarzt und Hautarzt beginnen erst um neun, das hatten die bestimmt ausbaldowert. Genauso, wie die wussten, dass Sie eine Viertelstunde vor den Kolleginnen eintreffen."
Ja, schön für uns, dachte Jochen. Noch schöner wäre es, wenn die gar nicht die Möglichkeit hätten, uns anzugreifen. Laut sagte er: „Wieso lassen Sie diese Typen nicht rund um die Uhr beobachten und überwachen deren Telefonate? Oder wenigstens deren Computer? Dann hätten Sie schon längst was gegen die in der Hand."
„Dafür haben wir weder das Personal noch bekämen wir die dafür notwendige richterliche Erlaubnis. Alles, was wir tun können, tun wir, das müssen Sie mir glauben. Die haben hervorragend geschulte Anwälte in ihren Kreisen. Wir müssen uns streng an Recht und Gesetz halten."

„Also gibt es nichts, was Sie zurzeit gegen die unternehmen?", ließ er nicht locker.

„Leider haben die Täter bisher verdammt viel Glück gehabt, dass sie niemand beobachtet hat. Aber irgendwann reißt auch die beste Strähne. Sobald wir etwas Handfestes in petto haben, schlagen wir zu." Herr Gerber zog sich einen Stuhl heran und setzte sich. „Ich bin der Meinung, das Ganze ist eine Privatsache von Saschas Bruder. Dasselbe hat er damals bei den anderen Zeugen versucht, die gegen seine zwei Brüder aussagen wollten, die in Haft sitzen. Glücklicherweise gab es in dem Fall handfeste Indizien, nachdem diese verurteilt wurden, kehrte Ruhe ein. Ich denke, bei Ihnen wird es genauso laufen."

„Wie geht es Sascha?", fragte Jens, bevor er nachhaken konnte, ob die Zeugen sich hatten einschüchtern lassen.

„Er ist über den Berg, allerdings wird er mindestens einen Monat verhandlungsunfähig sein. Ich setzte mich dafür ein, dass der Prozess anschließend sofort begonnen wird."

„Das heißt, die ganze Geschichte hat eigentlich gar nichts mit diesem Neonazi-Kram zu tun?", übernahm Jochen schnell, bevor sein Bruder einen weiteren Kommentar abgeben konnte.

„Nein, wie ich schon sagte, ich vermute, er handelt aus ureigenem Interesse. Dumm nur für Sie, dass er zu dieser Gruppierung gehört und auf die Genossen zurückgreifen kann."

„Was für einen Status hat dieser Bruder überhaupt?"

Herr Gerber lächelte gequält. „Er führt den Schlägertrupp an. Man sagt über ihn, er hätte kein Gewissen, zur Not geht er über Leichen."

Claudia zuckte zusammen und Jens stöhnte leise. Er selbst musste sich zurückhalten, dass er sich nicht auf diesen inkompetenten Fatzke stürzte. „Und das erzählen Sie uns erst jetzt?"

„Wir wissen doch offiziell überhaupt noch nicht, ob wir mit unserem Verdacht gegen ihn richtig liegen", erinnerte der ihn. „Es existiert nicht ein Beweis, der ihn mit der Geschichte in Verbindung bringt."

„Aber Chantal hat ihn eindeutig als einen der Täter identifiziert, die sie zusammengeschlagen haben", konterte er.

„Auch hier steht bisher Aussage gegen Aussage. Und die mutmaßlichen Angreifer haben alle ein Alibi für diesen Zeitraum." Herr Gerber ließ sich nicht aus der Ruhe bringen. „Trotzdem versuchen wir natürlich, eine Anklage gegen sie auf die Beine zu stellen. Es braucht nur Zeit."

„Die wir nicht haben", konnte Jochen sich nicht verbeißen, zu erwidern.

„Nun, unser weiteres Vorgehen steht fest", griff Jens begütigend ein. „Meine Frau und mein Sohn verlassen heute Abend die Stadt. Ich folge ihnen, sobald ich entlassen werde."

„Das ist eine gute Idee", nickte Her Gerber, offensichtlich erleichtert darüber, dass damit das Verhör beendet war. „Wir bleiben in Verbindung, ich halte Sie auf dem Laufenden."

„Musstest du so grob mit ihm umspringen?", fauchte Jens, nachdem der Kripobeamte sich verabschiedet hatte. „Er ist ein wertvoller Verbündeter."

„Bis jetzt konnte ich davon nichts sehen." Er war nicht bereit, seine Meinung zu ändern. „Das ist eine echte Lachnummer, was die abziehen."

„Nein, das ist Demokratie", antworte Jens, seine Worte schienen ihm tatsächlich ernst zu sein. „Natürlich ist es für uns in unserer Lage im Moment schwer nachzuvollziehen, dass die Polizei nichts unternehmen kann. Andererseits möchte ich nicht in einem Staat leben, in dem die Willkür vorherrscht, auch wenn ich dadurch nicht immer zu meinem Recht komme, oder es eben etwas länger auf sich warten lässt."

Kein Zweifel, er meinte das Gesagte ernst. Jochen hätte ihn liebend gern geschüttelt und ihn einen Idioten genannt. Claudia schien diese Einstellung ebenfalls nicht nachvollziehen zu können. Sie erhob sich von ihrem Platz auf Jens' Bett und holte tief Luft. Gespannt wartete er auf ihren Kommentar. Doch sie ließ die Luft sanft ausströmen und erklärte: „Wir essen unten in der Cafeteria eine Kleinigkeit, danach fahren wir zum Haus und packen das Nötigste zusammen. Anschließend holen wir Niklas ab und kommen gemeinsam zurück, um uns von dir zu verabschieden." Ohne eine Antwort von ihm abzuwarten, marschierte sie aus dem Zimmer.

Jochen folgte ihr nach einem einfachen Tschüss. Mit dem Bruder zu diskutieren war zwecklos, der hatte seinen festen Standpunkt, von dem er unter keinen Umständen abweichen wollte. Was verdammt noch mal musste passieren, damit dieser umdachte!

Die nächsten Stunden verbrachten sie mit Sortieren und Einpacken. Im Prinzip konnte er sich zurücklehnen und seiner Schwägerin bei der Arbeit zusehen. Was in seine Zuständigkeit fiel, das Haus möglichst einbruchsicher zu machen, hatte er innerhalb kürzester Zeit erledigt. Sie dagegen benötigte eine gefühlte Ewigkeit, bis sie alles, von dem sie dachte, sie würde es vielleicht benötigen, in Koffer, Taschen und Rucksäcke verstaut hatte.

„So, fertig." Sie rüttelte ihn sanft an der Schulter. Du meine Güte, er war glatt auf dem Sofa eingeschlafen! Er rieb sich über das Gesicht und rappelte sich hoch. War vielleicht sogar ganz gut so, immerhin hatte er gleich mehrere Stunden auf der Autobahn vor sich. Der Vermieter war so nett gewesen, ihm anzubieten, dass er den Schlüssel unter die Fußmatte legen würde. Deshalb kam es nicht so darauf an, wann sie ihr Ziel erreichten. Ein Blick auf die Uhr, es war fast Viertel vor sieben. „Ruf du Niklas an, ich bringe das Gepäck ins Auto."

Er verstaute gerade die dritte Ladung im Kofferraum, als sie mit aschfahlem Gesicht auf ihn zustürmte. „Jochen, da stimmt was nicht. Sein Handy ist ausgeschaltet und Benjamin sagt, er wäre schon vor gut eineinhalb Stunden gegangen, weil er sich noch mit diesem Mädchen treffen wollte."

Dieser verflixte Bengel! „Ruf sofort die Polizei an!", befahl er. „Lass dir Herrn Gerber geben! Mach ihm die Hölle heiß! Der soll alles in Bewegung setzen, was er zur Verfügung hat."
Sie rannte zurück ins Haus. Er nutzte die Gelegenheit, auch noch den restlichen Kram zu verstauen. Sicher war sicher. Vielleicht hatte der Junge ja bloß ungestört mit dem Mädel sein wollen und war in wenigen Minuten schon wieder erreichbar. Bei diesen hormongesteuerten Teenagern konnte man nie wissen, auf was für seltsame Ideen die kamen. „Wir fahren direkt zu diesem Freund", bestimmte er, als Claudia zum Auto kam." Fast bereute er seine Entscheidung, sie aufgefordert zu haben, Meldung zu machen. Fanden sie den Jungen unversehrt vor, standen sie echt blöd da.
„Warum hast du ihm bloß erlaubt, zu Benjamin zu gehen?", hielt sie ihm zum zweiten Mal an diesem Tag vor. Auf dem Hinweg zum Krankenhaus hatte er diese Litanei schon zur Genüge ertragen müssen und sich wortreich verteidigt. Jens, der eigentliche Verantwortliche, war ihm sofort zur Seite gesprungen, nachdem sie sein Zimmer erreicht hatten. Danach war sie verstummt und hatte das Thema nicht mehr erwähnt.
Er biss die Zähne zusammen und konzentrierte sich auf den Verkehr. Allzu schnell wollte er nicht fahren, aber er nutzte jede Lücke und wechselte abrupt die Fahrspur, wenn er dadurch die Chance hatte, zügiger vorwärtszukommen. Trotzdem benötigten sie fast eine Viertelstunde, bis sie vor Benjamins Haus hielten.
Kein Niklas weit und breit. „Versuch es noch mal auf dem Handy", wies er Claudia an.
Während sie wählte, steuerte er bereits auf die Eingangstür zu und winkte ihr, ihm zu folgen. „Wieder nichts." Ihre Worte kamen gleichzeitig mit dem Summer. Sie betraten den Flur und hetzten gemeinsam die Treppe hoch.
„Ist er nicht unten?", fragte Benjamin. Er sah noch schlechter aus als am Morgen und hielt sich nur mühsam aufrecht.

„Geh rein, Junge." Er nahm ihn am Arm und führte ihn zurück in sein Zimmer. „Leg dich hin. Nein, er ist nicht aufgetaucht. Wo wollte er genau hin, weißt du das?"

„Gegenüber ins Café", flüsterte Benjamin. Sein Gesicht glänzte schweißnass, zu allem Übel fing er an zu würgen.

Claudia, die ihnen gefolgt war, sprang auf und lief nach einem Eimer.

„Ist nichts mehr drin." Der Junge schluckte mehrmals. „Hab schon alles ausgekotzt."

„Hast du die Handynummer von dem Mädchen? Wie lautet ihr Nachname?", fragte Jochen auf sein Kopfschütteln weiter.

„Speyer, Caroline Speyer heißt sie und wohnt in der Nähe der Autobahn. Oh Gott, hoffentlich ist ihm nichts Schlimmes passiert!"

Jens zückte sein Handy und rief das Telefonbuch auf. Jetzt kam ihm sein hervorragendes Ortsgedächtnis zugute. Bis auf zwei Adressen konnte er alle anderen ausschließen. Schon die erste Nummer war die richtige. Einer Eingebung folgend gab er sich als Lehrer des Gymnasiums aus und bat darum, das Mädchen sprechen zu dürfen. Ohne große Nachfrage wurde sie ans Telefon geholt. „Hallo, ich bin der Onkel von Niklas, Benjamin hat mir erzählt, dass ihr euch heute treffen wolltet. Wann habt ihr euch getrennt?"

Einen Moment herrschte vollkommene Stille. „Er ist gar nicht gekommen", brachte sie schließlich hervor. „Ich habe versucht, ihn auf dem Handy anzurufen, aber das war abgeschaltet. Fast eine halbe Stunde habe ich gewartet."

„Hast du irgendetwas Merkwürdiges bemerkt?", hakte er nach.

„Nein. Was ist denn passiert? Hallo?" Er unterbrach die Verbindung, ohne zu antworten. „Benjamin, wann genau ist er gegangen?", wandte er sich an den völlig verstörten Jungen. „Und wann wollten die beiden sich treffen?"

„Caroline meinte, dass sie so gegen Viertel nach fünf da sein könnte. Er hat am Fenster gestanden und rausgeguckt, bis er es nicht mehr aushielt. Das war so gegen kurz nach fünf. Er meinte, draußen, zwischen all den Leuten, die da saßen, würde ihm schon nichts passieren."

„Hast du danach irgendetwas Auffälliges gehört oder gesehen?"

„Nein. Ich bin sofort eingeschlafen und erst durch den Anruf von Frau Baumgard wach geworden." Der Junge weinte jetzt. Die Schluchzer schüttelten ihn, dass er kaum zu verstehen war. „Es ist alles meine Schuld! Hätte ich ihn bloß davon abgehalten, runterzugehen!"

„Mach dir keine Vorwürfe." Doch, mach dir welche!, schrie es in seinen Gedanken. Du warst nicht blind vor Verliebtheit, du hättest die Gefahr sehen müssen! „Ruf die Polizei noch mal an und sag ihr, was wir herausgefunden haben", befahl er Claudia, die wie erstarrt mitten im Raum stand. „Und die sollen sofort den Gerber informieren." Der Kripobeamte hatte sich bei ihrem ersten Anruf längst ins Wochenende verabschiedet. Die Kollegen würden sich genauso gut um den Fall kümmern, hieß es. Jetzt war es an der Zeit, ihn zu aktivieren.

# 40

Die Maschinerie hatte sich bereits in Bewegung gesetzt. Herr Gerber, von seinen Kollegen informiert, war im Präsidium angekommen und hatte eine Handyortung veranlasst, alle verfügbaren Streifenwagen waren ausgeschwärmt, um nach dem Jungen zu suchen. Jochen beschloss, sich ebenfalls daran zu beteiligen. Kaum saßen sie im Auto, ertönte bei beiden Mobiltelefonen gleichzeitig das Signal, das eine eingegangene SMS ankündigte.
„Von Niklas." Vor Aufregung ließ Claudia das Telefon fallen. Es rutschte unter den Sitz und sie musste sich weit vorbeugen, um es aufzunehmen.
Jochen, der in der Zwischenzeit das angehängte Foto geöffnet hatte, versuchte, ihr das Handy zu entwinden. „Nein, schau es dir nicht an, bitte."
„Lass mich!", kreischte sie. „Ich will wissen, was passiert ist."
Schulterzuckend gab er sie frei, beobachtete, wie sie die angehängte Nachricht las und das Foto aufrief. „Nein!" Ihr Schrei gellte so laut, dass die vorbeigehenden Passanten stehenblieben und sich in ihre Richtung drehten. Leise vor sich hin fluchend startete er den Motor und gab Gas, die immer noch schreiende Claudia neben sich.
Vor der ersten roten Ampel rief er Jens an. „Hast du das Foto an den Gerber weitergeleitet?" Er fragte gar nicht nach, sondern ging instinktiv davon aus, dass er es auch erhalten hatte. „Und hat der sich um die Ortung gekümmert? Weiß er, wo sich der Junge befindet?"
„Sie sind bereits auf dem Weg dorthin." Die Stimme des Bruders klang panisch. „Jochen, ich kann nicht mehr. Ich bin am Ende. Niklas - er muss ausbaden, was ich verursacht habe."
„So schlimm, wie es aussieht, ist es meist nicht", beruhigte er ihn wider besseres Wissen, während gleichzeitig eine unbändige Wut in

ihm hochstieg. „Wir kommen direkt zu dir. Ich denke, sie bringen den Jungen, sobald sie ihn gefunden haben, ebenfalls dorthin."
Claudias Handy klingelte, sie riss sich zusammen und meldete sich mit hoffnungsvollem Blick. „Sie haben ihn! Eine Streife war in der Nähe! Sie haben ihn gefunden!", rief sie aufgeregt.
Er gab die Nachricht an seinen Bruder weiter, der das Gespräch sofort beendete, allerdings nicht schnell genug, sodass er das halbunterdrückte Aufschluchzen noch hörte. Trotz der Erleichterung, die er empfand, wuchs seine Wut ins Unermessliche. Alles in ihm dürstete nach Rache.
„Es ist glimpflicher abgegangen, als es aussieht." Jens, der darauf bestanden hatte, bei seinem Sohn zu sein, wurde von der Krankenschwester zurück ins Zimmer gebracht. „Er hat jede Menge Prellungen und Blutergüsse", berichtete er, während die Schwester ihm aus dem Rollstuhl zurück ins Bett half. „Das ganze Blut auf dem Bild war einfaches Nasenbluten. Er hat wohl heftig eins auf die Nase bekommen, aber sie ist nicht gebrochen." Er ließ sich aufatmend in die Kissen fallen. „Schlimmer ist sein psychischer Zustand. Er hat eine Todesangst ausgestanden, besonders, als der Anführer eine Rosenschere hervorholte und drohte, ihm einen Finger abzuschneiden. Er hat sogar angesetzt, du kannst dir sicher vorstellen, was für Angst der Junge ausgestanden hat." Er räusperte sich. „Er hat bei dem ersten Druck die Kontrolle über seine Blase verloren, worauf die Umstehenden in lautes Gelächter ausgebrochen sind. Der Typ hat ihn eine ganze Weile leiden lassen, indem er laut überlegte, ob das Geschehene als Rache ausreicht oder ob er ihm doch noch den Finger abschneidet."
„Waren sie wieder maskiert?" Auch Jochen musste die aufsteigenden Tränen unterdrücken. „Wie viele waren es?"
„Es waren vier und alle trugen Sturmhauben, schwarze Hosen, schwarze Jacken, Lederhandschuhe, Springerstiefel", zählte Jens auf. „Sie haben sich ihn im Hausflur geschnappt und sind mit ihm durch den Hinterausgang raus. Dann wurde er in ein dort geparktes Auto

verfrachtet und sie sind mit ihm zu diesem Neubaugebiet gefahren, wo man ihn auffand. Die hatten wohl nicht damit gerechnet, dass die Handyortung auf Anhieb klappt und die Polizei so schnell da ist. Sie sind erst im letzten Moment getürmt." Er lachte rau. „Wollten wohl noch auf meine Antwort warten. Wir haben alle den gleichen Text bekommen; sein Leben gegen die Adresse des Mädchens."

„Wie lange muss Niklas hierbleiben?"

„Wahrscheinlich nur bis morgen. Er kommt zu mir aufs Zimmer, wenn die Untersuchungen abgeschlossen sind. Meinen bisherigen Bettnachbarn haben sie solange verlegt. Claudia darf bei uns übernachten. Danach bringst du die beiden sofort weg. Ich werde mit dem Arzt sprechen, ob ich nicht mit euch kommen kann. Ich will keine Minute mehr von ihnen getrennt sein."

Es klopfte an der Tür und Herr Gerber trat ins Zimmer. „Leider habe ich keine guten Nachrichten für Sie. Es gibt wieder keine relevanten Spuren. Wenn nicht einer der Nachbarn des Freundes etwas gesehen hat, stehen wir wieder am Anfang."

„Wie sieht es mit einer Stimmprobe aus?", fragte Jochen. „Der Anführer hat mit Niklas geredet, können Sie nicht wenigstens einen Stimmvergleich durchführen?"

„Das bringt nichts." Jens schüttelte müde den Kopf. „Die haben sich bestimmt vorher Alibis besorgt."

„Wenn ich wüsste, dass es sich bei ihm tatsächlich um den Bruder von Sascha handelt, könnte ich einen Privatdetektiv anheuern, der ihn auf Schritt und Tritt überwacht." Jochen schaffte es, ruhig und gelassen zu klingen. „Einer, der derart agiert, macht das bestimmt öfter. Irgendwann kriegen wir ihn auf diese Weise."

„Eine hervorragende Idee." Herr Gerber nickte beifällig. „Wir versuchen natürlich auch, diese Typen, so gut es geht, im Auge zu behalten. Leider sind unsere Ressourcen begrenzt."

„Haben Sie denn nun eine Stimmprobe von ihm?" Jochen wandte lieber den Blick ab, damit der Kripobeamte die Wut darin nicht sehen konnte.

„Ehm, ja, das ließe sich durchführen. Ich sage ihnen aber gleich dabei, dass diese Aktion nicht verwendet werden kann." Herr Gerber trat von einem Fuß auf den anderen. „Das ist dann eher inoffiziell. Sie verstehen sicher, was ich damit meine."
Das war ihm gleichgültig. Er hatte ganz andere Pläne. „Lässt sich das heute noch durchführen?"
„Warten wir lieber bis morgen. Überfordern wir den Jungen nicht."
Nachdem Niklas in einem Krankenbett begleitet von seiner Mutter ins Zimmer gerollt worden war, blieb Jochen nur noch kurz. Der Kleine hatte einen Cocktail aus Schmerz- und Beruhigungsmitteln bekommen und war kaum ansprechbar. „Wir sehen uns. Besser dich schnell", flüsterte er ihm zu. In solchen Situationen fühlte er sich immer besonders hilflos. Wie sollte man einem Opfer derartiger Gewalt Trost spenden? Dafür war er eindeutig nicht der Richtige.
Den Abend verbrachte er mit Internetrecherchen. Zwar hatte er sich bereits mehrfach auf den diversen Seiten im Netz informiert, diese Mal suchte er jedoch gezielt nach allen Informationen zu Lars Schulte, die er finden konnte. Der Typ war groß, auf den Fotos, die ihn zeigten, überragte er fast alle seine Genossen. Dazu deuteten die Muskeln, die aus den T-Shirt-Ärmeln quollen, auf eine zweite Karriere als Bodybuilder hin, wobei es sich wahrscheinlich eher um reines Krafttraining handelte. Sein Gesicht wirkte dagegen harmlos, selbst auf den Bildern, die ihn in einer bedrohlichen Haltung zeigten. Der Kerl hatte viel Muskelmasse und wenig Hirn, er war nicht intelligent, sondern besaß eine gewisse Bauernschläue, die bisher ausgereicht hatte, ihn vor offensichtlichen Fehlern zu bewahren. Er würde sich eine Strategie überlegen müssen, um ihn ohne Gefahr für sich selbst zu erwischen.
Am nächsten Morgen traf er gleichzeitig mit Herrn Gerber im Krankenhaus ein. „Haben Sie die Typen überprüft?", fragte er anstelle einer Begrüßung.
„Die hatten gestern angeblich einen Gemeinschaftsabend, an dem alle aus der Gruppe teilnahmen, das heißt, einer gibt dem anderen

sein Alibi. Angeblich trudelten die meisten zwischen vier und fünf ein, also genau in der relevanten Zeit. Die Befragungen in der Nachbarschaft des Freundes von Niklas verliefen ohne Erfolg. Wir können ihnen nichts nachweisen."

„Haben Sie die Adresse von Lars Schulte?" Er sah den Kripobeamten nicht an, sondern drückte auf den Rufknopf für den Aufzug. „Ich möchte gleich morgen einen Detektiv beauftragen", fügte er hinzu, da dieser schwieg. „Natürlich findet der die auch allein heraus. Ich wollte nur Zeit sparen."

„Schauen Sie im Telefonbuch nach. Er ist der einzige Teilnehmer dieses Vornamens, der in dem Vorort wohnt, in dem sich die Gruppierung regelmäßig trifft." Herr Gerber trat durch die sich öffnenden Türen und betrachtete angelegentlich das Fahrstuhlinnere. „Wussten Sie eigentlich, dass er relativ regelmäßig bei dem ebenfalls bekannten Schrotthändler in der Nordstadt arbeitet? Der hat zwei scharfe Hunde, Rottweiler, mit denen ist nicht gut Kirschen essen. Ja, die Gegend verkommt immer mehr", fuhr er scheinbar zusammenhangslos fort. „Erst letzte Woche hat der Betrieb direkt daneben schließen müssen. Zwei Häuser weiter steht ein weiteres Gebäude leer."

Jochen kommentierte das Gehörte nicht. Erst als er an die Krankenzimmertür klopfte, rang er sich ein leises ‚Danke' ab.

Niklas saß, schon mit frischer Kleidung versehen, aufrecht in seinem Bett. Körperlich schien es ihm so gut zu gehen wie unter diesen Umständen möglich, doch seine Augen blickten seltsam trübe und leer. Auf ihr Eintreten reagierte er, indem er seine Hände zu Fäusten ballte und den Kopf senkte.

Jens begrüßte sie dagegen freudig. „Claudia erledigt gerade die Entlassungsformalitäten für Niklas, ihr könnt also gleich los. Mich lassen die nicht gehen. Ich muss mindestens bis zum Ende der Woche noch bleiben. Herr Gerber, können Sie bitte Niklas die Aufnahme vorspielen? Er brennt darauf, etwas zu den Ermittlungen beizutragen."

Na, so wirkte dieser keineswegs auf Jochen. Bei den Worten seines Vaters war er blass geworden und seine Fäuste bohrten sich in seine Oberschenkel.

Eine raue, leicht stotternde Stimme, die vorgegebene Worte herunterleierte, erfüllte den Raum. Der Junge zuckte merklich zusammen, riss die Hände hoch und hielt sich die Ohren zu. „Ausmachen!", presste er mit zusammengekniffenen Augen hervor. „Ich will das nicht hören!"

„Hey!" Mit einem Satz war er neben ihm und drückte ihn fest an sich. „Er wird dir nichts mehr tun, nie wieder", sagte er dicht an seinem Ohr. „Bitte, du musst uns sagen, ob du diese Stimme wiedererkennst."

„Das war der Anführer von denen." Niklas nuschelte wie ein Kleinkind, sodass er ihn kaum verstehen konnte. „Der wollte mir den Finger abschneiden."

Jochen zog ihm sanft die Hände herunter. „Der wird dafür büßen, das verspreche ich dir", flüsterte er ihm leise zu. Laut fragte er: „Und, stimmt unsere Vermutung, wer hinter dem Überfall steckt?"

Herr Gerber nickte stumm und verstaute das Abspielgerät wieder in seiner Tasche. „Ich danke dir, Niklas. Du hast uns sehr geholfen."

Weder Jens noch Jochen kommentierten diesen Spruch, ersterer blickte jedoch forschend auf seinen Bruder. Er ahnte bereits, dass dieser irgendetwas plante. „Wann sehe ich dich wieder?", fragte er, als Claudia und Niklas von Herrn Gerber begleitet das Zimmer verließen.

„In ein oder zwei Tagen, ich melde mich zwischendurch bei dir." Er zog grinsend eine Augenbraue hoch. „Vielleicht benötige ich deine Hilfe. Also streng dich an, dass sie dich bald entlassen."

Das war natürlich nur zur Beruhigung seines Bruders gedacht. Bis der hier raus kam, war die Sache längst gelaufen. Außerdem hätte der viel zu viele Bedenken gehabt, das Geplante durchzuziehen. Nein, das war ganz allein seine Angelegenheit.

# 41

Die Durchführung erforderte einige Vorbereitungen. Nachdem er von der Fahrt in den Allgäu zurückgekehrt war, nahm er sein kleines Notizbuch zur Hand und suchte nach den Telefonnummern derer, die ihm helfen sollten. Ja, es gab einige, die ihm aus dem einen oder anderen Grund verpflichtet waren, er studierte die aus sechs Namen bestehende Liste. Am besten, er nahm den Treptow und den Zeisig, die beiden hatten den meisten Mumm.
Beide sagten nach kurzer Erläuterung der Umstände zu. Robert Treptow würde die Tagschicht übernehmen, Jürgen Zeisig die Nachtschicht. Sie tauschten die aktuellen Handynummern aus, mehr gab es im Moment nicht zu sagen. Jochen lehnte sich müde zurück. Jetzt musste er abwarten, bis sich die Gelegenheit bot, Rache zu nehmen. Er hoffte, dass es nicht zu lange dauern würde.
Der schrille Handyton weckte ihn am nächsten Morgen aus tiefem Schlaf. Doch es war nur sein Bruder, den die Neugier und auch eine gewisse Angst dazu trieben, sich bei ihm zu melden. „Was hast du vor?"
„Das willst du nicht wirklich wissen. Außerdem bitte ich dich, mich in den nächsten Tagen nicht anzurufen", kam er einer erneuten Nachfrage zuvor. „Der Anschluss muss frei bleiben. Brauchst du irgendwas oder gibt es sonst Neuigkeiten, ruf bitte auf dem Festnetz an. So, ich drücke dich jetzt weg."
Danach saß er tatenlos in seiner Wohnung und wartete darauf, dass sich seine Freunde meldeten. Bis zum Abend blieb das Handy stumm. Dafür klingelte es gegen neun an der Tür. Robert gab sich durch die Sprechanlage zu erkennen und kam die Treppe hochgestapft.
„Ein Bier?", begrüßte er ihn.
„Nee, ich soll dich abholen." Der Freund blieb in der Diele stehen. „Jürgen ist guter Dinge, dass es schon heute klappt."

„Habt ihr ihn eindeutig identifizieren können?"

„Kein Problem, auf der Seite, die du uns genannt hast, war er gut zu erkennen. Halt!" Er packte Jochens Hand, die nach dem Autoschlüssel greifen wollte. „Wir nehmen meinen Wagen. Deiner ist denen sicher bekannt. So bleiben wir unentdeckt."

„Ha, ihr denkt weiter als ich." Er klopfte Robert zum Dank kräftig auf die Schulter. „Warte kurz, ich hole eben mein Werkzeug, dann können wir los."

Er hatte den Baseballschläger in einer Sporttasche verstaut, die er auf den Rücksitz warf. „Erzähl, was ist gelaufen?"

„Er ist um zehn zu diesem Schrottplatz gegangen und bis fünf geblieben. Dort bietet sich keine Möglichkeit. Die sind zu sechst, außerdem sind diese Bestien ständig in der Nähe. Den Heimweg hat er mit zwei Kumpeln angetreten, die sind mit zu ihm in die Wohnung. Das ist ein Plattenbau, da kommst du nie ungesehen rein und raus. Und das Gesocks, das sich davor rumtreibt, ist auch nicht ohne. Nee, die einzige Chance bietet sich auf dem Rückweg von diesem Vereinsheim, in das die gerade zusammen gegangen sind. Jürgen wartet in der Nähe. Wenn wir Glück haben, wird es spät genug, dass wir zuschlagen können."

„Ich ziehe das allein durch", protestierte Jochen. „Ich will euch nicht noch weiter mit reinziehen."

„Kommt gar nicht in Frage! Ich warte schon lange auf eine Gelegenheit, mich zu revanchieren. Sind die wieder zu dritt, kannst du dich auf deine Zielperson konzentrieren und wir halten dir den Rücken frei."

„Wenn die nicht gleich als größere Gruppe den Heimweg antreten", unkte er. Über das Angebot ging er lieber hinweg, Robert würde sich nicht umstimmen lassen.

„Wait and see." Der Freund grinste. „Sturmhauben und mein Schläger sind hinten im Kofferraum. Ich hätte echt nichts dagegen, die gehörig aufzumischen."

„Die feiern", berichtete Jürgen, nachdem sie mit ihrem Gepäck zu ihm in sein Auto gewechselt waren. „Ich bin eben mal die Straße rauf und runter. Das Gegröle schallt bis nach draußen."

„Er muss auf seinem Weg an uns vorbei und geht danach durch diesen kleinen Park", Robert deutete nach links, wo er gerade eben noch eine Rasenfläche erkennen konnte, deren gewundener Weg mitten hindurch führte und in der Dunkelheit verschwand. „Das ist der ideale Ort für unser Vorhaben."

„Wir machen es nur, wenn es nicht zu viele sind", mahnte er.

„Ja, klar." Jürgen wandte sich an den hinter ihm sitzenden Robert. „Maske und Schläger liegen im Fußraum. Gib sie mir mal rüber, bitte."

Danach saßen sie schweigend in der Dunkelheit. Um elf verließ die erste Gruppe das Lokal und zog in die entgegengesetzte Richtung ab. „Mist", Jürgen schlug mit der Faust auf das Lenkrad.

„Es wären zu viele gewesen." Robert, der durch die Rückscheibe spähte, lachte. „Sei doch froh, dass es die Falschen waren."

Noch zwei weitere Male gab es Fehlalarm. Als sich zum vierten Mal die Tür der Gaststätte öffnete, ging ein Ruck durch die Wartenden. „Das ist er", wisperte Jürgen. „Ich erkenn ihn schon am Gang."

In Windeseile griffen sie nach ihren Waffen, verließen das Auto und zogen sich in die Dunkelheit des Parks zurück. Jürgen hatte die Innenbeleuchtung ausgeschaltet, sodass sie nicht ansprang, die Türen drückten sie mit äußerster Sorgfalt zu, das Plopp der Verriegelung ging in der lauten Unterhaltung der drei Männer, die auf sie zukamen, unter.

„Deiner ist nicht besoffen", zischte Robert dem Freund zu. „Sei vorsichtig."

„Ich nehme den linken, du den rechten", bestimmte Jürgen. „Wir geben ihnen eins auf die Mütze, das dürfte reichen." Er zog sich die Sturmhaube über. „Wir bleiben in deiner Nähe, falls du Hilfe brauchst."

Im Park leuchteten zwar einige Laternen, dazwischen gab es aber immer wieder dunkle Felder, bis zu denen der Lichtschein nicht reichte. „Wir warten hier!", bestimmte Jochen und zog seine Begleiter hinter eine der Buschgruppen.

Stumm lauschten sie den sich nähernden Stimmen. „Scheiße, die laufen über die Wiese." Robert spähte an dem Busch vorbei. „Los, die sind schon an uns vorbei."

Geduckt rannten sie los. Ohne Vorwarnung ließ Jürgen seinen Schläger von hinten auf den Kopf des ahnungslosen Opfers sausen. Fast gleichzeitig tat Robert es ihm nach. Im selben Moment als der Erste zusammenbrach, fuhr Lars herum und blockte den ihm zugedachten Schlag mit dem Unterarm ab. Im Nu hatte er den durch das Manöver taumelnden Jochen gepackt und setzte zu einem Faustschlag an, als ihn ein Treffer von links an der Schläfe traf. Benommen sackte er zu Boden.

Jochen hatte sich losreißen können und stellte sich neben den am Boden Liegenden. Wortlos nahm er Maß und zertrümmerte dessen rechte Kniescheibe. Der Kerl riss die Augen auf und röchelte, holte tief Luft, doch bevor er losschreien konnte, hatte Robert ihm die Hand auf seinen Mund gepresst. Jochen holte erneut aus und ließ den Baseballschläger mit aller Kraft auf das linke Knie sausen. Lars stöhnte, verdrehte die Augen und fiel in Ohnmacht.

„Weichei." Robert ließ von ihm ab und richtete sich auf. „Das war's?"

Jochen nickte. Sie drehten sich um und verließen schnellen Schrittes den Tatort. Jürgen übergab ihnen Maske und Schläger und schloss sein Auto auf. Robert verstaute sämtliche benutzten Utensilien in der Sporttasche, die er in den Kofferraum seines Wagens legte. Ohne sich zu verabschieden, fuhren sie in getrennten Richtungen los.

„Meinst du, der weiß, wem er das zu verdanken hat?", brach Robert schließlich das Schweigen zwischen ihnen.

„Keine Ahnung. Ist mir ehrlich gesagt völlig egal. Der ist jedenfalls gezeichnet für sein ganzes Leben. Das kriegen auch die besten Ärzte nicht mehr hin. Und als humpelnder Täter ist er schnell identifiziert."

Robert lachte. „Ich, an deiner Stelle, hätte ihn zusätzlich windelweich geprügelt."

„Warum schlafende Hunde wecken?" Jochen gab sich gelassen, obwohl er eben, über den Wehrlosen gebeugt, seinen Rachegelüsten beinahe nachgegeben hätte. „Ich denke, seine Kumpane verstehen den Wink und lassen die Sache auf sich beruhen."

„Dafür bewundere ich dich." Robert schnalzte anerkennend mit der Zunge. „Du hast echt Weitblick."

Sie hielten am Kanal, stiegen aus und sahen sich prüfend um. Nein, niemand in Sicht- oder Hörweite. Fast zwei Kilometer folgten sie dem Pfad direkt am Wasser und warfen nach und nach die Schläger, die Handschuhe und die Sturmhauben ins Wasser, ganz zum Schluss folgte die Sporttasche.

Es war eine lange Nacht gewesen, doch bevor Jochen sich schlafen legte, befüllte er die Waschmaschine mit den getragenen Klamotten, seifte die Stiefel ein und spülte sie unter dem Wasserkran gründlich ab. Robert und Jürgen würden dasselbe tun, somit gab es keine Spuren, die auf sie hindeuten.

Kaum lag er im Bett, schlief er erschöpft ein. Gegen Mittag am nächsten Tag wachte er völlig mit sich im Reinen auf. Das, was er getan hatte, war wie eine Befreiung, zum ersten Mal blickte er wieder optimistisch in die Zukunft.

## 42

Am Nachmittag besuchte er seinen Bruder. „Hast du die Nachrichten gehört?", fragte er gleich bei seinem Eintreten. „Heute Nacht sind drei Männer überfallen worden. Einer von ihnen wurde schwer verletzt. Er wird wohl nie wieder ohne Beschwerden laufen können." Die Befriedigung in seiner Stimme war nicht zu überhören. „Echt krass, was?"
Jens schüttelte ungläubig den Kopf. „Das warst ..."
„Psst." Jochen legte den Finger an die Lippen. „Wie geht es dir?", wechselte er das Thema. „Darfst du schon aufstehen?"
Sein Bruder hatte den Wink verstanden. Obwohl sie sich allein im Zimmer befanden – beide hatten das Gefühl, dass es auch so bleiben würde, bis man Jens entließ – konnte ein Wort zu viel gefährlich werden. „Ja, aber noch nicht viel herumlaufen. Morgen habe ich eine weitere, gründliche Untersuchung, von dessen Ergebnis hängt ab, ob und wann ich nach Hause darf." Er winkte dem Bruder, sich auf die Bettkante zu setzen. „Du, ich habe nachgedacht. Mir ist nämlich aufgefallen, dass diese Typen immer ausnehmend gut über all unsere Aktivitäten informiert waren. Sie wussten, wo und wann sie Niklas erwischen konnten und dass ich mich an dem Tag, als sie mich überfielen, allein im Haus aufhielt. Ich meine, außer unseren direkten Nachbarn hatte niemand mitbekommen, dass die Jordans wieder einmal einen ihrer kleinen Kurztrips unternahmen. Und dass die dir zu Benjamin gefolgt sind, kann ich mir auch nicht vorstellen. Dafür bist du zu vorsichtig. Auch das mit den Kameras ist seltsam. Ich habe mich bemüht, sie nicht allzu offensichtlich anzubringen. Trotzdem werde ich das Gefühl nicht los, dass die genau darüber im Bilde waren." Jens sah ihn fragend ein. „Wie siehst du das?"
„Scheiße, du hast recht." War er denn völlig verblödet? Wieso war er nicht schon längst darauf gekommen?

„Nachdem ich einmal in diese Richtung gedacht hatte, ließ mich das Ganze nicht mehr los", fuhr sein Bruder fort. „Unsere Nachbarn konnte ich relativ schnell ausschließen, die kennen Benjamin kaum und wissen nicht, wo er wohnt. Aber diese Caroline und ihre Freunde, findest du es nicht auch seltsam, dass sie sich ausgerechnet für ihn zu interessieren begann, als die Geschichte gerade losgegangen war? Was wissen wir denn schon über sie?"

„Er hat oft mit ihr gechattet", erinnerte sich Jochen.

„Ja, Internet auf dem Handy, das hätte er selbst bezahlen müssen, doch seitdem wir zu Hause WLAN haben, nutzt er dort natürlich WhatsApp. Fast alle Kids haben das mittlerweile, warum nicht auch sie?"

„Du meinst also, er hat ihr mitgeteilt, dass du allein im Haus bist?", versuchte er, den Gedankengängen seines Bruders zu folgen.

„Nicht so direkt." Jens sah ihn stirnrunzelnd an. „Er wird ihr geschrieben haben, dass er mit seiner Mutter zusammen die Oma besucht. Ein, zwei vorsichtige Nachfragen, und sie hatte die notwendigen Informationen zusammen."

„Hast du ihn mal direkt gefragt, was er ihr alles erzählt hat?"

„Um Gottes Willen." Jens schüttelte energisch den Kopf. „In seinem Zustand will ich ihm das bisschen Vertrauen nicht auch noch nehmen."

„Also soll ich sie beschatten, um an die benötigten Informationen zu kommen." Er fühlte, wie die schon befriedigt geglaubte Wut erneut aufflammte. „Kein Problem, ich häng mich an sie dran. Ich habe ihre Telefonnummer noch im Speicher, darüber komme ich an die Adresse. Die habe ich nicht mehr im Kopf."

„Sieh zu, dass du sie an der Schule abfängst. Wenn, wird sie sich draußen mit denen treffen. Heute ist es leider zu spät, warte morgen in der Nähe auf sie."

„Gebongt." Er machte Anstalten, zu gehen.

„Und Jochen? Egal was du erfährst, sprich zuerst mit mir. Keine Alleingänge mehr."

Er grinste in sich hinein. „Nur observieren, hab schon verstanden."
Am nächsten Tag hielt er sich etwas abseits versteckt und wartete auf ihr Erscheinen. Zum Glück hatte er sich daran erinnert, sie mehrfach zu den Fahrradständern schlendern gesehen zu haben, deshalb hatte er sein altes Vehikel aus dem Keller geholt, das nun neben ihm an einen Baum gelehnt stand.
Er folgte ihr in einigem Abstand quer durch die Stadt bis in einen der vornehmeren Stadtteile, in dem sich Villa an Villa reihte. Vor einem rosafarbenen Haus stieg sie ab und schob das Rad in die offenstehende Garage, bevor sie sich mit einem eigenen Schlüssel selbst einließ. Unschlüssig blieb er am Straßenrand hocken und fummelte weiter an der Pedale herum, die als sein Alibi diente, angehalten zu haben. Sie lockerte sich immer wieder, doch eigentlich reichte ein kräftiger Schubs, um sie für eine kurze Weile zu befestigen. Ohne Auto bin ich aufgeschmissen, dachte er. Andererseits fällt ein untätig im Wagen sitzender Mann in dieser ruhigen Gegend viel zu sehr auf. Wie gehe ich am besten vor?
Schließlich erhob er sich und schob sein Rad langsam in die Richtung, aus der er gekommen war. An der nächsten Straßenecke hielt er an und zückte sein Handy. „Robert? Ich brauche noch einmal deine Hilfe. Hast du Zeit?"
„Nur bis um neun. Ich habe heute Nachtschicht", tönte es zurück.
„Das reicht bestimmt." Erleichtert atmete er auf und gab dem Freund seinen genauen Standpunkt durch.
Schon eine halbe Stunde später bremste der Wagen neben ihm. „Schon wieder auf einer neuen Spur?", grinste Robert. „Und ich soll also jetzt im Hintergrund lauern, falls du einen Wagen brauchst?"
Rasch setzte er ihn über die neu gewonnen Erkenntnisse ins Bild. „Ich dachte, wir könnten uns die Observierung teilen, damit es nicht zu sehr auffällt."
„Hm. Seid ihr wirklich sicher, dass das Mädchen die Schuldige ist? Was ist mit diesem Freund, dem Jungen, wo er geschnappt wurde? Das wäre der Kandidat, mit dem ich begonnen hätte."

„Nein, den kennt er schon aus dem Kindergarten. Wenn der was mit diesem Verein hätte, wüsste Niklas was darüber", wehrte er ab.
„Überleg doch, die Kleine ist seit der fünften mit ihm in einer Klasse. Und auf einmal, direkt nach der Verkettung meines Bruders in diese Geschichte, zeigt sie plötzlich Interesse an ihm? Das ist mehr als seltsam."
„War ja nur so eine Idee. Lass uns abwarten, wie es weitergeht."
Ganz überzeugt war Robert offensichtlich nicht.
Die nächsten Tage schienen seine Skepsis zu bestätigen. Den Freitagabend verbrachte Caroline zu Hause. Am Samstagnachmittag kam eine Freundin zu Besuch, die kurz vor Mitternacht abgeholt wurde. Den Sonntag nutzte die Familie zu einem gemeinsamen Ausflug, wie er an den Körben und Taschen sehen konnte, die sie im Auto verstauten. Caroline und ihre zwei Brüder stiegen hinten ein, die Eltern vorn und schon brauste der Wagen an ihm vorbei. Es war wohl sinnlos, auf sie zu warten.
Er schlenderte zu Robert hinüber, der am Ende der Straße dösend in seinem Auto saß und schickte ihn für heute nach Hause. Und was jetzt? Vielleicht sollte er es doch einmal bei dem Jungen versuchen. Montag wurde Jens entlassen und er hatte überhaupt keine Fortschritte gemacht. Entweder jagten sie einem Hirngespinst nach oder er hatte sich tatsächlich die falsche Person ausgesucht.
Mit schlechtem Gewissen bezog er vor Benjamins Haus Stellung. Diese Observierung würde er sowohl vor Jens als auch vor Niklas nie erwähnen. Aber zumindest für sich musste er abklären, ob er den Jungen tatsächlich ausschließen konnte.
Es wurde später Nachmittag, bis dieser auf die Straße trat. Jens folgte ihm zu Fuß, während Benjamin gemächlich den Bürgersteig entlang schlenderte. Auf den letzten Metern setzte er jedoch zu einem Sprint an, um den Bus, der bereits an der Haltestelle stand, noch zu erreichen.
Vor sich hin fluchend machte Jochen kehrt und rannte zu seinem Auto. Bis er es gestartet und aus der Parklücke rangiert hatte, war

von dem Bus natürlich nichts mehr zu sehen. Er hielt verkehrswidrig in dessen Parkbucht und studierte das Schild, auf dem die einzelnen Stationen abzulesen waren. Sein ungutes Gefühl verstärkte sich. Die vorletzte Haltestelle lag direkt an dem kleinen Park, in dem sie den Neonazi gestellt hatten. Sollte Robert mit seinem Verdacht richtig liegen?

Es kann immer noch Zufall sein, beruhigte er sich auf seiner Fahrt selbst. Deshalb hatte er auch beschlossen, dem Bus zu folgen und abzuwarten, wann Benjamin ausstieg. Und richtig, der Junge blieb sitzen, die Endhaltestelle war sein Ziel. Statt in Richtung der Gaststätte zu gehen, die er von seinem Beobachtungsposten gerade noch sehen konnte, wandte Benjamin sich nach links und bog am Ende der Straße rechts ab. Mittlerweile richtig neugierig geworden, gab Jochen Gas und folgte ihm. Er nahm noch gerade rechtzeitig die Kurve, um ihn in einem schmalen Weg zwischen zwei Gebäuden verschwinden zu sehen. Beim Näherkommen erkannte er, dass an dessen Ende der Schrottplatz lag, der Arbeitsplatz von Lars Schulte. Nun bestand kein Zweifel mehr. Er hatte die undichte Quelle gefunden.

Wieder musste er um Verstärkung bitten.

„Fahr zurück bis zur Hauptstraße", erklärte Robert. „Bei der ersten Gelegenheit biegst du links ab, danach die zweite wieder links. So landest du direkt am Tor. Das Gelände erstreckt sich über den halben Block, du müsstest einen guten Ausblick ins Innere haben. Soll ich nachkommen?"

„Nein, ich will mich nur überzeugen, ob der Junge wirklich dort ist."

„Fahr einmal dran vorbei und ruf mich anschließend an. Im Zweifelsfall komme ich und helfe dir, die Ausgänge im Auge zu behalten. Meine Arbeitsstelle liegt ganz in der Nähe. Ich kann bis gegen halb zehn bleiben."

Zehn Minuten später war Jochen für das Angebot dankbar. Beim Vorbeikommen hatte er zwar eine größere Gruppe erkennen können, doch die Gestalten waren zu weit entfernt, als dass er Benjamin unter ihnen hatte ausfindig machen können. Nun parkte er in der Nähe der Bushaltestelle und behielt die Straße, in die der Junge abgebogen war, im Auge, während Robert auf der anderen Seite in der Nähe des Tores in seinem Auto saß.

Gegen neun tauchte Benjamin in Gesellschaft von zwei weiteren Jugendlichen auf, die ihn zur Bushaltestelle begleiteten, ihn abklatschten und Richtung Gaststätte weitergingen. Ja, sie traten tatsächlich ein, erkannte er, das Telefon schon am Ohr. „Du kannst abbrechen", sagte er zu Robert. „Er fährt nach Hause. Ich will den zwei Typen, die ihn begleitet haben, in diese Kneipe folgen. Sicher bin ich mir immer noch nicht. Mal sehen, was ich da noch herausfinde."

„Scheiße, nein. Ich begleite dich. Das Ding ist total verrufen. Wenn die dich erkennen! Warte auf mich!"

Sie trafen sich vor der Kneipe. „Lass mich allein reingehen", versuchte ihn der Freund von seinem Vorhaben abzubringen. „Ihr seid mit Sicherheit beobachtet worden. Die haben dich bei deinem Bruder ein- und ausgehen sehen. Es muss nur einer von ihnen da sein, der dich wiedererkennt. Das ist viel zu gefährlich."

„Sollen die ruhig", Jochen grinste. „Dann rufst du sofort die Polizei und machst bis zu deren Eintreffen jede Menge Handyfotos." Er drehte sich um und steuerte auf den Eingang der Kneipe zu.

Die zwei Jugendlichen, die Jochen in Begleitung Benjamins gesehen hatte, saßen mit zwei etwas älteren an einem Tisch in der Ecke. Keiner von ihnen interessierte sich für das Eintreten der Fremden, die sich an die Bar stellten und jeder ein Bier orderten. Mit dem Glas in der Hand wandte er sich um und warf einen zweiten kurzen Blick in die Runde. Der Raum war zu Zweidritteln gefüllt, es waren hauptsächlich Männer, die beieinander saßen und miteinander scherzten und lachten und versuchten, die laute Musik, Deutschrock, wie er erkannte, zu übertönen. Auf den ersten Blick wirkten sie wie ein ganz normales Publikum, wären unter ihnen nicht diese

Typen gewesen, die sich so eindeutig glichen, die keine Anstalten machten, ihre Gesinnung zu verbergen. Um nicht zu viel Aufsehen zu erregen, drehte er sich schnell wieder zu seinem Freund um, konnte aber nicht verhindern, dass sich seine Nackenhaare aufstellten und ihm ein kalter Schauer über den Rücken rann.

„Trink aus und lass uns verschwinden", presste Robert zwischen zusammengebissenen Zähnen hervor.

Jochen nahm einen großen Schluck und stellte sein Glas ab. Aus dem Nebenraum schallte lautes Grölen herüber, das sogar die Musik übertönte. „Komm, wir gehen."

Da sie gleich nach Erhalt ihrer Gläser bezahlt hatten, traten sie unverzüglich den Rückzug an. „Puh, das sagt ja wohl alles." Jochen wischte sich einen imaginären Schweißtropfen von der Stirn. Er war mit Robert in dessen Auto gestiegen, um kurz ihre Eindrücke abzugleichen, obwohl das eigentlich gar nicht mehr nötig war. Einige der Typen hatten ausgesehen, als wären sie eins zu eins den Propagandafilmchen der Neonazis entstiegen, die er sich im Internet angesehen hatte.

„Wenn der Junge sich mit denen abgibt, hängt er irgendwie mit drin", bestätigte der Freund. „Was hast du vor? Willst du ihn dir vornehmen?"

„Auf jeden Fall. Die zwei Freunde von ihm gehören eindeutig zu dieser Gruppierung. Benjamin muss der Verräter sein." Jochen holte tief Luft, um die aufsteigende Wut zurückzudrängen. „Mein Bruder wird morgen entlassen. Entweder packen wir ihn uns gemeinsam oder ich ziehe das alleine durch. Der kommt nicht ungeschoren davon."

Robert nickte zustimmend. „Falls du Hilfe brauchst, kannst du auf mich zählen."

„Danke, aber gegen das Bürschchen schaffe ich es notfalls auch allein." Jochen schnaubte. „Wenn ich mit dem fertig bin, wird er sich wünschen, nie gegen seinen besten Freund spioniert zu haben."

## 43

Jens hatte es sich nicht nehmen lassen, ihn zu begleiten. „Ich schaffe das", hatte er abgewehrt, nachdem er ihm in seiner Wohnung angekommen alles über seine Nachforschungen berichtet hatte. Bis zu dem Moment, wo sie los mussten, hatte er auf der Couch gelegen und sich ausgeruht, sah aber schon wieder ziemlich fertig aus.

„Bleib du im Wagen", bestimmte er deshalb. „Setz dich nach hinten. Ich schiebe ihn zu dir rein und du passt auf, dass er uns nicht entwischt."

Bevor sein Bruder wusste, wie ihm geschah, hatte er sich abgewandt und trabte nun in Richtung Schule. Er wartete unten an der Treppe, bis er Benjamin allein herauskommen sah und trat ihm in den Weg. „Hi. Ich hoffe, du erinnerst dich an mich." Er bemühte sich um ein gewinnendes Lächeln. „Ich bin der Onkel von Niklas. Sein Vater ist gerade entlassen worden, deshalb sind er und seine Mutter heute kurz hier. Er möchte dich unbedingt sehen, bevor sie endgültig in eine andere Stadt wechseln. Hast du Zeit, ihn kurz zu besuchen?"

Er hoffte, er hatte nicht zu dick aufgetragen.

Der Junge überlegte einen Moment. „Ich kann nicht lange bleiben", sagte er dann. „Meine Mutter hat heute frei. Sie will mit mir noch in die Stadt."

„Ich fahre dich anschließend direkt nach Hause. Die wollen sowieso heute noch weg." Er wies mit der Hand in die Richtung, in der sein Auto stand, und setzte sich in Bewegung. Benjamin zuckte mit den Schultern und folgte ihm. Er schien von dem, was er gehört hatte, überzeugt. Nur gut, dass er heute Morgen Claudia angerufen und ihr aufgetragen hatte, mit Niklas einen langen Ausflug zu machen, wobei sie darauf achten musste, dass sein Handy ausblieb. Nicht dass der Kleine unabsichtlich ihr Lügengespinst zu Fall brachte.

Der Junge stutzte, als er Jens auf der Rückbank erkannte. „Wie gesagt, ich komme direkt vom Krankenhaus", erklärte Jochen und öffnete die hintere Tür. „Die beiden warten in meiner Wohnung auf uns."

Mit seiner freundlichen Lehrerart schaffte es Jens, ein oberflächliches Gespräch in Gang zu bringen. Jochen war ehrlich verblüfft, wie gut sich sein Bruder verstellen konnte. Er jedenfalls hatte extrem aufpassen müssen, damit er seine wahren Gefühle nicht verriet und den Jungen damit vorwarnte.

Benjamin wurde erst nervös, als sie in die Diele getreten waren und ihnen niemand entgegen kam. „Wo sind ..." Weiter kam er nicht. Jochen packte ihn grob am Arm und zerrte ihn in die Küche. „So, jetzt reden wir Tacheles!" Er drückte ihn auf einen der Stühle, sodass er sich hinsetzen musste. „Warum hast du Niklas verraten, he?" Der Junge wurde leichenblass, versuchte aber, sich herauszureden. „Ich weiß nicht, was Sie meinen. Was soll das? Lassen Sie mich sofort gehen!"

„Nee, dann rufe ich lieber die Polizei." Jochen beugte sich über ihn, damit er ihm direkt in die Augen sehen konnte. „Aber zuerst sagst du uns alles, was du weißt."

„Ich verstehe nicht." Benjamin rückte so weit von ihm ab, wie es die Rückenlehne zuließ. „Sie sind ja verrückt. Ich habe nichts damit zu tun. Ich schreie", drohte er, als Jochen seine Arme nach hinten bog und in dieser Position festhielt.

„Das würde ich an deiner Stelle lieber lassen", mischte sich Jens in das Gespräch, der in der Zwischenzeit eine große Schüssel mit Wasser gefüllt hatte, die er nun vor den Jungen auf den Tisch stellte. „Spar dir deine Luft, du wirst sie bald brauchen."

Benjamin sah mit großen Augen auf das Gefäß. „Was haben Sie vor?" Ihm schien der richtige Verdacht zu kommen. „Nein, das können Sie nicht machen. Ich werde Sie anzeigen, Sie verklagen."

„Der einzige, der hier bestraft wird, bist du", mischte sich Jochen ein. „Wie willst du beweisen, was wir dir angetan haben? Es steht Aussage gegen Aussage. Und wir sind zu zweit."

„Sag uns die Wahrheit und wir lassen dich gehen", übernahm wieder Jens. „Hier." Er zückte sein Handy, rief das Foto auf, das die Neonazis ihm geschickt hatten, und hielt es dem Jungen vor das Gesicht. „Vielleicht überzeugt dich das mehr als meine Worte."
Benjamin zuckte zurück und versuchte den Blick abzuwenden, woran Jochen ihn geschickt hinderte. „Ich ... ich weiß ... nichts", stammelte der Junge. „Bitte tun Sie mir nichts."
Jens zog den Tisch mitsamt der Schüssel näher an ihn heran. „Letzte Chance." Er betete, dass es nicht zum Äußersten kommen würde. Als der Bruder ihm die Idee unterbreitet hatte, wie er vorgehen wollte, war seine erste Reaktion erschreckter Prostest gewesen. Schon die Strafaktion gegen diesen Lars hatte in seinen Augen ein dermaßen überzogenes gewalttätiges Ausmaß gezeigt, dass er kaum an sich halten konnte, seinen Abscheu nicht zu deutlich zu zeigen. Jochen dagegen war der Ansicht, genau richtig gehandelt zu haben. „Manchmal ist es einfach nötig, Gewalt mit Gewalt zu beantworten", hatte er gesagt. „Wir sind lange genug den richtigen Weg gegangen - und was hat es uns gebracht?"
Auch bei der Planung der heutigen Aktion hatte er sich die Führung nicht aus der Hand nehmen lassen. „Gehen wir mit ihm zur Polizei, wird nichts dabei herauskommen. Wir müssen ihn nur genug einschüchtern, dann redet er, glaube mir. Der ist ein ausgemachtes Weichei, wahrscheinlich reicht schon die Drohung aus, ihn gefügig zu machen."
Leider sah es im Moment nicht danach aus, dass sein Bruder recht behielt. Jens schluckte, um die aufkommende Übelkeit zurückzudrängen. Das, was sie hier veranstalten, widerstrebte ihm über alle Maßen. In seiner Brust stritten zwei Seelen miteinander, einerseits war ihm diese brutale Folter zutiefst widerwärtig – er konnte immer noch kaum glauben, dass er sich darauf eingelassen hatte - andererseits sah er selbst keine andere Möglichkeit, die nötigen Informationen zu erhalten. „Rede endlich!", herrschte er Benjamin an.

Der Junge kniff die Augen zusammen und schwieg. Jochen zog dessen Hände zusammen, sodass er sie mit einer Hand halten konnte, packte seine Haare und drückte seinen Kopf hinunter ins Wasser. Ihr Opfer begann wild zu strampeln, Jens sprang hinzu, damit er sich nicht befreien konnte. „Nicht so lange!", zischte er.
Jochen schüttelte den Kopf und zählte stumm weiter. Nach fünfzehn Sekunden riss er ihn zurück und wartete ab. Benjamin schnappte angestrengt nach Luft. „Sie sind ja verrückt", krächzte er. „Kann schon sein", erwiderte Jochen. „Rede und wir hören sofort auf. Ansonsten lässt sich das Spiel endlos fortsetzen."
Er erhielt keine Antwort. Ohne zu zögern zog er den Kopf des Jungen wieder in die Schüssel. Dieses Mal wartete er länger. Ihr Opfer schien zu denken, er könne diese Folter aushalten, denn weder zappelte er noch versuchte er, sich aus der Umklammerung der beiden zu winden.
Benjamin hustete und keuchte, nachdem er ihn losgelassen hatte. Kaum atmete er wieder normal, drückte er ihn erneut unter Wasser, noch ein paar Sekunden länger sogar. Er spürte, wie der Junge sich verzweifelt aufzubäumen begann, das Wasser blubberte, doch er ließ nicht los.
„Hoch mit ihm!", zischte Jens.
„Hatte ich sowieso vor." Jochen grinste, obwohl ihm die ganze Sache überhaupt keinen Spaß bereitete. Doch er hatte nicht vor aufzugeben, bevor der Kerl gestanden hatte.
Beim Hochziehen des Kopfes gab Benjamin seinen Mageninhalt in hohem Bogen von sich. Geistesgegenwärtig hielt Jens die Schüssel davor, sodass kaum etwas auf den Boden tropfte. Er spülte die Schüssel aus und füllte neues Wasser hinein. Ihr Opfer zitterte und weinte, war jedoch immer noch nicht bereit, zu reden.
„Die bringen mich um", schluchzte er. „Ich kann Ihnen nichts sagen."
Gegen seinen Willen empfand Jens Mitleid mit dem Jungen. Was für Traumata musste dieser erlitten haben, um diesen extremen Schritt

in die so offensichtlich falsche Richtung zu machen und gegen alle Vernunft beizubehalten? Mit einer knappen Handbewegung hielt er Jochen davon ab, ihn erneut unterzutauchen. „Die Polizei wird dich und deine Mutter schützen", erwiderte er und schob die Schüssel zurück. „Das verspreche ich dir."

„Ja, wie man an Chantal sehen konnte", brachte Benjamin abgehackt unter weiteren Schluchzern hervor.

„Nein, ihr werdet sofort weggebracht – und wenn ich selbst dafür sorge." Er lehnte sich an die Tischkante und atmete gegen den Schwindel an, der ihn erfasst hatte. Der Junge musste endlich reden, er brachte es nicht fertig, ihn weiter leiden zu lassen. Er ekelte sich bereits vor sich selbst, dass er überhaupt zu diesem Mittel gegriffen hatte. „Benjamin, er ist dein bester Freund", versuchte er es auf einem anderen Weg. „Um ein Haar hätten die ihm einen Finger abgeschnitten. Mit einer Rosenschere", fügte er noch zur Verdeutlichung hinzu.

Zum ersten Mal seit Beginn ihrer Aktion hob der Junge den Kopf und sah ihn an. Seine Augen waren rot und verquollen, der Bereich um die Nase rotzverschmiert, vom Mund zog sich eine dünne Spur von Erbrochenem bis zum Kinn. Wieder füllten sich seine Augen mit Tränen. „Ich wollte nie, dass Niklas was passiert", schluchzte er. „Sie hatten mir versprochen, ihm nur einen Schrecken einzujagen."

Jochen erlaubte ihm, sich vernünftig hinzusetzen und brachte ihm ein Handtuch. Benjamin trocknete sich damit ab und presste es danach gegen sein Gesicht. „Sie haben mich gezwungen", klang es dumpf darunter hervor. „Ich wollte das nicht."

Grob entriss ihm Jochen das Tuch. Ein Blick auf seinen Bruder hatte ihm gezeigt, dass dieser am Ende seiner Kräfte war. Er musste das Verhör allein führen. „Wieso?", fragte er barsch. „Du gehörst dazu, das wissen wir. Ich habe dich in den letzten Tagen im Auge behalten", setzte er hinzu. „Du warst noch gestern auf dem Schrottplatz und wie es aussah, freiwillig."

„Ich habe nie gedacht … ich wollte nicht … ich glaubte …", stammelte Benjamin und fing erneut an, heftig zu weinen.
Jochen lehnte sich mit verschränkten Armen zurück und wartete. Der würde jetzt reden, das war sonnenklar.

## 44

Heraus kam eine ziemlich traurige Geschichte, mit der er nicht gerechnet hatte. Benjamin war die Scheidungsphase seiner Eltern als einziger langer Streit in Erinnerung geblieben, seine Mutter zog schließlich die Konsequenzen, verließ ihren Mann und suchte für sich und den Sohn eine neue Wohnung. Sie, die vorher nur stundenweise gearbeitet hatte, musste nun voll einsteigen, für das Kind blieb kaum noch Zeit. „Sie war total mies drauf", erzählte der Junge. „Lag im Schlafzimmer und kümmerte sich um nichts, außer eben, dass sie arbeiten ging."
Bis auf Niklas hatte er keine Kontakte, diesen sah er jedoch nur in der Schule und ab und zu mal am Wochenende, wenn dessen Vater ihn brachte oder ihn, Benjamin, abholte und mit zu sich nach Hause nahm. Die Entfernung war zu groß, als dass seine Mutter ihn allein hätte fahren lassen. So verbrachte er seine Freizeit hauptsächlich am Computer mit irgendwelchen kostenlosen Spielen. Denn dadurch, dass die Mutter als Verkäuferin nicht viel verdiente und von ihrem Gehalt auch noch einen Teil der Schulden begleichen musste, die ihr Exmann gemacht hatte, war das Geld in dieser Zeit sehr knapp.
Der erste Bruch in der Freundschaft mit Niklas kam, als dieser eines der beliebten Onlinespiele anfing, für das man jeden Monat einen gewissen Obolus bezahlte. Auf einmal kreisten Niklas Gedanken ausschließlich darum, er schloss jede Menge Internet-Freundschaften durch dieses Spiel und hatte immer weniger Zeit, mit Benjamin zu chatten. Seine Mutter hing weiterhin in ihrer depressiven Phase fest, sein Vater kümmerte sich bis auf den obligatorischen Anruf zum Geburtstag und zu Weihnachten gar nicht mehr um ihn.
Er zog sich in sich zurück und entdeckte das Essen als Trost, was zur Folge hatte, dass er deutlich zunahm. Später, als er sich selbst im Spiegel nicht mehr ansehen konnte, war er nicht in der Lage, dieses

Verhalten zu stoppen, die Süßigkeiten waren zu verlockend. Dafür wurden immer mehr Späße über ihn gemacht, die Mitschüler tuschelten hinter seinem Rücken, es gab anzügliche Bemerkungen, keiner wollte mehr freiwillig mit ihm zu tun haben. Er verschloss seine Verzweiflung tief in seinem Innersten und gewährte auch Niklas keinen Einblick in sein Leid.

Eines Tages eskalierte die Situation an der Bushaltestelle. Schon öfter hatte ihn eine Gruppe aus drei ungefähr gleichaltrigen Hauptschülern massiv provoziert, ihm dumme Sprüche gesteckt, ihn angerempelt und ihn zuletzt massiv beleidigt. Er war bestrebt gewesen, ihnen aus dem Weg zu gehen, hatte erst den nächsten, dann sogar den übernächsten Bus genommen, doch seine Peiniger waren ihm auf die Schliche gekommen und warteten, bis er sich zeigte. An jenem Tag hatte es geregnet und die Haltestelle war verwaist, dachte er zumindest. Erst als er sich unterstellte, gesellten sie sich zu ihm, rissen ihm den Tornister vom Rücken und warfen dessen Inhalt in die Büsche. Zwei hielten ihn fest und zwangen ihn, dabei zuzusehen, während der dritte lachend sein Etui öffnete und den Inhalt in den Gully schüttete.

Er hatte die zwei Jugendlichen nicht kommen sehen. Ohne zu zögern, griffen sie seine Peiniger an und verpassten ihnen mehrere Schlage, bevor diese Reißaus nehmen konnten. Anschließend halfen sie ihm, seine nassen Sachen einzusammeln und luden ihn auf den Schreck zu einer Cola bei McDonalds ein.

„Die waren total nett, schimpften auf diese assigen Ausländer und sagten, dass sich die meisten von denen viel zu viel herausnehmen würden." Benjamin schien während seiner Schilderung das Martyrium noch einmal zu erleben. Er wirkte völlig am Boden zerstört.

Anfangs war immer die Innenstadt ihr Treffpunkt gewesen. Seine neuen Freunde gingen mit ihm ins Kino, nahmen ihn mit auf Partys und chillten gemeinsam mit ihm in einem nahegelegenen Park. Sie stellten fest, dass sie viele gemeinsame Interessen hatten, mit der derzeitigen Politik nichts anfangen konnten und ihnen der Hass auf die vielen Asylsuchenden, die sich nur durchfüttern lassen wollten, und die große Anzahl von ausländischen Straftätern, die in erschreckender Höhe aus Jugendlichen bestanden, gemein war.

„Julian zeigte mir Computerausdrucke, die bewiesen, dass wir recht hatten, dass wir die Lage richtig sahen. Trotzdem verbreiteten die Medien die Wahrheit nicht." Fast trotzig sah der Junge auf seine Peiniger. „Wir hatten gerade mal das Nötigste zum Leben, wofür meine Mutter sich von morgens bis abends abrackern musste, und die bekamen alles vom Staat geschenkt, benahmen sich aber, als gehöre ihnen das Land. Die bemühen sich nicht, unsere Sprache zu lernen, halten an ihren Sitten und Gebräuchen fest und erwarten von uns, dass wir sie freundlich behandeln. Das kann es doch nicht sein!"

Unter dem Vorwand, er hätte einen Job für ihn, wo er sich am Wochenende ein vernünftiges Taschengeld dazuverdienen könne, lockten ihn die beiden zu dem Schrottplatz. Dort fand er weitere Freunde, gute Kameraden, die ihm zuhörten, ihn ausreden ließen, denen sein Wort wichtig war und die alle ähnlich dachten.

Niklas gegenüber behauptete er, sich in verschiedenen Clubs zu engagieren. Der hätte sofort Alarm geschlagen, wenn er ihm die Wahrheit gesagt hätte. Nur irgendwas musste er als Erklärung geben, warum er für diesen plötzlich keine Zeit mehr hatte. Die neuen Freunde waren wichtiger geworden. Bei ihnen fühlte er sich verstanden, sie gaben ihm ein Gefühl der Geborgenheit, der Zugehörigkeit, das er so lange vermisst hatte.

Bis zu seinem ersten Überfall war es nur ein kurzer Schritt. Marvin, ein guter Freund Julians, hatte sich darüber beschwert, dass in seinem Haus seit längerem eine Ausländerfamilie nach der anderen einzog. Sie lärmten bis spät in die Nacht, hielten sich nicht an die Hausregeln und ständig gingen Fremde im Haus ein und aus. Ehrensache, dass sie versuchten, ihm zu helfen. Anfangs begann es mit Kleinigkeiten, sie belagerten den Hausflur, gaben beleidigende Kommentare ab, wenn sie auf einen der Ausländer trafen, und klopften nachts an die Türen, wenn der Lärm nicht verstummte – da war Benjamin jedoch nie dabei, das wusste er nur aus den Erzählungen der anderen. Statt mit diesen Aktionen zu erreichen, dass die Verhassten auszogen, spitzte sich die Lage immer mehr zu, bis beide Seiten sich offiziell bekriegten. Schließlich übernahmen Lars und seine Schläger das Feld. Sie schafften es mit roher Gewalt, das Haus zu säubern, die ausländischen Familien kapitulierten und zogen wieder aus.

Der Sieg wurde mit einem rauschenden Fest gefeiert. Für die verbliebenen Deutschen waren sie die Helden. Ihr Ruhm sprach sich schnell herum. Die Gegend war schon seit langer Zeit nicht die beste, durch die niedrigen Mieten, gab es einen großen Anteil an Hartz-IV-und Sozialhilfe-Empfängern, gescheiterten Existenzen und eben Ausländern. Wer es schaffte, zog weg, in einen besseren Stadtteil. Dadurch rückten aber weitere Familien der verschiedensten Nationalitäten nach, sodass sich das Bild auf der Straße völlig veränderte. Mittlerweile waren die deutschsprachigen Bewohner eindeutig in der Minderzahl, ihr Groll gegen die ‚Andersartigen' wuchs stetig.

„Die leben hier, als gäbe es keine Regeln und Gesetze, an die sie sich halten müssen. Das sehen ganz viele Deutsche so. Wir haben ihnen geholfen, ihre verfassungsmäßigen Rechte durchzusetzen." Benjamin schluckte mühsam. „Kann ich was zu trinken haben?"

Jochen stellte ein Glas Cola vor ihn hin. Wieder blickte er besorgt auf seinen Bruder, der mehr auf dem Stuhl hing, auf den er ihn genötigt hatte, als dass er saß. „Kürzen wir das Ganze etwas ab", befahl er. „Du bist sozusagen als Retter da reingerutscht. Wie war das jetzt mit unserer Geschichte, wann hast du das mitbekommen?"

„Ich hab da nie mitgemacht." Der Junge hatte das halbe Glas in einem Zug geleert, er hielt inne, um hinter vorgehaltener Hand zu rülpsen. „Am Anfang ging das von den Freunden von dem Sascha aus. Mit dem hatte ich kaum Kontakt. Der kam ab und zu vorbei, hauptsächlich wollte er dabei was von seinem Bruder. Der hatte seine eigene Clique, mit der er abhing. Der gehörte nicht richtig dazu." Er holte tief Luft. „Als die Polizei den Sascha verhaftet hatte und die fünf von der Schule suspendiert waren, kamen seine Kumpel und wollten von Lars Unterstützung. Der sollte denen helfen, euch fertigzumachen. Die waren das mit den umgekippten Mülltonnen und den Kreuzen auf den Rollläden. Lars ist erst eingestiegen, nachdem er von Chantal erfahren hatte, dass Sie", er deutete auf Jens, „ihr geholfen haben. Er wurde so wütend, dass er sagte, Sie hätten einen Denkzettel verdient. Er ließ Sie überwachen und erlaubte seinen Leuten, euch zu drangsalieren. Die toten Ratten kamen hier vom Schrottplatz. Wir fingen sie in Fallen und dann brachten die die um. Ich fand das nicht gut, was sie da machten, das habe ich denen auch gesagt. Als die erfuhren, dass ich mit Niklas befreundet bin, musste ich ihnen alles weitergeben, was er mir erzählte. Ich wollte nicht, aber die haben mir gedroht, dass mir sonst das Gleiche passiert." Er sah Jochen um Entschuldigung heischend an. „Ehrlich, ich wollte das nicht."

„Warum hast du uns nicht gewarnt?"

„Weil ich mitbekommen hatte, wie die gegen Verräter vorgehen. Ich hatte zu viel Schiss."

Der Junge rutschte unruhig auf seinem Stuhl hin und her. Jochen ahnte warum. „Hast du denen gesteckt, dass Niklas' Vater allein zu Hause war?", fragte er.

Benjamin nickte kläglich. „Wir hatten gesimst. Er stöhnte rum, dass er mit zur Oma fahren müsse. Ich war gerade auf dem Schrottplatz, die haben mir über die Schulter geschaut und sind sofort los. Lars hatte eine Mordswut, weil sein Bruder schwer verletzt im Krankenhaus lag. Die sollten Ihnen einen ordentlichen Denkzettel verpassen."

Jochen musste an sich halten, um nicht in dieses teigige Gesicht zu schlagen. „Und obwohl du wusstest, was Herrn Baumgard passiert war, ließest du es zu, dass sie Niklas in die Finger bekamen?", bohrte er nach.

„Die haben gesagt, er oder ich." Benjamins Stimme zitterte und seine Augen füllten sich wieder mit Tränen. „Als die erfuhren, dass die ganze Familie sich absetzen wollte, haben die mich echt zur Sau gemacht. Lars wollte unbedingt die Adresse von Chantal haben, weil die an allem Schuld war. Damit konnte er die nicht durchkommen lassen."

„Warum hast du uns nicht wenigstens einen Tipp gegeben, als wir nach seiner Entführung bei dir waren?"

„Die hätten mich umgebracht." Benjamin schniefte. „Das machen die jetzt sowieso. Mein Leben ist vorbei. Die kriegen mich."

„Nein, wir werden dich schützen. Ich lasse Herrn Gerber zu uns kommen." Jens kramte mühsam sein Handy hervor. „Der wird alles Notwenige regeln." Hoffe ich, fügte er in Gedanken hinzu. Nicht, dass alles wieder von vorn anfängt.

# 45

Es gab eine große Polizeiaktion. Benjamin hatte so viele Details berichtet, dass noch am gleichen Abend eine Hundertschaft den Schrottplatz umstellte und alle Anwesenden verhaftete. Die Polizei fand neben einem Waffenlager genug Belastungsmaterial, um noch weitere Inhaftierungen vorzunehmen. Die Durchsuchungen der Wohnungen führten zu neuen Beweisen, der Fall schlug immer höhere Wellen.
Benjamin und seine Mutter wurden an einem weit entfernten, unbekannten Ort untergebracht und Jens atmete auf. Weder er noch seine Familie mussten als Zeugen zur Verfügung stehen. Im Gegenteil, auf dem Schrottplatz war ein Sammellager gefunden worden mit den verschiedensten Kleidungsstücken, Sturmmasken und Handschuhen, die wahrscheinlich noch Spuren der Überfälle auf ihn und Niklas trugen. Herr Gerber jedenfalls war zuversichtlich, anhand der Indizien und mit Benjamins Zeugenaussage alle aus der Gruppe festnageln zu können.
Der Schlag gegen die Neonazis hatte auch in den Medien ein riesiges Echo ausgelöst. Besonders in der örtlichen Tageszeitung war tagelang von nichts anderem die Rede. Einen Tag zuvor hatte man Niklas' Leserbrief veröffentlicht, der trotz der Erfolge, die die Polizei vorzuweisen hatte, für eine nicht enden wollende Diskussion sorgte. Viele Leser griffen seine Anklage auf und schilderten ihre eigenen Erlebnisse oder stimmten ihm zu und forderten ein Umdenken der Politiker und mehr Einsatz der Polizei. Niklas erhielt sogar Einladungen zu zwei Talkrunden, die er allerdings ablehnte. Er war nur froh, dass alles endlich vorbei war.
Jens hatte sich direkt am nächsten Tag von seinem Bruder verabschiedet, um Frau und Sohn in den Allgäu zu folgen. Vor lauter Dankbarkeit hatte er kaum gewusst, was er sagen sollte. Jochen hatte abgewunken und gemeint, sein Handeln wäre doch wohl

selbstverständlich gewesen, man müsse als Familie schließlich zusammenhalten.

Jens hatte daraus eines gelernt: Egal wie sehr man sich auseinandergelebt hatte, die alten Bande blieben auf immer bestehen. Von nun an würde er bis an sein Lebensende den Bruder als einen Teil ihrer Familie betrachten. Nie wieder sollte dieser Kontakt durch solche Kleinigkeiten wie unterschiedliche Ansichten und verschiedene Arten der Lebensbewältigung abreißen können. Dafür war er viel zu wertvoll.

Kira und Lennart hatten sich entschlossen in Schweden zu bleiben und ein, zwei, vielleicht auch mehr Auslandssemester einzulegen. Es gefiel ihnen sehr gut dort, sie verstanden sich prächtig, für sie hatte sich alles zum Besten gewandelt.

Auch Chantal wollte von Felix' Tante nicht mehr weg. Dieser war es gelungen, dem Mädchen einen Ausbildungsplatz als Tierarzthelferin zu besorgen, der bevorstehende Abschluss stellte laut ihrer Aussage kein Problem mehr dar. Für die Kleine hatte die Geschichte damit zu einem guten Ende geführt. Zum ersten Mal in ihrem Leben genoss sie ausgiebige Fürsorge und die Gewissheit, jemanden an ihrer Seite zu haben, der sich bedingungslos für sie einsetzte.

Wie es mit ihm, Claudia und Niklas weitergehen würde, wusste er noch nicht. Zu viel war passiert, als dass man einfach in die alte Normalität zurückkehren konnte. Zuerst einmal mussten sie wieder zu sich selbst finden. Der Junge hatte durch den Verrat seines besten Freundes noch einmal psychisch Schaden genommen. Claudia war, direkt nachdem er sie informiert hatte, mit ihm zu einem Arzt gegangen, der ihn bis zu den Schulferien krankschrieb. Er selbst würde ebenfalls bis dahin nicht unterrichten können, es lag also genug Zeit vor ihnen, um das Geschehene aufzuarbeiten.

Die Erfahrungen, durch die sie hatten gehen müssen, würden für immer in ihrem Gedächtnis bleiben und ihr weiteres Tun und Handeln bestimmen. Wenn man einmal das erlebt hatte, was ihnen widerfahren war, konnte man nicht mehr das Leben, das man bis dahin geführt hatte, wieder aufnehmen, als sei nichts geschehen. Seine Sicht, die Sicht seiner ganzen Familie hatte sich grundlegend geändert. Sicherheit war nicht mehr selbstverständlich, es würde lange dauern, bis sie sich wieder ohne Angst vor einem Übergriff in der Menge bewegen konnten. Er hoffte nur, dass die Kinder eines begriffen hatten: Zivilcourage war ein wichtiger Bestandteil des Miteinanders, ohne sie gab es überhaupt keine Hoffnung mehr.

Aus diesem Grund gedachte Jens, sich, sobald er einigermaßen genesen war, den Medien als Interview-Partner zur Verfügung zu stellen. Das, was er und seine Familie durchgemacht hatten, durfte nicht in Vergessenheit geraten. Es musste endlich auf politischer Ebene etwas geschehen, damit sich derartige Ereignisse nicht wiederholen konnten. Dafür wollte er kämpfen, egal wie lange dieser Kampf dauern würde.